mtb

Zum Buch:

Die junge Richterin Sarah bekommt regelmäßig weiche Knie, wenn der Rockstar Colton Young sie im Gerichtssaal anlächelt. Aber Job ist Job: Wer in einem Restaurant Fensterscheiben einschlägt, wird zu Sozialstunden auf einer Ranch verurteilt. Doch als er auch dort für Probleme sorgt, muss sich Sarah bald selbst darum kümmern, dem impulsiven Musiker den Kopf zu waschen. Und merkt bald, dass sie selbst einiges lernen muss – über diesen Mann und über sich selbst …

„Ich habe schon auf Seite zwei laut gelacht und war dem Helden schon im zweiten Kapitel komplett verfallen."

New York Times-Bestsellerautorin Lauren Layne

Zur Autorin:

Aus ihrer Liebe für Romantik, Humor und Männer in Lederhosen spinnt Mimi Jean Pamfiloff Geschichten, die regelmäßig auf der New York Times-Bestsellerliste stehen. Die Autorin von erfolgreichen Paranormal und Contemporary Romances hat ihren Bürojob aufgegeben, um sich ganz dem Schreiben zu widmen, sowie ihrer Familie, mit der sie in San Francisco lebt.

Lieferbare Titel:

YOURS – Atemlose Liebe

Mimi Jean Pamfiloff

Yours - Entflammte Herzen

Roman

Aus dem Amerikanischen von
Sarah Heidelberger

mtb

MIRA® TASCHENBUCH
Band 26049

FSC
MIX
Papier
FSC® C014496

1. Auflage: Januar 2018

Deutsche Erstveröffentlichung

Titel der amerikanischen Originalausgabe:
Leather Pants

erschienen bei: Mimi Boutique

Umschlaggestaltung: büropecher, Köln
Umschlagabbildung: Zurijeta / ThinkstockPhotos
Redaktion: Siegrid Hoppe
Satz: GGP Media GmbH, Pößneck
Printed in Germany
Dieses Buch wurde auf FSC®-zertifiziertem Papier gedruckt.
ISBN 978-3-95649-703-2

www.mira-taschenbuch.de

Widmung

Für meine flauschigen Happy Pantser DJ Princess Snowflake und Mini. Ihr tragt zwar überhaupt keine Hosen – geschweige denn Lederhosen –, aber wenn ihr welche hättet, dann wären es garantiert glückliche Hosen, weil ihr zwei so verdammt albern seid.

(Und hört bitte endlich auf, mir mein Frühstück zu klauen, während ich schreibe. Das ist nämlich echt uncool.)

1. Kapitel

Oh Scheiße, nicht der *Typ schon wieder.* Ungläubig musterte die ehrenwerte Sarah Rae Alma, Richterin am Obersten Bezirksgericht von San Francisco County, ihre Prozessübersicht und betete dabei inständig, dass ihre überarbeiteten Augen ihr nur einen Streich spielten.

Zögerlich spähte sie erneut in die Unterlagen.

Verdammt! Jemand musste im letzten Moment ihren Plan umgestellt haben. Für einen kurzen Augenblick verfiel sie in Panik und unterdrückte den Drang, sich als Rouge-Ersatz in die Wangen zu kneifen oder sich unter die Robe zu fassen und ihre Oberweite aufzupeppen, um sich zumindest ein kleines bisschen attraktiver zu fühlen – soweit das einer Frau in schwarzem Talar überhaupt möglich war. Und all das für den Mann … den Gott … die Legende, die gleich ihren Gerichtssaal betreten würde.

Wenigstens gekleidet bin ich ja passend für meinen persönlichen Albtraum, dachte sie und schwor sich, nicht daran zu denken, was beim letzten Mal passiert war.

Karrierepanne hoch zehn!

Sarah zupfte sich den blassblauen Schal zurecht und strich sich ein paar Haarlocken aus dem Gesicht, die sich aus ihrem Zopf gelöst hatten. Mehr konnte sie im Augenblick nicht tun, um sich auf das Erscheinen des Mannes vorzubereiten, der Höschen in Flammen aufgehen ließ, Dreifach-Eisprünge verursachte und alle Alphamännchen in Sichtweite panisch in Deckung gehen ließ.

Warum nur bin ich heute ungeschminkt? Und wieso habe ich meinen Haaransatz nicht nachfärben lassen? Sie war brünett, hatte im letzten Monat aber aus einer Laune heraus beschlossen, es mit einem Rotstich zu probieren, in der Hoffnung, dass er ihre blauen Augen strahlen ließ und ihrem Sex-Appeal eine kleine Nachhilfelektion erteilte.

Zwecklos.

Die Männer behandelten sie nach wie vor, als wäre sie ein Eimer voller Schorfkrusten. Und zwar aus einem Grund: weil sie die Macht hatte, sie lebenslänglich ins Gefängnis zu stecken. *Versager.* Als ob sie so etwas jemals tun würde – solange sich die Typen nicht eines schweren Verbrechens schuldig gemacht hatten und deswegen in ihrem Gerichtssaal auftauchten. Trotzdem jagte es Männern unerklärlicherweise eine Wahnsinnsangst ein, eine Frau mit so viel Einfluss zu daten.

Apropos Wahnsinnsangst: Warum nur hab ich mich heute Morgen nicht rasiert? Mit stoppeligen Beinen konnte sie unmöglich ihr Maximum an Selbstvertrauen an den Tag legen.

Komm schon, Sarah, jetzt reicht's aber. Eigentlich ist es dir doch gar nicht so wichtig, ob du heiß aussiehst. Und außerdem stehst du nicht auf Badboys, sondern zermalmst sie zu kleinen Krümeln, die du dann ans Justizwesen verfütterst. Du bringst sie dazu, nach ihrer Mami zu schrei…

„Euer Ehren?"

Die Gerichtsdienerin Maria Gomez, eins fünfundsechzig groß, zweifache Mutter mittleren Alters und ein echt harter Brocken, riss sie mit erhobener Stimme aus ihren Gedanken. Niemand legte sich mit Maria an, vor allem dann nicht, wenn sie ihre beigefarbene Uniform trug, die sie besonders Furcht einflößend aussehen ließ.

Sarahs Kopf schnellte hoch. Der gesamte Gerichtssaal starrte sie an, inklusive der Jury und der Überwachungskamera hinten im Saal.

Mit einem ihrer langen schwarzen Ärmel wischte sie sich den Schweiß von der Stirn und richtete ihren Zeigefinger auf Maria.

„Ich?" Maria sah sich nach allen Seiten um und zeigte dann auf sich selbst.

„Ja, du", flüsterte Sarah.

Maria rückte ihren schweren Gürtel zurecht, an dem unter anderem Tränengas und ein Revolver hingen, und näherte sich der Richterbank.

„Warum, zum Teufel, hat mir niemand gesagt, dass *der* wieder in meinem Gerichtssaal auftaucht?", stieß Sarah zwischen zusammengebissenen Zähnen hervor.

Maria zuckte die Achseln. „Keine Ahnung, Euer Ehren."

„Hör mir bloß auf mit ‚Euer Ehren'", fauchte Sarah. „Vor allem nach den Mojito-Pitchern gestern Abend." Maria kam die einzigartige Ehre zu, nicht nur eine von Sarahs besten Freundinnen, sondern auch ihre Vermieterin zu sein. Vor ungefähr einem Jahr war Sarah in die Zweizimmerwohnung ganz oben in Marias dreistöckiger viktorianischer Stadtvilla gezogen. Die Miete war ein Witz, die Straßenbahn hielt in der Nähe, und der Ausblick auf den Marina District war einfach traumhaft. *Nicht zu vergessen Marias Kochkünste.* Ein weiteres Plus auf der Liste.

Erst gestern Abend hatten Maria und ihr Mann Franco sie zu einem verfrühten Geburtstagsessen eingeladen, weil sie keinen Babysitter für die eigentliche Party am heutigen Abend gefunden hatten. „Und machen wir uns doch nichts vor. Du gehst sowieso nie länger als vierzig Minuten aus", hatte Maria beim Essen gesagt, um sie mit ihrem Partymuffel-Image aufzuziehen. Sarah zog allerdings die Bezeichnungen *verantwortungsbewusst* beziehungsweise *zielstrebig* vor. Eine ganze Nacht auf der Piste, nur um zu feiern, dass sie ein weiteres Jahr lang den Planeten Erde mit ihrer Anwesenheit beglückt hatte? Was für eine Zeitverschwendung! Sie hatte Arbeit zu erledigen, Fälle zu prüfen, Bösewichte zu verurteilen.

Maria beugte sich etwas näher zu ihr. „Mir ist zu Ohren

gekommen, dass er ein paar Beziehungen hat spielen lassen, damit sein Fall dir zugeteilt wird."

„Was?", flüsterte Sarah. „Das kann ich mir kaum vorstellen." Die Angeklagten hatten keinen Einfluss darauf, bei welchem Richter sie landeten. Und was auch dahinterstecken mochte, seine erneute Anwesenheit in ihrem Gerichtssaal bedeutete eine Gefahr für ihre Karriere. Das letzte Mal war der Typ wegen eines Autodiebstahls hier gewesen, der damit endete, dass ein Hunderttausend-Dollar-Mercedes ein Bad im See nahm. Für sie hatte der Prozess sich zu drei Wochen Klatschpresse-Folter entwickelt. *Richterin Liebestoll, Richterin Turteltaub, Richterin Beine-breit …* Die Schmierblätter hatten sich an ihr festgebissen und sie genüsslich zu Hackfleisch verarbeitet.

Reiß dich zusammen, Mädel. Du warst in Harvard. Du bist Richterin. Du bist un-er-schütter-lich.

„Keine Ahnung, warum er unbedingt zu dir wollte", antwortete Maria. „Vielleicht steht er ja auf dich. Aber falls du wieder so austickst, wird Richter Wright alles dafür tun, dass du suspendiert wirst. Also immer schön ruhig bleiben."

„Ich *bin* nicht ausgetickt!", flüsterte Sarah. „Als er das letzte Mal hier war, hab ich …" Sie verstummte, als die Tür am anderen Ende des Gerichtssaals aufflog und sich Totenstille im Raum ausbreitete.

„Wow." Maria keuchte.

Von wegen wow! „Heilige Scheiße" – trifft es schon eher!

Der legendäre Colton Young stand mitten in der Tür. Sein langes, gewelltes kastanienbraunes Haar fiel ihm auf die breiten Schultern, eine schwarze Lederhose umspielte seine Hüften, und sein espressofarbenes T-Shirt saß gerade so eng, dass es den durchtrainierten festen Oberkörper darunter erahnen ließ. Auf seinen Armen fehlten zwar die obligatorischen Musikertattoos, das machte er aber mit Muskeln wett. Haufenweise sehnigen harten Muskeln.

„Er sieht aus wie ein Gott“, murmelte Sarah vor sich hin und musste machtlos hinnehmen, dass sich ihre Magengegend in einen Flipperautomaten verwandelte – samt Blinklichtern, kleinen zappelnden Gummihebeln und einer Stahlkugel, die unkontrolliert durch die Gegend sprang.

Colton nahm seine verspiegelte Sonnenbrille ab, und sein intensiver Blick aus haselnussbraunen Augen richtete sich unverwandt auf sie, wie bei einem Wolf, der auf ein potenzielles Beutetier zusteuerte, über dessen Schicksal er noch nicht abschließend entschieden hatte. Töten? Ficken? Ignorieren? Vielleicht einfach draufpissen?

Sarah schluckte. *Hilf mir, Herr.* Weil dieser Mann … dieser Mann … *so scharf ist, dass es verboten gehört.* Nicht dass sie auf ihn gestanden hätte. Sie hasste Badboys. Badboys waren selbstzufrieden und hatten eine riesige Klappe. Jedenfalls, bis sie verurteilt wurden und ins Gefängnis wanderten. Dann stotterten sie auf einmal herum wie Kleinkinder, was ihr jedes Mal wieder ein gewisses Vergnügen bereitete.

Colton Young brachte sie schon allein dadurch aus dem Konzept, dass er sie seiner Anwesenheit aussetzte. Ob er wohl Superkräfte hatte?

„Euer Ehren? Alles okay?“, flüsterte Maria, während der gesamte Gerichtssaal beobachtete, wie Colton in bester Ist-mir-scheißegal-Manier zu dem Platz neben seinem Rechtsbeistand stolzierte – irgendein superberühmter Anwalt in teurem Anzug.

„Ja. Ja, alles okay.“ Sarah nickte knapp und strich sich mit zitternder Hand abtrünnige Büschel glanzlosen struppigen Haars aus den Augen.

Marias linke Augenbraue führte ein paar Akrobatikübungen vor und ging wieder in neutrale Position. „Okidoki, dann mal los.“

Maria kehrte auf ihren Platz zurück, woraufhin der Gerichtsschreiber die Verhandlung für eröffnet erklärte und die Anklageschrift verlas.

Sarah gab derweil ihr Bestes, ihren Blick von dem Mann loszureißen, dessen Körper sie daran erinnerte, dass sie am Ende des Tages nichts weiter war als ein Tier – ein hirnloses wildes Tierweibchen, kein Hirn, keine Evolution –, das nichts lieber wollte, als in einen Zustand vollkommener Seligkeit gevögelt zu werden.

„Euer Ehren?", drängte Maria erneut.

Verdammt. Ich bin schon wieder abgedriftet. Sarah konzentrierte sich auf ihre Dokumente und überflog hektisch die Liste mit den Anklagepunkten. *Was? Tätlicher Angriff auf einen Beamten mit einer tödlichen Waffe? Zerstörung von Privateigentum? Urinieren auf einen weiteren Beamten und Erregung öffentlichen Ärgernisses?* Gott, der Typ war völlig außer Kontrolle. Wahnsinnig scharf, aber außer Kontrolle.

Siehst du? Er ist nichts weiter als einer von diesen Badboys, die sich nur für sich selbst interessieren. Tu einfach so, als wäre er kein berühmter Rockstar mit makellosen Wangenknochen und einem wunderbar markanten Kinn. Und der Männerversion eines Schmollmunds, mit einem dunkelbraunen Stoppelbart drumrum, der so schön an den Innenseiten deiner Oberschenkel kitzeln würde, wenn er mit diesen verführerischen Lippen dafür sorgt, dass du kommst.

Sarah schluckte, las die Verfahrensanweisungen durch und informierte die Geschworenen über den Inhalt, ohne auch nur ein einziges Mal aus dem Konzept zu geraten.

Bis sie aufblickte und Coltons stählernem Blick begegnete. Ihr Herzschlag stellte um auf Kolibri-Geschwindigkeit.

„Mist…Mister Colton." Sarah räusperte sich, ohne sich von seinem Anblick losreißen zu können. „Wenn Sie sich dann frei machen wür… Ich meine, wenn Sie sich dann bereitmachen würden für Ihr Eröffnungsplädoyer."

Leises Lachen ging durch den Raum, und Colton warf ihr einen finsteren Blick zu, der so viel sagte wie: Hör gefälligst auf, mich wie Frischfleisch zu behandeln!

Was ist nur los mit mir? Natürlich gab es auf dem gesamten Planeten nicht eine einzige Frau, die in der Gegenwart eines solchen Mannes ruhig geblieben wäre – fünfzehn Grammys, darunter einer für das Album des Jahres, Bauchmuskeln aus Stahl (deutlich zu erkennen auf seinem letzten Plattencover) und Grübchen, so wunderbar tief, dass man praktisch ein Bad in ihnen nehmen konnte.

Nicht dass sie sich wirklich für ihn interessiert hätte. *Weil er nämlich nichts weiter ist als ein blöder Sack in Lederhose.* Woraufhin auf der Leinwand in ihrem Kopfkino natürlich genau dieses Bild flimmerte. *Igitt!*

Coltons Anwalt erhob sich. „Wenn Sie keine Einwände haben, Euer Ehren, werde *ich* Mr. Young in diesem Prozess vertreten."

Oh, verdammt. Ich habe ihn direkt angesprochen, oder? Und auch noch mit seinem Vornamen! Konzentrier dich, Sarah. Konzentrier dich!

Sie lächelte steif. „Ja, natürlich meinte ich den Anwalt des Angeklagten. Wenn Sie bitte fortfahren möchten."

„Verzeihung, Euer Ehren", unterbrach der Staatsanwalt sie, ein kahlköpfiger schlaksiger Mann mit tiefen Furchen auf der Stirn und einer dicken Brille. „Vor fünf Minuten sind neue Beweismittel aufgetaucht. Ich schlage vor, dass wir uns für eine kurze Beratungspause in Ihre Räumlichkeiten zurückziehen."

Mächtige Erleichterung erfüllte Sarah. Sie brauchte einen Augenblick, um sich zu sammeln. Wenn sie gewusst hätte, was für ein Stargast für heute geladen war, hätte sie sich vorbereiten können – beispielsweise, indem sie ein tiefgekühltes Höschen trug oder sich gleich einer Lobotomie unterzog.

„Antrag stattgegeben." Sarah schlug mit ihrem Hammer

auf den Block. „Wenn sich die Geschworenen bitte für die nächste Viertelstunde in ihrer Kammer auszieh... ich meine, in ihre Kammer zurückziehen würden? Wir werden uns so lange beraten."

Grundgütiger, Sarah. Sie stand auf und versuchte, dabei nicht allzu gehetzt zu wirken, auch wenn sie dringend in ihre Kammer flitzen musste, um sich ein paar Mal ihren Hammer über den Schädel zu ziehen, ehe die Anwälte aufkreuzten.

Sie betrat ihr Büro, nahm eine Flasche kaltes Wasser aus der Minibar in der Ecke und stürzte den Inhalt hinunter. *Okay. Ich sollte zu Wright gehen und ihn bitten, den Fall einem anderen Richter zu übertragen. Oh, Moment.* Das war ja gar nicht möglich! Richter Wright, der alle Gerichte in diesem County beaufsichtigte, hasste sie. Und zwar so richtig. Ihm war jedes Mittel recht, selbst üble Nachrede, um ihrer Karriere zu schaden und zu verhindern, dass sie ihr großes Ziel erreichte: den Obersten Gerichtshof von Kalifornien.

Mist, ich muss da durch.

Leicht benommen setzte sie sich an ihren makellosen Schreibtisch in ihrem mustergültigen Büro – deckenhohes Bücherregal auf der einen Seite, hohes Fenster auf der anderen, Wände behängt mit ihren Abschlusszeugnissen und Anerkennungen für ihre öffentlichen Verdienste – mit Blick auf die Gasse hinter dem Gebäude.

Colts Anwalt betrat den Raum zuerst, gefolgt vom Staatsanwalt, der sie mit wenigen Worten über ein gerade erst aufgetauchtes Video informierte. Es zeigte, dass Colton Young fälschlich beschuldigt wurde, die Waffe eines der Beamten entwendet und diesem damit ins Gesicht geschlagen zu haben.

Der Staatsanwalt wischte auf seinem Smartphone herum und hielt es ihr hin. „Allerdings zeigt das Video auch, dass Colton Young öffentlich uriniert und sich dabei auf ein Bein des anderen Beamten erleichtert hat."

Das Video schien von einem Versteck hinter einem Stapel Kartons in einer Seitengasse aus gefilmt worden zu sein, vermutlich neben der Hintertür eines Restaurants. *Na, das ist ja ein Zufall!* Wahrscheinlich stammte es von einem Fan, der Colton gefolgt war.

„Nun." Sarah legte die gefalteten Hände auf der Schreibtischplatte ab. „Das ändert natürlich alles." *Kein Verfahren, juhu!* Sie unterdrückte den Drang, ein Freudensteppänzchen aufzuführen. Nicht dass sie hätte steppen können.

„Wir werden die Anklage wegen versuchten tätlichen Angriffs auf einen Beamten fallen lassen", sagte der Staatsanwalt. „Aber der Angeklagte steht in der Öffentlichkeit und muss für sein Verhalten dem anderen Beamten gegenüber zur Rechenschaft gezogen werden. Besonders in Anbetracht seines Vorstrafenregisters."

Damit meinte er Coltons Verfahren wegen des Autodiebstahls vor drei Monaten. Die Geschworenen hatten ihn für nicht schuldig befunden, nachdem sich der Eigentümer des Wagens zu Wort gemeldet und erklärt hatte, er sei betrunken gewesen und hätte vergessen, dass Colton den Wagen mit seiner Erlaubnis genommen habe. Der Staatsanwalt, ein großer Wichtigtuer, hatte die Anklage zwar aufrechterhalten wollen, indem er die Aussage des Autobesitzers anzweifelte, da sich dieser im Polizeibericht selbst widersprochen hatte. Aber das hatte sich als ziemlicher Reinfall entpuppt. Die Geschworenen befanden Colton Young nur der Zerstörung eines Baums auf einem öffentlichen Grundstück für schuldig, weswegen sie ihn zu einer geringen Geldstrafe verurteilt hatten. Was bedeutete, dass der Staatsanwalt die Sache diesmal nicht auf sich beruhen lassen würde.

Er fuhr fort: „Wir würden das Verfahren gerne weiterverfolgen und dafür sorgen, dass den braven Bürgern von Kalifornien Gerechtigkeit widerfährt, denn sie sind es leid, dass ein paar wenige Privilegierte immer wieder ungeschoren mit illegalem Verhalten davonkommen."

Sarah hätte am liebsten die Augen verdreht. Der Typ spielte sich auf wie ein Serienanwalt aus dem Fernsehen. *Idiot.* Sie hatten keine Zeit für Angebereien. Die Gerichtssäle platzten aus allen Nähten, so viele Verfahren standen an – Morde, Vergewaltigungen, Drogendelikte. Da war es die reinste Steuerverschwendung, einen Geschworenenprozess abzuhalten, nur weil jemand das Hosenbein eines Polizeibeamten angepinkelt hatte, berühmter Übeltäter hin oder her. Besonders, da einer der beteiligten Polizisten unter ziemlich verdächtigen Umständen falsche Anschuldigungen geäußert hatte – ein viel, viel wichtigeres Thema, das den Staatsanwalt allerdings überhaupt nicht zu interessieren schien.

Sarah richtete den Blick auf ihn. „Ich bin zwar eine große Befürworterin unserer Polizeikräfte, möchte Ihnen aber doch dazu raten, der Welt den Gefallen zu tun, die Anklage fallen zu lassen." Die aller Wahrscheinlichkeit nach sowieso nicht haltbar war. Denn Colton Young wirkte in dem Video hackevoll, weswegen die Jury die Pinkelepisode vermutlich als Unfall abtun würde.

„Das ist mir leider nicht möglich", erwiderte der Staatsanwalt. „Das würde ein falsches Signal an die Öffentlichkeit senden."

Er befürchtet also, schwach zu wirken. Die politischen Motive der Leute in diesem Job trieben sie manchmal in den Wahnsinn. Sie alle waren doch nur aus einem einzigen Grund hier: um für Gerechtigkeit zu sorgen!

Sarah warf Coltons Anwalt, einem äußerst attraktiven Mann, einen Blick zu und bemerkte, dass er ihr bekannt vorkam. Vermutlich hatte er im Gerichtssaal schon einmal vor ihr gestanden. „Nun?"

Er nickte ihr zu. „Mr. Young wird sich schuldig bekennen."

Merkwürdig. „Aber wollen Sie nicht erst einmal mit Ihrem Klienten sprechen und …"

„Nein. Mein Klient wird sich schuldig bekennen."

Eigentlich war es üblich, dass sich der Verteidiger mit seinem Klienten besprach. Andererseits: Je schneller das hier vorbei war, desto besser. Dann würde sie Mr. Oberscharf in seiner superheißen Lederhose nämlich nicht eine ganze Woche lang anstarren und riskieren müssen, dabei völlig idiotisch – korrigiere: noch idiotischer als bisher – auszusehen. Die Öffentlichkeit würde davon profitieren, dass ein teures Verfahren vermieden werden konnte. Und der Staatsanwalt würde eine kleine Streicheleinheit für sein gewaltiges Ego bekommen. Alle würden gewinnen.

„Hervorragend." Sie warf einen Blick auf ihre Armbanduhr. „Wir treten in fünf Minuten wieder zusammen."

Die beiden Anwälte gingen, und Sarah ließ den Kopf auf den Tisch plumpsen. *Gott sei Dank.* Jetzt brauchte sie nur noch Colts Schuldeingeständnis anzunehmen, ohne die Sache zu versauen. Über das Urteil musste sie sich dann erst in drei oder vier Wochen Gedanken machen.

Gott, was war da drinnen denn nur los mit mir? Ich kann solche Typen doch gar nicht ausstehen! Genauer gesagt *hasste* sie solche aufgeblasenen Mistkerle, die keinen Hehl daraus machten, dass sie sich für etwas Besseres hielten. *Aber dieser Mann … dieser Mann …*

Niemals würde sie den Augenblick vergessen, in dem sie zum ersten Mal auf Colton gestoßen war, damals auf dem College, als er seinen ersten Hit landete. Ihre Zimmergenossin spielte die ganze Zeit diesen Song von ihm, „A Love Song", der von einem Mann handelte, der auf der Suche nach Liebe war, jedoch nur Frauen begegnete, die sich weigerten, sein wahres Ich zu erkennen.

Du willst das Geld,
Du willst den Ruhm,
Aber willst du auch mich, Baby, willst du auch mich?

Nachdem Sarah den Song zum fünfhundertsten Mal gehört hatte, entwickelte sie Gewaltfantasien, wie sie ihre Mitbewohnerin Melissa und diesen gottverdammten Gettoblaster ein für alle Mal loswerden könnte. Treibsand. Ein tiefer Brunnen. Ein Großbrand. Ganz egal, was – eine Lösung musste her, weil sie verrückt werden würde, wenn sie das Lied noch ein einziges verdammtes Mal anhören musste!

Und dann geschah es.

Sie stieß zufällig auf ein Musikvideo von Colton Young und konnte einfach nicht mehr wegsehen. Diese sinnlichen Lippen. Die haselnussbraunen Augen. So einen Mann hatte sie noch nie gesehen. Und wie er seine Hüften und überhaupt seinen ganzen Körper bewegte? So sexy. So selbstbewusst. Ein echt krasser Typ.

Sarah will haben. Sarah muss haben. Sarah braaaaucht den …

Und deswegen war sie all die Jahre lang sein Fan geblieben, bis er vor ein paar Monaten wegen dieser Autodiebstahlsgeschichte in ihren Gerichtssaal spaziert war und sie mit seinem leeren Blick und seiner völligen Gefühllosigkeit eines Besseren belehrt hatte. Der Typ schien sich für nichts und niemanden um sich herum zu interessieren.

Ganz und gar nicht der leidenschaftliche Alphahengst, für den ich ihn gehalten habe. Und trotzdem war sie in seiner Gegenwart total verunsichert gewesen – ein seelischer Kater von den vielen Jahren, die sie ein Riesenfan gewesen war.

Sarah schüttelte es in ihrem Bürostuhl vor lauter Wut über die Wirkung, die Colton Young auf sie hatte. *Ich werde so einen Mordsspaß dabei haben, ihn für zwei Monate in den Knast zu schicken. Ach was, machen wir drei draus!* Denn mal abgesehen von seiner aktuellen Lage war der Mann alles andere als unschuldig. Mit all seinem Geld und seinen Kontakten hatte er jede Möglichkeit der Welt, ein mehr als privilegiertes Leben zu führen. Und trotzdem pisste er – ganz wörtlich – auf all das, indem er den gesetzlosen Rebellen mimte und sich alle paar Monate festnehmen ließ.

Ja, Colton Young hatte eine riesengroße Badboy-Flagge über seinem Kopf gehisst. Und er passte perfekt in die Kategorie Leute, an denen Sarah gern ein Exempel statuierte.

Hotness-Faktor hin oder her, sie würde der Gerechtigkeit Genüge tun und diesen Mann zum Weinen bringen.

2. Kapitel

„Ach, du Scheiße! Sag, dass das ein Witz ist!", brüllte Taylor über den Tisch hinweg.

Der wummernde Bass der Elektromusik machte es Sarah schwer, etwas zu verstehen. Taylor war seit Kindheitstagen eine ihrer engsten Freundinnen und hatte diese kleine Geburtstagsparty für sie organisiert.

Tagsüber war Tay Personalberaterin, die vor allem dafür bekannt war, dass sie kürzlich den berüchtigten Bennett Wade, zum Philanthropen bekehrter Milliardär, geheiratet hatte. Außerdem war Tay im achten Monat schwanger und sah aus, als würde sie gleich aus ihrem Kleid platzen.

Sarah, die Tay gegenübersaß, schüttelte den Kopf und nippte an ihrem Whiskey Sour, wobei sie versuchte, ihrer Freundin nicht übel zu nehmen, wie sehr die sich über diese Angelegenheit amüsierte. „Ich wünschte, es wäre ein Witz. Aber ich habe ihn tatsächlich aufgefordert, sich frei zu machen."

„Ich kann es gar nicht abwarten, das Video zu sehen!" In Taylors großen Augen standen Tränen, so sehr bemühte sie sich, ihr Lachen zu unterdrücken.

„Oh Mann, jetzt hör schon auf!"

„Es ist nur … du verlierst doch nie die Fassung. Nie! Du bist die besonnenste, spaßbefreiteste und verantwortungsbewussteste Person, die ich kenne."

„Danke, Sweetie." Sarah warf ihr einen finsteren Blick zu. „Aber das ist echt nicht witzig. Wright wird davon erfahren, wenn er das nicht schon längst hat, und ich bin mir absolut sicher, dass er eine Riesensache daraus macht." Das hatte er schon beim letzten Mal, als Colton Young in ihrem Gerichtssaal aufgetaucht war. Was war schon dabei, dass sie ein bisschen ins Stammeln geraten war und den berühmten Rockstar gebeten hatte, seine Hose abzulegen? Jeder wusste, dass sie „Mütze" gemeint hatte. Ja, *Mütze.* Der Typ hatte nämlich die Frechheit besessen, mit Kopfbedeckung in ihrem Gerichtssaal aufzukreuzen.

„Ich bin erledigt." Sarah seufzte und blickte nach unten auf das Menschenmeer, das auf der Tanzfläche im Rhythmus der pulsierenden Lichter die Fäuste in die Luft pumpte. Alle wirkten so glücklich. Theoretisch hätte auch sie glücklich sein müssen. Heute war ihr vierunddreißigster Geburtstag, und sie hatte bereits alle Punkte auf ihrer Liste abgehakt, und zwar früher als geplant. Der Liste, auf der sie ihre Lebensziele festgehalten hatte, zusammen mit dem Zeitpunkt, zu dem sie sie jeweils erreichen wollte. Bis jetzt war alles nach Plan verlaufen, mit einer Ausnahme: auf der Harvard Law School Mr. Right begegnen. Was, um ihre Mutter zu zitieren, daran lag, dass sie „Männer hasste, die glauben, immer recht zu haben". Deswegen hatte Sarah ihr Ziel nach Abschluss ihres Studiums abgeändert von „Mr. *Right*" in „Mr. *Verantwortungsbewusst und interessiert*".

Dumme Idee.

Zwischen den Bergen an Fällen bei der renommierten Anwaltskanzlei Miller, Miller and Miller, und ihrem späteren Job als Pflichtverteidigerin, wo sie schnell begriffen hatte, dass ihr Herz nicht für den Anwaltsberuf schlug, sondern dafür, sicherzustellen, dass der Gerechtigkeit auch tatsächlich Genüge getan wurde, war ihr keine Sekunde Zeit für Männer geblieben. Um es kurz zu machen, hatte sie von da an jede wache Sekunde darauf verwendet, Richterin zu werden, und ihre romantischen Hoffnungen darauf reduziert, einen respektablen

Bettgenossen zu finden, bis sie herausfand, was für ein Mann wirklich zu ihr passte.

Tja, nur dass du in der Bettgenossenangelegenheit ebenfalls komplett gescheitert bist.

Ach, Klappe jetzt. Ich arbeite daran. Sie brauchte einfach nur häufiger auszugehen und ein bisschen mehr auf ihr Äußeres zu achten, um Männern die richtige Botschaft zu vermitteln. Heute Abend beispielsweise lautete die Botschaft: Ich brauche ganz dringend Sex, weil ich da unten nämlich schon Spinnweben habe.

Dank ihres neuen roten Kleids – trägerlos und zu eng für ein Höschen – lief sie keinerlei Gefahr, für einen pflichtbewussten Workaholic gehalten zu werden, der glaubte, dass man seine Ziele mit Disziplin und Opferbereitschaft erreichen konnte. Oh nein, Monsieur. Die Botschaft dieses Outfits lautete: wild, hemmungslos und leicht zu haben. Mit anderen Worten: Fick mich!

„Ach komm, versuch, heute Abend ausnahmsweise mal nicht an die Arbeit zu denken." Taylor rieb sich ihren dicken Babybauch. „Außerdem bin ich mir sicher, dass dich Richter Wright nicht wegen eines Versprechers feuern kann."

„Vertrau mir. Am Montag wird er mich in sein Büro rufen und aus einem Maulwurfshügel einen riesigen Berg Scheiße machen." Sarah hasste sein Büro. Es stank nach abgestandenem Zigarrenrauch und Altherrenfürzen.

„Was für ein Problem hat der Typ überhaupt?" Taylor schüttelte angewidert den Kopf. Vorgesetzte, die ihre Macht missbrauchten, brachten sie auf die Palme.

„Meine Hypothese lautet, dass er ein Frauenhasser ist. Am liebsten wäre es ihm, wenn wir barfuß und – entschuldige bitte – schwanger durch die Gegend laufen würden."

„Was gibt es denn da zu entschuldigen? Guck mal!" Tay hielt einen Fuß hoch. „Ich habe Schuhe an!"

Sarah lachte, leerte ihren Drink auf ex und gab dem Kellner, der am Rand der VIP-Sitzecke stand, mit einem Winken zu verstehen, dass es Zeit für die nächste Runde war. „Scheiß drauf. Ich brauch ’nen Pitcher.“ Sie stellte pantomimisch dar, wie sie sich den Inhalt eines riesigen Krugs hinter die Binde kippte. Der Kellner schien zu begreifen und wieselte davon, um ihr ihren Geburtstagswunsch zu erfüllen.

Taylor war so beschäftigt damit, sich aufzuregen, dass sie nichts mitbekam. „Das ist doch völlig irrsinnig. Wenn Bennett kommt, erzähle ich ihm alles. Bestimmt kennt er jemanden, der Richter Wright dazu verdonnern kann, dich verdammt noch mal in Frieden zu lassen.“

Taylors frischgebackener Ehemann Bennett Wade kannte vermutlich so gut wie jeden auf dem Planeten, und wenn er tatsächlich mal jemanden nicht kannte, kannte dieser Jemand garantiert ihn. Was übrigens der Grund dafür war, dass Taylor diesen VIP-Tisch im exklusivsten Club von San Francisco abgegriffen hatte. Bennett – ein Typ Marke groß, dunkelhaarig mit blauen Augen und attraktiv – würde jede Sekunde auftauchen, um die unfassbar schwangere Taylor zu bewachen. Und dann würden noch Holly, Sarahs zweite beste Freundin seit Kindheitstagen, und Taylors Bruder Jack zu ihnen stoßen. Sarah war als Kind mit ihren Eltern in Hollys Nachbarhaus gezogen. Damals hatte Holly ihr Taylor vorgestellt, und sie drei wurden unzertrennlich. Jack, ein frisch geschiedener Schönheitschirurg, war wie ein Bruder für sie, vor allem, weil er früher ständig mit Taylor herumhing und den Mädchen auf den Keks ging.

Sarah sah Taylor an. „Danke, aber ich kann nicht zulassen, dass sich dein reicher, berühmter Mann in die Sache einmischt – das würde mich schwach wirken lassen, und das kann ich mir nicht erlauben.“ Entweder sie überlebte diese Angelegenheit und erreichte ihr Ziel, an den Obersten Gerichtshof

Kaliforniens berufen zu werden, oder sie würde untergehen. Dazwischen gab es nichts.

„Sei nicht dumm. Du darfst die Richterbank nicht verlieren, die ist zu wichtig für dich."

Das stimmte. Ihr Job war nicht nur ihr Leben und ihre Berufung – dass sie ihn hatte, grenzte auch an ein Wunder, denn sie war eine der jüngsten Frauen, die es in ihrer Position jemals gegeben hatte. Seit sie neun Jahre alt gewesen und ihr Vater im Gefängnis gelandet war, weil man ihn fälschlicherweise der Veruntreuung beschuldigte, wusste sie, wie wichtig es war, dass der Gerechtigkeit Genüge getan wurde. Der Schaden, der wegen eines einzigen inkompetenten Rechtsanwalts in ihrem Leben entstanden war, hatte eine beträchtliche Rolle bei ihrer Entscheidung gespielt, Jura zu studieren.

Nun war sie die letzte Chance für die Unschuldigen und all die guten Menschen, die bloß mal einen Fehler gemacht hatten. Und ja, manche Leute verdienten eine zweite Chance, davon war sie überzeugt.

Aber dann gab es da noch die anderen. Die, die ihre Chance bekamen und sie nicht ergriffen. Was sie zum hundertsten Mal an diesem Tag an Colton denken ließ. Warum war dieser Mann, der wirklich alles hatte, so wild entschlossen, es einfach wegzuwerfen?

Im vergangenen Jahr hatte er sein Motorrad zu Schrott gefahren und hätte sich dabei fast den Hals gebrochen. Dann war da noch ein eingestelltes Strafverfahren, zu dem es nach einer Hollywoodparty in seinem Hotelzimmer gekommen war. Und außerdem die Geschichte vor drei Monaten, wegen der Colton zum ersten Mal in ihrem Gerichtssaal gelandet war.

Und jetzt das. Bono rennt doch auch nicht durch die Gegend und pinkelt auf Polizisten. Natürlich war Colton Young viel jünger – Mitte dreißig – und eher ein Indie-Rockstar, der von avantgardistischen Popsongs mit Folkanleihen über mitreißende „queenmäßige“ Hymnen bis hin zu superemotionalen Balladen über sein gebrochenes Herz so ziemlich alles auf Lager hatte. Lenny Kravitz im Spaßmodus mit einer Prise Stones. Sein Musikgeschmack war ebenso vielfältig wie sein Vorstrafenregister.

Mann, wieso denke ich überhaupt an ihn?

„Weißt du was?“ Sie stöhnte. „Es ist echt bescheuert von mir, über die Arbeit zu reden, wo wir doch Spaß haben und uns auf das konzentrieren sollten, was heute Abend wirklich zählt: ich!“ Sie lächelte und stand auf, wobei sie sich an der Tischkante festhalten musste, um nicht umzufallen. „Und aufs Geradestehen müssen wir uns auch konzentrieren. Geradestehen ist echt voll gut!“

Taylor lachte. „Wie viel hast du denn schon intus?“

Tatsächlich war Sarah viel angeschwipster, als sie gedacht hatte. Sie hielt erst zwei, dann drei Finger hoch. „Komme gleich wieder.“

„Warte kurz, ich hab noch was für dich.“ Taylor wühlte in ihrer Handtasche und holte eine flache goldene Schachtel mit einer weißen Schleife hervor.

„Ich muss pinkeln, bin sofort wieder da!“, blökte Sarah über die Musik hinweg.

„Nein, mach es vorher auf. Es könnte sich als hilfreich erweisen.“

„Ist da Klopapier drin? Oder Desinfektionsmittel?“

„Jetzt mach schon auf.“ Taylor stand da und hielt Sarah die Schachtel ins Gesicht. „Los, schnell.“

Sarah verdrehte die Augen. „Wehe, da ist nix Tolles drin. Ich piesele nämlich gleich in die nächste Ecke.“ Sie schnappte sich die Schachtel, öffnete die Schleife und hob den Deckel ab. Im Inneren lagen ein kleiner Briefumschlag und ein großer Cookie mit einem gelben Smiley darauf.

„Oh Gott, das hast du nicht wirklich getan." Sarah stöhnte.

Taylor nickte und grinste hämisch.

Argh! Nein! Das hier war kein langweiliger Durchschnittskeks. Es handelte sich um einen von Ms. Lucis berühmten Cupid Cookies, die im einzigartigen Happy Pants Café in St. Helena, Kalifornien, gebacken wurden. Einen davon in die Finger zu bekommen war ungefähr so wahrscheinlich wie ein Sechser im Lotto. Während der „Cookie-Saison", die nur einmal im Jahr eingeläutet wurde, reisten Frauen (und der ein oder andere Mann) aus der ganzen Welt an und standen stundenlang an, um einen Cookie abzugreifen. Und wieso? Weil viele Leute dumm genug waren zu glauben, dass sie innerhalb von sieben Tagen die wahre Liebe finden würden, wenn sie einen aßen. *So was Albernes.* Aber alle schworen auf die Cookies, auch Taylor, die einen gegessen und sich gleich darauf in ihren jetzigen Ehemann verliebt hatte.

Albern, albern, albern. Wobei die Massenhochzeit, die Ms. Luci jeden Sommer für ihre neusten Anhänger schmiss, ein Riesenspaß war. Sarah war letztes Jahr gemeinsam mit Taylor dort gewesen.

„Nun iss ihn schon! Mr. Right könnte genau jetzt in diesem Club sein." Wieder rieb Taylor ihre Babykugel in kleinen Kreisen, als wollte sie die Macht Buddhas anrufen.

„Ach, nö." Sarah machte eine vage Geste, weil sie nicht zugeben mochte, dass sie die Cookies für den größten Schwachsinn aller Zeiten hielt. „Ich leg ihn in den Kühlschrank und hebe ihn mir für einen richtig deprimierenden Tag auf."

„Iss. Ihn", knurrte Taylor.

Hui! „O-kay, schwangeres Dämonenweib. Deine treue Dienerin Sarah wird tun, wie ihr geheißen." Sie packte den Cookie aus, nahm einen großen Bissen, wickelte ihn wieder ein und legte ihn zurück in die Schachtel. „Mhmm, lecker! Da krieg ich doch gleich einen Eisprung vor lauter Vorfreude."

Taylors braune Augen glitzerten vor gespieltem Ärger. „Wie kannst du es wagen, schlecht über die Cookies zu sprechen? Da bleibt mir wohl nichts anderes übrig, als Ms. Luci anzurufen!“ Sie griff in ihren Ausschnitt und zog ihr Handy heraus.

„Das war in deinem BH? Was hast du da denn noch alles drin?“

„Schwangere-Frauen-Zeug. Und jetzt iss den Cookie auf, oder ich rufe sie an.“ Taylor begann, nach einer Nummer zu scrollen.

„Nein! Nicht Ms. Luci!“ Die alte Dame war verdammt Furcht einflößend. Sie hatte den Kuchen für Taylors sehr kleine und private Hochzeit im letzten Jahr gebacken, und als Sarah kein Stück haben wollte – No-Carb-Diät –, hatte Ms. Luci sie den ganzen Abend über mit der mexikanischen Version des bösen Blicks bedacht.

„Siehst du?“ Sarah holte den Cookie aus ihrer Handtasche und stopfte sich das gesamte Ding in den Mund, wobei sie eine traurige Alki-Parodie des Krümelmonsters mimte. „Kekseeee.“ Beim Kauen rieselten ihr Krümel ins Dekolleté.

Taylor nickte lächelnd und ließ ihr Handy zwischen ihren riesigen Brüsten verschwinden. „Taylor, die Schwangere, ist zufrieden. Du darfst nun deine Blase leeren.“

Oh Gott, danke. „Bin gleich zurück!“ Erhobenen Hauptes stolzierte Sarah in Richtung VIP-Toiletten. Als sie um die Ecke schwankte, fand sie sich allerdings am Ende einer langen Schlange wieder.

Echt jetzt? Das ist ja wie auf verdammten Rockkonzerten! Auf denen gab es nie genügend Klos. Was genauso für Flughäfen galt. Woran lag das eigentlich? So eine große Überraschung war es nun ja nicht, dass Frauen pinkeln mussten und dafür doppelt so lange brauchten wie Männer. Und in diesem

Club hier bildeten sie sich offenbar auch noch ein, dass drei Unisex-Klos eine perfekte Lösung des Problems darstellten.

Zur Ablenkung und um zu verhindern, dass sie ein Pipi-Tänzchen aufführte, holte Sarah ihr Handy heraus und checkte ihre E-Mails, Nachrichten, Twitter und Facebook. *Okay, ich schätze, ich schaffe das nicht.*

Wild entschlossen, sich auf die Suche nach dem nächsten Blumenkübel zu machen, steckte sie ihr Handy wieder ein. Da flog die vorderste Kabinentür auf. *Ja!* Hastig schob sie sich nach drinnen, schloss ab und konnte gerade noch verhindern, dass ihr die Whiskey Sours den Abend ruinierten.

Nachdem sie ihr kleines Geschäft erledigt und sich die Hände gewaschen hatte, überprüfte sie ihr Make-up im Spiegel. Die dunklen Smokey Eyes und die falschen Wimpern saßen perfekt. Sie betonten ihre blauen Augen und verliehen ihr ein sinnliches Böses-Mädchen-Flair.

Ja, ja, ich bin total angetrunken. Aber ich sehe echt heiß aus! Sie wuschelte sich durch ihr langes braunes Haar und nickte sich beifällig im Spiegel zu. *Und jetzt geh raus da, und such dir einen scharfen Typen, Geburtstagskind!*

Sarah riss die Tür auf und rannte in einen Monolithen aus warmem, solidem Stein. Wow, dachte sie, als sie ein paar markante Brustmuskeln unter ihren Handflächen spürte.

In der Hoffnung, das Gesicht würde so ansehnlich sein wie der Körper, ließ sie den Blick nach oben gleiten.

„Ach, du Scheiße!" *Colton Young!* Sie schnappte nach Luft und zog ihre Hände weg.

Garantiert würde er sie gleich finster anstieren, sie bespucken und eine Hasstirade über das Justizwesen alias „Die Geißel der Menschheit" ablassen.

Colton ließ wortlos seinen Blick ihren Körper hinab- und wieder hinaufgleiten, sog sie förmlich auf, ehe er ihr Gesicht musterte.

Jawohl, ich bin's. Richterin Alma. Und ich bin gerade viel zu glücklich, um damit klarzukommen, dass ausgerechnet du plötzlich vor mir stehst. Auch wenn das eigentlich unmöglich war, sah er nach ein paar Whiskeys sogar noch umwerfender aus. *Los, bring dich in Sicherheit, und besorg dir Alkoholnachschub!*

„Ähm ... Entschuldigung." Sie versuchte, sich an ihm vorbeizuschieben, doch er hielt sie auf.

„Wie heißt du?", fragte er und legte ihr eine Hand auf die Schulter.

Moment mal. Er erkennt mich nicht? Aber wie sollte er auch? Es war ziemlich dunkel, und sie trug ein rotes Flittchenkleid statt ihres schwarzen Talars. Außerdem war sie gleich nach der Arbeit zum Friseur gegangen und hatte sich die Haare wieder dunkelbraun färben und zu Ringellocken aufdrehen lassen. Und sie hatte Make-up aufgelegt. Eine Menge sogar.

Eine Frau drängte sich an ihnen vorbei in die Toilettenkabine und schubste Sarah zur Seite, die auf ihren hohen Absätzen fast umgeknickt wäre. Colton fing sie jedoch auf.

Wow! Er fühlte sich so warm und so überraschend fest an. Und außerdem roch er fürchterlich gut. Nach Leder und Gewürzen. In seinen Armen zu liegen war wie eine Delikatesse für ihren sexhungrigen Körper. *Happy Birthday, Sarah!*

„Ich h...heiße Sarah." Hin- und hergerissen zwischen dem Drang, sich zu ihrer Identität zu bekennen, und der verlockenden Aussicht, seine Nähe noch einen kleinen Augenblick zu genießen, klimperte sie mit den Wimpern.

„Sarah. Das ist einer meiner Lieblingsnamen." Er kniff ihr sanft ins Kinn.

„Ach ... ach ja?" Ihr selbst kam ihr Name ziemlich gewöhnlich vor.

„Und, Sarah? Bist du heute Abend allein hier, oder gibt es einen Glückspilz an deiner Seite?"

Die pulsierenden Lichter am Ende des Gangs setzten goldene Glanzlichter in sein Haar, die eine ähnliche Wirkung hatten wie ein Heiligenschein. Colton sah fast schon surreal gut aus, wie ein wandelnder Gott der Verführung.

Sarah seufzte hingerissen. „Ich bin allein … ich meine, ich bin Single … also, ich bin mit Freunden hier. Heute ist mein Geburtstag."

Er grinste, wobei sich seine mit Bartstoppeln überzogenen Grübchen vertieften. „Na dann … alles Gute zum Geburtstag", sagte er mit tiefer samtiger Stimme. „Und was wünschst du dir für das kommende Lebensjahr?" Er hob die Hand und strich ihr sanft mit dem Daumen über die Unterlippe, als wollte er ausprobieren, wie weich sie war.

Fast hätte sie *dich* gesagt, aber nur fast. Sie war zwar angetrunken, jedoch nicht verrückt. Männer wie Colton Young waren nicht ihr Typ. Und außerdem waren Männer wie er mit umwerfenden Schauspielerinnen zusammen und nicht mit ernsthaften, ehrgeizigen Akademikerinnen, die regelmäßig Kohlehydrate zu sich nahmen.

Trotzdem kribbelte ihr verräterischer Körper flächendeckend. *Ich sag ja, der Typ hat Superkräfte.* Warum sonst würde sie darüber nachdenken, dass sie jeden Zentimeter seines Badboy-Körpers vernaschen wollte?

„Ich, äh … ich habe mir noch nichts gewünscht." Sie lächelte verhalten. „Hast du vielleicht eine Empfehlung?"

Er beugte sich vor, um ihr ins Ohr zu flüstern: „Ich hatte einen ziemlich miesen Tag. Und du bist eine wunderschöne Frau." Sein erhitzter Atem kitzelte ihren Hals.

Ihr Körper erstarrte, ihr Herz raste wie verrückt, und sie bekam fast keine Luft mehr. Wie machte er das nur?

„S…soll heißen?", stammelte sie. Ihr Verstand war ein einziges betrunkenes, aufgeregtes Chaos, das durch den köstlichen Duft seines Parfüms noch verstärkt wurde.

„Soll heißen, dass ich dir so ziemlich jeden Wunsch erfüllen würde.“

Explosionsartig breitete sich auf ihrem ganzen Körper Gänsehaut aus, zwischen ihren Beinen wurde es heiß, und dort pochte es schmerzhaft. Ihre Nippel wurden so hart, dass es fast schon wehtat.

Colton legte seinen Kopf zurück und sah ihr abwartend in die Augen.

Sofort verlor sie sich in den haselnussbraunen Tiefen seines Blicks. „Ich bin hierhergekommen, um … um jemanden kennenzulernen – das war mein Wunsch. Aber ich schätze, im Augenblick will ich nur dich.“ *Weil mir jetzt nicht mehr jeder warme Körper mit einem Penis dran reichen würde.* Das hier fühlte sich einfach zu gut an. *Er* fühlte sich zu gut an.

„Dann sind wir ja schon zwei“, sagte er mit einem kleinen Lächeln. Die Kabinentür flog auf, und er packte Sarah an der Hand und zog sie nach drinnen, was den Leuten in der Schlange leisen Protest entlockte.

Einen kurzen Moment lang geriet sie in Panik, aber die Aussicht auf das, was gleich kommen würde, war stärker als alles andere.

Sie lehnte sich an die Wand neben dem Waschbecken, während Colton die Tür abschloss.

„Was machst du da?“, fragte sie, doch eigentlich meinte sie: Was zur Hölle machen *wir* hier? Das alles war eine ganz, ganz schlechte Idee.

„Uns ein Plätzchen sichern, an dem wir es in Ruhe treiben können“, antwortete er.

Das Schloss klickte.

Sie wusste, dass sie einen Fehler machte, aber ein Teil von ihr verzehrte sich danach, wieder die leichtsinnige junge Frau zu sein, die sie vor so vielen Jahren gewesen war – ehe ihr Herz von einem Badboy zerschmettert worden war.

Colton Young ist nicht Billy Strongman. Allerdings waren sie aus demselben Holz geschnitzt. Beziehungsweise in das gleiche Leder gehüllt. *Supersexy Leder über einem Waschbrettbauch.*

Sarah schwankte hin und her zwischen dem Verlangen nach ihrer Fantasie und dem Wissen, dass sie teuer dafür bezahlen würde. „Aber wir …"

„Ist das denn nicht das, was du wolltest?" Colton trat zur Seite, um ihr die Möglichkeit zu geben zu gehen. „Wenn nicht, werde ich dich nicht aufhalten."

Seine verführerischen Augen – ein Mosaik aus Braun-, Grün- und Goldtönen – zwangen sie, eine Entscheidung zu treffen.

Oh verdammt, wie schön er ist!

„Also, soll ich dich jetzt ficken oder nicht?", fragte er.

Es hörte sich weniger nach ungeduldiger Aufforderung an als nach einer Bitte. Tatsächlich hätte Sarah sogar schwören können, dass er irgendwie verletzlich klang.

So heiß …

Ihre Lust gab Vollgas. „Ja." Sie nickte.

„Dann zieh dein Höschen aus."

„Ich hab gar keins an."

„Hervorragend." Er stellte sich vor sie, packte sie bei der Taille und zog sie fest an seinen harten Körper. „Du solltest wissen, dass danach nichts weiter mit uns laufen wird. Ich werde deinen Namen vergessen und dich auch."

Wie grauenhaft unromantisch. „Hab ich um etwas anderes gebeten?"

Er warf ihr ein winziges Lächeln zu, das sich irgendwo zwischen anmaßend und melancholisch bewegte.

„Gut, dann verstehen wir uns ja." Er öffnete den Reißverschluss seiner Lederhose, und sein kräftiger harter Schwanz sprang hervor.

Verdammt. Sarah starrte auf den dicken langen Stab aus samtigem Fleisch, der pochend auf sie wies.

Sie schluckte. „D…der ist ziemlich groß."

„Hoffe, das stört dich nicht."

Stören? Was in Gottes Namen sollte mich daran stören? „Damit komme ich klar."

Er holte ein Kondom aus seiner Hosentasche. Ehe Sarah ihm ihre Hilfe anbieten konnte, war sein stahlharter Schaft schon umhüllt und einsatzbereit. Colton umfasste ihren Nacken und zog sie an sich, bis sich ihre Lippen berührten. Und dann glitt seine heiße feuchte Zunge in ihren Mund, leckte, umkreiste, liebkoste ihre.

Wow. Schade, dass es keinen Grammy fürs Küssen gibt.

Mit einer Hand dirigierte er ihren Kopf nach hinten, um den Kuss zu vertiefen, mit der anderen hob er ihr linkes Bein an seinen Oberschenkel, um sie für sich zu öffnen.

Ihr einziges Problem war die Distanz. Colton mit seinen knapp eins neunzig war da oben; und sie hier unten – solide eins dreiundsiebzig, Absätze schon mitgerechnet.

Als hätte er ihre Gedanken gelesen, hob er sie mit seinen starken Armen einfach hoch, bändigte sie mit seinen gierigen Küssen und drang mit einer geschmeidigen Bewegung in sie ein.

„Fuck!" Sarah keuchte und zuckte zusammen.

Colton hielt inne und zog sich fast vollständig wieder aus ihr zurück. „Alles okay?"

Sie atmete tief durch und wartete, bis der stechende Schmerz abgeebbt war. „Ja, klar, alles in Ordnung." *Heilige Scheiße, hat das wehgetan!*

„Gut."

Er bot ihr seine Lippen an, ließ sie von ihnen kosten – Bier, Pfefferminz, irgendetwas Süßes –, ehe er erneut zustieß und sich kraftvoll in sie versenkte. Wieder zuckte sie zusammen, und ihr Körper rebellierte. Er war zu groß. Zu dick. Zu hart.

Colton spürte ihr Unbehagen und zog sich aus ihr zurück. „Kein Problem", flüsterte er zwischen zwei Küssen. „Ich finde eine andere Möglichkeit, dich glücklich zu machen." Er befreite ihre Brüste und streichelte sie, während seine Lippen ihren Hals hinab in Richtung Dekolleté glitten.

Dann hüstelte er. „Sind das Cookie-Krümel?"

„Was? Keine Ahnung, was du meinst." *Wie peinlich.*

„Du schmeckst nach Cookies, ich mag das." Und damit wandte er seine Aufmerksamkeit wieder ihren Brüsten zu, saugte und leckte daran und schob dabei eine Hand zwischen ihre Beine, um sie zu streicheln.

Er drang mit einem Finger in sie und umkreiste mit dem Daumen ihre Klit. Von da an setzte Sarahs Verstand aus. Handarbeit war eindeutig Coltons Spezialität. *Was für ein Rhythmusgefühl …*

Unter Herzklopfen wurde ihr klar, dass sie ihn noch einmal in sich spüren musste, wie unglaublich sich das, was er gerade mit ihrem Körper anstellte, auch anfühlen mochte. Sie wollte, dass ihre Fantasie wahr wurde, ganz oder gar nicht. Und sie würde nicht zulassen, dass sie an ihrem Geburtstag mit einer enttäuschten Muschi ins Bett ging.

„Lass es uns mit einer anderen Position probieren." Sie drehte sich um, stützte sich an der Wand ab und presste ihren nackten Hintern gegen Colton.

Er nahm die Einladung an und schlang einen kräftigen muskulösen Arm um ihre Taille, während er sie mit der anderen Hand vorbereitete. Mit einem einzigen festen Stoß glitt er in sie und stöhnte dabei tief und kehlig auf.

„Fuck, bist du eng …", murmelte er schwärmerisch.

Schön, dass es dir gefällt. Dann hat sich das Beckenbodentraining ja gelohnt. Und die wenige Action da unten auch.

Sie stützte sich ab und bog sich ihm entgegen.

Oh Gott. Sie spürte, wie er gegen ihre Klit prallte und

immer schneller in sie hinein- und wieder hinausglitt. *Oh, fühlt sich das gut an.* So hatte sie noch kein Mann gefickt.

Colton beugte sich über sie und besorgte es ihr hart von hinten, während er sie mit seinen starken Armen festhielt. Bei jedem Stoß stemmte sie sich ihm entgegen und bestimmte dabei mit dem Winkel ihrer Hüften, wie tief er in sie drang.

„Hör nicht auf, ich bin so nah dran", flüsterte sie.

„Sarah. Verdammt, zur Hölle, Sarah!" Er stieß weiter in sie und richtete seine Eichel auf den köstlichen Punkt tief in ihrem Inneren aus. Gleichzeitig schob er eine Hand zwischen ihre Beine und streichelte ihre Klit im Rhythmus seiner Stöße.

Unwillkürlich verkrampfte sie die Zehen in ihren spitzen roten Heels, presste die Fäuste zusammen und schaute über ihre Schulter, um Coltons Mund zu suchen. Er küsste sie mit seiner heißen Zunge und seinen vollen Lippen, keuchte in sie.

„Härter", stöhnte sie. „Fick mich härter."

Er packte sie fest beim Haar, stieß unablässig zu und umkreiste mit der anderen Hand weiter ihre Klit.

„Du magst es hart, Sarah? Dann besorg ich es dir hart." Nun stieß er nicht mehr in sie, sondern rammte seinen Schwanz förmlich in sie hinein, wobei er sich hart an der Grenze zwischen Lust und Schmerz bewegte.

Nach einer Weile zog er sich ruckartig aus ihr zurück und drehte sie um. „Ich will dich ansehen, wenn ich komme." Er verschloss ihre Lippen mit seinen, hob Sarah erneut hoch und drückte sie gegen die Wand.

Diesmal hieß ihr Körper seine lange Härte willkommen. Jetzt konnte sie ihn gar nicht tief genug in sich spüren, konnte nicht genug bekommen von seiner Hitze, seinem Geruch, seinen festen Muskeln.

Oh Gott, das ist so gut. Keine Frage, das hier war ihr erster richtiger Fick überhaupt. Es fühlte sich an wie das erste Sahneeis nach einem ganzen Leben mit Frozen Yogurt.

Und das hab ich mir ernsthaft jahrelang entgehen lassen? Sie würde Beschwerdebriefe an ihre Exfreunde verschicken müssen.

„Mehr. Geht gleich los." Die Wandkacheln drückten ihr in den Rücken.

Und dann passierte es. Feuerwerk.

Ihr Körper ging in Flammen auf, und Colton warf den Kopf in den Nacken. Er presste seine Hüften an sie und schob seinen Schwanz in sie, so weit er konnte.

Sein heiseres Stöhnen zog sie noch tiefer in den Strudel ihrer Lust.

Sie stellte sich vor, wie er in ihr explodierte, wie er sich in ihr ergoss, und zerfloss zu einem euphorischen Nichts – kein Körper, keine Gedanken, kein Verstand, nur die Lust, die sie in köstlichen Wellen erschütterte. Die Muskeln in ihrem Schoß schlossen sich um sein hartes Fleisch, massierten ihn im Rhythmus ihrer Zuckungen.

Oh Gott. So viel Lust konnte doch unmöglich wahr sein!

Mit einem letzten Stoß seufzte Colton auf und ließ seine Stirn an ihre sinken. „Unfassbar, Sarah, echt unfassbar."

Ihr Körper zitterte vor Erschöpfung, gleichzeitig trollte sich ihre animalische Begierde zurück in irgendeinen entlegenen Winkel ihrer Seele. Schlagartig wurde Sarah bewusst, was für einen gewaltigen Fehler sie gemacht hatte. *Oh nein. Oh nein, oh nein! Was hab ich da nur angerichtet?*

Keuchend setzte Colton sie auf dem Boden ab und gab ihr einen langen trägen Kuss, der damit endete, dass er mit der Zunge über ihre Unterlippe strich.

Sie war zu fassungslos, um den Kuss zu erwidern.

Er wich zurück. „Alles okay?"

„Ähm …" Sie nickte. „Klar, es ist nur … ich, ähm …" *Scheiße, Scheiße, Scheiße. Was, wenn herauskommt, dass ich mit ihm geschlafen habe? Dann verliere ich alles. Was hab ich da nur angerichtet?* Gnadenlos sickerte die Realität durch. *Und wo war mein logisches Denkvermögen bitte vor fünf Minuten, als ich es dringend gebraucht hätte?*

Sie würde ihres Amtes enthoben werden, so viel stand fest. Sie führte den Vorsitz über seinen Prozess, und was sie hier getan hatte, würde als Machtmissbrauch gewertet werden. Mit einem Angeklagten zu schlafen bedeutete einen gewaltigen Interessenkonflikt. *Scheiße. Was hab ich nur angerichtet?*

„Ich muss gehen." Sie zerrte ihr Kleid herunter und zupfte das Dekolleté zurecht. „Wo ist mein Schuh?" Einer ihrer Heels war ihr vom Fuß gerutscht, als Colton sie gegen die Wand gehämmert hatte mit seinem feuchten Nagel.

„Warte!" Colton zog ein Papiertuch aus der Wandhalterung, entfernte das Kondom und warf es in den Mülleimer. „Warum so eilig? Darf ich dir wenigstens einen Drink ausgeben?"

Er verstaute sein Prachtexemplar wieder in der Lederhose. Sein Haar war eine wilde sexy Masse aus sonnengebleichten Karamell- und Schokoladentönen. Im Ernst, der Mann war einfach umwerfend. *Und er sieht total selbstzufrieden und glücklich aus. Mistkerl.*

„Nein danke. Einen Drink brauche ich ganz sicher nicht." Sie drehte das Türschloss. *Ich bin echt so saublöd.*

Colton drückte die Tür wieder zu, ehe Sarah sie richtig hatte öffnen können.

„Sarah?" Seine Stimme klang tief und schroff.

„Was?", fuhr sie ihn an.

„Danke. Das vorhin war mein Ernst. Ich hatte wirklich einen miesen Tag – eigentlich ein ganzes mieses Jahr. Und du warst genau das, was ich gebraucht habe."

Igittigitt. Nur ein aufgeblasener Rockstar wie er konnte sich ernsthaft einbilden, sein Arschlochgehabe ließe sich kurieren, indem er auf einer Clubtoilette eine Wildfremde vögelte.

Offenbar war ihr der Ekel anzusehen, denn Colton fragte: „Was?"

„Versuch doch mal, dich wie ein Erwachsener zu benehmen – mir ist zu Ohren gekommen, dass das Wunder wirkt, wenn man verhindern will, dass man sich das ganze Leben versaut."

Und das ausgerechnet von dir, Fräulein Ich-hab's-mir-gerade-auf-dem-Klo-besorgen-lassen!

Sein Gesichtsausdruck wurde säuerlich, und er zerrte an der Klinke. „Sieht ganz so aus, als wäre ich an eine kleine verurteilende Schlampe geraten."

Sarah spürte, wie sie rot vor Wut wurde. „Oh, du hast ja keine Ahnung, wie verurteilend." Sie drängte sich an ihm vorbei auf den Gang, wo sie von einer langen Gästeschlange mit genervten Blicken verfolgt wurde. „Sorry, Leute." Sie lachte ein bisschen zu laut. „Das Klo gehört jetzt ganz euch."

Eine Blondine mit dicker Brille zeigte über Sarahs Schulter, wobei sie ihr Handy hochhielt. „Das ist Colton Young!"

Sarah drehte sich um und sah Colton aus der Kabine treten und etwas in ein kleines Notizbuch kritzeln. Über den Köpfen der Wartenden bildete sich eine Polonaise aus Handys, die ihn dabei filmten.

Grundgütiger. Schreibt er da eine Songidee auf?

Sie schnaubte fassungslos. Was sie da gerade getan hatten, konnte auch nur ein Typ wie er inspirierend finden. Und nur eine Idiotin hätte sich dermaßen mitreißen lassen.

Feuerrot, verschwitzt und total erledigt wankte Sarah an den Tisch zurück, wo Taylor, deren Mann und Holly lachend an ihren Getränken nippten.

Taylor erwischte sie bei dem Versuch, ihre Wackelpuddingbeine davon abzuhalten, einfach nachzugeben.

„Hey! Wir waren schon kurz davor, einen Suchtrupp loszuschicken!“ Taylor winkte. „Warst du etwa ohne uns tanzen? Du siehst total verschwitzt aus.“

Sarah blieb vor dem Tisch stehen. Alles drehte sich, und sie atmete immer noch viel zu schnell. „Lange Schlange vor dem Klo, und dahinten ist die Klimaanlage ausgefallen.“

„Ich sag Bennett Bescheid, dass er mal mit dem Manager reden soll“, erwiderte Taylor.

„Und? Hast du ihn schon kennengelernt?“, fragte Holly, eine groß gewachsene Blondine mit Endlosbeinen.

Sarah machte große Augen. „Wie bitte?“

„Mr. Right! Du weißt schon, wegen des Cookies! Bist du auf dem Weg zum Klo deinem Traummann über den Weg gelaufen?“

Sarah lächelte verkrampft. *Von „Traummann“ würde ich nicht gerade sprechen. Und meine Karriere kann ich auch beerdigen.*

3. Kapitel

Am Montagmorgen parkte Sarah auf dem für sie reservierten Platz in der Tiefgarage des Gerichts, schaffte es aber nicht, das Lenkrad loszulassen. Wie sollte sie diesen Tag nur durchstehen? Das hier war grauenhaft. Absolut grauenhaft, und es würde noch schlimmer werden.

Und nein, das war nicht übertrieben. Zu diesem Schluss war sie nach einem ganzen Wochenende angestrengter Kopfarbeit gelangt.

Am Freitagabend hatte sie einen letzten Drink mit ihren Freunden genommen und war dann allen Vorhersagen gerecht geworden, indem sie nach Hause ging. Alle hatten sie ausgelacht und sie damit aufgezogen, was für ein „Leichtgewicht" sie sei, was daran läge, dass sie jetzt „eine alte Frau" und insgesamt sowieso eine „Spaßverderberin" sei. Alle bis auf Bennett Wade, der sie nach draußen bis zum Taxi begleitet und die Gelegenheit genutzt hatte, um ihr einen Rat mit auf den Weg zu geben: „Es ist nichts Verwerfliches daran, seinen Weg mit ein paar Leichen zu pflastern, Sarah. Hier geht es um deine Karriere, und wenn sich jemand mit dir anlegt, hast du jedes Recht der Welt, diesem Jemand die Eier abzureißen."

Sarah hätte sich wegen seiner Wortwahl fast an ihrer eigenen Zunge verschluckt. „Danke, Bennett." *Aber von anderer Leute privater Körperregionen hab ich vorerst genug.*

„Nein", hatte er gesagt und sie fest am Arm gepackt. In seine eisblauen Augen trat eine Ernsthaftigkeit, die Sarah schlagartig nüchtern werden ließ. „Ich glaube nicht, dass du mich verstanden hast. Ich kenne eine Menge Leute – einflussreiche Leute. Und wenn dich dein Vorgesetzter nicht anständig behandelt, können wir etwas dagegen unternehmen."

Hätte sie durch Taylor nicht Bescheid gewusst über Bennetts extrem fürsorgliche Gutmenschseite *(... schmacht!)*, hätte sie vermutlich den Eindruck gewonnen, dass er von illegalen Maßnahmen sprach. Aber Bennett, ehemaliger Eigentümer eines der weltgrößten Unternehmen für Industriemaschinen, war der Typ Mann, der tatsächlich in engem Kontakt mit Senatoren und Kongressabgeordneten stand. Er brauchte nur den Telefonhörer abzunehmen, um die Sache ins Rollen zu bringen.

„Danke, Bennett", wiederholte sie, ehe sie in ihr Taxi kletterte. „Ich weiß das wirklich zu schätzen, aber wie man sich bettet, so schläft man. Und ich kuschle ungern mit abgerissenen Eiern." *Pfui Spinne!* Den letzten Satz hatte sie allein dem Whiskey zu verdanken.

Das restliche Wochenende über hatte sie ihren leichten Kater betüddelt und lange und gründlich darüber nachgedacht, mit welcher Taktik sie ihrer Karriere am wenigsten schaden würde. Außerdem hatte sie den Babysitter für Marias zehn- und zwölfjährige Söhne Anthony und Benjamin gemacht. Sie half der Familie ein paar Mal die Woche aus, vor allem, weil die Jungs echt toll waren und sie die Arbeit im Handumdrehen vergessen ließen.

Am Sonntagabend hatte sie jedoch all ihre geistigen Kapazitäten aufgebraucht und war zu dem Schluss gekommen, dass ihre Optionen immer noch dieselben waren: a) still und leise kündigen oder b) kein Wort über die Sache verlieren. Wenn sie nicht von ihrem Amt zurücktrat, würde sie allerdings Coltons Urteil verkünden müssen, was einen wirklichen Bruch des Verhaltenskodexes darstellte. Es war durch und durch falsch und ein gewaltiger Interessenkonflikt, einen Mann zu verurteilen, mit dem sie geschlafen hatte. Und wenn sie versuchte, den Fall auf einen anderen Richter abzuschieben, würde Wright wissen wollen, warum. Was bedeutete, dass sie lügen musste, was eine ganz neue Art von Problemen mit sich bringen würde, angefangen damit, dass sie aus Prinzip nicht log. Jetzt nicht und überhaupt nie. Also musste sie die Wahrheit sagen und würde so oder so ihres Amtes enthoben werden.

Egal, aus welcher Perspektive man es betrachtet – ich bin am Arsch! Freiwillig zurückzutreten war die einzig richtige Entscheidung.

Sarah ließ das Lenkrad los und rieb sich das Gesicht. Sie konnte einfach nicht fassen, dass das wirklich passierte. Ein bisschen köstlicher, sündiger, kopfloser, heißer, animalischer Sex hatte innerhalb von fünf Minuten jahrelange akribische Planung und harte Arbeit zunichtegemacht. Sie hatte Jura in Harvard studiert, Scheiße noch mal! Harvard, verdammt! Das war echt nicht leicht gewesen. *Oder billig. Und ich hab alles in den Sand gesetzt wegen eines Typen und des Inhalts seiner sexy Lederhose.* Es war das zweite Mal, dass ihr Leben wegen eines Badboys aus der Bahn geriet, der sich nur für sich selbst interessierte und systematisch alles zerstörte, was seinen Weg kreuzte.

Na los, Sarah. Schieb ihm ruhig die ganze Schuld in die Schuhe. Aber niemand hat dir eine Knarre an den Kopf gehalten und dich dazu gezwungen, es mit ihm zu treiben.

Sarah fischte in ihrer Tasche nach ihrem Angestelltenausweis und spürte die glatte Goldfolie der Schachtel unter ihren Fingern, in der Taylor ihr am Freitag den Cookie überreicht hatte. Sie holte die Schachtel hervor, starrte sie an und strich mit dem Zeigefinger über die strukturierte Pappoberfläche. Sie glaubte nicht an die Wirkung der Cookies, auch wenn sie verstehen konnte, warum manche es taten. Trotzdem brach sich in ihr ein starkes Gefühl Bahn, als sie daran dachte, wofür die Cookies standen: Glück. Sein Leben mit jemandem zu teilen, der einen wirklich verstand. Wahre Liebe. Auf all das hatte sie für ihre Karriere verzichtet, eine Karriere, die sie jetzt aus dem Fenster warf für einen Mann, den sie kurz begehrt hatte, eigentlich aber gar nicht wollte.

Wie traurig. Sie öffnete die Schachtel und entdeckte darin den Miniaturumschlag, auf den das Logo und die Adresse des Happy Pants Cafés gestempelt waren. Den hatte sie ganz vergessen.

Sie zog einen handgeschriebenen Brief von der Cafébesitzerin Ms. Luci heraus.

Liebe Sarah,
wir vom Happy Pants Café wünschen Ihnen alles Gute zum Geburtstag. Wir hoffen, dass Ihnen der beiliegende Leckerbissen, den Ihre liebe Freundin Taylor für Sie gekauft hat, geschmeckt hat. Taylor sagt, dass niemand die Liebe so sehr verdient hat wie Sie. Deswegen backe ich jeden Cookie in der tiefen Hoffnung, dass die Person, die ihn isst, ihr Herz, ihren Verstand und ihre Seele für all die Möglichkeiten öffnet, die das Leben bereithält.
Alles Gute zum Geburtstag, Kindchen.
Herzlichst
Ms. Luci

Sarah blickte vom Papier hoch. *Was zum Teufel?* Was bildete sich diese Frau überhaupt ein, ihr einen Brief über Liebe und Möglichkeiten zu schreiben, und über … was auch immer das alles heißen sollte! *Weil es mir nämlich ganz prächtig geht! Genau, richtig, richtig super!*

Woraufhin sie in sich zusammensank und anfing zu heulen.

Nach einigen Minuten trocknete sie ihre Tränen und wappnete sich innerlich dafür, in Wrights Büro zu marschieren und ihre Kündigung einzureichen.

Okay, bringen wir's hinter uns.

Sie nahm den kleinen Umschlag und schob ihn sich als Glücksbringer in die Vordertasche ihrer schwarzen Anzughose.

Wenn es so was wie Glück doch nur geben würde! Ich könnte im Augenblick nämlich den einen oder anderen Eimer voll davon brauchen.

Abgestandener Zigarrenrauch. Miefige Fürze. Staub. Das waren die wichtigsten Zutaten, aus denen sich das Potpourri köstlicher Düfte in Richter Wrights Höhle des Verderbens zusammensetzte.

Magisch. Sarah würgte, während sie vor seinem Schreibtisch – einer abgenutzten Antiquität, auf der sich Fallakten, Gesetzesbücher und Notizzettel türmten – darauf wartete, dass er sein Telefonat beendete.

Richter Wright war ein dürrer Mann mit einem Gesicht, das an einen runzligen Apfel erinnerte. Sein silbernes Haar wies Ähnlichkeit mit geriebenem Käse auf, seine Augen hatten die Farbe von matschigen Bananen – eine Art mattes Durchfallbraun. *Gerade eben so kein Fall für die Fruchtfliegen.*

Richter Wright kratzte sich den silbernen Bart und nickte. „Mhm. Hm. Ah. Aha ...“

Ein Mann vieler Worte. „Euer Ehren, Sir, dürfte ich vielleicht?“ Sie musste in fünf Minuten im Gerichtssaal erscheinen, und nach diesem Gespräch würden einige Leben und etliche Prozesse neu sortiert werden müssen.

Er drehte sich mit seinem Lederstuhl herum, sodass er ihr den Rücken zukehrte. „Ach, ist das so? Ausgesprochen interessant. Aber ja, ich denke, dieser Bitte kann ich nachkommen.“ Er gluckste neckisch. „Du ungezogenes kleines Ding.“

Redete er da gerade mit einer Frau? Flirtete er etwa? *Gott stehe der armen Dame bei, wer sie auch sein mag.*

Er fuhr fort: „Jepp. Jepp, verstanden." Er senkte die Stimme zu einem äußerst gut verständlichen Flüstern. „Aber für dich doch immer, mein kleines Sahnetörtchen." Und dann kicherte er.

Sahnetörtchen? Ich fürchte, jetzt muss ich mir Stricknadeln durch die Trommelfelle rammen. Auf dass sie nie wieder gezwungen sein würde, solch widerwärtiges Süßholzgeraspel zu vernehmen.

„Tschüss, mein süßes Schnuppelchen. Auf ein baldiges Wiedersehen." Er seufzte und drehte seinen Stuhl zurück zum Tisch, wo er den Hörer auf die Gabel pfefferte und sie unverhohlen genervt musterte. „Wie kann ich Ihnen helfen, Richterin Alma?", grollte er.

Oh Mann. Das konnte ja lustig werden. „Ich muss mit Ihnen reden."

„Nun", schnappte er, „das ist ja schön für Sie, aber da sind Sie wirklich nicht die Einzige. Wenn es nicht um Leben und Tod geht, müssen Sie einen Termin vereinbaren." Er bewegte das Handgelenk, um auf seine Uhr zu schauen. „Jetzt muss ich los zu meinem ersten Prozess heute. Da werden ein paar Köpfe rollen." Er stand auf und griff nach der Robe, die an einem Haken hinter seinem Schreibtisch hing.

„Sir, setzen Sie sich", knurrte sie.

Richter Wright schoss ihr einen Blick zu.

Sie beugte sich vor und hieb mit der Hand auf die einzige freie Stelle auf dem Tisch. „Sofort, bitte."

Richter Wright runzelte die Stirn. „Was ist denn in Sie gefahren, Weib?"

Weib? Was war der Typ, ein Höhlenmensch? „Ich bin hier, um zu kündigen, und das geht nicht ohne Sie."

Er hob seine weiß melierten Brauen. „Nun …" Er grinste und setzte sich. „Immerhin haben Sie jetzt meine volle Aufmerksamkeit."

Sarah starrte ihn an und fühlte sich auf seltsame Weise beschämt. Als hätte er irgendwie gewonnen, ohne dass sie sagen konnte, wie.

„Wie gesagt", sie atmete trotz der widerlichen Luft tief durch, „bin ich hier, um von meinem Amt zurückzutreten. Mit sofortiger Wirkung."

Er lehnte sich in seinem Stuhl zurück und verschränkte die Arme vor seiner schmalen Brust. „Dürfte ich fragen, warum eine so sture und selbstgerechte Frau wie Sie ihren Job aufgeben will?"

Sie betrachtete ihre Füße. „Ich, äääh …"

Sie hatte sich zwar genau zurechtgelegt, was sie sagen wollte, doch nun ließ ihr Gedächtnis sie im Stich. Ganz gleich, wie sie reagierte – ihr Rücktritt würde für eine Menge Drama und öffentliche Spekulationen sorgen. Und sie wollte nicht mit dem Gefühl leben müssen, etwas Falsches getan zu haben. Klar war es eine wahnsinnig schlechte Idee gewesen, mit Colton Young zu schlafen, aber jetzt war sie hier, um das Richtige zu tun und die Dinge wieder ins Lot zu bringen.

Sie räusperte sich. „Ich hatte privaten Kontakt mit einem Angeklagten. Nach dem Verfahren. Vor dem Urteil. Es handelt sich um einen Interessenkonflikt, und ich möchte meinen Eid nicht brechen."

Wright brach in schallendes Gelächter aus, das langsam abebbte und nach etwa einer Minute verklang. „Ist das alles?"

Sarah blinzelte schockiert. „Ähm, ja."

„Wenn man mir einen Cent für jede Person schenken würde, die in meinen Gerichtssaal spaziert ist, obwohl ich sie gut kannte, hätte ich es nicht nötig, als Richter zu arbeiten."

Sie kannte Colt allerdings besser als „gut". Sie hatten Sex gehabt, kein Sandwich geteilt. „Worauf wollen Sie hinaus, Sir?"

Wrights hölzerner Chefsessel stöhnte, als sich der Richter vorbeugte. „Ich will damit sagen, dass Sie *nicht* zurücktreten werden – jedenfalls nicht, solange ich hier das Sagen habe. Das würde nur meine Fähigkeit infrage stellen, dieses Gericht zu leiten, und anders als Sie verfolge ich noch berufliche Ziele."

Also ging es ihm nur um seinen Ruf? Warum bloß standen die persönlichen Motive ihrer Kollegen einem korrekten Verhalten so oft im Weg?

Sarah straffte die Schultern. „Ich kann nicht bleiben. Auch wenn Sie diesen Prozess einem anderen Richter zuteilen, habe ich dennoch einen schwerwiegenden Fehler begangen."

Wright erhob sich langsam von seinem Stuhl. In seinem Blick brodelte es, sein Gesicht war leuchtend rot.

„Sie, Miss Alma, werden vergessen, dass wir dieses Gespräch jemals geführt haben. Sie werden weiter Ihre Pflicht tun und jetzt verdammt noch mal sofort aus meinem Büro verschwinden. Habe ich mich deutlich genug ausgedrückt?"

„Aber …"

„Raus!" Er zeigte auf die Tür.

Mist. Er würde nicht zulassen, dass sie zurücktrat. Jedenfalls nicht still und leise.

Zögerlich drehte sie sich um und spürte dabei, wie dringend sie eine kurze Pause brauchte, um sich neu zu sortieren. Vielleicht würde sie doch noch einmal über Bennett Wades Angebot nachdenken müssen.

„Und, Miss Alma?"

Sarah warf ihm wortlos einen Blick über die Schulter zu.

„Ehe ich es vergesse: Die Urteilsverkündung im Fall Colton Young wurde verlegt. Auf heute, um genau zu sein."

Was? „Warum?"

Richter Wright verzog die Lippen zu einem abfälligen Lächeln. „Weil Sie ihn zu dreißig Tagen gemeinnütziger Arbeit verurteilen werden. In dieser Einrichtung hier, mit sofortigem Beginn." Wright kritzelte etwas auf ein Stück Papier und reichte es ihr über die Bücherstapel auf seinem Tisch.

„Betrachten Sie das als zweite Chance, Miss Alma. Jeder hat eine zweite Chance verdient. Auch Frauen mit einer Schwäche für schmuddelige öffentliche Toiletten."

Oh Scheiße. Er wusste Bescheid. „Wie haben Sie es herausgefunden?"

„Ein kleines Paparazzovögelchen hat es mir zugezwitschert. Aber keine Sorge, ich habe mich darum gekümmert." Er tätschelte das Handy auf seinem Tisch. „Ich bin nun der Besitzer des einzigen existierenden Videos, in dem Sie und Mr. Young zusammen eine Toilettenkabine verlassen. Was bedeutet, dass Sie mir etwas schulden. Und mit ‚etwas' meine ich so ziemlich alles."

Doppelscheiße.

Er fuhr fort: „Und nur, damit wir uns richtig verstehen, Miss Alma – Sie hängen jetzt voll in der Sache drin. Wenn er seine dreißig Tage nicht ableistet und nicht in dreiunddreißig Tagen für den Auftakt seiner Welttournee auf der Matte steht, dann sind Sie am Ende – und das Video gerät an die Öffentlichkeit. Verstanden?"

Sie schüttelte den Kopf. „Um ehrlich zu sein, nein."

Seine braunen Knopfaugen verengten sich zu schmalen Schlitzen. „Sagen wir einfach, ich habe ein paar Freunde in hohen Positionen. Und einige von ihnen haben investiert und fänden es äußerst unerfreulich, wenn Mr. Young Konzerte ausfallen lässt. Und abgesehen davon kann ich nicht tolerieren, dass dieses Gericht in den Ruf gerät, allzu lasch mit Prominenten umzugehen. Verstehen Sie mich jetzt?"

Sarah verstand nicht nur, sie war schockiert. Zutiefst und bis ins Mark erschüttert. Unterm Strich hatte Richter Wright ihr gerade mitgeteilt, dass Colton keine Tourneetermine absagen konnte, weil dadurch jemand Geld verlieren würde. Andererseits musste dieser Colton aber auch hart genug bestraft werden, damit Richter Wright – oder einer seiner Freunde, für dessen Karriere das öffentliche Image des Gerichts von Bedeutung war – nicht in den Verdacht der Begünstigung geriet. Ob es sich vielleicht um den Gouverneur handelte, der Wright auf seinen aktuellen Posten berufen hatte?

Scheiß drauf! Ich kann nicht zulassen, dass er mich so in der Hand hat.

„Da spiele ich nicht mit", sagte sie. „Ich könnte dafür angeklagt werden, bei seiner Verurteilung den Vorsitz geführt zu haben, wenn sich herumspricht, dass … dass …" Sie brachte es einfach nicht über sich, es laut auszusprechen. „… was Freitagabend passiert ist."

Richter Wright erhob sich. „Hat hier jemand etwas über Freitag gesagt? Denn soweit ich weiß, kann das Video auch drei Monate alt sein." Er warf ihr ein boshaftes Grinsen zu. „Und in Anbetracht der ersten Episode mit Mr. Young in Ihrem Gerichtssaal, die überall im Fernsehen lief, und dem extrem milden Urteil, das Sie damals gefällt haben, würde wohl kaum jemand an meiner Aussage zweifeln, dass dieses Video bereits zu der Zeit entstanden ist." Er schüttelte den Kopf und seufzte. „Aber wer könnte es Ihnen schon verdenken, Miss Alma? Colton Young ist ein sehr gut aussehender Mann. Ich bin sicher, dass alle Welt verstehen wird, wie verlockend es war, Ihre Macht für einen Tauschhandel zu nutzen – Sex gegen ein mildes Urteil." Wright hob die Brauen.

Was? Das konnte er nicht machen! Er drohte ihr damit, ihr genau das Verbrechen unterzujubeln, das sie mit ihrem Rücktritt hatte verhindern wollen!

Tatsächlich ist seine Version sogar noch viel schlimmer.

„Das ist Erpressung!" Sarahs Füße verschmolzen mit den kalten, in Behördenbeige gehaltenen Bodenfliesen. „Ich will doch nur das Richtige tun – ich kann ihn nicht verurteilen!" Vor allem, weil das Urteil, das Wright forderte, extrem milde war. Dreißig Tage gemeinnützige Arbeit mussten Leute leisten, die es versäumt hatten, ein Knöllchen zu bezahlen. Wenn Wright unter diesen Umständen jemals das Video veröffentlichte und behauptete, dass es schon früher entstanden war, würde es so wirken, als hätte sie Colt gleich zweimal übertrieben nachsichtig bestraft. Das Justizministerium würde sie ihres Amtes entheben. Man würde ihr Berufsverbot erteilen. Und dann würde man sie eines Verbrechens anklagen.

Korruption. Behinderung der Justiz. Eine Gefängnisstrafe. Sie schluckte.

„Ja, das ist Erpressung." Wright wies mit dem Zeigefinger auf sie. „Weswegen ich Ihnen dringend rate, genau das zu tun, was ich sage. Wenn Sie mich jetzt entschuldigen würden – ich muss zu meinem Verfahren. Ich gehe davon aus, dass Mr. Young Ihr ausgesprochen durchdachtes und faires Urteil voll und ganz befürworten wird und Sie dafür sorgen, dass er in vier Wochen für seinen Auftritt in L. A. bereit ist. Haben wir uns verstanden?"

Sarah wusste nicht, was sie sagen sollte, und außerdem war ihr sterbensübel. Also nickte sie bloß.

„Gut. Übrigens habe ich dafür gesorgt, dass Colton Young heute als Erster auf Ihrer Liste steht." Er warf einen Blick auf die Uhr. „Und Sie sind spät dran." Er schlenderte an ihr vorbei, sodass sie den fauligen Gestank nach altem Furz und verdorbener Seele ganz allein genießen konnte.

Das war nun wirklich überhaupt nicht so gelaufen wie erhofft.

4. Kapitel

Obwohl sie sowieso schon zu spät dran war, zog sich Sarah noch einmal in ihre Kammer zurück, um ihre Würde zurückzugewinnen, die ein Sattelschlepper namens Wright gerade unter sich zermalmt hatte. Mit seiner schamlosen Erpressung hatte er sie völlig überrumpelt und ihr keine andere Wahl gelassen, als mitzuspielen. Denn die Alternative war nicht nur öffentliche Bloßstellung, sondern auch eine Gefängnisstrafe.

Grundgütiger. Niemals hätte sie gedacht, dass ihr Leben eines Tages so verkorkst sein würde und so verwoben mit diesem ... diesem Rockstartypen mit seiner verantwortungslosen Einstellung. Wie zur Hölle sollte sie dafür sorgen, dass er seine Sozialstunden ableistete oder zu irgendeinem gottverdammten Konzert erschien? Sie war doch nicht sein Babysitter, und der Mann war ein Vollblutrebell!

Oh Scheiße. Scheiße, ich bin erledigt. Sie ließ sich auf den Lederstuhl hinter ihrem Schreibtisch fallen und legte sich die Hand auf ihr rasendes Herz. *Das ist übel. Richtig, richtig übel.*

Jemand klopfte an die Tür.

„Herein!“, rief Sarah mit matter Stimme.

Marias brauner Haarschopf schob sich hindurch. „Kannst du mir mal erklären, was hier los ist?“

Sarah seufzte und bedeutete ihr einzutreten. „Mach die Tür zu.“

Maria huschte ins Büro. „Ich bin gerade Barb über den Weg gelaufen. Sie meinte, ich soll mal nach dir sehen. Warum zum Teufel hat Wright sie heute Morgen angewiesen, deine Verfahren umzulegen?“

Barb, Sarahs über sechzigjährige Sekretärin, war die vermutlich liebenswerteste Person auf diesem Planeten. Sie hatte fünf Enkelkinder, die sie als „Tapeten" bezeichnete, weil sie jeden freien Zentimeter Wand in ihrem Vorzimmer mit Fotos von ihnen gepflastert hatte. Außerdem hatte sie Brustkrebs gehabt. Sarah hatte sie häufig zur Chemo gefahren, wenn sich sonst niemand fand. Barb erinnerte sie an ihre Mutter, die früher selbst Rechtsanwaltsgehilfin gewesen war und jetzt ihren Lebensabend in Florida verbrachte, von wo aus sie ihre Tochter regelmäßig wissen ließ, dass sie auch gerne ein paar „Tapeten" hätte.

„Ich stecke in der Scheiße. Das ist los", sagte Sarah.

Maria machte eine abwiegelnde Geste. „So schlimm kann es ja wohl nicht sein."

„Ich hab Freitagnacht Colton Young in einer öffentlichen Toilette gevögelt. Reicht das?"

Maria klappte die Kinnlade herunter, und ihre braunen Augen verwandelten sich in riesige Untertassen.

Sarah hob die Hand. „Ich weiß. Ich weiß, ich bin eine Riesenidi…"

Maria quietschte los. „Du bist meine gottverdammte Heldin! Oh mein Gott. Oh mein Gott! Hast du Beweisfotos? Ein Video? Bitte sag ja!"

Sarah wand sich. „Ich nicht. Doch Richter Wright."

„Von dir? Wie Colton Young es dir besorgt? Aber das ist ja total ekelhaft! Und wie komme ich an eine Kopie?"

„Nein! Und … pfui, Spinne! Warum solltest du mich beim Sex sehen wollen?"

„Nicht dich! Ich will *ihn* sehen!"

„Danke für deinen weisen Rat in diesen schweren Stunden."

Maria begann, auf und ab zu hüpfen. „Du böses, böses Mädchen!"

„Psst, nicht so laut", zischte Sarah. „Da draußen könnte sonst wer stehen und uns belauschen."

„Ups." Maria warf einen Blick in Richtung Tür. „Entschuldigung", flüsterte sie. „Aber du musst mir alles im Detail erzählen."

„Da gibt es nicht viel zu erzählen. Ich hab mich abgeschossen. Er war da und hat sich an mich rangemacht. Wir haben gevögelt. Oh – und er hatte keine Ahnung, wer ich bin."

Maria sah aus, als würde sie gleich platzen. „Ich hoffe, dir ist klar, dass ich niemals in meinem ganzen Leben so neidisch auf irgendjemanden – tot oder lebendig – sein werde wie jetzt gerade auf dich." Sie seufzte. „Bitte sag mir, dass er genauso ein Riesending hat wie in meinen Träumen."

Sarah stöhnte auf, nickte dabei aber.

„Ich wusste es!" Maria zeigte auf sie. „Der Typ ist der totale Hengst. Wann siehst du ihn wieder?"

„Sobald das flaue Gefühl in meinem Bauch und der Drang, hysterisch loszuheulen, verschwunden sind. Seine Urteilsverkündung wurde auf heute vorverlegt."

„Oh mein Gott. Oh mein Gott, das ist der Wahnsinn!"

„Nein." Sarah sank über ihrem Schreibtisch zusammen und schüttelte den Kopf. „Das ist überhaupt nicht der Wahnsinn. Richter Wright hat mir die Verantwortung dafür übertragen, dass Colton seine Sozialstunden auch wirklich ableistet. Wenn der Typ nicht mitspielt und das erste Konzert seiner anstehenden Tournee verpasst, lanciert Wright meine kleine Indiskretion an die Presse. Er wird jedem erzählen, dass ich Colton bei seinem letzten Verfahren zu sexuellen Gefälligkeiten gezwungen habe, damit das Urteil milde ausfällt. Und diesmal wieder."

Marias Lächeln wich einem Stirnrunzeln. Langsam schien sie zu begreifen. „Moment mal. Aber das kann er doch nicht machen!"

„Er kann – und er hat bereits."

„Aber warum?"

Sarah zuckte die Achseln. „Ein paar Freunde von ihm haben wohl ein gewisses Interesse an der Angelegenheit, und außerdem ist er ein noch größerer Scheißkerl, als wir bisher angenommen haben."

Maria schnappte verstört nach Luft und stieß sie mit gespitzten Lippen wieder aus. „Und was machst du jetzt?"

Sarah hatte nicht die geringste Ahnung. „In der Mittagspause von der nächsten Brücke springen. Willst du zugucken?"

Maria ignorierte ihren Kommentar und setzte sich auf den Besucherstuhl vor dem Schreibtisch. „Scheiß Wright. Es ist ja nichts Neues, dass er ein sadistisches Arschloch ist – aber das hier? Wow. Einfach nur krass."

„Ich schätze, ich muss mit Colton reden und ihm erzählen, was los ist. Vielleicht bekommt er ja Mitleid mit mir und reißt seine Sozialstunden brav ab." Was für eine Wahl blieb ihr sonst denn schon? Wenn sie jetzt auspackte, würde Wright alles in seiner Macht Stehende tun, um sie so schuldig aussehen zu lassen wie möglich. Sie würde alles verlieren, wofür sie so hart gearbeitet hatte. Und sie konnte auf keinen Fall ins Gefängnis gehen – was durchaus im Bereich des Denkbaren lag. Richter erwartete im Gefängnis ein besonders grauenhaftes Schicksal. „Ich muss einfach nur dafür sorgen, dass Colton sich benimmt, dann wird alles gut."

„Vielleicht solltest du ihm noch mal deine Möpse zeigen", überlegte Maria laut.

Sarah warf ihr einen bösen Blick zu.

„Sorry, war ja nur ein Vorschlag."

„Du kannst es wiedergutmachen, indem du Colton dazu bringst, mich nach der Urteilsverkündung bei meinem Wagen zu treffen."

„Und wie soll ich das anstellen?", fragte Maria.

„Du hast eine Waffe. Denk dir was aus. Und sorg dafür, dass er allein kommt."

„Okay, aber im Gegenzug musst du einen Monat lang Babysitten und mir ein Bild von seinem Penis malen."

Sarah verzog das Gesicht. „Auf die Kinder passe ich doch sowieso auf, und … was stimmt denn nicht mit dir, verdammt? Das ist echt nicht der richtige Zeitpunkt, um Witze zu reißen und sich aufzuführen wie eine Perverse."

Maria tätschelte die Pistole in ihrem Gürtelholster. „Ich bin die mit der Waffe, schon vergessen? Ich darf alles, was ich will." Sie stand auf und ging zur Tür. „Vergiss nicht, die Adern und die ganzen anderen Details einzuzeichnen."

„Oh Gott, du hast echt so einen Schaden. Raus jetzt!" Sarah wusste, dass Maria nur Witze machte und vermutlich versuchte, sie auf diese Weise aufzumuntern. Aber diese Angelegenheit war zu ernst. Und zwischen ihr und dem Gefängnis stand nur ein wilder Rockstar.

Dann rufe ich wohl besser mal Mom an und sag ihr Auf Wiedersehen.

Wenig später verließ Sarah ihre Kammer, so bereit für die Begegnung mit dem Mann, von dem ihr gesamtes Schicksal abhing, wie sie es nur sein konnte. Und das alles bloß, weil er sie in ein irrationales, sexgeiles, läufiges Tierweibchen verwandelt hatte, obwohl sie im wahren Leben null Interesse an ihm hatte. Ihr eigentlicher Typ war – so langweilig das auch klingen mochte – eher Marke „Papa in spe". Einer, dem man auf den ersten Blick ansah, dass er ein Talent dafür hatte, Brotzeitdosen zu packen, Wehwehchen wegzupusten und Windeln zu wechseln. Der Typ, der treu, zuverlässig und liebevoll war.

Und das war Colton Young ganz sicher nicht. *Der ist garantiert der Typ „absenter Vater, der keinen Cent Unterhalt zahlt".*

Trotzdem konnte sie nicht leugnen, dass ihr das Blut in seiner Gegenwart etwas schneller durch die Adern schoss und es in ihrem Höschen ein bisschen wärmer wurde.

Woran genau lag das bloß?

Ihre einzige Erklärung lautete, dass sie als Teenager eine Zeit lang besessen von Badboys gewesen war, eine Phase, die fast vor dem Jugendgericht geendet hätte und ihr Herz in jeder nur erdenklichen Hinsicht gebrochen hatte. Vielleicht hatte sie seit damals irgendeinen unbewussten, total verkorksten Schaden. Aber nur vielleicht.

Heute würde ihre Interaktion mit Colton jedenfalls völlig anders ablaufen. Sie würde nicht anfangen zu stammeln. Sie würde nicht mit diesem Mann und seinem Riesenteil in einer Toilettenkabine verschwinden, und sie würde ihn ganz sicher nicht auffordern, seine Hose abzulegen, obwohl sie eigentlich seine blöde Mütze meinte.

Sarah zupfte ihren blauen Schal zurecht und schob die losen Enden in den Ausschnitt ihres Talars. Dann strich sie ihr Haar glatt und straffte ihren Zopf, in der Hoffnung, damit auch ihr Selbstbewusstsein in Form zu bringen. *Du bist Richterin, verdammt noch mal, keine naive kleine Teenie-Tussi. Du bist selbstbewusst und stark. Und es geht hier um deinen Arsch, also versau das nicht.*

Sie öffnete die Tür, die in den Gerichtssaal führte, und spürte, wie sich ihr der Magen umdrehte.

5. Kapitel

Colton Young saß auf der Anklagebank. Er trug ein weißes Hemd mit hochgekrempelten Ärmeln und sah darin so sexy aus wie nie. Vor ihm lag ein kleines Notizbuch, in dem er herumkritzelte wie ein Wahnsinniger.

Na toll. Vermutlich war es dasselbe Büchlein, das er nach ihrem spontanen Whiskey-Sour-Geburtstagsfick benutzt hatte.

Für einen Mann, der vor Gericht stand, wirkte er nicht sonderlich nervös. Sein breiter Rücken ruhte entspannt an der Stuhllehne, und seine langen muskulösen Beine – gehüllt in eine abgetragene, aber ziemlich teuer aussehende schokoladenbraune Lederhose – hatte er unter dem Tisch ausgestreckt.

Nö, nicht das kleinste bisschen nervös. Der Typ ist die Ruhe selbst.

Ob sich das wohl ändern würde, wenn er sie wiedersah und begriff, dass er vor ein paar Tagen sein bestes Stück in sie gesteckt hatte?

Sarah seufzte, als das unwillkommene, aber wunderbar schlüpfrige Bild von seinem dicken, hammerharten Ding, das in sie glitt, an ihrem inneren Auge vorbeizog. Er hatte sie bis an die Grenzen gedehnt und so vollständig ausgefüllt, dass sie jeden samtigen Millimeter seines Schafts spürte, jede Bewegung, jeden Stoß. Er war der erste Mann überhaupt gewesen, der sie so auf Volltouren gebracht hatte, dass ihr bestes Stück Funken sprühte wie eine Wunderkerze.

Der gottverdammte Kolumbus meiner Vagina.

In der Hoffnung, ihrem Höschen durch Frischluft etwas

Kühlung zu verschaffen, atmete Sarah tief durch, während der Gerichtsschreiber seine Pflicht tat und die Anwesenden bat, sich zu erheben, was Colton völlig ignorierte.

Sarah saß da und tauschte einen Was-zum-Teufel-Blick mit Maria. „Und?“, formte Sarah lautlos mit den Lippen und wies mit dem Kopf auf Mr. Sexy-Lederhose.

„Bitte erheben Sie sich!“, wiederholte Maria laut. Diesmal warnte Coltons Anwalt seinen Klienten mit einer kurzen Berührung an der Schulter.

Colton blickte mit seinen sinnlichen braunen Augen zu ihr auf.

„Oh, klar.“

So langsam wie ein tiefenentspanntes Faultier schälte er sich aus dem Stuhl und kratzte sich an der Schläfe. Heute trug er sein seidiges karamellbraunes Haar zusammengebunden zu einem zerzausten Zopf, der vermutlich schon gestern entstanden war und mindestens eine Runde anstrengende Bettgymnastik und eine ganze Nacht Schlaf überstanden hatte.

Der Anwalt lehnte sich zu Colton herüber und flüsterte ihm etwas zu.

„Verzeihung, Euer Ehren“, sagte Colton mit tiefer rauer Stimme, die so sinnlich und verführerisch klang, dass Sarah sie als Soundtrack für ein paar abendliche Fingerübungen mit Happy End abspeicherte – genauso wie vermutlich alle anderen weiblichen Wesen im Saal.

Colton musterte sie zutiefst gelangweilt. Selbst der Winkel seiner herabhängenden rechten Schulter und seiner nach vorn geschobenen linken Hüfte schrie: Du bist mir scheißegal. Völlig unbedeutend.

Freitagnacht hatte er sie zwar nicht wiedererkannt, inzwischen musste er jedoch wissen, wer sie war! Nachdem er sie geküsst und ihr mit dem Daumen über die Unterlippe gestrichen hatte, ehe er kam?

Sarah starrte ihn in einer Mischung aus Schock und Verärgerung an. Sie hätte zumindest ein kleines Zeichen des Erkennens erwartet, aber da war nichts als Unbeteiligtheit.

„Was?“ Colton sah sie an und zuckte mit den Achseln.

Was für ein Arschloch! „Mr. Young, wie schön, Sie wiederzusehen“, erwiderte sie, biss die Zähne zusammen und setzte ein falsches Lächeln auf. „Ich habe gehört, dass Sie Ihre Strafe gerne so schnell wie möglich antreten und Wiedergutmachung gegenüber der Gesellschaft leisten möchten?“

Coltons Anwalt durchsuchte hastig die Unterlagen auf dem Tisch und hielt ein Blatt Papier hoch. „Das ist korrekt, Euer Ehren. Und wir bitten das Gericht in Anbetracht des breit gefächerten sozialen Engagements meines Klienten und seiner Vergangenheit als unbescholtener Bürger um ein mildes Urteil.“

Na klar. Der Typ ist der reinste Pfadfinder. Während Coltons Anwalt eine lange, lange Liste an Gründen dafür aufführte, weshalb Colton für seine kleine Verfehlung nicht mehr als die Mindeststrafe verdient hatte, spürte Sarah ihren Kampfgeist erwachen.

Am Freitag hatte sie sich vorgenommen, Colton zu einer Strafe zu verurteilen, die ihm eine Lehre sein würde. Es musste schon ein bisschen wehtun, immerhin stand er in der Öffentlichkeit und war ein Vorbild für Jugendliche. Und er war ein talentierter Musiker. Wenn er keinen anderen Kurs einschlug, warf er alles weg und enttäuschte Millionen Fans, die zu ihm aufblickten.

Doch auf der anderen Seite konnte sie ihn nicht anders behandeln als den Rest, nur weil er berühmt war. Er hatte genauso eine faire Behandlung verdient wie jeder andere auch.

All das lief auf einen einfachen Gedanken hinaus. Wäre Colton Young nicht Colton Young, würde sie ihn nicht drakonisch bestrafen, sondern ihn dazu drängen, sein Leben zu ändern. Jeder kam hin und wieder mal vom rechten Weg ab. Manche fanden nie mehr dorthin zurück, andere schon. Und Colton war von einem Gesetzeshüter fälschlich beschuldigt worden. Kurz gesagt: Es war nicht ungerecht, ihn mit einer strengen Warnung und dreißig Tagen gemeinnütziger Arbeit davonkommen zu lassen. Es war sehr gut möglich, dass sie auch ohne den ganzen Mist, der passiert war, zu diesem Ergebnis gekommen wäre.

Sarah hob das Kinn. Zumindest würde sie sich diesem Mann gegenüber anständig verhalten. Trotz allem würde einem winzigen Stückchen Gerechtigkeit Genüge getan werden.

Der Anwalt beendete sein Plädoyer, und Sarah suchte widerwillig Coltons durchdringenden Blick. „Das Gericht verurteilt Sie hiermit zu dreißig Tagen gemeinnütziger Arbeit. Sie sind angewiesen, sich zu melden bei …“ *Mist. Wo habe ich bloß den Zettel mit der Adresse dieser möchtegernwohltätigen, publicitygeilen Einrichtung, die Wright für ihn ausgesucht hat?*

Sarah machte Anstalten, den Frontreißverschluss ihrer Robe zu öffnen, hielt dann aber inne. *Ich hab doch Klamotten an, oder?*

Du Idiotin, natürlich hast du das! Die Angst, plötzlich nackt im Gerichtssaal zu stehen, war ihr schon lange vertraut. Ständig hatte sie Albträume, in denen sie unter ihrem Talar nichts trug, ihn öffnete und sich der ganze Gerichtssaal an ihrem Anblick ergötzte. Das hatte bestimmt irgendeine versteckte Bedeutung.

Genau, dass ich befürchte, ich könnte exhibitionistische Neigungen haben.

Sie öffnete ihre Robe und holte den Zettel mit der Adresse aus ihrer Hosentasche, den sie an Maria weiterreichte, die ihn wiederum Coltons Anwalt gab.

„Mr. Young", sagte Sarah in ihrem strengsten Tonfall. „Hunderttausende junger Menschen blicken zu Ihnen auf, und ich glaube, dass Sie der Gesellschaft schaden, indem Sie regelmäßig in Konflikt mit dem Gesetz geraten. Ich möchte, dass Sie begreifen, dass Sie gerade eine zweite Chance bekommen. Vertun Sie sie nicht. Und ich will Sie niemals wieder in diesem Gerichtssaal sehen."

Colton neigte den Kopf zur Seite, als studiere er sie ganz genau, sagte aber nichts.

„Mr. Young?", knurrte Sarah fast, und sein Anwalt stupste ihn mit dem Ellenbogen.

„Oh. Ja, Euer Ehren."

„Gut." Sarah schlug mit dem Hammer auf den Block und stand auf, wobei sie dem berüchtigten Playboy auf der Anklagebank einen letzten Blick zuwarf. Seltsamerweise starrte er sie noch immer an, als wäre er verwirrt. Sehr, sehr verwirrt.

Sie kehrte in ihre Kammer zurück und seufzte tief, sobald sie die Tür hinter sich ins Schloss fallen hörte.

So macht man das. Sie schlug sich selbst in die Faust. Colton Young hatte sie nicht aus der Fassung gebracht. *Deine Superkräfte sind erloschen, Freundchen!*

„Gut gemacht, Miss Alma. Und jetzt verraten Sie mir doch bitte noch, wie Sie dafür sorgen wollen, dass unser berühmter Rockstar seine Strafe auch antritt."

Fünf Minuten nach Ende der Urteilsverkündung blickte Sarah zum dunklen Lord Darth Wright auf und unterdrückte ein angewidertes Stöhnen.

„Nun?" Er verschränkte die Bleistiftarme vor seiner Hühnerbrust.

„Ähhh ..." Wenn sie ehrlich war, war ihr Plan noch gar nicht so weit gereift. Und abgesehen davon wartete sie gerade angespannt auf die Nachricht, die Maria ihr jeden Augenblick schicken würde, um ihr mitzuteilen, ob sie Mr. Lederhose hatte überzeugen können, allein in die Tiefgarage zu gehen, wo eine „Person von Interesse" über etwas „sehr Wichtiges" mit ihm sprechen wollte.

Sarah nickte Wright zu. „In Arbeit, Sir. Mit vollem Einsatz."

Seine grauen Brauen zogen sich zusammen. „Ich hoffe, das ist tatsächlich so, denn es steht auch mein Ruf auf dem Spiel."

Du widerst mich an, du bösartiger kleiner Mann! Er dachte nur an sich selbst. Nicht daran, was er ihr angetan hatte. Nicht an den Eid, den er geleistet hatte, oder den Verhaltenskodex, den er gebrochen hatte.

Ihr Handy brummte auf dem Tisch. Sie ignorierte es in der Hoffnung, ihren persönlichen Albtraum Wright schneller loszuwerden. „Verstanden, Sir."

Er musterte sie durchdringend. „Nun gut. Nächste Woche erwarte ich einen vollständigen Bericht über Mr. Youngs Fortschritte. Und keine Überraschungen."

„Ja, Sir."

Mit einem skeptischen Nicken verließ er ihre Kammer, und Sarah schnappte sich ihr Telefon.

Maria: *„Adler ist im Nest."*

Adler? Was waren sie? Spione im Ersten Weltkrieg?

Sarah: *„Unterwegs."*

Sie sprang auf und bahnte sich den Weg durch den behördenweißen Gang, den geschmacklose goldgerahmte Bilder von Richtern am Obersten Gerichtshof säumten, und flitzte die Treppe hinab in die Tiefgarage.

Sarah drückte die schwere stählerne Sicherheitstür auf. Dahinter stieß sie auf Maria, die vor Colton stand, der an ihrem roten Audi lehnte.

Maria nickte Colton ruppig zu. „Ah, da ist sie ja. Dann lass ich Sie beide mal allein."

Im Vorbeigehen flüsterte Sarah ihrer Freundin zu: „Wie hast du das hinbekommen?"

„Ich hab ihm erzählt, dass ein Sicherheitsrisiko besteht und er mit mir mitkommen muss."

Das war so, sooo verboten und so, sooo genial. *Gott, ich erkenne mich ja selbst kaum mehr wieder!* Nicht nur, dass sie eine Grenze nach der nächsten übertrat – sie zog auch andere mit sich in den Sumpf.

„Danke. Tut mir leid, dass ich dich in die Sache mit hineingezogen habe."

„Das braucht dir echt nicht leidzutun! Ich finde das alles total aufregend – in deinem Gerichtssaal passiert ja sonst nie was Spannendes", flüsterte Maria.

Sarah verzog eine Braue. „Ooo-kay." Sie tätschelte Maria die Schulter und ging auf Colton zu, der stinkwütend zu sein schien.

„Schätze, das Sicherheitsrisiko gab es nie", knurrte er. „Also, was soll das alles? Sind Sie irgendein durchgeknallter Fan?"

In seinen haselnussbraunen Augen brodelte es, und seine ausgeprägten Kiefermuskeln pulsierten vor Anspannung, genauso wie seine kräftigen Armmuskeln. Arme, die vor einer breiten Brust verschränkt waren, die Sarah weder hingerissen anstarren noch auch nur in Gedanken anfassen würde.

Verdammt, jetzt hab ich doch daran gedacht. „Colton, hör auf mit dem Scheiß. Wir müssen reden."

Er sah sie scharf und voller Misstrauen an.

Okay. Er wollte also wirklich so tun, als wäre sie nichts weiter als einer seiner liebestollen Fans? „In Ordnung. Wenn du so an die Sache herangehen willst, meinetwegen. Ich habe dich hier hinunterbringen lassen, um dich zu warnen. Du darfst die Sache mit den Sozialstunden auf keinen Fall vermasseln. Ein paar einflussreiche Leute beobachten dich, und sie werden schlimme Dinge tun, wenn du deine Strafe nicht ordnungsgemäß hinter dich bringst. Ein Räuspern im falschen Moment, eine Beschwerde, ein kleines …"

Colton kratzte sich scheinbar tief in Gedanken versunken die Wange. Er schien überhaupt nicht bei der Sache zu sein.

„Hey, das ist eine ernste Angelegenheit. Würdest du mir endlich mal zuhören?" Sie stupste ihn an der Schulter.

Sein Blick ging zu der Stelle, an der sie ihn berührt hatte, als hätte sie seinen VIP-Luftraum verletzt. „Keine Ahnung, was das alles soll. Ist das irgendeine schräge Fantasie? Sind Sie auf mich fixiert? Egal, ich steh jedenfalls nicht auf Sie. Und jetzt", er stieß sich vom Wagen ab und schlenderte an ihr vorbei, „muss ich mich um ein paar wichtige Angelegenheiten kümmern, wenn Sie nichts dagegen haben."

Wow. Was für ein Vollidiot! „Nun hör schon auf, mich zu siezen, das ist doch einfach nur albern. Ich versuche bloß, dir zu helfen. Und findest du nicht, dass du mir nach neulich Nacht zumindest ein Quäntchen Respekt schuldest?"

Er blieb wie angewurzelt mit dem Rücken zu ihr stehen und machte dann langsam auf dem Absatz eines seiner schwarzen Motorradstiefel kehrt. „Was meinen Sie mit ‚neulich Nacht'?"

Ihr klappte die Kinnlade herunter. „Im Ernst?"

Sein Blick war vollkommen leer.

„Der Club. Freitagabend."

Er schüttelte den Kopf.

„Ach, komm schon." Er musste sie auf den Arm nehmen. Andererseits vermittelte nichts an seinem aufrichtig verständnislosen Blick den Eindruck, dass er ihr etwas vormachte.

„Das rote Kleid?", sagte sie in einem finalen Versuch, seinem Gedächtnis auf die Sprünge zu helfen, aber er starrte sie weiter an, als hätte er nicht den blassesten Schimmer. „Oh, Gott. Du hattest irgendwas eingeschmissen, oder?" *Ich hätte es wissen müssen! Einmal Badboy, immer Badboy.*

„Ich *nehme* keine Drogen!“, knurrte er und machte einen Schritt auf sie zu. „Und für Sie bin ich immer noch Mr. Young!“

Sarah seufzte, neigte den Kopf zur Seite und verschränkte die Arme. „Und die Verhaftung wegen Drogenbesitzes?“ Anfang des Jahres hatte er in Hollywood eine Party geschmissen und war dort mit Koks erwischt worden, die Anklage wurde aber fallen gelassen. Sie wusste davon, weil ein Foto, auf dem er aus einem Polizeiauto gezerrt wurde, überall durch die Presse gegangen war.

Colton holte sein kleines Notizbuch aus der Hosentasche und blätterte vor bis zur zweiten oder dritten Seite, wobei er den Inhalt überflog.

Was zum Teufel macht er da? Der Typ hatte doch nicht mehr alle Grammys im Schrank!

Unvermittelt blickte er zu ihr auf. „Die Drogen gehörten einem Fan. Sie hat sie mitgebracht und im Badezimmer versteckt.“

Und warum musste er in sein Notizbuch gucken, ehe er ihr das mitteilte? Wahrscheinlich hatte ihm sein Anwalt genaue Anweisungen gegeben, was er zu sagen hatte, wenn das Thema aufkam. Trotzdem war es seltsam, dass er eine so simple Geschichte erst nachlesen musste.

„Wie auch immer. Bauen Sie in den kommenden dreißig Tagen einfach keine Scheiße, *Mr. Young*, okay?“, sagte sie.

„Was interessiert Sie das überhaupt?“

Ach, reden wir von was anderem. „Wollen Sie nächsten Monat denn nicht Ihre Tournee antreten? Oder lassen Sie Zehntausende Fans, die sich schon Karten gekauft haben, lieber hängen?“

„Das ist keine Antwort auf meine Frage.“

Ach, wirklich? Sie würde ihm auf keinen Fall die ganze Wahrheit erzählen. Es war viel zu erniedrigend, die Sache vor einem Fremden zuzugeben, und zudem wollte sie ihn nicht mit hineinziehen. Damit war niemandem geholfen. Außerdem sollte das Wissen, dass einige einflussreiche Leute ausgesprochen unglücklich sein würden, wenn er die Geschichte in den Sand setzte, ja wohl Motivation genug sein. Er brauchte nichts weiter zu tun, als seine dreißig Tage abzuleisten, und danach lief alles wie gehabt. Keine große Sache.

Sie holte tief Luft, um die Geduld zu wahren. „Ich muss zurück nach oben. In ein paar Tagen rufe ich Ihren Anwalt an, um zu sehen, wie es läuft. Also reißen Sie sich am Riemen, *Mr. Young.*"

Colton war zu beschäftigt damit, in sein blödes kleines Notizbuch zu schreiben, um ihr zuzuhören.

Wow. Wie es aussah, weigerte er sich, die Tatsache anzuerkennen, dass sie miteinander geschlafen hatten, ignorierte ihren Versuch, ihm zu helfen, vollständig und hatte nicht mal die Höflichkeit zu registrieren, dass sie gerade mit ihm redete. Sie würde sein Spielchen jedenfalls nicht mehr mitspielen. Und sie würde auf keinen Fall so tun, als würden sie sich kaum kennen.

„Weißt du was? Du magst verdammt heiß sein, aber das ist auch schon das Einzige, was für dich spricht."

Er hob den Kopf und funkelte sie an. „Vergessen Sie nicht, dass ich singen kann, Richterin Alma", erwiderte er im „Fick-dich-doch-selber"-Ton.

„Sehr freundlich. Schönes Leben noch, du Arschloch." Und damit stampfte sie kochend vor Wut davon. *Soll er doch sein ganzes Leben wegschmeißen und ins Gefängnis wandern.* Was kümmerte es sie?

Ähhhm … dein Ruf wird durch den Dreck gezogen, und du verlierst deinen Job, wenn er das nicht hinbekommt.

Verdammt! Jetzt konnte sie nur noch beten, dass alles glattlief. Wobei Beten natürlich nichts brachte, da sie ja schon wusste, dass der Typ nichts weiter als ein großes Kind mit einem ausgeprägten Hang zur Rebellion war. Sie würde ihn genau im Auge behalten müssen, wenn sie sichergehen wollte, dass er nicht ihr Leben gleich noch mit ruinierte, indem er versuchte, seiner Strafe zu entgehen.

6. Kapitel

Die nächsten zwei Tage lang ging Colton ihr einfach nicht mehr aus dem Kopf. Sein unnahbares Arschlochbenehmen brachte sie auf die Palme. Aber das Schlimmste war, dass er so tat, als könnte er sich nicht an den Abend im Club erinnern.

Hatte der Sex so wenig Eindruck hinterlassen?

Sie hatte alles in ihrer Macht Stehende getan, um darüber hinwegzukommen, doch es wollte einfach nicht klappen. Um ein bisschen Dampf abzulassen, rief sie nach der Arbeit Taylor an und wetterte während des gesamten Heimwegs gegen ihn.

„Was für ein Arsch!", schimpfte Taylor durchs Telefon, als Sarah ihre Wohnung betrat. „Hat er echt so getan, als ob er keine Ahnung hat, wovon du redest?"

„Ich weiß, so ein Scheißkerl." Sarah ging auf direktem Weg zu ihrem kleinen Weinkühlschrank unter dem Küchentresen aus Granit und schnappte sich eine Flasche Pinot, die sie von ihrer Reise nach Napa im vergangenen Jahr mitgebracht hatte. Das Weinanbaugebiet war nicht weit weg – nur etwa eine Stunde nördlich –, aber sie schaffte es nur selten dorthin. So, wie sie generell nicht oft Zeit für Dinge hatte, die Spaß bedeuteten. *Arbeit, Arbeit, ständig Arbeit.* So war es gewesen, solange sie denken konnte. *Setz dir Ziele. Arbeite hart. Halte dich an die Regeln.* Das war ihr Motto, was ihren kleinen Ausrutscher noch unerklärlicher machte. Warum nur hatte sie das getan?

„Ich fasse einfach nicht, dass ich mit ihm geschlafen habe." Sie seufzte.

„Mal abgesehen davon, dass ich völlig am Boden zerstört

bin, weil du mir erst jetzt davon erzählst, verstehe ich nicht, wieso er die Sache leugnen sollte“, sagte Taylor.

Sarah öffnete die Flasche, schnappte sich ein großes Weinglas und schenkte es voll. „Es gibt zwei Möglichkeiten. Entweder war er total betrunken und hat es wirklich vergessen. Oder er war total betrunken und fand meinen Anblick so furchtbar, dass er sich wünscht, er hätte mich nie gevögelt.“

„Ach, Sarah, jetzt hör auf damit. Du bist umwerfend, und das weißt du auch.“

„Ich weiß, dass ich keine Vogelscheuche bin, Tay. Aber ich kann die Tatsache nicht ignorieren, dass mein Job auf Männer ungefähr die gleiche Wirkung hat, als würde mir ein Penis aus der Stirn wachsen.“

Taylor lachte. „Eigentlich kann ich mir gut vorstellen, dass eine Menge Typen das ganz ansprechend finden könnten. Du wohnst in einer Großstadt – hier laufen viele Männer mit schrägen Fetischen rum.“

Sarah stöhnte auf und rieb sich die Stirn, die erfreulicherweise keine phallusförmigen Beulen aufwies. „Jedenfalls wird die Geschichte noch schlimmer, aber das darfst du niemandem erzählen. Nicht mal Bennett.“ *Vor allem nicht Bennett.* Wenn er hörte, dass Richter Wright sie mit einem Video erpresste, würde er darauf bestehen einzugreifen, weil er ein supersturer Mistkerl mit einem riesigen Herzen war, was bedeutet, dass er tat, was er wollte und wann er es wollte. Und zu den Dingen, die er wollte, zählte es, anderen Mistkerlen in den Arsch zu treten, die im Gegensatz zu ihm keinen Hang zu moralischem Verhalten hatten.

Mann, er war echt ein toller Typ. Zu schade, dass sie ihn von ihrer Masturbationsvorlagenliste hatte entfernen müssen, als er mit Tay zusammenkam. Dafür hatte sie ihn aber durch Uhtred aus *The Last Kingdom* ersetzt.

Seufz … Dänische Wikinger …

Taylor stöhnte auf. „Ich weiß nicht, ob ich dir das versprechen kann, Sarah. Bennett und ich haben abgemacht, einander wirklich alles zu erzählen."

Verdammt noch mal. Sie und Taylor waren seit ihrer Kindheit Freundinnen. Hatte sie dadurch nicht das Anrecht auf eine Ausnahme in Sachen Tays Beziehungsregeln?

„Na gut, erzähle ich es dir eben nicht."

„Sarah …", sagte Tay in warnendem Ton. „Bennett würde niemals etwas ohne deine Erlaubnis tun."

„Wirklich? Auch dann nicht, wenn Richter Wright ein Video davon hätte, wie Colton und ich aus der Toilette kommen, und mich damit erpressen würde?"

„Oh, verdammt, Sarah, warum hast du mir nichts …?" Taylors Stimme brach ab. „Grundgütiger. Warte kurz."

„Hey, wag es nicht, mich in die Warteschl…"

Taylor drückte sie in die Warteschleife.

„Na, danke", meckerte Sarah ins Nichts und beschloss, ihr Weinglas mit nach draußen auf die Feuerleiter zu nehmen, die ihr als Behelfsbalkon diente. Der abendliche Anblick der Golden Gate Bridge half ihr immer dabei, runterzukommen. Er erinnerte sie daran, dass die Welt da draußen riesengroß war und ihre Probleme im Vergleich winzig klein und vergänglich. Wenn sie nur hart genug arbeitete, würde es ihr vielleicht gelingen, einen dauerhaften Beitrag zu dieser Welt zu leisten und sie zu einem besseren Ort gemacht zu haben, wenn sie sie eines Tages verließ.

Nach ein paar langen Augenblicken war Taylor wieder da. „Sarah?"

Bemüht, ihren Wein nicht zu verschütten, setzte Sarah sich auf ihren alten Holzklappstuhl. „Tausend Dank auch, Tay."

„Sarah, sitzt du gerade?"

„Ähhhm …" Die Panik in Taylors Stimme ließ ihren Blutdruck nach oben schnellen. „Ja?"

„Gut, das war nämlich eben Ms. Luci. Sie meinte, dass sie versucht hat, dich im Büro zu erreichen.“

Was in Herrgotts Namen wollte denn nun Ms. Luci von ihr?

Taylor fuhr fort: „Colton Young sitzt in ihrem Wohnzimmer und behauptet, dass du ihn geschickt hast. Weil er dort arbeiten soll.“

„Was?“ Sie sprang von ihrem Stuhl hoch und ließ dabei fast ihr Weinglas fallen. „Aber ich habe ihn nicht zu Ms. Luci geschickt! Er sollte sich im ... im ... oh Scheiße.“ Sie stellte das Glas auf dem Stuhl ab, schoss durchs Fenster hinein und weiter in ihr winziges Schlafzimmer, das im Workaholic-Stil dekoriert war: Stapel von Gesetzesbüchern neben dem Bett, ein Laptop auf dem antiken Waschtisch und Hunderte von toten Bäumen in Aktenstapelform auf dem Boden. Sie riss die Schranktür auf und durchwühlte den Wäschekorb. Die schwarze Hose, die sie am Montag getragen hatte, war nicht da.

„Wo bist du? Wo zum Teufel bist du?“ Sie fuhr herum und entdeckte die Hose auf dem geblümten Plüschsessel in der Ecke. Sarah legte das Handy auf der Stuhllehne ab und kramte in den Taschen, bis sie einen gefalteten Zettel in der Hand hielt.

„Sarah! Bist du noch dran?“, drang Taylors kaum hörbare Stimme aus dem Handy.

Sie war jedoch zu sehr in Panik, um zu antworten. Sie faltete das Papier auseinander und sah sich mit der Bestätigung ihrer größten Befürchtung konfrontiert.

„Verdammte Scheiße.“ Auf dem Zettel stand der Name eines Obdachlosenasyls in L. A., Coltons Wohnort. Was bedeutete, dass sie Colts Anwalt den Briefumschlag von Ms. Luci gegeben hatte. Es stand zwar eine Adresse darauf, aber jeder Idiot hätte kapieren müssen, dass es sich um einen Irrtum handelte. Warum hatte er nichts gesagt? Bei all den Formularen, die er im Nachgang noch hatte ausfüllen müssen, konnte er das einfach nicht übersehen haben. Wie war das möglich?

„Wright wird mich umbringen."

„Sarah? Sarah!", hörte sie Taylors Stimmchen aus weiter Ferne.

Sarah ließ den Zettel fallen, sank in den Sessel und hielt sich das Handy wieder ans Ohr. „Ich habe ihn für seine Sozialstunden zu Ms. Luci geschickt."

7. Kapitel

Sarah machte nur selten Fehler, aber ihr vierunddreißigster Geburtstag schien ihr in dieser Hinsicht völlig neue Horizonte eröffnet zu haben. Neuster Beweis: die Zettel, die sie offenbar aus reiner Zerstreutheit verwechselt hatte. Unerklärlich war ihr nur, wieso Coltons Anwalt sie nicht darauf hingewiesen hatte.

Was für ein Schwachkopf!

Wobei der größte Schwachkopf von allen natürlich sie selbst war, weswegen Ms. Luci auch keinerlei Schwierigkeiten damit hatte, die ganze Wahrheit aus ihr herauszupressen, als sie telefonierten, um das Missverständnis zu klären.

„Sehr unterhaltsam, Sarah", sagte die ältere Dame mit ihrem mexikanischen Akzent, „aber nicht mein Problem."

„Bitte! Sie bauen auf Ihrer Farm doch Nahrung für die Obdachlosenunterkünfte in Ihrem County an und sammeln Geld für Schulen. Ich flehe Sie an, Ms. Luci! Er muss Wiedergutmachung an der Gesellschaft leisten, und dafür könnte ich mir keinen besseren Ort vorstellen."

„Das hier ist ein Unternehmen, Sarah. Wir haben keinen Platz für hochnäsige Promis, die uns im Weg herumstehen und keinen Finger krumm machen."

Sarah seufzte. „Bitte, Ms. Luci. Ich flehe Sie an", wiederholte sie. Etwas anderes als Betteln blieb ihr gar nicht übrig. Sie hatten genau dreißig Tage, und zwar von heute an. Dass Colton zurück nach L. A. fuhr und mit einem Tag Verspätung in dem Obdachlosenasyl auftauchte, war einfach keine Option. Und wenn sie Wright gestand, dass sie Mist gebaut hatte, würde er sie fertigmachen. Wenn sie ihm dagegen mitteilte, dass sie sich für eine andere Einrichtung als die von ihm vorgeschriebene entschieden hatte, konnte sie alle möglichen Erklärungen aus dem Hut zaubern: Auf der Happy Pants Ranch hatte Colton bessere Chancen, die dreißig Tage durchzuziehen. Sie lag nur eine Stunde von San Francisco weg, im Gegensatz zum sieben Stunden entfernten L. A., wodurch sie ihn leichter im Auge behalten konnte. Es gab viele gute Argumente dafür, dass sie Colton an einen anderen Ort geschickt hatte. Kein gutes Argument war das dagegen. *Oh, ich hab's versaut, weil mich der heiße Typ in meinem Gerichtssaal so abgelenkt hat.*

„Ich habe keine Zeit, Babysitter für einen erwachsenen Straftäter zu spielen. Aber unter einer Bedingung wäre ich bereit, mitzuspielen", sagte die alte Dame.

Sarah schnellte empor. „Alles, was Sie wollen, Ms. Luci."

„Schön, dass Sie das sagen, Kindchen, denn Sie werden die volle Verantwortung für ihn übernehmen, solange er sich auf meiner Ranch befindet. Sie behalten ihn im Auge."

„Na ja, ich muss arbeiten, doch ich könnte mir ein paar Tage ..."

„Das ist nicht mein Problem, *mija.* Ich mache das Gästezimmer für ihn zurecht und sorge dafür, dass er regelmäßig gefüttert wird, aber er muss seine täglichen Pflichten erledigen – Feldarbeit, die Ställe ausmisten, Gartenarbeit. Wenn er das nicht schafft, setze ich ihn vor die Tür. *Comprende?*"

Ställe ausmisten? *Ich bin am Arsch.* Colton sah nun wirklich nicht aus wie der Typ Mann, der auf einem Bauernhof den Buckel krumm machte. Sie würde also sofort zur Ranch fahren und ihm erklären müssen, wie wichtig es war, dass er seine Pflicht tat. Ihr blieb keine Zeit, ihn einer anderen Einrichtung zuzuweisen.

„Verstanden", sagte sie. „Ich komme gleich morgen früh und rede mit Colton. Und alle nötigen Unterlagen bringe ich auch mit."

„Ach, und da wäre noch eine Sache – und auch dieser Punkt ist nicht verhandelbar. Sie müssen mir bei meiner jährlichen Hochzeitsfiesta und bei meinem nächsten Projekt helfen."

„Das sind zwei Sachen, nicht eine. Und meinen Sie mit ‚Projekt' eine Ihrer Verkupplungsaktionen?" *Bitte nicht.*

„*Sí*, genau das meine ich. Sie haben die Wahl", erwiderte Ms. Luci.

Sarah war ihr erst zweimal begegnet – einmal auf der großen Hochzeitsfiesta im vergangenen Jahr und dann noch einmal auf Taylors Hochzeit –, aber sie kannte solche Frauen. Ms. Luci gab sich als einfache ältere Dame, doch das hatte wenig mit der Wahrheit zu tun. Auf der Fiesta hatte Sarah einen Haufen reiche, einflussreiche Leute gesehen. Diese Frau hatte Verbindungen nach ganz oben – zum Geldadel, zu Politikern, zu bekannten Managern. Sie wusste, wie man Intrigen spann und seine Kontakte nutzte, um seine Ziele zu erreichen.

Ein Segen, dass Ms. Luci für die Liebe kämpft. Sarah wollte sich lieber nicht vorstellen, wie die Welt aussähe, wenn die Frau für die Mafia oder jemand so skrupellosen wie Wright gearbeitet hätte.

„In Ordnung, ich bin dabei."

„*Excelente, mi niña.* Dann bis morgen früh."

Sarah nahm rasch Ms. Lucis vollständige Daten auf, um die nötigen Formulare ausfüllen zu können, und gab ihr für alle Fälle ihre sämtlichen Telefonnummern. Das würde ein verdammt langer Monat werden. Als sie auflegte, begannen ihre Gedanken zu rasen. Wie zum Teufel sollte sie Colton davon überzeugen, sich in der Hitze durch Tierscheiße zu schaufeln? Wenn er etwas zu erledigen hatte, dann bezahlte er normalerweise einfach jemanden dafür. Er war nicht nur eine weltweite Berühmtheit, er hatte auch alles Geld der Welt.

Ich muss mir irgendetwas einfallen lassen. Ihre Karriere stand auf dem Spiel und seine ebenfalls.

Am nächsten Morgen rief Sarah im Gericht an, um ihre Anhörungen für den gesamten Tag abzusagen, und fuhr los zur Ranch. Sie war zu müde, um auch nur einen klaren Gedanken zu fassen. Sie hatte nur eine Stunde geschlafen und war zu erschöpft gewesen, um sich etwas anderes als Jogginghose und Shirt anzuziehen. *Für den Typen mache ich mich ganz bestimmt nicht hübsch.* Außerdem zählte sowieso nur eins: sich einen genialen Plan einfallen zu lassen, damit Colt sich benahm, wie es sich für einen Landarbeiter gehörte.

Nichts. Ihr fiel absolut nichts ein.

Vielleicht kann ich mit Luci aushandeln, dass er keine körperliche Arbeit leisten muss, überlegte sie, während ihr roter Audi den Schotterweg entlangholperte, der sich zwischen grünen Feldern hindurchschlängelte – genau rechtzeitig, dass sie beobachten konnte, wie ein verschwitzter Colton mit freiem Oberkörper und jeder Menge Bauchmuskeln aus Ms. Lucis zweistöckigem Farmhaus am Ende der Straße stürmte.

Oh Scheiße. Sarah parkte hinter einem Ferrari und sprang aus dem Wagen.

„Fick dich!“, brüllte Colton.

Ein Mann, der fast genauso groß und muskulös war wie er, rannte aus dem Haus, stürzte sich auf Colton und drückte ihn auf den Boden. Fäuste flogen.

Sarah nahm ihre Sonnenbrille ab. „Was zum Teufel …?“

8. Kapitel

Sarah flitzte zu den beiden erwachsenen Männern, die sich im Dreck herumwälzten und dabei aufeinander einschlugen. Verdammte Scheiße, es konnte doch nicht sein, dass Colton keinen einzigen Tag durchgehalten hatte, ohne Probleme zu verursachen!

Nö, Moment mal. Blödsinn. Klar kann das sein!

„Colton, was machst du denn da?" Sarah versuchte, eine geeignete Stelle zu finden, um die beiden zu packen und sie auseinanderzuziehen, aber sie hatten sich ineinander verknäuelt wie zwei tollwütige Hunde.

Colton rollte sich auf den Mann, setzte sich rittlings auf ihn und packte ihn am Hals.

Sarah erstarrte mitten in der Bewegung. „Nein! Scheiße. Nein. Nein. Nein! Nicht zuschl..."

Colton holte aus, und seine Faust landete mit lautem Knacken im Gesicht seines Gegners. „Glaubst du echt, ich lass mich von dir verarschen?" Er holte erneut aus und schlug noch einmal zu.

„Colton! Du verdammter Idiot! Hör auf damit!" Das war nicht gut. Überhaupt nicht gut. Gerade hatte sie nämlich bemerkt, dass es sich bei dem braun gebrannten, muskulösen Mann, dem von einem ausgesprochen wohlgeformten und knallharten Rockstar die Fresse poliert wurde, um Juan handelte. Juan und sein Vater Sebastian, ein älterer Herr mit einem hervorquellenden Auge und einem Hausschwein namens Muffin Top, das sich einbildete, ein Hund zu sein, verwalteten gemeinsam Ms. Lucis Farm. Sarah wusste davon, weil sie Juan und Sebastian (und das Hausschwein) im vergangenen Jahr auf der *gran fiesta* kennengelernt hatte.

Auf einmal tauchte Ms. Luci neben ihr auf und fuchtelte mit einer riesigen Heugabel herum. „*Señor* Young! Runter von ihm, oder ich durchbohre Sie wie einen Misthaufen!"

Colton blickte auf und erstarrte. Seine nackte Brust hob und senkte sich schwer, in seinen braunen Augen loderte Zorn, ein dünnes Blutrinnsal floss ihm aus der Nase.

„Aber er hat angefangen, verdammt!"

„Im Ernst? *Im Ernst?* ‚Er hat angefangen?' Wie alt bist du, bitte? Zwei?" Sarah ließ ihre ausgestreckten Arme sinken, um nicht Gefahr zu laufen, ihn zu würgen.

„Er hat meine Sachen durchwühlt. Ich hab ihn dabei erwischt", antwortete Colton.

„Runter von ihm", wiederholte Ms. Luci.

Colton ließ von Juan ab, der sich herumrollte und sich auf alle viere stützte.

„Ich wollte doch nur mal gucken", röchelte Juan.

„Und warum habe ich dann mein Notizbuch in deiner Hosentasche gefunden?", schoss Colton zurück.

„Stimmt das, *mijo*?" Die alte Dame hob eine silbern glänzende Braue. „Hast du unseren Gast bestohlen?"

Juan rappelte sich auf. „Ich wollte es ihm doch zurückgeben", winselte er.

„*Estúpido!*", grollte Ms. Luci und wandte sich an Colton. „Wenn Sie bitte fortfahren wollen, *Señor* Young? Schlagen Sie ihm ein paar Zähne aus."

Colton warf ihr einen überraschten Blick zu.

Ms. Luci zuckte mit den Achseln. „Diebstahl wird hier auf der Happy Pants Farm nicht geduldet." Mit diesen Worten ging sie davon und verschwand in dem riesigen zweistöckigen Farmhaus mit den grünen Fensterläden und der umlaufenden Veranda.

Colton knurrte in Richtung Juan, Juan starrte wütend zurück, und Colton hob die Faust.

„Warte!“ Sarah warf sich zwischen die Kampfhähne. „Es reicht jetzt. Juan, beweg deinen Arsch nach drinnen. Colton, du kommst mit mir mit.“ Die beiden standen einfach nur da und taxierten sich hasserfüllt, bereit für die nächste Runde. „Darf ich euch daran erinnern, dass ich Richterin bin und es in meiner Macht steht, euch das Leben so richtig schwer zu machen?“

Die Männer bedachten sie mit einem skeptischen Blick.

„Sofort!“, brüllte sie.

Juan zuckte zusammen und stakste unbeholfen wie ein Fünfjähriger zurück zum Haus. Colton stand schäumend vor Wut da, bis Juan verschwunden war.

„Hast du deinen rockstarverklärten Verstand verloren?“, fauchte Sarah, die nun ihrerseits vor Wut schäumte, und buffte Colton in die Schulter. „Du hättest es fast versaut!“

„Er hat's drauf angelegt.“

„Das mag ja sein, aber Ms. Luci hätte dich rausschmeißen können! Und dann? Ich sag dir, was dann: neunzig Tage Gefängnis, vielleicht sogar mehr! Wo riesige, kahl rasierte, tätowierte Typen mit Spitznamen wie Arschficker-Joe deinen Hintern entjungfern! Und das alles, weil Juan dein kleines Poesiealbum angefasst hat. Buhuhu!“

Als sie das Notizbuch erwähnte, holte Colton es aus seiner Jeanstasche und begann, die Seiten zu durchblättern.

„Grundgütiger, echt jetzt?“ Fest entschlossen, es zu verbrennen oder es ihm als Mittagsessen zwangszuverfüttern, langte sie nach dem Ding.

Colton fuhr herum und blockte sie mit dem Rücken ab, während er eine Seite in der Buchmitte überflog.

Anschließend schob er das Buch in seine Hosentasche zurück. „Was wollen Sie hier, Richterin Alma?“

Was zum …? Sie hatte keine Ahnung, wie sie auf dieses seltsame Verhalten reagieren sollte. Und dann war da auch noch die Tatsache, dass sein Oberkörper nackt war und Schweiß und ein bisschen Dreck auf seinen Bauchmuskeln und seiner Brust schimmerten. Ein dünner Streifen Haare verlief von seiner Brust über seinen Bauch und verschwand in seiner tief sitzenden Jeans.

Es fällt mir ausgesprochen schwer, mich zu konzentrieren. Sarah biss sich auf die Lippen, weil sie genau wusste, dass jetzt nichts weiter als unangemessenes Gestammel aus ihrem Mund kommen würde. So was *wie Boomschakalakaheißertypkrasserkörper.*

„Hören Sie auf, mich anzustarren. Sie sind nicht mein Typ", sagte Colton streng.

Sie riss die Augen von seiner Straße ins Glück los und begegnete seinem verärgerten Blick. „Was? Aber ich habe doch nur …"

„Mir ist absolut bewusst, was Sie getan haben, und ich muss mich jetzt wieder an die Arbeit machen." Damit ließ er sie einfach links liegen und machte sich auf den Weg zum Stall.

Wow. Was für ein unfassbares Arschloch! Auf die Gute-Freunde-Nummer stieg er offenbar nicht ein, also musste sie wieder die Richterin raushängen lassen.

„Gibt es einen bestimmten Grund dafür, dass Sie sich mir gegenüber so unter aller Kanone verhalten, Mr. Young?"

Er ignorierte sie und verschwand im Stall.

„Hey! Ich rede mit Ihnen!" Sie marschierte ihm hinterher, wo ihr der üble Güllegestank wie eine Wand entgegenschlug. *Grundgütiger.* Sie hielt sich die Nase zu und näherte sich Colton von hinten, der gerade eine Schaufel packte und sich daranmachen wollte, einen Haufen Scheiße zu schippen. Pferdescheiße vermutlich, darauf ließen die drei riesigen Kreaturen schließen, die in den Boxen neben ihm standen. „Hey! Lassen

Sie mich nicht einfach stehen, wenn ich mit Ihnen rede!" Sie stieß ihm den Finger in den Rücken. Ein harter breiter Rücken voller Muskeln … Muskeln – und … hatte sie das mit den Muskeln schon erwähnt?

Die Schaufel in einer Hand drehte er sich langsam um. Sein Blick verriet, dass er kurz davor war, sie zu erdrosseln. „Was. Wollen. Sie von mir, Richterin Alma?", knurrte er.

Anfassen. Ich will deine Bauchmuskeln anfassen.

War das etwa ein Tenpack?

Schluss, Sarah!

Sie hob das Kinn, um sich in Erinnerung zu rufen, dass sie so was wie Stolz hatte, was bedeutete, dass sie beim Anblick von Badboys mit krankem Selbstzerstörungstrieb nicht loszusabbern hatte. „Für den Anfang wäre etwas Respekt schön. Ich habe mich Ihnen gegenüber immer professionell verhalten – na gut, mit Ausnahme von neulich Nacht im Club, aber das war nur ein schwacher Moment. Und abgesehen davon bin ich extrem geduldig mit Ihnen gewesen, obwohl Sie sich mir gegenüber so herablassend benommen haben – was ich übrigens bis heute nicht richtig fassen kann."

„Also darum geht es hier? Sie haben mich in irgendeinem Club gesehen und wollten, dass ich mit Ihnen tanze oder – oh, ich weiß! Bestimmt wollten Sie, dass ich Sie küsse, aber ich habe Sie ignoriert! Und deswegen haben Sie mich von Ihrer Mitarbeiterin auf den Parkplatz locken lassen und sind jetzt hier, um nach mir zu sehen."

Was? Was er da sagte, ergab überhaupt keinen Sinn! *Er erinnert sich nicht mehr an dich, schon vergessen?*

„Ich bin hier", sagte sie, „weil ich mit Ihnen über Ihre Sozialstunden sprechen muss. Ich habe ein …"

„Ich bin ein großer Junge, Euer Ehren. Ich weiß Ihren persönlichen Einsatz zwar zu schätzen, aber ich brauche keinen Babysitter." Er drehte sich um und begann zu schippen.

Moment mal, warum kriegt er eigentlich keinen Tobsuchtsanfall, obwohl er hier körperlich schuften muss? Nichts anderes hätte sie von einem verwöhnten Rockstar mit zig Millionen auf dem Konto erwartet.

„Dann ist Ihnen klar, dass Sie bis auf die Wochenenden die nächsten vier Wochen hier verbringen und alles tun werden, was Ms. Luci von Ihnen verlangt?“, fragte sie.

„Richtig.“

„Und Ihnen ist bewusst, dass Sie ins Gefängnis wandern und Ihr Auftaktkonzert verpassen, wenn Sie das nicht gebacken kriegen?“

„Ja.“ In seinem Seufzen schwang der Anklang eines Knurrens mit.

Unfassbar! Allerdings hatte sie sich noch nie so gefreut, jemanden falsch eingeschätzt zu haben. „Na gut. Dann rufe ich nächste Woche mal an, um zu sehen, wie es läuft.“

„Ich kann es kaum abwarten“, erwiderte er desinteressiert.

„Haha. Und halten Sie sich von Juan fern.“

Er sagte nichts, sondern schippte einfach mit dem Rücken zu ihr weiter.

Wie sich seine Muskeln dabei bewegten und sich hoben und senkten – das war verstörend scharf! *Guck weg. Guck! Sofort! Weg!*

„Alles Klärchen dann. Einen schönen Tag noch, Mr. Young.“ Sie wollte sich gerade zum Gehen wenden, als sie Coltons kleines schwarzes Notizbuch auf dem Boden bemerkte. Es musste ihm aus der Tasche gefallen sein. „Hey, Sie ha…“ Im letzten Moment besann sie sich eines Besseren. Sie bückte sich, hob es auf und ließ es in ihre Tasche gleiten. „Bis dann, Mr. Young.“ *Ha! Jetzt habe ich dein heiliges kleines Notizbuch! Und was willst du dagegen machen, hä?*

Gegen Abend, als Sarah zu Hause war, setzte sie sich mit ihrem Laptop an den Küchentresen und ging ihre über hundert ungelesenen Mails durch. Barb musste einen weiteren Tag voller Anhörungen und einer Verhandlung umlegen. Es würde Wochen dauern, das wieder aufzuholen, aber es half ja nichts – diesen Preis bezahlte sie gerne für das Wissen, dass Colton begriffen hatte, wie wichtig seine Sozialstunden waren. Auf der anderen Seite hatte sie immer noch Angst, dass er eine Ausrede finden würde, sich aus dem Staub zu machen. Doch was sollte sie tun? Sich neben ihn stellen und ihn beim Kackeschippen bewachen? Ihre Anwesenheit provozierte ihn bloß.

Wenn ich nur wüsste, wieso! Der Gedanke erinnerte sie an sein kleines Notizbuch. Colton schien darin nicht nur Liedtexte aufzuschreiben, denn sie wusste noch, wie er daraus abgelesen hatte, was ihm sein Anwalt bezüglich der Drogenanschuldigungen diktiert hatte. Und wenn sie genauer darüber nachdachte, war es schon ungewöhnlich, wie er ausgeflippt war, weil Juan ihm das Buch weggenommen hatte. War es unrecht, einen Blick hineinzuwerfen und nach einem Hinweis zu suchen, warum er sich so merkwürdig benahm? *Ja, absolut.* Auf der anderen Seite wollte sie doch nur dafür sorgen, dass er sich auch weiterhin im Griff behielt!

Sie stand vom Barhocker auf und ging in ihr kleines Wohnzimmer – braunes Sofa, Shabby-Chic-Tischchen aus einer alten Tür, alter Polstersessel mit ausgeblichenem Paisleymuster – und holte das Notizbuch aus ihrer Tasche. Sie hatte damit gerechnet, auf ein paar Notizen, vor allem aber auf Songtexte zu stoßen, auf Poesie. Doch das Büchlein enthielt etwas völlig anderes.

Ihr rutschte das Herz in die Hose. „Heilige Scheiße", flüsterte sie. „Was ist *das* denn?"

9. Kapitel

Sarah brauchte über eine Stunde, um das kleine spiralgebundene Notizbuch durchzulesen, und als sie fertig war, las sie alles gleich noch mal. Nichts davon ergab einen Sinn. Einige Seiten ließen ihr die Haare zu Berge stehen, andere trieben ihr die Tränen in die Augen, wieder andere verwirrten sie einfach nur zutiefst. Alles in allem aber zeichneten diese Seiten das Bild eines gequälten, völlig kranken Mannes. Und nein, „krank" meinte sie nicht im Sinne von „verquer", sondern im medizinischen Sinne.

Konnte es sich um Alzheimer handeln? Oder um irgendeine andere Krankheit, die die kognitiven Fähigkeiten einschränkte? Denn all seine Notizen waren Erinnerungshilfen.

Sarah blätterte zurück zu den Seiten, über denen *Warnung* stand, und schlug hilflos die Hand vor den Mund, als sie sie erneut las.

Traum oder Realität? Frau hat blondes Haar und grüne Augen. Erinnert mich an meine Grundschullehrerin. Beobachtet mich ständig.

Direkt neben dem Eintrag hatte Colton ein Frauengesicht skizziert – Brille und Kurzhaarschnitt. Die Frau erinnerte sie auf seltsame Weise an ihre eigene Grundschullehrerin.

Auf der nächsten Seite hatte er geschrieben:

Wieder von ihr geträumt. Sie hat mir die Drogen untergeschoben. Ich glaube, sie hat den Unfall verursacht.

Ich weiß nicht, was sie will. Oder wer sie ist. Wie ein Gespenst.

Es folgten fünf weitere Seiten mit ähnlichen, sorgfältig ausformulierten Einträgen über Träume oder Dinge, an die er sich „heute erinnert hatte". Bei allen handelte es sich um Hinweise oder Instruktionen, die er sich selbst gab.

Dann waren da Bemerkungen, die ihr fast das Herz aus der Brust rissen.

Die Ärzte kann ich vergessen. Laut Notizen habe ich sie inzwischen alle abgeklappert. Keiner konnte mir helfen. Alles Geld der Welt, und es gibt nichts mehr, was ich tun könnte. Außer – auf ein Wunder zu warten.

Der Rest des Buchs enthielt Hinweise zu anstehenden Geschäften und Veranstaltungen sowie über Personen – seinen Anwalt Mike, einen Typ namens Bob und seine verstorbene Mutter.

Der erste September ist ihr Todestag. Ich glaube, sie mochte Sonnenblumen.

Auch über sich selbst fand Sarah einen kleinen Eintrag.

Richterin Alma – total auf mich fixiert. Starrt ständig auf mein Ding. Die bedeutet Ärger. Aus dem Weg gehen.

Im Ernst? Echt jetzt? Das war das Einzige an ihr, was er wichtig genug für eine Notiz gefunden hatte? Nicht: Hey, sie ist klug und leistet gute Arbeit. Oder: Man merkt, dass sie die Welt zu einem besseren Ort machen will. Nein, sie war nichts weiter als Richterin Schwanzglotz. Sie war kurz davor, ihn dafür zu hassen, nur dass sie ja leider wirklich gegafft hatte. Und dann fand sie auf der letzten Seite auch noch ein paar hingekritzelte Zeilen, die ihrem Herzen einen schmerzhaften Stich versetzten.

Freitagnacht – wunderschöne Frau in Bar; erstes Mal seit einem Jahr, dass ich mit einer Frau schlafen konnte. Warum bin ich gegangen, ohne nach ihrem Namen zu fragen? Wer war sie? Ist der einzige glückliche Moment, an den ich mich erinnern kann. Schönes Lächeln. Schöne Augen.

Colt hatte einen Mund und ein Augenpaar zwischen seine Notizen gezeichnet. Sie ähnelten ihren.

Also erinnerte er sich *doch* an sie. Er *erinnerte* sich bloß nicht an *sie*. Und er hatte geschrieben, dass er sich mit ihr glücklich gefühlt hatte.

Heißt das, er hasst mich – und *er mag mich?* Sarah atmete durch und blickte aus dem Fenster, versuchte, alldem einen Sinn abzugewinnen. Hatte Colt in jener Nacht nicht etwas davon gesagt, dass er sich am nächsten Morgen sowieso nicht mehr an sie erinnern würde? *Das* hatte er also damit gemeint! Nicht, dass er sich nicht erinnern wollte, sondern dass er es nicht konnte!

Sarah kuschelte sich aufs Sofa und drückte sich das kleine Notizbuch an die Brust. *Was ist mit dir passiert, Colton Young?* Beziehungsweise: Was passierte jetzt gerade mit ihm? Morgen nach der Arbeit würde sie rüber zu Ms. Lucis Farm fahren und versuchen, es herauszufinden.

Während sie langsam wegdämmerte, gingen ihr Tausende Gedanken durch den Kopf, doch vor allem dachte sie darüber nach, wie einsam er klang und wie sehr sie das berührt hatte.

Irgendwann mitten in der Nacht piepte das Handy auf dem Sofatischchen und riss sie aus einem grauenhaften Albtraum, in dem Colton von dieser Irren aus seinem Notizbuch gejagt wurde. Er blutete, hatte eine Gitarre dabei und versuchte zu singen, während er davonrannte, aber es kam nur Geschrei heraus.

Sarah sah nach, wer sie anrief. Auf dem Display leuchtete Ms. Lucis Name. „Hallo?"

„Wir hatten eine Abmachung. Und entweder Sie bringen ihn jetzt sofort wieder zur Vernunft, oder ich rufe den Sheriff an, der zufällig mein Sohn ist und dafür sorgen wird, dass unser unhöflicher Gast weggesperrt wird!" Im Hintergrund war lautes Krachen und Poltern zu hören.

Häh? „Was ist denn los?" Sarah rieb sich mit dem Handrücken die Augen.

„Er nimmt mein Haus auseinander, weil er auf der Suche nach diesem albernen Büchlein ist! Das ist los!"

Oh Scheiße. „Es tut mir so leid. Sagen Sie ihm, dass es bei mir ist. Und dass ich sofort losfahre, um es ihm zu bringen." Sie sprang vom Sofa und machte sich auf die Suche nach ihren Turnschuhen.

„Warum haben Sie es denn überhaupt?"

„Weil ich eine Idiotin bin." Allerdings hatte sie ja nichts von seinem Problem wissen können! „Sagen Sie ihm einfach, dass ich gleich da bin." Sarah fand ihre Schuhe neben der Eingangstür und quetschte sich hinein, ohne die Schleifen zu lösen.

„Also gut", sagte Luci verschnupft. „Aber wenn er in die Nähe meines Porzellans oder meiner Cookie-Gewürze kommt, kann ich für nichts mehr garantieren!"

Sarah hörte, wie Ms. Luci herumraschelte und wie eine Tür knarrte.

„Wo ist es, verdammte Scheiße?", dröhnte Coltons Stimme im Hintergrund.

„Sarah ist am Telefon!“, rief Luci. „Sie sagt, sie hat Ihr verfluchtes Buch, Sie Wahnsinniger! Und jetzt stellen Sie meine Lampe wieder hin, oder ich schwöre Ihnen bei G…“

Klirr!

Sarah zuckte zusammen. *Adieu, liebe Lampe.*

„Wer zum Teufel ist Sarah?“, brüllte er.

„*Demonios!* Die Lampe hat meiner Mutter gehört!“, stieß Ms. Luci wütend hervor.

„Wer zum Teufel ist Sarah?“ Colton klang völlig außer sich. „Sagen Sie ihr, dass sie besser in zwei Minuten hier ist, oder Ihre zweite Lampe erwischt es auch noch!“

„Das wagen Sie nicht, junger Mann.“ Luci kehrte ans Telefon zurück. „Sarah, ich rufe meinen Sohn …“

„Nein. Bitte nicht, Ms. Luci. Colton geht es nicht gut. Bitte versuchen Sie, ihn zu beruhigen. Bitte, ich flehe Sie an. Was, wenn er Ihr Sohn wäre? Würden Sie nicht wollen, dass man ihm hilft?“

Sarah konnte die alte Dame wütend schnauben hören, gefolgt von einem „*Dios mío. Que pendejas! Esta gente tan loca.*“

„Sagen Sie ihm, Ms. Luci“, bettelte Sarah, „dass die Frau von Freitagnacht mit seinem Buch vorbeikommt.“

Luci wiederholte ihre Worte, und Sarah schnappte sich währenddessen Handtasche und Autoschlüssel. Als sie die Tür öffnete, hörte sie im Hintergrund Colton etwas murmeln.

„Warte, Kindchen. Er möchte mit Ihnen sprechen“, sagte Luci.

„Bist du es wirklich?“, vernahm sie seine tiefe rauchige Stimme.

Scheiße, ist das seltsam. „Ähm, ja, ich bin’s.“

„Was hattest du unter deinem Kleid an?“, fragte er, als wollte er sie testen.

Verdammt, und es wird noch seltsamer. Sarah hüstelte. „Ähm, nichts. Das Kleid war zu eng.“

„Du bist es wirklich“, flüsterte er ungläubig.

„Ja, und ich habe dein Notizbuch. Ich komme, so schnell ich kann – ich bin in der Stadt. Mach einfach nichts weiter kaputt, okay? Ms. Luci macht keine halben Sachen.“

„Woher hast du mein Buch?“

„Das ist eine lange Geschichte, aber ich erzähle sie dir gerne, wenn ich da bin“, sagte sie und schloss dabei vorsichtig die Haustür, um Maria und ihre Familie nicht zu wecken, die den ersten Stock bewohnten. Das hundert Jahre alte Haus knarrte wie ein antiker Schaukelstuhl. „Ich bin in vierzig Minuten da, okay? Und ich verspreche dir, dass alles gut wird.“ Was natürlich ein völlig leeres Versprechen war. Weil sie nämlich keine Ahnung hatte, was mit ihm nicht stimmte.

Sarah kam bei ihrem Auto an, das sie auf der Straße abgestellt hatte. „Gibst du mir Ms. Luci noch mal?“

Wortlos reichte er sie weiter. „Hallo?“, fragte die alte Dame.

„Ich fahre jetzt los und komme, so schnell ich kann. Versuchen Sie ihn ruhig zu halten, ja?“

„In Ordnung, das mache ich.“

„Danke, Ms. Luci. Ich schulde Ihnen was.“

„Oh, das tun Sie allerdings, Euer Ehren. Behalten Sie das immer im Hinterkopf. Ich vergesse nämlich nie etwas und löse alle meine Gefälligkeiten ein. Im Augenblick schulden Sie mir bereits drei.“

Und wie du sie einlösen wirst, du biestiges altes Scheusal!

Ms. Luci legte auf, und Sarah wollte gerade anfahren, als wie aus dem Nichts ein silberner Sedan angeschossen kam. Der Fahrer schwenkte im letzten Moment zur Seite und hupte ausgiebig.

„Du blöder Wichser!“ Es war drei Uhr morgens in einer Wohnstraße. „Pass doch auf, wohin du fährst!“

Sarah schüttelte den Kopf und fuhr los Richtung Norden zur Golden Gate Bridge.

10. Kapitel

Um kurz vor vier Uhr morgens kam Sarah in ihrem Schlafanzug, bestehend aus Yoga-Hose und grauem Sweatshirt, auf der Happy Pants Ranch an. Sie lauschte an der Haustür und stellte zu ihrer Erleichterung fest, dass kein Geschrei mehr zu hören war.

Aber wer weiß, vielleicht hat Ms. Luci ihn ja auch einfach umgebracht! Sie konnte sich nicht vorstellen, dass die Frau es irgendjemandem durchgehen ließ, ihre Sachen kaputt zu machen.

Sarah klopfte leise und Ms. Luci öffnete ihr mit einem schockierend strahlenden Lächeln.

„Ah, Sarah. Wir sitzen im Wohnzimmer."

Die alte Dame trug rosafarbene Flauschpuschen und einen Morgenmantel aus ebenfalls rosafarbenem Satin, was ihr den Anschein verlieh, auf dem Weg zu einer Pyjamaparty für kleine Mädchen zu sein.

Sarah folgte ihr vorbei an einem großzügigen Treppenaufgang und einen schmalen Flur entlang, der ins Wohnzimmer führte. Der Raum war pastellgelb gestrichen und mit weißen Rüschenvorhängen und cremefarbenen Sofas eingerichtet. Zwei zierliche Teetassen standen auf dem kleinen runden Tisch vor Colton, der mit seinem schlichten T-Shirt, der Jogginghose und dem langen Haar, das ihm offen über die breiten Schultern fiel, einfach zum Anbeißen aussah. Sarah versuchte, nicht darauf zu achten, wie groß er auf dem winzigen Sofa wirkte, oder dass er den Körperbau eines Sexgottes hatte.

„Wir haben uns gerade über Coltons Situation unterhalten“, sagte Ms. Luci, wobei sie ihr bedeutete, sich neben Colt auf das Sofa zu setzen, während sie selbst auf dem cremefarbenen Sessel gegenüber Platz nahm.

Sarah ließ sich langsam nieder. Sie hatte Angst, irgendetwas zu sagen, was Colton explodieren lassen könnte. Der arme Kerl schien schon genug durchgemacht zu haben. „Ach so?“

„Wie es scheint“, sagte Ms. Luci, „hatte Mr. Young seine erste Panikattacke.“ Sie sah ihn an. „Ich selbst hatte ständig welche, nachdem mein Jeffrey gestorben war und ich auf einmal allein drei Kinder großziehen musste.“

Sarah spürte Coltons Blick auf sich gerichtet. Seine Augen zuckten. Sie versuchte so zu tun, als würde sie seine Verärgerung nicht bemerken.

Ms. Luci fuhr fort: „Aber wie ich ihm schon gesagt habe, sind die Wege des Herrn unergründlich.“ Und dann fügte sie zuckersüß hinzu: „Und manchmal kommt es natürlich auch vor, dass uns das Leben einen Arschtritt verpasst. Nun, ich bin sicher, dass Sie beide viel zu bereden haben, also gehe ich jetzt besser ins Bett. Ich habe morgen einen langen Tag vor mir. Die Cookies backen sich schließlich nicht von allein.“ Sie stand auf und zwinkerte Colton zu. „Vergessen Sie nicht, was ich gesagt habe, *mijo*.“

Colton lächelte, und Sarah konnte nicht anders, als ihn hingerissen anzustarren. Es war dasselbe selbstbewusste Lächeln, das er ihr neulich Abend zugeworfen hatte. Und wieder war dieses verflixte Grübchen zu sehen.

„Mach ich, Ms. Luci“, erwiderte er. „Soll heißen, dass ich es mir aufschreibe, sobald ein gewisser Jemand mir mein Notizbuch wiedergibt.“ Er richtete den Blick auf sie, und sein Lächeln verschwand.

Oh, oh. Glücklich sieht anders aus.

„Gute Nacht, Ms. Luci“, sagte Sarah.

Luci nickte ihr kaum merklich zu und ging. Aus dem Knarren, das kurz darauf über ihnen zu hören war, ließ sich schließen, dass sich ihr Schlafzimmer im ersten Stock befand.

„Also.“ Sarah faltete die Hände im Schoß. Sie hatte ein höllisch schlechtes Gewissen. „Ich schätze, ich schulde dir eine Entschuldigung.“

„Und wofür genau? Dafür, dass Sie etwas genommen haben, was Ihnen nicht gehört, oder dafür, dass Sie mein Notizbuch gelesen haben?“

Woher wusste er, dass sie es gelesen hatte? Jedenfalls hatte er recht, und sie würde nicht versuchen, es zu leugnen. „Für beides. Es tut mir wahnsinnig, wahnsinnig leid, Colton. Ich wusste nicht, dass du ... dass Sie solche Proble...“

„Für Sie ist das wohl alles bloß ein Witz.“ Er schüttelte angewidert den Kopf.

„Was? Gott, nein! Was sollte ich denn an so etwas witzig finden? Und ich würde mich nie über jemanden lustig machen, der ein gesundheitliches Problem hat.“ Sie blinzelte. „Was genau haben Sie eigentlich?“

„Ich brauche Ihr Mitleid nicht, Euer Ehren.“

Sarah seufzte. „Dann erinnern Sie sich also an mich?“

„Ja“, erwiderte er kalt.

„Und Sie wissen auch, weshalb Sie hier sind?“, fragte sie.

„Luci hat mir geholfen, mich zu erinnern. Allerdings konnte sie mir nicht erklären, warum Sie gelogen und behauptet haben, Sie wären jemand, der in meinem Notizbuch vorkommt.“ Sein attraktives Gesicht lief vor Wut rot an.

Dann erinnert er sich also nur an mein Richterinnen-Ich? Der Gedanke missfiel Sarah zutiefst.

„Also?“, drängte er.

Okay. Das hier war nicht der richtige Zeitpunkt, um den heißen Brei herumzureden. Ihre einzige Hoffnung bestand darin, dass er ihrem Beispiel folgen würde, wenn sie ehrlich zu ihm war.

Mit einem flauen Gefühl im Bauch holte Sarah tief Luft. „Ich habe Sie nicht angelogen. Ich bin die Frau, mit der Sie Freitagnacht geschlafen haben. Aber aus einem mir unbekannten Grund erkennen Sie mich nicht wieder."

Er hob eine Braue. Offenbar glaubte er ihr nicht.

„Okay. Warten Sie." Sie griff nach ihrer Handtasche. „Werfen Sie doch einfach einen Blick in Ihre Aufzeichnungen."

„Ich weiß, was ich aufgeschrieben habe. Ich erinnere mich daran."

„Das verstehe ich nicht. Warum haben Sie es dann aufgeschrieben?" Diese gesamte Geschichte war ziemlich verwirrend.

„Weil mein Gehirn am Arsch ist, deswegen. An manche Dinge kann ich mich eine Zeit lang erinnern, und schließlich verblassen sie. Andere Dinge verschwinden sofort. Gelegentlich bleibt eine Erinnerung hängen, aber ich weiß nie, wann das passieren wird. Um sicherzugehen, schreibe ich alles Wichtige auf."

Wie grauenvoll! „Seit wann ist das so?"

„Seit einem Motorradunfall vor etwa einem Jahr." Er hob die linke Hälfte seiner Haare an, unter der ein Fleck zu sehen war, an dem das Haar kürzer war und auf halber Höhe eine große Narbe horizontal in Richtung seines Hinterkopfs verlief.

„Oh, verdammt."

„Jepp. Na ja. Immerhin haben sie meine Haare gerettet", versuchte er zu scherzen.

„Es tut mir so leid." Sie konnte sich kaum vorstellen, wie schwer es sein mochte, mit einem Gehirn wie einem Sieb zu leben.

„Ich brauche Ihr Mitleid nicht", knurrte er.

Sarah sah ihn scharf an. „Sie können mir nicht verbieten, Mitgefühl zu zeigen. Hören Sie auf, sich so feindselig zu verhalten."

„Warum sollte ich mich anders verhalten? Sie sind Richterin. Sie sollten eine neutrale Position wahren, aber vom ersten Tag an haben Sie sich mir gegenüber nicht anders verhalten als all die übrigen oberflächlichen Leute, denen ich so begegne."

„Oberflächlich?"

„Ich kann mich erinnern, wie Sie mich behandelt haben. Was haben Sie gleich gesagt? Ach ja, dass ich meine Hose ablegen soll."

„Das wissen Sie noch?", fragte sie beschämt.

„Ja. Und ich erinnere mich auch an die Frau aus dem Club. An ihr Lachen, ihr Lächeln, wie sie geküsst hat. Und ich kann mich nicht erinnern, dass Sie diese Frau gewesen wären."

Was für eine merkwürdig schmeichelhafte Beleidigung! „Ähm, nun ja, das liegt vermutlich daran, dass ich betrunken war und viel zu viel Make-up und ein extrem nuttiges Kleid getragen habe. Aber ta-daaa!" Sie warf die Arme in die Höhe. „Das hier ist mein wahres Ich."

Er runzelte die Stirn.

„Lassen Sie sich bloß nicht anmerken, wie erfreut Sie sind", grollte sie.

Er sagte kein Wort. Ob er eine Ahnung hatte, was das bei ihr auslöste? *Grauenhaft. Das hier fühlt sich einfach grauenhaft an.*

In Anbetracht seiner gesundheitlichen Probleme beschloss sie jedoch, von sich selbst abzusehen. „Jedenfalls tut es mir leid, dass ich Ihr Notizbuch genommen habe. Und ich hätte auch nicht darin stöbern dürfen. Trotzdem habe ich es getan. Und im Gegensatz zu Ihnen kann ich nicht vergessen, was ich gelesen habe." *Dieser arme, arme Mensch. Wie verrückt sein Leben sein muss.* „Aber noch viel mehr bedaure ich es, dass Sie mit einem so schweren Schicksal leben müssen und sich offenbar nicht vorstellen können, dass mich das wirklich berührt. Ich bin nur hergekommen, weil ich meine Hilfe anbieten wollte. Hier haben Sie Ihr Notizbuch zurück. Und falls Sie Ihre Meinung über mich doch noch ändern …“ Sie suchte in ihrer Tasche nach dem Notizbuch, ertastete jedoch nur ihren Geldbeutel, ihr Handy und das Kosmetiktäschchen. „Scheiße.“ Sie warf Colton einen Blick zu.

„Was?“

Sie wand sich, weil sie genau wusste, wie hässlich die Sache gleich werden würde. „Ich habe Ihr Notizbuch in meiner Wohnung vergessen.“

Er riss die Augen auf.

„Tut mir leid. Sie sind ausgeflippt und haben Ms. Lucis Möbel durch die Gegend geworfen, und sie war kurz davor, Sie verhaften zu lassen. Es war keine Absicht.“

Seine Nasenflügel blähten sich, an seinem Hals traten Adern hervor, und seine Fäuste pumpten vor Anspannung.

Sarah streckte beschwichtigend die Hände aus. „Ruhig bleiben, Colton. Ich verspreche, dass ich es Ihnen bringe. Ich fahre jetzt nach Hause, um es zu holen – und …“ Sie warf einen Blick auf ihre Uhr, weil ihr eingefallen war, dass sie um halb acht zu einer geschlossenen Anhörung vor Gericht erscheinen musste. Es ging um einen Achtzehnjährigen, der des Diebstahls bezichtigt wurde. In neunzig Prozent der Fälle hatten solche Jugendlichen nur eine Dummheit begangen und lernten aus ihrem Fehler. Oder sie stahlen aus der Not heraus, weil ihre Eltern sie vernachlässigten und sie etwas zu essen oder zum Anziehen brauchten. Diese Anhörung durfte sie nicht verpassen. Danach stand eine Vorverhandlung mit einem Vergewaltiger an, ein Mehrfachtäter à la „Aller guten Dinge sind drei“. Seine Eltern hatten Geld, was bedeutete, dass sein Anwalt ganz besonders hingebungsvoll versuchte, den Typen mit irgendeiner Taktik frei zu kriegen. Sie konnte nicht riskieren, dass der Verteidiger seine Entlassung beantragte, weil der Prozess nicht rechtzeitig stattgefunden hatte.

Sarah rieb sich die Stirn. „Es tut mir so leid. Ich kann erst gegen Spätnachmittag wieder hier sein. Ich muss ins Gericht, und ich möchte Ihr Notizbuch niemandem sonst anvertrauen." Taylor beispielsweise würde es verschlingen wie einen ihrer Erotikromane. Maria würde garantiert zumindest einen Blick hineinwerfen. Holly, die sich vermutlich anständig verhalten hätte, war gerade in London, um für das Auktionshaus nahe Los Angeles, für das sie arbeitete, den Wert einer Sammlung zu schätzen.

Also muss ich mich darum kümmern. Und zwar ganz allein.

Sarah hatte fest damit gerechnet, dass Colton wieder ausrasten würde, aber stattdessen atmete er bewusst ruhig, schloss die Augen und summte.

„Was machen Sie da?"

„Das ist eine Beruhigungstechnik, die mir Ms. Luci gezeigt hat."

Colton machte ein paar Minuten lang weiter, während Sarah ihm die Hand auf den Rücken legte und sie in kleinen Kreisen zwischen seinen Schulterblättern bewegte. Verdammt, fühlte sich sein warmer Körper gut an!

Colton öffnete die Augen und überprüfte seinen Puls.

„Hat es gewirkt?", fragte sie.

Er nickte. „Tut mir leid, dass ich so unhöflich zu Ihnen bin. Es ist nur ..."

Er seufzte tief, was jedoch weniger verzweifelt als männlich klang. Wie machte er das bloß?

„Ich bin frustriert. Ich will eigentlich nur mein gottverdammtes Leben zurück. Aber das sollte ich nicht an Ihnen auslassen."

Und einfach so, wegen einer einzigen Entschuldigung, war

aller Groll, den sie ihm gegenüber empfunden hatte, wie ausgelöscht. Nicht dass sie ihm überhaupt lange hätte böse sein können, jetzt, wo sie die Wahrheit über seine sonderbare und schwierige Situation kannte. An der sie am seltsamsten fand, dass er nach wie vor den großspurigen Macker gab, dem nichts und niemand Angst machte, weil ihm die ganze Welt zu Füßen lag.

Weil er der womöglich tatsächlich ist. Denn da waren ja unbestritten die Faszination und das maskuline Selbstvertrauen, das Colton trotz seiner misslichen Lage verströmte.

„Ich möchte noch mal wiederholen", sagte sie, „wie furchtbar leid es mir tut, dass ich das Buch überhaupt an mich genommen habe. Ich habe mir wirklich nichts Schlimmes dabei gedacht. Gibt es vielleicht irgendetwas, was ich tun könnte, um mein Verhalten wiedergutzumachen?"

Sein Kopf zuckte zur Seite, als wäre ihm plötzlich ein Geistesblitz gekommen. „Ja, vielleicht."

Sie stand auf. „Schießen Sie los, was auch immer es ist. Aber machen Sie schnell, ich muss nämlich los." Sie durfte nicht riskieren, im Stoßverkehr stecken zu bleiben, der manchmal schon gegen halb sechs Uhr morgens einsetzte.

Colton erhob sich ebenfalls und sah sie an. In seinen Augen blitzte eine Intensität, die sie nicht zu lesen wusste.

„Keine Sorge, ich beeile mich."

Sein Blick glitt zu ihren Brüsten hinunter und verweilte lange genug dort, dass Sarah den Stimmungswechsel wahrnehmen konnte.

Sie riss die Augen auf. *Was? Hat er gerade …?*

Er kam näher, legte die Hände um ihre Hüfte und zog sie an sich, allerdings ohne dass sie sich sonst wo berührten.

Hitze. Sie spürte seine Hitze. Ihr Körper reagierte augenblicklich, indem sie rot anlief und ihre Haut zu kribbeln begann.

„Colt, ist das etwa eine Anmache?“, flüsterte sie, obwohl sie genau wusste, dass es so war. Sie konnte es einfach nur nicht recht glauben. Noch vor ein paar Augenblicken waren sie kurz davor gewesen, einander an die Kehle zu gehen!

„Ja.“

Er zog sie an sich und trat damit in ihre private Zone, zu der nur ihr Gynäkologe, ihre engsten Freunde, ihre Familie und Männer, mit denen sie schlief, Zutritt hatten.

„Aber … warum?“

„Weil ich mich jetzt wieder erinnere, dass du die Frau aus dem Club bist“, sagte er im „Du weißt schon, was ich meine“-Tonfall.

Und was bedeutete das? Sollte sie sich das so vorstellen, dass sein „kleiner Colton“ einen extralangen Lampenfieberanfall gehabt hatte und nun doch noch raus auf die Bühne kommen wollte, um für sie zu „singen“?

Nun ja, sie hatten bisher nur einen „Song“ miteinander „gesungen“, und zwar einen ziemlich kurzen. Und jetzt stand ihre Karriere deswegen auf Messers Schneide. *Verdammt, apropos …* Vermutlich war es an der Zeit, Colton von dem Video und der Sache mit Richter Wright zu erzählen. Andererseits würde er dann den Eindruck gewinnen, dass sie aus reinem Eigennutz handelte. Also kein kluger Schachzug. Er hatte auch so schon genügend Probleme und Sorgen.

Und was sein eindeutiges Angebot betraf, sie stand nicht auf ihn.

Jaaa, gut, tat sie doch.

Er war verdammt heiß. Heiß im Sinne von lodernden Höschen, Speicheldrüsen auf Volldampf-Sabberproduktion und schmerzhaftem Pochen in südlichen Gefilden. Und das bloß vom Hingucken. *Oder beim Gedanken an seinen langen harten Schwanz, der ganz, gaaaanz tief in mich gleitet.* Neulich Nacht hatte sie jeden Zentimeter seiner Härte in sich spüren können. Es war, als hätte sie von innen heraus geleuchtet. Aber am Ende war das nichts weiter als Chemie, und Colton Young hatte einen Haufen ernst zu nehmender Probleme.

Sie fand den Gedanken, es noch mal mit ihm zu tun, nur um sofort wieder vergessen zu werden, unerträglich. Sie hatte sich so austauschbar gefühlt, und dass sie nun von seinen Problemen wusste, änderte daran nichts.

Hey, und ganz zu schweigen von der Sache mit der Moral. Selbst wenn niemals jemand etwas davon erfuhr, wäre es trotzdem falsch.

„Colton." Sie sah zu ihm auf, um ein für alle Mal klarzustellen, dass sich zwischen ihnen nie wieder etwas Sexuelles abspielen würde. Als sie seinem intensiven dunklen Blick begegnete, war sie jedoch sofort in seinem Bann. Er war widerwärtig anziehend. Seine Haltung, sein großer, gut gebauter Körper, das kantige, von Stoppeln bedeckte Kinn und das sexy lange Haar, das nur ein richtiger Kerl tragen und trotzdem knallhart und cool wirken konnte.

Khal Drogo. Der Typ von Instagram mit dem Man-Bun. Brad in Legends of the Brad *oder* Interview mit einem Brad. *Oder in* Sieben Jahre mit Br…

Momentchen mal. Nein. Nein! Das ist doch nur die Höhlenfrau in dir, die deinem Unterbewusstsein einflüstert, dass er mächtiges Sperma hat und dir jeden Tag einen Haufen nahrhaftes rotes Fleisch aufs Feuer schmeißt.

Höhlenmädchen muss ignoriert werden!

„Ich kann nicht, Colton. Das wäre nicht …"

„… vereinbar mit deinen Vorurteilen?", sagte er mit einem zynischen Beiklang.

Ihr klappte die Kinnlade herunter. „Ich wollte ‚richtig' sagen. Es wäre nicht *richtig.* Glaubst du wirklich, dass ich dich abblitzen lasse, weil ich Vorurteile habe?"

„Hör auf, so diplomatisch zu sein, Frau Richterin. Wir wissen beide, dass du mich vor zehn Minuten mit Freuden gevögelt hättest, als du noch nicht wusstest, dass ich nicht alle Tassen im Schrank habe."

„Falsch." Sie stemmte die Hände in die Hüften. „Augenblick mal. War das irgendein Test, um herauszufinden, ob ich oberflächlich bin?"

„Nein, ich will dich tatsächlich vögeln. Ich glaube, das könnte mir Spaß machen, was derzeit eine echte Seltenheit in meinem Leben ist. Aber das wusstest du ja vorher schon."

Sie blickte gen Decke und flehte Gott – oder wer auch immer da draußen sein mochte – um Kraft an. Einen Haufen Kraft. Denn sie wollte Colt vögeln, und zwar sehr.

Sie sah auf ihre Füße hinunter, die in Turnschuhen steckten, und dann wieder zu ihm auf. „Ich kann nicht … nein, streich das. Ich *werde* nicht. Denn entgegen deiner Annahme bin ich kein kaltherziges Monster voller Vorurteile. Ich sorge mich um vieles, vermutlich sogar zu sehr. Und deswegen springe ich auch nicht einfach mal eben mit irgendjemandem ins Bett. Für dich hätte das hier – das mit mir – doch überhaupt keine Bedeutung." Wie sollte es auch, wenn er sich am nächsten Morgen nicht mehr an sie erinnerte?

„Du bist nicht bedeutungslos für mich. Du hast ja gelesen, was ich in mein Notizbuch geschrieben habe."

War ihm eigentlich klar, wie kompliziert sein Leben war und wie kompliziert er ihres machen konnte? Und dass das alles in einer einzigen riesigen Sackgasse enden würde?

Sie wollte ihm schon eine gute Nacht wünschen und es dabei belassen, da sah sie den Schmerz in seinen Augen aufflackern.

Verdammt! Warum musste er aber auch gleichzeitig so maskulin und so verletzlich aussehen?

Sie nahm seine Hand, die rau und schwielig war – und viel wärmer, als sie gedacht hätte. „Colton, trotz allem, was am

Freitag passiert ist, bedeutungsloser Sex ist wirklich nichts für mich. Also glaub mir bitte, dass ich nicht Nein sage, weil du Probleme hast. Ich ... ich ... Solche Geschichten sind einfach nicht mein Ding."

Coltons braune Augen füllten sich mit Emotionen, nur dass sie diesmal in Richtung Mitgefühl tendierten. Keine Verärgerung, keine männliche Geilheit, schlicht Mitgefühl. Als ob er wirklich verstehen würde, was sie empfand. Und wenn sie ehrlich war, erschreckte sie das fast zu Tode.

„Dann", er seufzte, „sagst du also Nein zu einem kranken Mann, dessen einziger friedlicher und glücklicher Augenblick im vergangenen Jahr zwischen deinen saftigen Schenkeln stattgefunden hat?" Er grinste süffisant.

„Ach du ... Du kannst mich mal. Was sind das denn für schmutzige Tricks?" Er hatte sie die ganze Zeit nur verarscht!

Er lachte, packte sie bei den Schultern und küsste sie.

11. Kapitel

Sarah. Ihre Lippen waren weicher als Rosenblütenblätter, getränkt in Satin und gewendet in Samt, und sie schmeckten nach Erdbeeren. Diese Erinnerung an die Frau von Freitagnacht hatte sich ihm am stärksten eingeprägt. Nicht sie zu ficken – obwohl auch das denkwürdig gewesen war –, nicht ihr lustiges leises Lachen oder ihre blauen, blauen Augen, sondern ihre Lippen. Seltsam, welche Dinge sein Gehirn sich merkte. *Sieb. Mein Hirn ist ein gottverdammtes Sieb!*

Er hätte sich einreden können, dass der Gedächtnisverlust willkürlich verlief, aber sein Bauchgefühl sagte ihm, dass das nicht stimmte. Es war, als wollte sein Verstand das bisschen Kontrolle, das er aufbringen konnte, für die Dinge aufwenden, die ihm am wichtigsten waren. Und sein Verstand – nein, *er* – wollte sich an Sarahs Lippen erinnern. Und an ihre Küsse im Club. Genauso wie er sich aller Wahrscheinlichkeit nach an diesen Kuss hier erinnern würde.

So weich, dachte er, während sich ihre Lippen berührten und er Sarah an den Schultern festhielt. Er würde nicht zulassen, dass sie sich einfach aus dem Staub machte. Nein. Er brauchte das hier, und er musste herausfinden, wieso er sich an sie erinnerte. Warum war sie so wichtig für ihn?

Er atmete tief ein, nahm die Wärme ihres Körpers an seinem wahr, die Hitze ihres Mundes in sich auf – und die …

Sie stieß ihn von sich und verpasste ihm eine schallende Ohrfeige. In ihren himmelblauen Augen loderte kaltes Feuer.

„Aua!“ Er legte sich eine Hand auf die brennende Wange. „Wofür war die denn?“

Sie zog die Augen zu schmalen Schlitzen zusammen. „Damit du dir merkst“, sagte sie und stach vor seinem Gesicht mit dem Finger in die Luft, „dass du so etwas besser nicht noch mal machst.“

„Keine Sorge, das vergesse ich bestimmt nicht.“ Nur dass er es *natürlich* vergessen würde. Und je schneller, desto besser. „Ich habe dich nur geküsst, weil ich wissen wollte, ob es so ist wie in meiner Erinnerung.“ *Es war besser.* Er starrte Sarah an, die wirkte, als würde sie gleich explodieren. „War aber nichts Besonderes. Ich muss betrunken gewesen sein, als ich das ganze Zeug über dich geschrieben habe.“ Soweit er sich erinnern konnte, war er stocknüchtern gewesen. Na gut, vielleicht hatte er sich vorher einen Drink genehmigt, doch betrunken war er definitiv nicht gewesen. Ansonsten wäre sein Schwanz gar nicht so schnell hart geworden.

Das war die andere Sache, an die er sich erinnerte, dass er so scheißhart gewesen war, dass sein Schwanz danach Stunden gebraucht hatte, um schlaff zu werden. Er hatte mehr gewollt. Mehr von diesem weichen, kurvenreichen Körper, dem süßen Duft ihrer Haut und ihres Haars, von ihren Lippen. Doch am Ende ihres Ficks war irgendwas passiert. Sie war wütend geworden. Und er auch. Er wusste aber nicht genau, warum. Nur, dass er so etwas noch nie mit einer Frau gemacht hatte – jedenfalls nicht, dass er sich daran erinnern konnte. Und trotzdem hatte Sarah so getan, als wäre das alles völlig bedeutungslos gewesen. Er wusste es jedoch besser, dafür kannte er sich selbst gut genug.

Er vögelte keine dahergelaufenen Frauen in Toilettenkabinen oder auf Limousinenrücksitzen, nicht mal in seiner Umkleide. Er behielt seinen Schwanz in der Hose und verhielt sich professionell. Er liebte es mit Leib und Seele, Musiker zu sein, ja. Aber es war auch sein Job. Nur pubertäre Arschlöcher rannten durch die Gegend und steckten ihren Schwanz bei der

Arbeit in jede Frau, die bei drei nicht auf einem Baum war. Nein, seine Mutter – möge sie in Frieden ruhen – hatte ihn besser erzogen, und deshalb würde er niemals als einer dieser Rockstars enden, die alles, was sie erreicht hatten, für Drogen, Schnaps und billige Frauen wegwarfen.

Wobei all diese moralischen Grundsätze letztlich natürlich überhaupt nichts brachten, weil sie den Unfall nicht hatten verhindern können. Wieso war er so schnell gefahren? Warum war er verunglückt?

Ich kann mich nicht erinnern.

Er wusste allerdings, dass er keine dreißig Tage mehr hatte, bis die ganze Welt erfahren würde, dass er sich nicht mehr an seine Songtexte erinnerte oder an die Gitarrenakkorde seiner Lieder. In dreißig Tagen würde er alles verlieren, wofür er gearbeitet hatte. Und doch behaupteten die Ärzte, dass mit ihm alles in Ordnung war. Dass es keinen körperlichen Befund gab.

Ja. Diese Dinge hatte er nicht vergessen. Und auch Sarah hatte er nicht vergessen. Jedenfalls nicht völlig. Freitagnacht-Lady hatte einen starken emotionalen Eindruck hinterlassen, während Richterin Almas kühles Gesicht und ihr herablassender Blick klar und rational wirkten. Deswegen fiel es ihm so schwer zu glauben, dass es sich bei den beiden um ein und dieselbe Person handelte – *Feuer und Eis.* Etwas an dieser Gegensätzlichkeit faszinierte ihn.

„Glückwunsch", erwiderte sie auf seine Aussage, er sei betrunken gewesen, als er seine postkoitalen Lobeshymnen verfasst hatte. „Damit hast du dir einen Platz ganz oben auf der Liste der fürchterlichsten Menschen der Welt gesichert."

Er zuckte die Achseln und spielte weiter die Rolle des gleichgültigen Arschlochs, die er so gut beherrschte. „Was kann ich denn dafür, dass du so eine lausige Küsserin bist."

Ihre Kinnlade klappte herunter, und sie bedachte ihn mit einem bitterbösen Blick.

„Aber ich bin großzügig und bereit, dir einen zweiten Versuch zu gestatten." Er lächelte und machte einen Kussmund.

„Oh. Mein. Gott. Du bist echt der Abschuss." Sie verdrehte die Augen und schaute auf ihre Uhr. „Mist. Ich muss los."

„Und wann bringst du mir mein Notizbuch zurück?" Es war das Einzige, was ihm noch Halt gab. Wenn es nicht da war, fühlte er sich vollkommen verloren. Im einen Moment tat er etwas oder ging irgendwohin, und im nächsten hatte er einfach vergessen, was er eigentlich wollte. Panik bekam er eher selten, meistens fühlte es sich an, wie wenn man ein Zimmer betrat und sich plötzlich nicht mehr erinnerte, was man hatte holen wollen. Trotzdem brauchte er das Buch.

„So schnell wie möglich, versprochen", sagte sie. „Ich muss allerdings einigen Papierkram erledigen, und dann ist da noch der Verkehr. Darum könnte es später werden."

Er schüttelte den Kopf. „Okay. Aber dafür schuldest du mir definitiv einen zweiten Fick."

Sarah runzelte die Stirn, und ihre Augen verengten sich zu schmalen Schlitzen.

Er grinste. „Okay, ich führe auch nur die Spitze ein. Versprochen, dass es schnell geht."

Sie gab ihm einen Klaps auf den Arm. „Oh Gott, echt der Abschuss!" Entschlossen verließ sie den Raum. „Nie wieder!", rief sie noch, ehe er hörte, wie die Haustür zufiel.

„Wir werden sehen, Euer Ehren, wir werden sehen." Es war offensichtlich, dass Sarah ein bisschen Spaß im Leben brauchte, so, wie er einen Fels in der Brandung brauchte, wenn er das hier überleben wollte. Vielleicht fand er sie deswegen so besonders. Weil sie einander guttun könnten.

12. Kapitel

Im Ernst jetzt, du verräterisches Miststück? Sarah sah hinab auf das V ihrer roten Stoffhose, als sie gegen sechs Uhr nach der Arbeit an einer Ampel stand, und begriff endlich, was es bedeuten musste, ein Mann zu sein.

Den ganzen Tag über hatte die kleine Sarah zwischen ihren Beinen gejammert und an ihrem Rocksaum gezupft. „Bitte, bitte, bitte, Sarah", hatte sie genörgelt. „Bitte! Darf ich noch mal mit dem kleinen Colton spielen?" Worauf die große Sarah geantwortet hatte: „Nein! Er darf nie wieder in unsere Sandkiste. Weil er nämlich nur Ärger macht!" Und wenn irgendjemand auf dieser Welt die Gabe hatte, Ärger zu erkennen, dann war das sie.

Tatsache: Colton Young war ein weltberühmter Rockstar und ein Sexsymbol. Actionfiguren, Poster, Tassen, T-Shirts – es gab alles, was das Herz begehrte, in Colton-Young-Version. Der Typ war fast so beliebt wie Benjamin Franklin, auch bekannt als der Herr auf den Hundertdollarscheinen.

Tatsache: Millionen von Frauen jagten Colton Young und seinen sexy Lederhosen hinterher (okay, eigentlich ging es ihnen um den Inhalt dieser Hosen, vor allem, nachdem ihn eine berühmte Pornodarstellerin in der Zeitschrift *Bestückt wie ein Pferd* auf Platz 1 gewählt hatte). *Gott, hat er wirklich was mit einem Pornostar gehabt?* Es fiel ihr schwer, sich das vorzustellen. Colton wirkte viel bodenständiger und ernsthafter, als sie gedacht hatte. Mal abgesehen von diesem Spruch von wegen „nur die Spitze einführen".

Sie musste lachen. Na gut, irgendwie war das schon witzig

gewesen. Und ja, sie mochte ihn. Aber nur ein bisschen. Und es gab noch eine Tatsache, die sie nicht ignorieren konnte: Sie vögelte nicht in der Gegend herum, und sie konnte sich beim besten Willen nicht vorstellen, ernsthaft etwas mit so einer Art Mann anzufangen, selbst wenn er zu Monogamie in der Lage sein sollte. Denn sie war auf einen Job am Obersten Gerichtshof aus. Und in Anbetracht von Colts Vorstrafenregister und seiner Bekanntheit würde man sie sofort von der Liste der potenziellen Kandidaten streichen, wenn sie sich mit ihm einließe. Von den Richtern am Obersten Gerichtshof wurde erwartet, dass sie einen blitzsauberen Lebenswandel vorzuweisen hatten, und nicht, dass sie sich mit leichtsinnigen Musikern einließen, die mehrfach festgenommen worden waren, unter anderem wegen Drogenbesitzes. Unschuldig oder nicht, das spielte keine Rolle. Colts Weste war nicht mehr blütenrein, und man würde davon ausgehen, dass er auf sie abfärbte. Gleich und Gleich besteigt sich gern, wie sie und ihre Mädels immer sagten.

Apropos Besteigen – dieser Ausdruck in Coltons braunen Augen, dieser sexuell aufgeladene, intensive, anmaßende Ton, in dem er sie im Morgengrauen gefragt hatte, ob sie mit ihm schlafen würde, war den ganzen Tag über in Dauerschleife durch ihren Kopf gelaufen.

„Büüüütttttteeee, Sarah“, sagte ihre Muschi mit schrillem englischem Akzent. „Bekomme ich einen Nachschlag?“

„Wirklich, kleine Sarah? Bist du jetzt Oliver Twist?“

Das Auto hinter ihr hupte, um sie darauf aufmerksam zu machen, dass sie Grün hatte.

„Oh, ’tschuldigung, ich plaudere gerade mit meiner unreifen, bedürftigen Mumu.“ Sie winkte dem Fahrer im Rückspiegel zu und trat aufs Gas, aber der Typ hupte trotzdem und gab Lichtsignale.

„Mann, zu viel Kaffee gehabt heute?“

Er hupte aggressiv weiter und fuhr auf, bis er fast ihre Stoßstange berührte. Die Fahrer in den umliegenden Autos guckten schon neugierig, was da wohl los war. *Dieser Idiot wird noch einen Unfall verursachen.* Vermutlich einen, der beinhaltete, dass er hinten in ihren Wagen donnerte. *So schaut's aus.*

So ging das noch zwei Häuserblocks, ehe Sarah der Verdacht beschlich, dass das hier kein Zufall war. Sie umklammerte das Lenkrad. Richter waren eine ständige Zielscheibe – Tag für Tag kamen gewalttätige Menschen in ihren Gerichtssaal, und manche von ihnen waren auf Rache an jedem aus, der an ihrer Verurteilung beteiligt gewesen war. Wenn sie ehrlich war, war das einer der Gründe, aus denen sie sich als alleinstehende Frau sicherer fühlte, solange sie über Maria wohnte. Und über Marias Knarre.

Hup! Huuuuup! Hup!

„Alles klar!", blaffte Sarah. „In Ordnung!" Sie würde direkt bis zur nächsten Polizeiwache fahren, die zehn Blocks entfernt lag, und auf dem Weg die 911 wählen. Wenn sie dort vorbeikam, würde schon ein Einsatzwagen warten und die Sache übernehmen.

Sarah reduzierte das Tempo, bog an der nächsten Ampel rechts ab und drückte auf die Bluetooth-Taste auf ihrem Lenkrad, aber als sie sich umdrehte, sah sie, dass der verrückte Vollidiot weiter geradeaus fuhr. Im Rückspiegel konnte sie einen kurzen Blick auf das Heck erhaschen, als der Wagen die Kreuzung hinter ihr überquerte.

Ein silberner Sedan. Wie in der vergangenen Nacht.

Sarah schüttelte den Kopf und tat die Sache als Zufall ab. Die Hälfte der Autos in der Stadt war silbern. Um sicherzugehen, wartete sie trotzdem ein paar Minuten ab, ehe sie wieder ihren normalen Heimweg einschlug, der sie in dieselbe Richtung führte, die auch der Verkehrsrowdy genommen hatte.

Eine Viertelstunde später kam Sarah bei ihrer Wohnung an. Die Straße, die von farbenfrohen viktorianischen Bauten in Lila-, Rosa-, Blau- und Grüntönen gesäumt war, gab ihr immer das Gefühl, eine Puppenhauswelt zu betreten, und hob ihre Laune. *Bis auf die Parkplatzsituation. Die ist der totale Spaßverderber.* Es waren so gut wie nie freie Plätze vorhanden.

Nachdem sie zweimal um den Block gefahren war, beschloss sie, sich hinter Marias Wagen in die Auffahrt zu stellen. Sie musste ja nur kurz nach oben laufen und sich das Notizbuch schnappen, und schon war sie auf dem Weg zu Ms. Lucis Ranch. Die Rushhour mit eingerechnet, würde sie es schaffen, um acht Uhr dort zu sein.

Mit einem ungeduldigen Flattern im Bauch, das absolut und in keinerlei Hinsicht damit zu tun hatte, dass sie Colton wiedersehen würde, schloss Sarah die Haustür auf, hinter der eine Treppe hinauf in ihre Wohnung im obersten Stock führte. Als sie am alten Schloss rüttelte, öffnete sich Marias Eingangstür, die direkt neben ihrer lag.

Maria steckte den Kopf durch den Spalt. „Hey, Sarah. Wir haben genügen Spaghetti für alle, falls du reinkommen und was essen möchtest."

„Du willst doch nur, dass ich später auf die Jungs aufpasse, gib's zu."

Maria lächelte. „Dir kann man echt nichts vormachen, das nervt dermaßen! Aber ja, es läuft gerade ein Film im Kino, den Franco und ich gern sehen würden."

„Tut mir total leid, ich hab heute schon was vor. Vielleicht am Wochenende?"

Maria hob eine Braue. „Handelt es sich bei ‚was' vielleicht um ein Date?"

„Nein, nicht wirklich."

„Lügnerin." Maria lächelte.

Sarah hatte keine Zeit für Einzelheiten, sie würde das alles später erklären müssen. „Dir kann man auch nichts vormachen. Also selber nervig."

Maria lachte auf. „Viel Spaß. Morgen früh will ich alles bis ins kleinste Detail erfahren. Besonders, wenn er bestückt ist wie ein Pferd", fügte sie im Flüsterton hinzu.

Sarah schluckte. Marias Kommentar war irritierend zutreffend.

„Maria!", rief Franco von drinnen. „Hier brennt was an!"

„Dann sorg dafür, dass es aufhört!", brüllte Maria zurück und zuckte die Achseln. „Männer. Völlig hilflos."

„Deswegen haben sie ja uns!" Sarah lachte, öffnete ihre Haustür und lief die Treppe hinauf. „Wir sehen uns morgen bei der Arb…" Sie verstummte mitten im Satz.

Was zum Teufel? Ein einziger Blick in ihre Wohnung genügte, um ihr Herz fast stillstehen zu lassen. Jemand hatte ihr die Bude auseinandergenommen.

13. Kapitel

Sarah hatte keine Ahnung, wie lange ihre Schockstarre gedauert hatte. Jemand war in ihre Wohnung eingedrungen, hatte ihren Fernseher zerschmettert, ihre Unterlagen durchwühlt, ihre Pflanzen auf den Boden geworfen und alle Schubladen geleert.

Oh Scheiße. Scheiße! Vielleicht war der Eindringling immer noch hier und wartete in einem Versteck darauf, dass sie nach Hause kam.

Sie machte auf dem Absatz kehrt, um nach unten zu Maria zu laufen, stieß aber gegen eine warme harte Wand.

„Fuck!" Sie taumelte rückwärts und landete nur knapp neben den Glasscherben auf ihrem Hintern.

„Sarah."

Colton stand in seiner schwarzen Lederhose und einem grauen T-Shirt in der Tür. Er trug eine Giants-Kappe und eine verspiegelte Sonnenbrille. „Alles in Ordnung?" Er reichte ihr die Hand.

Sie blinzelte zu ihm auf. „Was machst du …?" Den Gedanken, der ihr als Nächstes kam, hätte sie lieber nicht gehabt, doch es war zu spät. „Woher weißt du, wo ich wohne?"

Sie ignorierte seine ausgestreckte Hand und sprang auf.

„Ms. Luci hat es mir verraten." Er sah sich um. „Hübsches Ambiente, aber ein bisschen zu postapokalyptisch für meinen Geschmack."

„Warst du das, Colton?"

„Was? Wieso sollte ich so etwas tun?"

„Ach, was weiß denn ich? Vielleicht, weil du gestern

Ms. Lucis Wohnzimmer auseinandergenommen hast, als du dein Notizbuch nicht finden konntest?"

„Hab ich das?" Er zog sein spiralgebundenes Notizbuch aus der Tasche.

Sarah sah ihn fassungslos an. „Du bist in mein Haus eingebrochen!"

„Ich bin gerade erst angekommen, Sarah."

„Und was hast du dann da in der Hand?"

„Das habe ich mir heute Morgen gekauft und den Tag damit verbracht, alles aufzuschreiben, woran ich mich erinnern konnte."

Sarah runzelte die Stirn. Sie wollte ihm glauben, andererseits wusste sie aber auch, dass er nicht ganz Herr seiner selbst war.

Colton sah zu ihr herab – Mann, war der Typ groß! – und bemerkte ihre Wut.

„Hier. Schau doch rein, wenn du mir nicht glauben willst." Er reichte ihr das Buch. „Ich kann mich noch erinnern, dass du meine alten Notizen gelesen hast. Also weißt du ja ungefähr, was drinsteht."

Widerwillig nahm sie das Buch und blätterte durch die Seiten. Die Notizen waren anders. Auf den ersten fünf oder sechs Seiten standen lauter Dinge über sie selbst. Weiches braunes Haar. Saphirblaue Augen. Ein süßes Lächeln. Ein Mund, der zum Küssen einlädt.

Sarah konnte nicht anders, als es unglaublich süß zu finden. *Und jetzt komme ich mir vor wie ein voreingenommenes Miststück.* Sie sah zu ihm auf und begegnete einem ausgesprochen wütenden Blick. *Uuuund bingo! Er ist stinksauer.*

„Tut mir leid." Sie gab ihm das Buch zurück. „Ich hätte dich nicht beschuldigen dürfen."

Er verschränkte die Arme vor seiner breiten, muskulösen Brust, sagte aber immer noch kein Wort.

„Okay. Also, wenn du es nicht warst …“, sie packte ihn am Arm, „… dann müssen wir von hier verschwinden!“

Er folgte ihr die Treppe hinab bis zu Marias Haustür. „Maria!“ Sarah klopfte hart.

Franco öffnete ihr in einer roten Schürze. Er war von mittlerer Größe, kahlköpfig und hatte ein Glitzern in den Augen, das ihn immer glücklich wirken ließ.

„Können wir reinkommen?“, fragte Sarah und schob sich an ihm vorbei. „Bei mir oben wurde eingebrochen.“

„Schatz? Komm sofort her! Bei Sarah wurde eingebrochen!“, brüllte Franco quer durchs Haus.

Maria erschien mit einem Geschirrtuch über der Schulter in der Küchentür. Als sie Colton entdeckte, erstarrte sie und machte große Augen.

„Maria! Einbruch!“, erinnerte Sarah sie.

„Hä?“ Maria schüttelte den Kopf. „Oh. Ähhhm …“

„Habt ihr irgendwas gehört?“, fragte Sarah.

„Nein“, erwiderte Franco. „Und ich bin schon seit ein paar Stunden zu Hause.“

„Verdammt.“ Sarah seufzte verzweifelt und holte ihr Handy heraus. Sie wählte 911 und erklärte, wer und wo sie war – und dass unklar war, ob sich der Eindringling noch in ihrer Wohnung befand. „Okay, sie sind gleich da.“

„Und was ist mit ihm?“ Maria nickte in Coltons Richtung. „Ich kann mir kaum vorstellen, dass du willst, dass er im Polizeibericht auftaucht.“

Sarah zählte sofort eins und eins zusammen. Es würde … nun ja, merkwürdig aussehen, wenn die Polizei aufnahm, dass sich Colton nach einem Einbruch in ihrer Wohnung aufgehalten hatte. Die Presse würde spekulieren, dass er irgendetwas damit zu tun hatte, da sie die vorsitzende Richterin in seinem Fall war und er einen üblen Ruf hatte. Und wenn sie ihn verteidigte, würde sie erklären müssen, warum er überhaupt bei ihr gewesen war, was nur zu weiteren Spekulationen führen würde – und zwar in den Klatschspalten. Nach ihrer letzten Erfahrung dieser Art wegen des Videos, in dem sie Colton aufforderte, seine Hose auszuziehen, fand sie die Aussicht auf eine Wiederholung absolut abtörnend.

„Colton, du bleibst hier bei Maria."

„Warum?", fragte er.

„Weil du es dir nicht leisten kannst, in eine Ermittlung verwickelt zu werden." Sie warf Maria einen Seitenblick zu, die war aber immer noch damit beschäftigt, Colton anzuschmachten.

„Maria!" Sarah schnipste mit den Fingern. „Dein Mann steht direkt neben dir."

Maria zuckte zusammen. „Oh, entschuldige, Schatz, es ist nur so, dass Colton Young in meinem Wohnzimmer steht. *Colton Young*, verdammt!" Sie seufzte.

Sarah verdrehte die Augen. „Kann er in Tonys und Bens Zimmer gehen?", fragte Sarah.

Maria geriet völlig aus dem Häuschen. „Aber klar doch! Sie machen gerade Hausaufgaben, ich bin jedoch sicher, dass sie Sie schrecklich gerne kennenlernen möchten, Colton. Anthony ist zehn und Benjamin zwölf, und sie sind riesige Fans! Hier geht's lang."

„Bitte nennen Sie mich Colt."

„Okidoki", flötete Maria in einem ziemlich misslungenen Flirtversuch. „*Colt*, hier entlang."

Colton folgte ihr und verschwand durch die letzte Tür im Flur, hinter der man im nächsten Moment zwei kleine Jungs in lautes Geschrei ausbrechen hörte: „Was? Oh, Wahnsinn! Das ist ja Colton Young!"

Franco zuckte die Achseln. „Schätze, ich wohne hier mit *drei* riesigen Fans zusammen."

Wie schön, dass Franco so ein selbstbewusster Typ war. Die

meisten anderen Männer hätten sich inzwischen vermutlich ziemlich klein und unbedeutend gefühlt.

Sarah atmete tief durch. „Wenn Colton sich merkwürdig verhält – orientierungslos oder panisch – dann hol mich sofort, ja?"

Franco warf ihr einen schiefen und einigermaßen beunruhigten Blick zu.

„Oh, keine Sorge, er ist nicht gefährlich", fügte Sarah hinzu und durchforstete ihr Hirn nach einer Erklärung für ihre Aussage. Schließlich hatte sie nicht das Recht, irgendjemandem von Coltons gesundheitlichen Problemen zu erzählen. „Er leidet manchmal an … Klaustrophobie. Euer Haus ist viel kleiner, als er es gewöhnt ist. Du weißt schon, Musiker und ihre Riesenhütten."

„M-hm, schon klar." Franco war so was von klar, dass sie gerade log.

„Ich bin gleich wieder da." Sarah verließ das Haus, um die Polizei in Empfang zu nehmen, und hoffte und betete dabei, dass Colton nicht durchdrehte, während er unten bei Maria war.

Grundgütiger, ich verstecke Colton Young im Zimmer der Kinder meiner Gerichtsdienerin. Und zwar vor der Polizei. Weil jemand meine Wohnung verwüstet hat.

Ihr Leben wurde zunehmend durchgeknallt. Und chaotisch. Wobei sie den starken Verdacht hatte, dass diese Entwicklung ihren Gipfel noch lange nicht erreicht hatte. Dieser Einbruch … der verrückte Fahrer … Colton Young. Sie konnte fast physisch spüren, wie sich das Übel zusammenbraute.

Eineinhalb Stunden später stand Sarah auf der Veranda vor der Haustür und bedankte sich bei den beiden Polizistinnen Linda und Samantha, die sie von der Arbeit gut kannte, für ihr schnelles Kommen und deren Hilfe. Irgendwann zwischendrin war noch ein Typ von der Einbruchskommission aufgetaucht, ein gewisser Detective Cho, der jede Woche ein paar seiner Festnahmen in ihrem Gerichtssaal vorbeibrachte. Es war zwar nichts gestohlen worden, aber trotzdem hatte Cho Fingerabdrücke an der Wohnungstür und den Schubladen genommen, die aus dem Fernsehschrank und den Beistelltischchen gezogen worden waren, und auch sonst von so gut wie allem, was man mit den Händen anfasste.

„Bis später!“ Sarah winkte ihnen nach und schloss die Haustür, beobachtete die Beamtinnen durch das Guckloch aber noch so lange, bis sie wirklich verschwunden waren. *Freie Bahn.* Sie schoss zurück nach draußen und zu Marias und Francos Wohnungstür wieder hinein. „Okay, sie sind weg. Alles in Ordnung?“

Maria und Franco saßen am Esstisch in ihrem mit Spielzeug übersäten Wohnzimmer und unterhielten sich über leeren Spaghettitellern und Rotweingläsern hinweg.

„Jepp“, sagte Maria mit einem verräterischen kleinen Lächeln. „Sie spielen mit Coltons Gitarre.“

Wenn Sarah nicht komplett schieflag, heckte Maria irgendetwas aus. *Oder bin ich gerade in ein intimes Gespräch geplatzt?* Die beiden waren ganz groß im Dirty Talking, was irgendwie echt süß war – trotz zweier Kinder, zweier Vollzeitjobs und langer Tage noch so verliebt ineinander zu sein und sich Zeit füreinander zu nehmen.

„Woher hat er denn seine Gitarre?“, fragte Sarah.

„Die war draußen in seinem Ferrari. Ich hab sie ihm geholt“, sagte Franco. „Ich durfte sogar in seinem Auto um den Block fahren, aber im Vergleich zu dem Minivan, den Maria mir aufgeschwatzt hat, war das Ding eine ziemliche Enttäuschung.“ Sein Tonfall troff nur so vor Sarkasmus.

„Oh, komm schon“, sagte Maria. „Der Minivan hat WLAN.

Wie viel mehr kann ein Mann verlangen, der sich gerne mitten in der Nacht in die Garage schleicht, um heimlich Pornos zu gucken?"

Franco verging sein fieses kleines Grinsen, und Sarah versuchte, das unangenehme Bild aus ihrem Kopf zu löschen.

Zufrieden, dass sie diese Runde in Sachen Ehegezänk gewonnen hatte, beugte sich Maria über den Tisch und flüsterte ihr zu: „Und jetzt sag mal, was hatte Colton hier überhaupt zu suchen?"

„Interessierst du dich gar nicht für den Einbruch?", fragte Sarah.

Maria schüttelte den Kopf. „Ich bin eine gute Schützin. Wer in meine Wohnung will, ist so gut wie tot. Also, was treibt er hier?"

Es hätte zu lange gedauert, ihr die ganze Geschichte zu erzählen, deshalb sagte Sarah einfach: „Sex."

Maria klappte die Kinnlade herunter.

„Er hat gesagt, mein supersexy schwarzer Talar geht ihm nicht mehr aus dem Kopf, und deswegen ist er vorbeigekommen, um mich zu vernaschen. Ich dachte, wir versuchen es mal mit anal."

Franco, der gerade an seinem Wein genippt hatte, schoss Rotwein aus der Nase, während er in schallendes Gelächter ausbrach.

Maria begriff endlich, was Sache war, und sah sie finster an. „Du bist ein fieses Miststück. Unfassbar, dass ich meinen Kindern erlaubt habe, mit dir zu spielen."

„Ja, schlimm, oder? Bin gleich wieder da." Sarah ging den Flur hinunter, sie hörte Tony und Ben lachen. Im Hintergrund ertönte leises Gitarrenspiel.

Sarah klopfte, und die Jungs verstummten mit unterdrücktem Gekicher. Was heckten die da drinnen nur aus?

„Komm rein", sagte Colton mit übertrieben tiefer Stimme.

Sarah öffnete die Tür einen Spaltbreit und sah Colton mit einer Gitarre in der Hand auf Tonys Bett sitzen, das eine Tagesdecke mit Yoda-Motiv zierte. Tony und Ben saßen im Schneidersitz auf dem blauen Läufer vor dem Bett und sahen sie aus riesigen braunen Augen an. Alle drei wirkten extrem schuldbewusst.

„Was ist hier los, Jungs?", fragte sie argwöhnisch.

Colton warf ihr ein verschmitztes Lächeln zu. „Tony, Ben und ich haben einen neuen Song geschrieben. Ich bin mir sicher, der wird ein Nummer-eins-Hit. Willst du mal hören?"

Sarah blieb in der Tür stehen und verschränkte die Arme vor der Brust. „Klar, warum nicht?"

„Du wirst ihn lieben, versprochen", sagte Colton, während die Jungs fast an ihrem unterdrückten Lachen erstickten. „Okay, seid ihr so weit?" Er senkte den Kopf und schlug ein paar Akkorde an, die nach Lagerfeuerschlager klangen.

„Es war einmal …" Schramm, schramm. *„Die Richterin Sarah."* Nun sangen auch die Jungs unter gelegentlichem Kichern mit. *„Die war schlau und gerecht und in 'ne Robe verpackt …"* Schramm, schramm.

„Oh nein, aufhören, bitte." Sarah hob entsetzt die Hände. Ein Song über sie konnte einfach nicht gut enden.

„Auf keinen Fall! Wir haben total hart daran gearbeitet!", sagte Colton schnell und sang mit extratiefer Countrystimme weiter. *„Aber Sarah hatte ein großes Geheimnis …"* Schramm, schramm. *„Denn unter der Robe war sie nackt!" Schramm, schramm.* Er nickte den Jungs zu. „Okay, und jetzt schneller!" Er erhöhte das Tempo.

„Richterin Sarah Knackpopo, alle Bösen fürchten sie so, Richterin Sarah Nackedei, lässt keinen Verbrecher wieder frei!"

Inzwischen rollten sich die beiden Jungs völlig hysterisch auf dem Boden herum.

„Superwitzig, Leute." Sarah versuchte, ein Lächeln zu unterdrücken. „Wirklich. Aber ich muss euch enttäuschen. Ich trage Kleidung unter meiner Robe."

Colton schlug die Akkorde jetzt langsamer an, sang den Text jedoch schneller. „*Schöne nackte Sarah, gerecht und hart wie Stahl, schöne wilde Sarah, für Bösewichte echt fatal, die harten, fiesen, brutalen Typen, alle bibbern und fürchten sich, oh Sarah, sie fürchten deine Knarre und dich.*" Er holte tief Luft und sang in einem langsamen Finale: „*Richteriiiin … Saraaaaaaah … Naaaackeeeedeiiiiiii!*" Colton hob die Hand hoch und ließ sie in einem dramatischen Schlussakkord hart auf die Saiten fallen.

„Wow, das war absolut fürchterlich." Sarah schüttelte den Kopf.

Die Jungs gackerten weiter, hielten sich die Bäuche und faselten darüber, dass sie unter ihrer Robe nackt war.

„Da siehst du, was du angerichtet hast", sagte Sarah schnippisch. „Jetzt denken die Kinder, Tante Sarah ist eine perverse Nudistin. Und hat eine Knarre."

„Wir finden Knarren cool!", rief Ben, der Zwölfjährige.

„Jetzt bin ich aber zutiefst verletzt", sagte Colton gespielt beleidigt. „Wir dachten, unser kleines Ständchen über dein Geheimleben würde dir gefallen!"

„Das war *extrem* unangebracht. Das sind doch noch kleine Jungs!"

„Sind wir gar nicht!", warf Tony ein. „Und unsere Mom sagt, dass du bestimmt nur deswegen die ganze Zeit Albträume hast, in denen du nackig bist, weil du Angst hast, dein wahres Ich zu zeigen."

Dahinter steckt Maria? Das wird sie so was von büßen! Sarah würde ihrer Freundin garantiert nicht mehr erzählen, was für Träume sie nachts plagten.

„Hey, ihr solltet eure Mom doch nicht verraten." Colton sah Tony kopfschüttelnd an.

Der Kleine schaute mit großen Augen und Schmollschnute zu ihr hoch. „'tschuldigung, Tante Sarah. Wir wollten nur, dass du wieder gute Laune hast."

Sarah musste ein Lächeln unterdrücken. Die beiden waren einfach zu süß. Dann ging ihr Blick zu Colton, der von einem Ohr bis zum anderen grinste. Unter seinem goldbraunen Dreitagebart zuckten seine Grübchen. Sein Gesicht strahlte nur so vor Selbstvertrauen, und all das gerahmt von seinem weichen goldbraunen Haar, das ihm bis auf die breiten Schultern fiel. *So sexy … seufz …* Sarah bekam ganz weiche Knie, und zwischen ihren Beinen kitzelte es.

Colton bemerkte, dass sie ihn beobachtete, ihre Blicke trafen sich.

„Also, Jungs", sagte sie und räusperte sich, weil die Situation irgendwann peinlich geworden wäre, wenn sie weiter dagestanden und ihn angestrahlt hätte, „dann wollen wir Mr. Young mal nicht länger aufhalten. Ich weiß nämlich zufällig, dass er dringend zurück nach St. Helena muss."

Er warf ihr ein dreistes Grinsen zu. „Eigentlich muss ich erst morgen früh zurück. Ich bin mit meiner Arbeit für heute fertig. Aber diese beiden jungen Männer hier müssen noch ihre Hausaufgaben machen." Colton stand auf.

Ben sprang auf, schlang die Arme um Coltons Taille und drückte ihm seine Pausbäckchen in den Bauch. „Bitte komm wieder her, und spiel Gitarre mit uns. Du bist echt voll cool."

Colton zwinkerte überrascht, dann lächelte er und wuschelte Ben durchs Haar. „Na, wie könnte ich zu so einer Einladung Nein sagen?"

Für den Bruchteil einer Sekunde konnte Sarah sich Colton als Papa vorstellen, der mit seinen Kindern Musik spielte und herumalberte.

Verdammt, er sollte wirklich gehen. Je mehr Zeit sie mit ihm verbrachte und je öfter sie einen Blick auf den Mann hinter der Legende warf, desto heißer fand sie ihn.

„So, Schluss jetzt." Sarah schälte Ben von Coltons Körper. „Wieso krieg ich eigentlich nie so tolle Umarmungen, wenn ich auf euch aufpasse?"

Ben guckte sie aus großen braunen Augen an. „Weil du eine Richterin bist, und das ist voll gruselig."

„Wow." Ob Männer wohl genetisch dazu veranlagt waren, Frauen in Machtpositionen zu fürchten? „Danke, kleiner Mann. Aber vergiss mal lieber nicht, wer dir aus der Patsche hilft, wenn du sechzehn bist und zum ersten Mal wegen Trunkenheit am Steuer festgenommen wirst."

Alle guckten sie an.

„Tut mir leid, war ein schlechter Witz", gab sie zu. „In Wahrheit könnte ich dir in so einem Fall gar nicht helfen. Und du solltest auch nie betrunken Auto fahren. Also, Zeit zum Abmarsch."

Colton folgte ihr ins Wohnzimmer, wo er sich verabschiedete und Franco die Hand schüttelte, während Maria ihn kichernd anstarrte.

„Kommen Sie jederzeit wieder vorbei, höhöhö …"

Sarah tat so, als hätte sie das nicht gehört. „Also, ich hab eine Menge Aufräumarbeiten vor mir." Sie konnte immer noch nicht fassen, dass irgend so ein Arschloch in ihre Wohnung eingebrochen war und alles verwüstet hatte. Wäre sie nicht so wütend deswegen, wäre sie wohl vor Panik durchgedreht.

„Sobald wir die Kinder dazu gebracht haben, mit den Hausaufgaben anzufangen, kommen wir hoch und helfen dir", sagte Franco.

„Nicht nötig", sagte Colton. „Ich bleibe über Nacht und packe mit an."

Sarah fuhr ruckartig zu ihm herum. „*Was?* Das tust du ganz sicher nicht!"

„Sie sind einfach *zu* nett“, flötete Maria.

„Schon, oder?“, fragte Colton zustimmend.

„Ähhhm … danke, Leute. Für alles.“ Sarah rang sich ein gequältes Lächeln ab. Der Typ würde auf keinen Fall die Nacht bei ihr verbringen.

Als Colton an ihr vorbeiging, flüsterte er ihr zu: „Wenn ich hart genug arbeite, lässt du mich ja vielleicht doch noch die Spitze einführen.“

Sarah unterdrückte ein Keuchen. *Was? Oh Mann, dieser Typ …* „Nach deinem entzückenden Ständchen gerade weiß ich gar nicht mehr, wie ich an mich halten soll.“

14. Kapitel

Sarah gab sich alle Mühe, Colton loszuwerden, aber der Mann war sturer als ein toter Esel.

Okay, ekliger Vergleich. Der Gedanke, ihn über Nacht in der Wohnung zu haben, gefiel ihr nicht. Selbst ein paar Minuten waren ihr schon zu viel, doch Colton wollte einfach nicht abhauen.

Kacke! Was, wenn ihn jemand hat kommen sehen? Was, wenn ihn jemand gehen sieht? Das würde die ohnehin extrem komplexe Situation nur noch weiter verkomplizieren.

„Ich verspreche, dass ich dich sofort anrufe, wenn ich dein Notizbuch finde, okay? Aber du musst jetzt wirklich gehen, Colton", beharrte sie, er tat allerdings so, als hätte er sie nicht gehört, und fegte ungerührt weiter die Glasscherben auf dem Boden zusammen. „Colton, ich rede mit dir!", fauchte sie. „Du kannst hier nicht bleiben."

Er begann, fröhlich vor sich hin zu pfeifen, und beugte sich vor, wobei er ihr ein äußerst nettes Panorama auf seinen berühmten Hintern in der berüchtigten Lederhose bot.

Ja, du bist verdammt sexy, doch das wird dir jetzt auch nicht helfen.

Sie marschierte zu ihm hinüber und riss ihm die Handschaufel weg. „Raus, Colton!"

Er richtete sich zu seiner vollen Größe auf, und sein verspieltes Lächeln versiegte schlagartig. „Willst du wirklich, dass ich gehe?"

Nein, eigentlich nicht. Aber ich muss es wollen.

Für einen Augenblick bohrten sich ihre Blicke ineinander.

Sarah konnte nicht leugnen, dass sie sich total wackelpudding-mäßig fühlte, als sie so zu ihm aufblickte, doch das war nur ihr oberflächliches Sex-Ich.

Sie seufzte tief und schloss die Augen. „Ja, das will ich wirklich." Das hier war kein Spiel. Wie sollte sie guten Gewissens zulassen, dass mehr passierte, wenn sie dadurch ihre Ziele und Träume zum Fenster hinauswarf? Sie konnte nicht mit einem Typen wie Colt zusammen sein und ernsthaft erwarten, dass man sie an den Obersten Gerichtshof berief! Ganz zu schweigen davon, was für heftige Konsequenzen es haben würde, wenn ihr kleiner Ausrutscher ans Tageslicht käme.

„Ich möchte doch nur helfen. Warum willst du unbedingt, dass ich gehe?", fragte er.

„Lass mich das mit einer Gegenfrage beantworten: Warum ist es dir so wichtig, meine Wohnung aufzuräumen, obwohl ich auch gut allein zurechtkomme?"

„Ich mag vielleicht einen Hirnschaden abbekommen haben, Sarah, aber mir ist sehr wohl bewusst, dass *du mir* zuerst geholfen hast."

Sie sah ihn fragend an und wartete auf eine weitere Erklärung.

„Ich weiß, dass dein Urteil viel, viel härter hätte ausfallen können. Ist es aber nicht. Du hättest mich ins Gefängnis stecken können."

Sarah spürte, wie sich ihr Herz zusammenzog. Gott, was war sie nur für ein fürchterlicher Mensch. Es war ja gar nicht ihre Idee gewesen, ihn so einfach davonkommen zu lassen, sondern Wrights!

Er fuhr fort: „Natürlich könnte ich dir jetzt irgendeine bescheuerte Ausrede auftischen, zum Beispiel, dass ich hoffe, hier in deiner verwüsteten Wohnung mein altes Notizbuch zu finden, das wäre allerdings gelogen. Ich bin immer noch hier, weil ich heute mit den beiden Jungs zum ersten Mal seit dem Unfall wieder Gitarre spielen konnte. Es tut mir gut, in deiner Nähe zu sein, das ist alles, Sarah."

Wirklich? Ein Jahr ohne Gitarre? Aber dafür war er doch berühmt! Sein Gitarrenspiel war fast genauso hypnotisch wie seine Stimme.

In Anbetracht seiner Aufrichtigkeit und Ehrlichkeit fühlte sie sich noch beschissener, weil sie ihm die Wahrheit vorenthielt. *Ich muss ihm von dem Video und Richter Wright erzählen. Selbst wenn er es wieder vergisst – ich muss einfach!* „Colton …"

„Bitte nenn mich Colt. Das ist übrigens mein echter Name. Meine Mutter mochte alte Western. Aber mein erster Agent fand, das würde zu sehr nach schießwütigem Hinterwäldler kling… Oh, wow, hast du das mitbekommen? Ich habe mich gerade an etwas Neues erinnert!" Er fasste sie bei der Taille, hob sie hoch und drehte sich mit ihr im Kreis. „Siehst du? Du bist mein Glücksbringer, Sarah! Ich wusste es!"

Was? Nein! Sie war sein Glücksgarnix!

„Colton – Colt, lass mich runter." Sie lächelte verkrampft. Er gehorchte, strahlte sie jedoch weiter an. *Nein, nein, nein!* „Hey, jetzt hör schon auf damit!"

„Womit denn? Mit dem Glücklichsein? Aber *du* hast mich doch so glücklich gemacht, Sarah!"

„Schluss jetzt! Lass den rührseligen Kitschkram!"

Er runzelte die Stirn.

„Ich muss dir etwas sagen. Und ein Teil von mir hofft, dass du es nicht aufschreibst, sondern sofort wieder vergisst. Aber du musst unbedingt wissen, dass …"

Es klingelte, gefolgt von einem lauten Hämmern gegen die untere Haustür, das sie beide zusammenfahren ließ.

„Himmel!" Sie sah zu Colton hoch. Oder Colt? *Völlig egal!* „Du bleibst hier. Ich bin gleich wieder da." Sie machte sich auf den Weg zur Tür, doch Colton wich ihr nicht von der Seite und begleitete sie die Treppe hinab.

„Was, wenn das der Einbrecher ist?“ Er griff nach der Türklinke.

„Nein!“ Sie schmiss sich förmlich zwischen ihn und die Tür, woraufhin sie beide aufeinander auf den kleinen Treppenabsatz kullerten.

„Sag mal, hast du noch alle Tassen im Schrank?“, knurrte Colt.

„Du wirst auf keinen Fall diese Tür aufmachen! Niemand darf dich hier sehen!“ Sarah sprang auf die Füße und spähte durch den Spion. Draußen erkannte sie einen Van mit Satellitenschüssel und eine Menschentraube aus Reportern.

„Oh, Gott. Ich bin am Arsch“, murmelte sie.

„Warum hast du dich denn so auf mich gestürzt?“, fragte Colt und rieb sich die Schulter. „Und wo hast du überhaupt gelernt, jemanden so umzunieten?“

„Die Presse ist hier, vermutlich, um über den Einbruch zu berichten.“ Sarah stieß die Luft aus und schloss für einen Moment fest die Augen. Dann ließ sie sich auf die Treppenstufen sinken und verbarg das Gesicht in den Händen. Das Stimmengewirr drang von draußen bis ins Treppenhaus. „Scheiße, Scheiße, Scheiße.“

Colt setzte sich neben sie und rieb ihr aufmunternd die Schulter. „Sarah, ich kenne so was seit Jahren. In ein paar Stunden sind die wieder weg.“

„Und wenn nicht? Ich muss morgen früh zur Arbeit!“

„Dann gehst du eben einfach. Die können dich nicht aufhalten.“

„Und was ist mit dir? Niemand darf dich hier sehen.“

„Ich halte die Füße still, bis sie weg sind“, bot er an.

„Aber du musst morgen gesund und munter bei Luci zur Arbeit antreten. So sind die Regeln, das sagt das Gesetz.“

„Okay, gehe ich eben, Sarah“, sagte er ungeduldig. „Es ist ja nicht so, dass meine Anwesenheit hier ein Verbrechen wäre, oder? Das hier ist ein freies Land, und ich kann besuchen, wen ich will.“

Sie riss den Kopf hoch. „Du kapierst es einfach nicht, was? Wenn man dich dabei ertappt, wie du meine Wohnung verlässt, wissen die, dass wir uns kennen. Und dann werden sie annehmen, dass zwischen uns etwas läuft.“

„Na und?“

„Ich würde meinen Ruf verlieren, meine Position – und meine Anwaltslizenz.“ Sie verbarg das Gesicht wieder in den Händen und unterdrückte ihre Tränen. „Scheiße!“

„Ich glaube, dass du eine viel zu große Sache daraus machst.“

Sarah stand auf und gab sich alle Mühe, ihm keine in seine hübsche Fresse zu hauen. „Sag mal, willst du mich verarschen? Ich bin Richterin. Und zwar nicht irgendeine, sondern *deine* Richterin. Und hier sitzt du, in meiner Wohnung, um neun Uhr abends. Ich darf nicht mit dir gesehen werden!“

„Du tust ja so, als wäre ich irgendein Krimineller!“

„Colt, jetzt sei doch nicht so naiv! Du darfst genauso wenig mit *mir* gesehen werden. Und theoretisch *bist* du ein Krimineller.“

„Alles klar, Euer Ehren. Weißt du was? Mir reicht's. Auch mein Mitgefühl hat seine Grenzen. Und ich brauche mir von einer Größenwahnsinnigen wie dir keine weiteren Beleidigungen mehr anzuhören!“

Oh. Oh! Ooooh! „Was hast du da gerade gesagt?“

„Du hast mich schon ganz richtig verstanden. Dein Riesenego übersteigt das auf diesem Planeten gesetzlich erlaubte Maximalgewicht.“

„Und jetzt bitte noch mal in der Version für Nichtkünstler“, zischte Sarah.

„Du hältst dich für was Besseres. Ich habe ein beschissenes Regal voller Platinschallplatten, und trotzdem bin ich nicht mal *halb* so eingebildet wie du!"

Sarah funkelte ihn wütend an. „Leck mich doch am Arsch."

„Nein, herzlichen Dank, aber ich stehe nicht auf Frauen, die einen größeren Schwanz haben als ich." Er stand auf. „Und jetzt gehe ich mal besser."

„Was? Nein! Das darfst du nicht!" Sie drängte ihn gegen die Tür, sodass er sie nicht öffnen konnte.

„Mach das noch mal, du fieses kleines Weibsstück, und ich spaziere da raus und erzähle allen, was für eine wunderbare Gastgeberin du gewesen bist."

Sie schnappte nach Luft. „Das wagst du nicht."

„Tue ich wohl."

„Na gut, dann mach doch", forderte sie ihn auf, weil sie ihm kein Wort glaubte.

Er fasste nach der Türklinke.

Verdammt! „Warte!" Sie legte ihm die Hand auf den Arm. „Bitte nicht."

„Nur, wenn du dich auf der Stelle dafür entschuldigst, dass du mich als naiv bezeichnet hast. Und als Kriminellen. Und dafür, dass du auf mich losgegangen bist wie ein gottverdammter Footballspieler. Zwei Mal."

„Okay, okay. Es tut mir leid", sagte sie widerwillig.

„Und dafür, dass du so überreagierst, auch."

„Das ist keine Überreaktion, Colton. Wenn man dich hier sieht, bin ich geliefert. Die Leute werden sonst was denken."

„Zum Beispiel, dass wir gevögelt haben?"

Sie bestätigte seine Vermutung mit einem Blick.

Und außerdem würde Wright dann das Video veröffentlichen und behaupten, dass es aus der Zeit stammte, bevor Colton zum ersten Mal in ihrem Gerichtssaal aufgetaucht war. Es würde so aussehen, als hätten sie von Anfang an etwas miteinander gehabt und/oder als hätte sie im Gegenzug für ein mildes Urteil sexuelle Gefälligkeiten von Colton gefordert.

„Vertrau mir", sagte sie. „Dass du hier bist, ist für dich genauso problematisch wie für mich."

„Ich glaube immer noch, dass du überreagierst, aber gut." Colton holte sein Handy aus der Tasche.

„Wen willst du anrufen?", fragte Sarah.

„Meinen Bruder. Laut meinem Handy ist er ein wahnsinniges Arschloch, aber mein erster Ansprechpartner bei Problemen." Colt hielt sein Telefon hoch, damit sie die Kontaktdaten lesen konnte. *Bruder Mike. Arschloch. In Notfällen anrufen.*

„Wie herzig", sagte sie.

„Dann solltest du erst mal sehen, was ich über meinen Manager und den PR-Fuzzi geschrieben habe. Die beiden scheine ich noch weniger zu mögen."

„Also hast du dich ausschließlich mit schrecklichen Menschen umgeben. Gut zu wissen. Und was soll Mike ...?"

„Mike!", sagte Colton und streckte ihr einen Zeigefinger entgehen, um sie zum Schweigen zu bringen. „Hey, ich hab da ein kleines Problem." Pause. „Ja, schon wieder. Aber ich zahle dir einen Haufen Geld, zumindest, wenn ich meinen Aufzeichnungen vertrauen darf." Pause. „Ach, fick dich selbst." Pause. „Ich bin bei einer Freundin zu Hause und ..." Pause. „Ja, eine Freun*din.* Und niemand darf sehen, wie ich das Haus verlasse. Schlechte Presse und so." Pause. „Nein, sie ist nicht verheiratet. Ich erkläre dir alles, sobald du hier bist." Pause. „Jepp, die Presse steht vor der Tür. Hat aber alles nichts mit mir zu tun. Ich muss einfach nur irgendwie unerkannt rauskommen." Er lauschte und wandte sich dabei ab. „Super. Ich schick dir die Adresse." Colton legte auf und reichte Sarah sein Handy. „Hier, schreib ihm deine Adresse. Er kommt sofort vorbei."

„Dein Bruder lebt in San Francisco?"

„Ja. Ich hatte etwas Geschäftliches mit ihm zu besprechen, und er konnte nicht nach Los Angeles kommen. Deswegen war ich hier, als diese Pinkelgeschichte mit der Polizei passiert ist."

Sie drückte auf Senden, und nur Sekunden später traf die Antwort von Colts Bruder ein.

Bin da in 10 Min. Steck noch schnell einen Weg, du Penner.

Sarah gab Colton das Telefon zurück. „Na, der ist ja entzückend. Kann es gar nicht abwarten, ihn kennenzulernen!"

15. Kapitel

Etwa zwanzig Minuten später klingelte es. Sarah hatte Maria schon eine SMS geschrieben, in der sie sich für das Chaos vor der Tür entschuldigte. Sie vermutete, dass die Journalisten einfach nur ein bisschen Bildmaterial wollten, das zu der Einbruchstory passte. Aus ihrer Sicht war das zwar keine Nachricht wert, doch warum sonst sollten sie hier sein?

Durch den Spion sah sie einen hochgewachsenen Mann in Sweatshirt und Baseballkappe, der auf ihrer Veranda stand. Sie zog die Tür einen Spaltbreit auf, steckte den Kopf aber nicht hindurch. „Wer sind Sie?"

„Mike, der Bruder."

Sarah öffnete die Tür, er blieb jedoch draußen stehen. „Jetzt machen Sie schon, schnell."

Der Mann schob sich hinein, und Sarah knallte die Tür hinter ihm zu. Er trug eine Sonnenbrille, obwohl es Nacht war – wahnsinnig diskret und unauffällig – und hatte eine Sporttasche bei sich.

„Hi." Sie hielt ihm die Hand hin. „Ich bin Sarah."

Colts Bruder nahm die Brille ab, unter der ein paar sensationelle haselnussbraune Augen zum Vorschein kamen. *Moment mal, den kenn ich doch!* Wo hatte sie ihn schon einmal gesehen? Er hatte kurzes karamellbraunes Haar mit goldenen Reflexen darin und eher volle Lippen, so wie Colt.

„Und Sie sind also sein Bruder."

„Tatsächlich sogar sein Zwilling. Hat er Ihnen das nicht erzählt?"

„Ähm … nein." Sie schüttelte entschieden den Kopf.

„Zweieiig. Ich bin der Ältere. Und laut meinem kleinen Bruder das größere Arschloch."

„Du *bist* ja auch ein Arschloch!", rief Colton die Treppe hinunter. „Das sagt mir jedenfalls mein Handy."

Mike warf ihr ein kurzes Lächeln zu. „Ist er nicht ein Herzchen?"

Sarah konnte den Blick nicht von ihm losreißen. Sie war sich absolut sicher, Mike irgendwoher zu kennen.

„Ähm, darf ich?" Er nickte Richtung Treppe.

„Oh, Entschuldigung, sicher doch. Kommen Sie."

Er folgte ihr nach oben.

„Und? Sind Sie häufiger auf Rettungsmission unterwegs?", fragte sie.

„In der Regel beschränken sich meine Aufgaben auf rechtliche Fragen, aber Colts Team – inklusive Manager und seines persönlichen Assistenten – sind unten in L. A."

Sie waren am oberen Treppenabsatz angekommen und standen nun an der Schwelle zu ihrem nach wie vor ziemlich demolierten Wohnzimmer. Colton kehrte gerade Scherben in der kleinen offenen Küche zusammen.

„Oh mein Gott." Sie schnipste mit den Fingern. „Sie sind sein Anwalt!" Es war ganz schön schräg, dass Colton seinen Zwillingsbruder auf diesen Posten geholt hatte. Andererseits hatte sie schon mitbekommen, dass er nur wenigen Leuten vertraute.

„Richtig. Und Sie sind Richterin Alma. Jetzt verstehe ich, warum Colt meine Hilfe braucht." Er sah über ihre Schulter hinweg zu Colton. „Was hast du dir überhaupt dabei gedacht, hierherzukommen, verdammt?"

„Sie hat mein Notizbuch geklaut."

Mike bedachte sie mit einem Stirnrunzeln.

„Ich hatte ja keine Ahnung, was ich damit anrichte", sagte sie verteidigend. „Ich war auf der Ranch, um nach unserem kleinen Rebellen hier zu sehen, und da lag es auf dem Boden. Er hätte den Sohn des Verwalters fast dafür umgebracht, dass der das Buch auch nur angerührt hat, also dachte ich, ich erteile ihm eine Lektion."

Mike lachte leise in sich hinein und rieb sich das stoppelige Kinn. „Tja, schätze, das war keine sonderlich gute Idee."

Sarah musterte Mike weiter. Jetzt, wo sie wusste, dass sie Brüder waren, bemerkte sie immer mehr Ähnlichkeiten. Man konnte sagen, dass Mike die etwas weniger heiße Version von Colt war, aber mit anständigem Job und kurzem Haar.

„Haben Sie Vorstrafen?", fragte sie in der Hoffnung, dass er vielleicht ebenfalls Single war.

Mike runzelte erneut die Stirn. „Nicht dass ich wüsste."

Colton erschien neben ihr und legte ihr einen Arm um die Schultern. „Finger weg, Mikey, sie gehört mir."

Sarah fuhr zu ihm herum. „Tue ich nicht."

„Ich hab dir ein Lied geschrieben. Und nach Musikergesetz bist du damit mein Eigentum."

„Aber es war ein grauenhafter Song – fast genauso grauenhaft wie dein frei erfundenes Gesetz", sagte Sarah grinsend.

Colton flüsterte ihr ins Ohr: „Mein Song hat dir vielleicht nicht gefallen, aber meinen Schwanz hast du ganz fantastisch gefunden."

Sarah verging schlagartig das Lächeln. „Das war nicht sehr nett von dir."

„Doch, war es", erwiderte Colt selbstzufrieden.

Mike hob die Brauen. „Schätze, wir sollten verschwinden, ehe das Ganze hier noch bizarrer wird." Er warf Colt die Sporttasche vor die Füße. „Los, zieh dein Kostüm an."

„Darf ich mich in deinem Schlafzimmer umziehen?", fragte Colt.

„Klar", sagte Sarah. „Aber fass bloß nichts an, ich hab eben erst aufgeräumt", schob sie sarkastisch nach. Sie fuhr an Mike gewandt fort: „Die Wohnung ist die reinste Hölle. Ich werde eine Woche brauchen, um hier wieder Ordnung zu schaffen."

„Ich habe gerade die Berichterstattung darüber in den Nachrichten gesehen, als Colt anrief. Als ich vor Ihrem Haus ankam und es wiedererkannte, habe ich zu Gott gebetet, dass mein Bruder nichts damit zu tun hat."

„Keine Sorge, er ist erst nach dem Einbruch aufgetaucht." Warum hatte Mike überhaupt befürchtet, dass Colton seine Finger im Spiel haben könnte?

Moment mal. Das hast du anfangs ja selbst gedacht.

„Haben Sie irgendeine Ahnung, was passiert sein könnte?", fragte Mike.

Sie schüttelte den Kopf. „Nein. Und die Leute, die unten wohnen, haben auch nichts gesehen. Aber bis jetzt scheint nichts zu fehlen." Nur Coltons Notizbuch hatten sie nicht gefunden, doch das konnte überall sein – die Wohnung sah aus, als wäre ein tollwütiger Mixer am Werke gewesen. Morgen würde sie die Versicherung anrufen, der Großteil ihrer Sachen war jedoch nicht ersetzbar. Der Tisch aus der alten Holztür war ein Unikat, das Sofa eine Antiquität, die sie neu hatte aufpolstern lassen. Die Blumentöpfe stammten von einem Garagenflohmarkt und waren bestimmt ein halbes Jahrhundert alt. Sie hatte Jahre gebraucht, um all das Zeug zusammenzutragen.

„Sie reagieren extrem gelassen, Richterin Alma …"

„Bitte nennen Sie mich doch Sarah. Und eigentlich fühle ich mich überhaupt nicht gelassen. Ich bin nur gut darin, so zu tun." In Anbetracht der Tatsache, dass Colt in ihrer Wohnung saß und ein Rudel Journalisten vor der Tür lauerte, wirkte die Sache mit dem beschädigten Eigentum vergleichsweise unbedenklich.

„In Ordnung, *Sarah*", sagte Mike. „Also, wenn irgendjemand fragt, bin ich ein Freund, der vorbeigekommen ist, um

Ihnen beim Aufräumen zu helfen. Übrigens bleibe ich tatsächlich gerne, wenn Sie wirklich Hilfe brauchen."

„Einen Sssseissssss bleibssssuuu." Colt kam mit der Sporttasche über der Schulter aus dem Schlafzimmer. Sein Haar steckte unter einer braunen Lockenperücke, und er trug eine dicke Brille, ein schiefes Gebiss, eine braune Cordhose und ein absolut fürchterliches cremefarbenes Veloursledерhemd mit braunem Kragen.

Sarah brach in Gelächter aus. „Wahnsinnsverkleidung!"

Colt lächelte. „Ich weisss doch, we ssssarf du mich findesssst", lispelte er.

Inzwischen schüttelte sie sich vor Lachen. „Genau, ich muss echt an mich halten, mich nicht auf dich zu stürzen!" Colt sah aus wie der König vom Planeten Nerd. Fehlten nur noch das Klebeband an seiner Brille und ein Monolog über Programmiersprachen.

„Hier, nimm meinen Wagen." Mike reichte ihm die Schlüssel. „Es ist der Silberne gleich vor der Tür, falls du dich nicht mehr erinnern kannst. Ich nehme dann deinen. Wo hast du geparkt?"

„Um die Ecke, glaube ich." Colt holte sein neues Notizbuch aus seiner Tasche und blätterte durch die Seiten. „Jepp, direkt vor dem Ressstaurant Phuket, in der nächsten Seitenstraße."

„Und woher willst du wissen, dass dich die Reporter nicht erkennen?", fragte Sarah leicht panisch.

„Woher ssssoll ich das wissssssen? Ich kann mich doch an nichtsssss erinnern." Colt stolzierte die Treppe hinunter. Nerdkostüm hin oder her, er lief immer noch durch die Gegend wie der große Macker.

„Es wird schon funktionieren", versicherte ihr Mike.

„Hast du überhaupt eine Ahnung, wohin du musst?", rief sie Colt hinterher.

„Ich hoffe sssson!“

Damit verschwand er nach draußen, und die Stimmen, die ihren, nicht seinen Namen blökten, hallten einen Moment lang durchs Treppenhaus.

„Glauben Sie wirklich, dass er fahren kann?“, fragte sie Mike.

„Warum denn nicht? Sie wissen schon, dass in Wahrheit alles in Ordnung ist mit ihm, oder?“

„Was?“ Sarah war sich nicht sicher, ob sie ihn richtig verstanden hatte.

„Mit Colt ist alles in Ordnung. Zumindest körperlich.“

„Sie meinen …“

Mike seufzte und rieb sich den Kopf. „Kommen Sie, wir setzen uns einen Moment hin, und ich erkläre Ihnen alles.“

16. Kapitel

Sarah hatte ganz zittrige Hände, als sie Mike gegenüber Platz nahm und sich anhörte, was er über Colts Zustand zu sagen hatte.

Ja, er hatte einen Motorradunfall gehabt.

Ja, er hatte eine Kopfverletzung und eine Gehirnerschütterung erlitten.

Nein, es war kein dauerhafter Schaden diagnostiziert worden.

„Warum kann er sich denn dann an nichts erinnern?“, fragte sie.

Mike schüttelte reumütig den Kopf. „Hirntraumata sind ein Mysterium. Es ist bekannt, dass Kopfverletzungen das chemische Gleichgewicht im Gehirn stören und neuronale Verbindungen unterbrechen können. Manchmal werden sie auch durch Schwellungen abgeklemmt. Aber wenn, wie in Colts Fall, das Kurzzeitgedächtnis betroffen ist, gibt es eigentlich immer einen Grund – klar diagnostizierbare Verletzungen der weißen Substanz. Doch seine Ärzte haben jeden denkbaren Test eingesetzt und können einfach keine körperliche Ursache finden.“

„Und was bedeutet das?“

„Dass sich nach drei bis vier Monaten normalerweise eine deutliche Besserung hätte einstellen sollen. Im Augenblick ist die beste Erklärung, dass es sich um ein psychisches Problem handelt. Er hat ein traumatisches Ereignis durchlebt, an das er sich erst wieder erinnern wird, wenn er dazu bereit ist.“

Die ganze Geschichte war herzzerreißend. Colt war so ein wunderbarer Mann: sexy, stark, extrem talentiert – *auch, was Sex in Klokabinen betrifft* – und fast schon absurd anziehend. Wie war es möglich, dass das alles nur ein Problem in seinem Kopf war?

„Er nimmt aber keine Drogen, oder?“, fragte sie.

„Nein, das Zeug rührt er nicht an. Sogar Alkohol trinkt er nur in Maßen. Und wenn er einen von seinen Roadies mit Drogen erwischt, feuert er ihn umgehend. Ich weiß das, weil ich alle Arbeitsverträge aufsetze und im Ernstfall die Kündigungen durchboxe.“

Also waren die Drogenvorwürfe vor ein paar Monaten tatsächlich unzutreffend gewesen.

„Ich weiß, das alles ist schwer zu verdauen, doch ich dachte, Sie sollten es wissen, Richterin Alma.“

„Sarah, bitte“, erinnerte sie ihn.

„Entschuldigung, *Sarah*. Mein Bruder hätte nicht zu Ihnen nach Hause kommen sollten. Ich bin auch sein Anwalt, deswegen weiß ich, wie unangemessen das war. Aber bitte machen Sie ihm das nicht zum Vorwurf. Er ist es gewohnt, tun zu können, was er will und wann er es will.“

Sarahs Gedanken kreisten immer noch um Colts Zustand. „Gibt es denn nichts, was ich tun kann?“

„Nein. Er ist einfach nur ein typischer narzisstischer Musiker, dem die verfluchte Welt zu Füßen liegt.“

Er klang ganz schön verbittert, was ihr seltsam vorkam. Doch vielleicht war das ja nichts weiter als ein normaler Fall von Geschwisterrivalität. Spannungen gab es in allen Familien.

„Ich meinte eigentlich sein Gedächtnis“, erklärte sie. „Kann ich irgendwie helfen?“

Mike stand auf. „Ich wünschte, Sie könnten, aber wenn ich Sie wäre, würde ich mich aus der Sache raushalten. Mit Colt wird das Leben schnell kompliziert, und ich möchte nicht mit ansehen müssen, wie Sie verletzt werden."

Auch mit so einer Aussage hatte sie nicht gerechnet. Ob es zwischen den beiden Brüdern vielleicht tatsächlich böses Blut gab?

„Also dann, gute Nacht." Mike warf ihr ein Lächeln zu, bei dem sich tiefe sexy Grübchen in seinen Wangen bildeten – genau wie bei Colt. *Extrem heiß.*

Sie sah ihm nach, als er die Treppe nach unten ging. *Dieselbe selbstbewusste Ausstrahlung.* Nur dass Mike die anständige Version von Colt war – das Komplettpaket mit Jurastudium, scharfem Verstand, supersexy Ausstrahlung und einem Anzug.

Wie schade, dass ich ihn nicht zuerst kennengelernt habe!

Dann erinnerte sie sich, dass sie das hatte. Er war ihr bloß nicht aufgefallen. Weil sie nur Augen für Colt gehabt hatte. Für jeden verdammten Zentimeter von ihm.

17. Kapitel

Am nächsten Morgen rief Sarah wie geplant ihre Versicherung an und verabredete sich für die Mittagspause mit dem Gutachter zu einer Schadensbesichtigung. Die Polizei verbuchte die Sache als willkürlichen Vandalismus, weil nichts gestohlen worden war. Außer natürlich Colts Notizbuch. Aber abgesehen davon gab es keine Hinweise, keine Zeugen, keine Fingerabdrücke. Es war, als wäre ein Geist in ihre Wohnung geschwebt, hätte sie komplett auf den Kopf gestellt und sich dann einfach in Luft aufgelöst.

Die Presse hatte ihr am Morgen immer noch vor dem Haus aufgelauert und offenbar beschlossen, den Einbruch zu einem riesigen Skandal aufzubauschen. „Werden die Richter unserer Stadt von einem Stalker heimgesucht? Wer wird der Nächste sein?“ Einsatz schaurige Musik: *bum, bum, bum, bum* … Lächerlich! Gott sei Dank war wenigstens Colt nicht in die Sache hineingezogen worden.

Am Freitagnachmittag rief Sarah nach der Arbeit Ms. Luci an, um sich nach dem Befinden besagten Rockstars zu erkundigen, und erfuhr zu ihrer Freude, dass er sich den Arsch abgearbeitet hatte, damit er ein bisschen früher ins Wochenende starten konnte. Sie ertappte sich bei dem Gedanken, dass sie ihn gerne gesehen hätte – natürlich nur, um sich zu versichern, dass auch wirklich alles nach Plan lief.

Und dann war da noch das schlechte Gewissen, das an ihr nagte, weil sie Colt noch immer nichts von Wrights Drohungen gesagt hatte. Aber andererseits, was sollte das schon bringen? Colt schien Schritt für Schritt zu heilen, also warum Staub aufwirbeln?

Weil du dich dann besser fühlen würdest und er ein Recht darauf hat, es zu wissen?

„Haben Sie eine Ahnung, wo er hin ist?", fragte sie, während sie ihre Wäsche zusammenlegte und sie ordentlich auf dem Bett stapelte.

„Das hat er nicht gesagt, Schätzchen, aber ich habe seine Handynummer. Soll ich sie Ihnen geben?"

Sarah dachte einen Augenblick lang darüber nach. Wenn sie die Nummer hatte, würde sie sie möglicherweise benutzen. Und falls – Gott bewahre – die Sache mit Wright eskalierte, würde man das als Beweis gegen sie verwenden, dass Colt und sie über den Gerichtssaal hinaus Kontakt zueinander hatten.

„Nein danke, Luci. Mir geht es nur darum, dass er seine Sozialstunden ordnungsgemäß ableistet."

„Sicher doch", erwiderte Ms. Luci vielsagend.

„Wirklich!"

„Sicher doch", wiederholte Ms. Luci.

Ich hab's kapiert. „Dass ich mich nach ihm erkundige und einen Cookie gegessen habe, heißt gar nichts."

„Wer hat denn hier von meinen Cookies geredet? Sie wissen genau, dass ich nicht an diesen ganzen Unsinn glaube. Ich backe meine Cookies mit Liebe, mehr steckt nicht dahinter."

Zeit für die Retourkutsche. „Sicher doch. Und deswegen richten Sie jedes Jahr eine Massenhochzeit aus?"

„Das ist gut fürs Geschäft", argumentierte Ms. Luci.

„Sicher doch", sagte Sarah und grinste.

„Sie kommen doch nach wie vor, oder? Die Fiesta findet in einem Monat statt, mehr Zeit werden Sie ja wohl nicht brauchen, um sich endlich einzugestehen, dass Sie in unseren berühmten Colt verschossen sind." Luci kicherte.

„Ich *bin* nicht in ihn verknallt. Warum sollte ich?"

„Sarah, Kindchen, ich mag alt sein, aber blind bin ich nicht. Der junge Mann ist ein Prachtkerl vom Feinsten. Heißer als meine berühmte Chili-Steakmarinade. Sex am Stiel, an dem jede Frau mit einem Herzschlag und Augen im Kopf gerne mal lecken würde."

Wow. Das war ganz schön anschaulich. „Dann finden *Sie* ihn also heiß?"

„*Dios mío, que sí!*", flötete Ms. Luci.

Schätze, das heißt ja. „Vielleicht sollten *Sie* sich dann einfach an ihn ranmachen."

„Hach ja, vielleicht sollte ich das wirklich. Tatsächlich hege ich geheime Hoffnungen, dass Sie seine Strafe noch ein bisschen verlängern." Ms. Luci seufzte. „Haben Sie schon mal gesehen, wie er Heuballen wendet? Oben ohne? *Dios,* das ist ein Mann, der weiß, wie man Frauenherzen höherschlagen lässt. Und allein diese Stimme! Gestern Abend hat er mir ein Lied vorgesungen, bei dem mir glatt die *chones* weggeschmolzen sind."

„Was sind *cho*...? Ach, ich glaube, ich will es lieber nicht wissen."

„Unterwäsche. *Chones* sind Höschen. Und meine standen in Flammen."

Sarah starrte auf ihr Handy und fragte sich, wie es dazu hatte kommen können, dass sie gerade mit einer sextollen alten Dame telefonierte.

„Also, wollen Sie seine Nummer jetzt oder nicht, Kindchen?", hakte Ms. Luci nach.

Sarah wand sich und versuchte, zu einer Entscheidung zu gelangen. „Ja. Nein! Nein, alles gut. Ich wünsche Ihnen ein schönes Wochenende. Erholen Sie sich gut."

„Sehen wir uns auf dem Wade Charity Ball?"

Mist. Den hatte sie völlig vergessen. Taylors Mann Bennett schmiss seinen jährlichen Wohltätigkeitsball, und sie hatte Taylor versprochen, sie nicht mit all den fremden Leuten dort alleinzulassen. Auch Holly, die dritte in ihrem Freundschaftsbunde, würde vermutlich einfliegen.

„Ich muss noch ein Kleid kaufen, aber ich komme", antwortete Sarah.

„Wie schön, Schätzchen, dann sehen wir uns ja da."

„Tschüss, Ms. Luci, bis morgen." Sarah legte auf und packte das Handy auf ihr Nachttischchen.

Verdammt. Gegen besseres Wissen wollte sie Colt wirklich gerne sehen. Alles an ihm war so anders als erwartet. So viel smarter und witziger und anziehender!

Schluss, Sarah. Er ist nämlich auch völlig verantwortungslos. Sogar sein eigener Bruder hatte sie vor ihm gewarnt. *Und recht hat er.* Die Festnahmen, die ständigen Negativschlagzeilen – Colt war ein Rebell.

Und warum nehme ich ihn dann ganz anders wahr? Der Colt, den sie kennengelernt hatte, wusste sich zusammenzureißen, trotz seiner Probleme. Ihr Gefühl sagte ihr, dass das alles nicht recht zusammenpasste.

Montag. Am Montag würde sie ihn noch einmal auf seinen Zustand ansprechen und versuchen, sich einen Reim darauf zu machen. Auch wenn es für sie wie für ihn am Ende einfach nur um die nächsten drei Wochen ging. Colt musste nichts weiter tun, als seine Sozialstunden abzuleisten, und so verhindern, dass sie beide in Schwierigkeiten gerieten.

18. Kapitel

„Sarah! Gott sei Dank!“

Taylor winkte von der anderen Seite der überfüllten Tanzfläche des Fairmont, eines beeindruckenden historischen Hotels mit riesigen Kristallleuchtern, hohen Decken und Blattgolddekor, das einem das Gefühl gab, in der Zeit zurückgereist zu sein. Ihre Freundin sah in dem wahnsinnig teuren, perlenbesetzten schwarzen Abendkleid nicht weniger umwerfend aus. Sie hatte sich ihr braunes Haar zu einer lockeren Frisur hochgesteckt, die gleichzeitig elegant und avantgardistisch wirkte.

„Wow, Tay. Du siehst …“ Auf einmal bereute Sarah ihre Entscheidung, „das erstbeste Teil“ aus der Boutique zu schnappen. Sie trug ein rotes Kleid – diesmal ein nicht nuttiges –, das schlichter kaum hätte sein können. Gerade Nähte, Saum über dem Knie, tiefer Rückenausschnitt, Spaghettiträger. Sie hatte auf einfach und elegant gesetzt, doch jetzt kam sie sich irgendwie vor wie eine alte Schreckschraube in einem roten Kartoffelsack.

Taylor drehte sich auf dem Absatz, um ihr Kleid vorzuführen. „Danke. Ist von Babs Levine.“

Uff. Die Dinger kosteten ungefähr zwanzigtausend Dollar.

Taylor fuhr fort: „Und du siehst höllisch sexy aus, Sarah. Hab ich schon mal erwähnt, dass sie mir deine Beine drantransplantieren sollen, falls dir mal was zustößt?“

„Warum warten, bis mir was zustößt, Tay?“ Sarah grinste. „Gib mir Bennett, und du kannst meine Beine haben.“ Sie beugte sich vor, damit nur Tay sie hören konnte, und legte den

Kopf schief. „Wenn er mein Mann wäre, würde ich nämlich keine Beine mehr brauchen.“ Sie liebte es, sich mit Tay zu foppen. Ja, Bennett war umwerfend, aber auch tabu. Trotzdem hatten sie und Holly es sich zum Hobby gemacht, Tay so oft wie möglich aufzuziehen. Die Gute hatte sich den begehrtesten Milliardär auf dem Planeten geangelt, und die Frauen rannten ihm nach wie vor in Scharen hinterher. „Die Beine wären doch nur im Weg, wenn du verstehst, was ich meine.“

Taylor klappte die Kinnlade herunter, und sie boxte Sarah in die Schulter. „Igitt, hast du überhaupt eine Ahnung, was für widerliche Bilder ich gerade vor mir sehe?“

Sarah nickte. „Darum ging es mir ja. Ich hoffe, wenn du heute Abend mit ihm ins Bett steigst, verderben dir unsere kleine Unterhaltung hier und dein Kopfkino die Stimmung zumindest ein bisschen.“

Taylor schnappte nach Luft. „Oh Gott, das werde ich nie wieder aus dem Kopf bekommen. Du bist echt ein Ekelpaket.“

„Schweig still, denn du weißt genau, wie lieb du mich hast.“ Sarah grinste. Die Wahrheit lautete, dass sie und Taylor eher wie Schwestern als wie Freundinnen waren, dasselbe galt für Holly. Sarah war ein paar Jahre älter als die beiden, aber sie waren gemeinsam aufgewachsen, hatten sich gezankt und gekichert und viel zu viel Zeit miteinander verbracht. Sie hatten alle drei keine echten Schwestern, weshalb die Verbindung zwischen ihnen vermutlich so besonders war. Und das bedeutete, dass sie es liebten, sich gegenseitig zu veralbern.

Sarahs Grinsen wich einem sadistischen Lächeln. „War es richtig ekelhaft? Das Bild, meine ich. Hatte ich Löcher wie eine Barbie, der man die Beine abreißt, oder Stumpen?“

Taylor schrie auf und boxte sie erneut gegen den Arm. „Mann, jetzt hör schon auf! Und erinnere mich daran, dass ich dir nie wieder Komplimente für deine Beine mache!“

„*Ich* könnt dir ja Komplimente für deine Beine machen“,

flüsterte eine tiefe Stimme von hinten in ihr Ohr. „Vielleicht, während du sie mir um die Hüften schlingst?“

Sarah fuhr herum und sah sich Colton Young gegenüber, der sich die Haare zurückgebunden hatte, sodass ihm nur ein paar lose Strähnen ins Gesicht hingen – *so sexy*. Sein Dreitagebart war seit ihrer letzten Begegnung noch ein bisschen dreitagebärtiger geworden, wodurch das Gold in seinen schönen braunen Augen besonders hell leuchtete.

„Colt, was machst du denn hier ...?“ *Und warum siehst du so verdammt heiß aus? Und hast einen Smoking an?*

Er grinste selbstgefällig und nickte in Richtung Menschenmenge. „Ich begleite mein Date. Und was machst *du* hier?“

Sarah versuchte, die Frau auszumachen, mit der er hier war, aber sein Nicken war so allgemein ausgefallen, dass sie keine Chance hatte, in der riesigen Masse aus wunderschönen Frauen ...

Ach, verdammt.

Zusammen mit ihrem Herzen rutschte ihr das Selbstvertrauen in die Hose. Kristy Givens. Eins achtzig konzentrierte blonde Weiblichkeit in Kleidergröße 36 mit Körbchengröße D und Lippen Größe H wie Hyaluronsäure. Sie war von der *Elle* über die *Vogue* bis zur *Sports Illustrated* schon auf jeder Zeitschrift zu sehen gewesen, die die Menschheit jemals hervorgebracht hatte, und vermutlich der Grund für die Erfindung des Wortes „heiß“.

Sarah schluckte den säuerlichen Kloß in ihrem Hals herunter und beobachtete, wie Kristy G., wie sie in der Regenbogenpresse genannt wurde, mit einer Gruppe älterer Herren plauderte, die offensichtlich ihre riesigen Talente bewunderten, während Kristy sie dafür zurückbewunderte, dass sie *sie* bewunderten.

„Sarah?“, sagte Colt mit seiner tiefen Stimme, deren Klang sie inzwischen hasste.

„Was?“, fauchte sie.

„Alles in Ordnung mit dir?“

„Klar, alles bestens. Hat mich gefreut, dich zu sehen, Colt. Viel Spaß auf dem Ball.“ Damit kehrte sie ihm den Rücken zu.

Taylor hatte die ganze Zeit über mit großen Augen, die nun sogar so riesig wurden wie Untertassen, danebengestanden. „Das war Colt Young!“

„Ja, ich weiß. Ist er weg?“, fragte Sarah, wobei sie den letzten Teil flüsterte.

„Jepp. Das war Colt Young!“, wiederholte Taylor.

„Ja, ich weiß. Und was macht er jetzt?“

„Er unterhält sich am anderen Ende des Saals mit ein paar Leuten und – Moment … Nun macht er Selfies mit ihnen.“

Sarah seufzte erleichtert auf.

„Warum hast du mich nicht vorgestellt?“, fragte Tay. „Er ist bislang der einzige Mensch auf dieser Party, den ich gerne kennengelernt hätte.“ Flüsternd fuhr sie fort: „Und ich würde dafür sterben, dem Mann zu begegnen, der meine nonnenhafte Freundin Sarah dazu gebracht hat, es auf einem Clubklo zu treiben.“

Sarah stöhnte auf und massierte sich die Schläfen. „Er ist der Angeklagte in einem meiner Prozesse. Es wäre also nicht sonderlich klug, hier einen auf gute Bekannte zu machen.“

„Tja, mit dem Typen würde ich jederzeit einen auf gute Bekannte machen.“ Taylor wackelte mit den Augenbrauen. „Wenn ich nicht zufällig schon mit dem heißesten Mann der Welt zusammen und im achten Monat schwanger wäre. Apropos: Komm, wir suchen uns was zu essen.“

„Ich liebe Essen“, murmelte Sarah geistesabwesend, wobei sie sich alle Mühe gab, Colt nicht mit Blicken zu verfolgen.

Gemeinsam mit Tay bahnte sie sich einen Weg zu dem langen Tisch neben der überfüllten Bar. Er bog sich unter den üblichen Schnickschnackhäppchen – Kaviar, Garnelen,

Blätterteiggebäck und natürlich Desserts. Taylor stürzte sich auf die mundgerechten Käseküchlein, während sie einem der herumlaufenden Kellner einen Champagner stibitzte.

„Wo ist Bennett eigentlich?", fragte sie.

„Keine Ahnung", nuschelte Taylor mit vollem Mund über ihren mit Häppchen beladenen Teller hinweg. „Irgendwo da drüben."

Sarah scannte den Saal und entdeckte Bennett schließlich, da er – ähnlich wie Colt – durch seine Größe hervorstach wie ein bunter Hund.

Verdammt, ich muss aufhören, ihn anzustarren. Also Colt, nicht Bennett. Aber ihn im Smoking zu sehen, ist die reinste Tortur.

„Taylor! Sarah!", sagte eine vertraute Frauenstimme.

„Ms. Luci! Wie schön, dass Sie kommen konnten!", rief Taylor und beugte sich hinunter, um der alten Dame ein Küsschen auf die Wange zu geben.

Luci trug ein schwarzes handbesticktes Kleid im mexikanischen Stil, das ihr bis zu den Fesseln reichte. Ihr langes weißes Haar hatte sie zu einem Knoten hochgesteckt und mit einem edelsteinverzierten Kamm fixiert, der auf ihrem Kopf thronte.

„Was für ein entzückendes Outfit, echt toll!"

„Danke." Ms. Luci fächerte den Rock auf, um die aufwendigen Stickereien zu zeigen. „Meine Mutter hat dieses Kleid genäht. Sie hat es mir vermacht, bevor sie starb, es ist also ziemlich alt. Aber ich werde auch nicht jünger, und ich will noch etwas von meinen Sachen haben."

Sarah fand es toll, wie sich die alte Dame von der Menge abhob und wie wenig sie darauf gab, was andere von ihr und ihrem abgefahrenen handgearbeiteten Kleid hielten, wo sie sich doch jedes Kleid der Welt hätte leisten können. Laut einem Interview, das Ms. Luci schon vor Längerem gegeben hatte, war sie ärmer als eine Kirchenmaus aufgewachsen, aber ihr verstorbener Ehemann war wohlhabend gewesen und hatte dafür gesorgt, dass es ihr und ihren drei Kindern an nichts mangelte. Trotzdem war es eine traurige Geschichte, weil Luci ihren Ehemann Jeffrey wie verrückt geliebt hatte. Sie hatten sich kennengelernt, als er in ihre kleine Bäckerei kam und sich auf ein Backblech voller Partycookies setzte, die sie – Gott allein wusste, warum – ausgerechnet auf einem Stuhl zum Abkühlen hingestellt hatte. Bis heute war die mit Glasur verklebte Jeans, auf deren Po ein kleiner gelber Zuckergusssmiley prangte, als Andenken an ihn im Café ausgestellt. In dem Artikel hatte es weiter geheißen, Lucis einziger Wunsch im Leben sei, dass jeder die Möglichkeit bekäme, die Art Liebe zu erleben, die sie und Jeffrey füreinander empfunden hatten.

Die Geschichte hatte Sarah fast zu Tränen gerührt und war landesweit durch die Presse gegangen. Und obwohl die Nachfrage nach Lucis berühmten Cupid Cookies danach durch die Decke geschossen war und sie ihr Unternehmen für viel Geld hätte verkaufen oder in die Massenproduktion hätte gehen können, buk sie in ihrem kleinen Café in St. Helena nach wie vor alles von Hand. Aus Sarahs Sicht ergab das Sinn – weil es Ms. Luci nie ums Geld gegangen war.

„Also, Ms. Luci“, sagte Taylor und rieb sich ihren gewaltigen Babybauch, „ich muss schon sagen, wenn ich in Ihrem Alter noch genauso gut aussehe wie Sie, dann darf ich mich glücklich schätzen.“

„Beckenbodengymnastik, meine Liebe, die ist das ganze Geheimnis!“, erwiderte Ms. Luci.

Taylor verschluckte sich fast an ihrem Kuchen.

Luci fuhr fort: „Dadurch fühle ich mich da drinnen auch heute noch schön straff und eng, und wie Sie wissen, brauchen wir Frauen das, um uns weiblich und begehrenswert vorzukommen.“

„Amen!“ Sarah kippte ihren Champagner herunter und winkte nach dem Kellner. Er kam sofort zu ihr, und diesmal schnappte sie sich zwei Gläser. „Das andere ist für meine Freundin hier.“ Sarah warf einen Blick in Taylors Richtung, woraufhin der Kellner eine Grimasse zog.

„Und Sie, meine Liebe“, sagte Ms. Luci, nun an Sarah gewandt, „was sehen Sie nicht hinreißend aus heute Abend. Und was für hübsche Beine Sie haben!“

Sarah zwinkerte Taylor zu, um sie an *das Kopfkino* zu erinnern.

Taylor kniff warnend die Augen zusammen. „Oh Mann. Ich muss pinkeln. Andauernd. Bin gleich zurück.“ Sie verschwand in Richtung Toiletten in der Menge.

Ms. Luci verschwendete keine Zeit und stürzte sich auf Sarah. „Haben Sie schon Mr. Young in seinem Smoking entdeckt? Ich kann mich nicht entsinnen, jemals einen Mann kennengelernt zu haben, der dreckig genauso gut aussieht wie herausgeputzt.“

Sarah verstand Ms. Lucis Leidenschaft für Kuppelei, doch bei ihr würde die alte Dame auf Granit beißen.

„Tut mir leid“, antwortete sie. „Aber das ist mir gar nicht aufgefallen. Ich war zu sehr mit meinem Beckenbodentraining beschäftigt.“

„Dann kenne ich jemanden, der mehr Champagner braucht.“

Sarah trank ihr zweites Glas aus und stellte es am Rand des Buffettisches ab. „Tolle Idee.“

„Wenn ich es nicht besser wüsste, würde ich sagen, dass Sie wütend sind“, sagte Ms. Luci und beäugte sie skeptisch.

Verdammt. Was war nur los mit dieser Frau? „Ja, okay, stimmt. Ich bin wütend, weil …“ *Moment mal.* Warum war sie denn überhaupt so angepisst?

Sarah seufzte, als ihr bewusst wurde, dass sie ein bisschen

eifersüchtig war. Colt war mit dieser umwerfenden Frau aufgetaucht, und jetzt war sie allen Ernstes eifersüchtig? *Mach dich nicht lächerlich. Er gehört dir nicht. Du hattest Gelegenheitssex mit ihm, und du warst dabei auch noch angetrunken. Das ist alles.* Trotzdem fühlte sie sich gekränkt.

Sie atmete tief durch. „Ach, eigentlich geht es mir gut. Tut mir leid, dass ich etwas seltsam drauf bin." Noch während sie sprach, entdeckte sie plötzlich Colts Bruder, der gerade jemandem die Hand schüttelte. Und dieser Jemand war …

Richter Wright? Hey, was ist das denn? Es war keine große Überraschung, die beiden hier auf dem Ball zu sehen. Am Ende war San Francisco schließlich ein Dorf, und Bennett hatte so ziemlich jeden eingeladen, der einen ansehnlichen Kontostand, ein öffentliches Amt oder wichtige Geschäftsverbindungen hatte. Aber dass Wright und Mike miteinander plauderten, war trotzdem ein Schock. Ihr spontanes Bauchgefühl sagte ihr, das war alles andere als gut. Wie sich die beiden verstanden, wie sie lachten und redeten – es wirkte fast so, als wären sie alte Freunde.

Während sie noch starrte, kam Jack auf sie zu, um Hallo zu sagen. Jack war Taylors älterer Bruder und auch für sie wie ein Bruder.

„Hey, Jack." Sie umarmte ihn und bemerkte dabei, wie dünn er geworden war. Er war groß und ausgesprochen attraktiv, aber vor knapp zwei Jahren hatte ihn seine Frau – eine Spätzünderlesbe – sitzen lassen. Sein gebrochenes Herz war längst nicht völlig geheilt.

Ms. Luci brauchte ungefähr zwei Sekunden, bis sie anfing, ihn über sein Liebesleben auszuquetschen.

Oh Mann, Ms. Luci hat eine Mission. Na, dann soll sie eben Jack schikanieren. Besser ihn als mich.

„Entschuldigt mich, Leute. Ich muss mal kurz jemandem von der Arbeit Hallo sagen." Auf einmal fragte sie sich, wie nahe sich Mike und Wright wohl standen. Denn wenn sie befreundet waren, konnte Mike ihr vielleicht mit der Erpressernummer helfen. Er schien ein guter Typ zu sein und würde Wrights Verhalten in Sachen Colt vermutlich ziemlich interessant finden.

„Aber unbedingt, meine Liebe." Luci grinste. „Jack und ich werden jetzt nämlich tanzen, oder, Jack?"

Jack nickte ihr zustimmend zu. „Sehr gerne – allerdings befürchte ich, dass ich kaum mit Ihnen Schritt halten kann."

Jack schlenderte mit Ms. Luci davon, und Sarah spazierte zu Mike und Wright herüber und drängte sich einfach zwischen sie. „Mike, Richter Wright! Ich hatte ja keine Ahnung, dass Sie auch hier sein würden."

Den beiden fiel das Lächeln aus dem Gesicht. Sie wirkten überrascht, sie zu sehen.

Mike setzte jedoch umgehend sein höfliches Lächeln wieder auf. „Richterin Alma, wie schön, Sie wiederzusehen!"

„Ebenso", antwortete sie. „Und Richter Wright! Ich wusste ja gar nicht, dass Sie so eng mit Mike befreundet sind. Äußerst interessant."

Richter Wright musterte sie scharf. „San Francisco ist eine kleine Stadt, Richterin Alma. Hier kennt jeder jeden."

Da hatte er recht.

Sarah neigte den Kopf zur Seite. Die Spannung in der Luft war deutlich zu spüren. „Ich hatte gehofft, dass ich Mike für einen Augenblick entführen darf. Ich möchte fürchterlich gerne tanzen, und es heißt, er sei ein richtiger Walzerkönig", log sie.

„Ein König vielleicht nicht, aber ich werde Ihnen schon nicht die Zehen brechen", erwiderte Mike.

„Toll! Wenn Sie uns dann entschuldigen würden?" Sarah lächelte Wright zu, der sie so finster anstarrte, als wäre sie ein Käfer, den es zu zerquetschen galt.

Mike reichte ihr den Arm, und sie gingen zu einem Bereich der Tanzfläche in einer ruhigeren Ecke des riesigen Ballsaals.

„Was sollte das denn?“, fragte Mike.

„Ehe ich antworte: Wie gut kennen Sie Wright?“

„Ähhhm … keine Ahnung. Er war auch in Stanford. Wir sitzen zusammen in ein paar Komitees. Unter anderem organisieren wir die ehrenamtlichen Tätigkeiten für Stiftungen wie die Wade Foundation. Warum?“

„Würden Sie sagen, dass er ein enger Freund ist?“

„Das nun nicht gerade.“

Sie betraten die Tanzfläche, und Sarah wandte sich Mike zu. Sie gesellten sich zu den anderen rund zwanzig tanzenden Paaren, darunter auch Ms. Luci und Jack.

„Also“, setzte sie an, „was wäre, wenn ich Ihnen erzählen würde, dass Wright hier und da ein wenig zu weit gegangen sein könnte, um zu verhindern, dass Ihr Bruder im Gefängnis landet?“

Mike hob die Brauen. „Dann würde ich sagen, dass mich das nicht sonderlich überrascht. Er schien ausgesprochen interessiert daran, Colton zu helfen, als ich ihm unser Problem geschildert habe.“

Was? „Sie haben ihn um Hilfe gebeten?“

„Ich habe ihm gesagt, dass wir einen Haufen Geld verlieren, wenn Colt diese Tournee nicht antritt.“

Dann war Mike also einer von Wrights „Freunden“, die dazu beigetragen hatten, dass er sie erpresste? Es gab nur eine Möglichkeit, es herauszufinden.

„Er hat mich bedroht, Mike. Er sagte, wenn Colt es nicht packt, verliere ich meinen Job.“ Das Video erwähnte sie nicht, zum einen, weil es ihr zu peinlich war, und zum anderen, weil es eigentlich keine Rolle spielte, womit er sie erpresste. Erpressung war Erpressung.

Mike beugte sich zu ihr herunter und flüsterte ihr ins Ohr:

„Wright übertreibt es manchmal ein bisschen, besonders, wenn man seiner Karriere in die Quere kommt, aber ich bin mir sicher, dass er Wort hält, Sarah. Das Video ist bei uns in sicheren Händen, solange Sie nur dafür sorgen, dass Colton seine Stunden ableistet. Übrigens eine tolle Idee, ihn nicht bei einer sozialen Einrichtung, sondern bei Ihrer Freundin unterzubringen. Das erhöht die Chancen, dass er am Ende seine Unterschrift bekommt, noch mehr."

Sarah blieb wie angewurzelt stehen und sah mit offen stehendem Mund zu Mike hoch. „Sie wissen von alldem?"

„Was dachten Sie denn, wer Wright das Video beschafft hat? Es ist mein Job, die Interessen meines wichtigsten Klienten zu wahren, Sarah. Und es liegt in Colts Interesse, seine Welttournee rechtzeitig anzutreten."

Was für ein Arschloch!

Sarah warf einen Blick über ihre Schulter und bemerkte ein paar intensive braune Augen, die sie über die Menge hinweg musterten. Colt sah so aus, als würde er gleich explodieren.

Mike fuhr fort: „Ich rate Ihnen dringend dazu, das hier für sich zu behalten. Colt wird es gar nicht gefallen, wenn er herausfindet, dass Sie ihm nur geholfen haben, damit Sie Ihren Job nicht verlieren. Er mag Sie wirklich." Mike hielt sie am Kinn fest und sah ihr in die Augen. „Ich verstehe, warum mein Bruder Sie nicht vergessen hat. Sie sehen nach einem guten Fick aus. Übrigens habe ich gehört, dass die Toiletten hier ganz hervorragend sind, falls Sie Interesse haben."

Sarah spürte Zorn in sich hochkochen. Dieser Wichser war es gewesen, der Wright dazu überredet hatte, sie zu erpressen? Dieser Wichser wollte dafür sorgen, dass Colt rechtzeitig zu seinem Konzert auftauchte?

„Ich kapier's nicht." Sie schäumte. „Wieso erklären Sie Ihrem Bruder nicht einfach, was auf dem Spiel steht? Warum dieser ganze … hinterhältige Scheiß?"

„Weil er es wirklich nicht brauchen kann, sich die Hände schmutzig zu machen oder noch mehr unter Druck zu geraten. Das wird ihm nicht dabei helfen, wieder gesund zu werden, und bei der Tournee geht es um einen Haufen Geld.“

Mit anderen Worten, er interessierte sich nur für die Kohle. „Und Sie bilden sich ernsthaft ein, dass es Colt rechtzeitig bis zum Konzert besser gehen wird?“, blaffte sie.

„Wir haben ja noch ein paar Wochen, um es herauszufinden. Wenn nicht, wird mir schon etwas einfallen. Ihr hübsches Köpfchen sollte sich einzig damit beschäftigen, wie Sie dafür sorgen können, dass mein Bruder seine Stunden ableistet.“

„Was spielt das denn für eine Rolle? Wright könnte sich der Sache annehmen und Colt die Strafe einfach erlassen!“

„Wright war sehr hilfreich, aber ich bezweifle, dass er noch mal das Risiko eingehen würde, meinem Bruder zu helfen oder vor seinen Freunden aus der Politik schwach dazustehen. Und er will auch nicht persönlich involviert werden.“ Mike ließ die Hand von ihrem Kreuz auf ihren Hintern rutschen und gab ihr einen Klaps. „Und deswegen haben wir Sie gebraucht, Sarahchen. Also spielen Sie schön brav mit, ja?“

„Sie widern mich an.“

„Sarah! Mike! Na, was geht?“ Colt war neben ihnen aufgetaucht.

Die anderen Paare umtanzten ihr Dreiergespann.

Sarah hatte keine Ahnung, was sie sagen wollte. Die Wahrheit wäre wohl am angemessensten gewesen, aber jetzt ... aber jetzt? *Verdammt.* Colt befand sich in einer fürchterlichen Lage. Er versuchte nach wie vor, sich von seinem Unfall zu erholen, und wenn all seine Probleme psychischer Natur und nur durch ein Trauma ausgelöst waren, würde sein Zustand nur schlimmer werden, wenn sie ihm erzählte, was für ein Scheusal sein Bruder war und dass er sie erpresste und ihn manipulierte.

Verdammt, ich will ihn beschützen. Das wird kein gutes Ende nehmen.

Sarah kleisterte sich ein Lächeln ins Gesicht. „Alles bestens."

„Und warum steht ihr dann mitten auf der Tanzfläche und starrt einander an, als würdet ihr euch gleich prügeln?", fragte Colt.

Sarah blinzelte und sah zu Mike.

„Ähhhh ..." Sie hatte keinen Schimmer, was sie sagen sollte.

Mike schaltete sich ein. „Ich habe sie gefragt, ob es stimmt, dass sie unter ihrer Robe nackt ist."

„Was bist du nur für ein Arschloch, Mike", knurrte Colt. „Keine Ahnung, warum ich dir jemals davon erzählt hab."

„Was?" Mike zuckte unschuldig die Achseln. „Das war doch nur ein Witz. Oder, Sarah? Sie sind gar nicht wirklich wütend."

Sarah schüttelte den Kopf. *Was für ein Kotzbrocken ...!*

„Nein, ich bin nicht wütend", versicherte sie zähneknirschend.

Das Lied endete, und Bennett Wade trat ans Mikrofon und klopfte dagegen. Taylor stand an seiner Seite. „Liebe Gäste, ich bitte um Ihre Aufmerksamkeit – Aufmerksamkeit, bitte." Über den Raum legte sich Schweigen, als die rund fünfhundert Gäste sich zur Bühne wandten, um ihrem geheimnisvollen Gastgeber Bennett Wade zu lauschen. Sarah für ihren Teil war dankbar für die Unterbrechung. Die ganze Sache stank nach Lügen. Und am Ende war es Colt, der belogen wurde.

Von dem Menschen, der ihm am nächsten steht. Das machte ihr von allem am meisten zu schaffen.

Bennett räusperte sich, und seine tiefe Stimme entlockte den weiblichen Gästen einen verzückten Seufzer.

„Wie Sie alle wissen, geht es mir bei dieser Veranstaltung nicht nur darum, Ihnen zu schmeicheln, sondern auch darum, meiner ehrlichen Dankbarkeit Ausdruck zu verleihen. Jedes

Jahr bringt dieser Ball meiner Stiftung, der Wade Foundation, über eine Million Dollar ein. Dieses Jahr aber waren es dank Ihrer großzügigen Spenden sogar mehr als zwei Millionen Dollar!" Die Menge applaudierte und gab höfliche Ooohs und Aaahs von sich. „Und das zu einem Zeitpunkt, an dem die Stiftung ihr bisher größtes Projekt angeht." Bennett begann, von einer Landwirtschaftskommune auf Bali zu erzählen, die die Spenden für ihre Pflanzungen und für neues Saatgut erhalten würde.

„Und auch persönlich", hier sah Bennett zu Taylor hinüber und strahlte vor Stolz, „muss ich für so vieles dankbar sein. Für meine Ehefrau Taylor, unser Baby, das nächsten Monat zur Welt kommen wird, und die Möglichkeit, mein Leben darauf zu verwenden, anderen zu helfen. Dieses Jahr möchte ich Ihnen allen deswegen nicht danken, sondern Ihnen etwas wünschen: dass jeder Einzelne von Ihnen mit demselben Glück gesegnet wird wie ich."

Bennett sah aus, als wäre er den Tränen nahe. Sarah konnte es einfach nicht glauben. Bennett Wade, einer der härtesten Geschäftsmänner auf dem Planeten, wurde gerade gefühlsduselig?

Er packte Taylor und küsste sie innig, was der Menge lautes Gejohle entlockte. Dann kehrte er ans Mikrofon zurück. „Eigentlich bringe ich meine großzügigen Spender ja nur äußerst ungern in Verlegenheit, aber diesmal lässt es sich einfach nicht vermeiden. Mr. Colt Young hat der Stiftung einhunderttausend Dollar überlassen!"

Die Menge wandte sich Colt zu und applaudierte. Für den Bruchteil einer Sekunde schien er keine Ahnung zu haben, was passierte. Er lächelte und hob grüßend eine Hand.

Was zur Hölle?

„Hey, Colt!", schrie jemand aus dem Publikum. „Wie wäre es mit einem Song?"

Sofort stimmte der gesamte Saal mit ein: „Song! Song! Song!“

„Vielen Dank, aber nein.“ Colt lächelte weiter und winkte in einer freundlichen „Keine Chance“-Geste ab. Trotzdem sah Sarah die Panik in seinen Augen.

Moment mal. Wenn Colt sich an kaum mehr etwas erinnern konnte, dann waren ihm vielleicht ja auch seine Songtexte entfallen! Er hatte gesagt, dass er seit über einem Jahr nicht mehr Gitarre gespielt hatte.

Sie beugte sich zu ihm und flüsterte: „Colt, haben Sie Ihre Musik ebenfalls vergessen?“

Er warf ihr einen raschen Blick zu. Es wirkte fast so, als wäre er nicht glücklich darüber, dass sie es herausgefunden hatte.

Er muss es geheim halten. Oh Gott. Der arme Mann. Plötzlich hatte sie das Gefühl, dass niemand auf dieser Welt so viel Mitgefühl verdient hatte wie Colt. Der Unfall, sein grauenvoller Bruder, der Verlust seiner Fähigkeit, seine eigene Musik zu spielen, die seine Leidenschaft war … Der Typ brauchte ganz dringend eine Auszeit.

Da sie nicht mehr mit ansehen konnte, wie er litt und unter Druck gesetzt wurde, drängte sich Sarah zur kleinen Bühne vor. „Hallo zusammen!“, rief sie über den Singsang der Menge hinweg ins Mikro. „Ich bedaure sehr, Sie informieren zu müssen, dass es Colt aufgrund vertraglicher Verpflichtungen unmöglich ist, heute für Sie zu spielen.“ Sie deutete auf Mike. „Sein Anwalt ist der Mann mit dem verkniffenen Gesichtsausdruck neben ihm, wenn Sie Ihrer Enttäuschung Luft machen möchten, wenden Sie sich doch bitte an ihn.“

Der gesamte Saal begann, Mike auszubuhen, der alles andere als amüsiert wirkte.

Arschloch. Wenn ich könnte, würde ich sie alle mit Tomaten und faulen Eiern versorgen.

Sarah warf Bennett einen entschuldigenden Blick zu. Seine herzerwärmende Rede und der damit einhergehende große Augenblick des Wohltätigkeitsballs waren dadurch überschattet worden, dass die Meute ein Stück von Colt hören wollte und es nicht bekam.

„Aber *ich* werde für Sie singen!", platzte sie heraus, obwohl sie nicht den blassesten Schimmer hatte, was in sie gefahren war. *Vielleicht bist ja du diejenige mit dem Hirnschaden und weißt es nur noch nicht!* Erstens klang ihre Singstimme, als würde jemand eine tollwütige Katze mit Stricknadeln aufspießen und in kochendes Wasser tunken, und zweitens hasste sie es, zu singen, weil sie sich dabei sentimental und blöd vorkam.

„‚My Heart's on Fire'!", brüllte irgendwer.

Oh Gott. Das war einer von Colts Songs – seine Nummereins-Single aus dem Vorjahr.

Nee. Auf keinen Fall. „Wie wäre es mit ‚My Bonnie is over …'?"

„‚Heart's on Fire'!", brüllte ein anderer Idiot.

„Okay, Leute, ich bin Richterin, keine Sängerin. Sie wissen selbst, dass ich Ihren Erwartungen nicht gerecht werden kann. Und ich werde diesen Song ganz bestimmt nicht vor diesem Mann da singen." Sie wies auf Colt, ihre Bettelei stieß jedoch auf angetrunkene Ohren.

Sie warf Bennett und Taylor, die beide nicht eben glücklich wirkten, einen Blick zu. Dieser Abend sollte dazu dienen, dass sich die Menschen unterhielten, miteinander in Kontakt kamen und ihre Geldbeutel öffneten. Aber nun drohte die Stimmung zu kippen.

Verdammt. Aus der Sache komme ich wohl nicht mehr raus.

„Okay", rief sie, verdrehte die Augen und lachte bitter – über sich, das Leben im Allgemeinen und die Situation im Speziellen. Für wen außer ihr hätte der Versuch, jemandem zu helfen, wohl damit geendet, vor den einflussreichsten Leuten der Stadt Karaoke singen zu müssen?

Der Singsang hielt an und sie hob die Hände, um den Leuten zu signalisieren, dass sie still sein sollten. „Okay, okay, schon gut. Wenn Sie aufhören zu grölen, bekommen Sie Ihr Lied. Aber lassen Sie sich bloß nie in meinem Gerichtssaal blicken. Dann sind Sie nämlich allesamt geliefert!"

Die Menge lachte, und Sarah schaute zum Kapellmeister hinüber. „‚My Heart's on Fire'?"

Er nickte ihr zu. Zu ihrem Unglück schienen sie den Song tatsächlich im Repertoire zu haben.

Na toll. Was für ein Glück! Sie drehte sich zu den Gästen um, blickte direkt in Colts attraktives grinsendes Gesicht. *Oh Gott, ist das peinlich.* Aber immerhin ersparte sie ihm so die Erniedrigung.

Sie schloss die Augen und holte tief Luft. *Ach. Du. Scheiße.*

19. Kapitel

Colt war völlig fasziniert. Er konnte sich – auch wenn das nicht viel hieß – nicht erinnern, jemals jemanden gesehen zu haben, der so tapfer kämpfte wie Sarah. Die meisten Leute, die es nicht gewohnt waren, auf der Bühne zu stehen, hätten sich in ihrer Lage die Hose vollgemacht und gekniffen. Aber nicht Sarah. Sie hatte erkannt, dass ihr keine Wahl blieb, ihre Niederlage akzeptiert und sich der Herausforderung gestellt.

Oh verdammt, ist das sexy. Auch wenn sie singt wie ein sterbender Kanarienvogel. Doch anstatt sich zu schämen oder zu versuchen, besonders gut zu klingen, tat sie das genaue Gegenteil. Sie lieferte eine vollkommen überzogene Kabarettnummer seines Songs ab, an dessen Text er sich nicht erinnerte, wedelte beim Singen mit den Armen und animierte das Publikum zum Mitmachen.

Diese Frau war todesmutig, anders ließ sich das einfach nicht beschreiben. *Ich glaube, ich bin verliebt.*

„Ich muss schon sagen, Frau Richterin, du hast meiner Musik eine ganz neue Facette verliehen." Er hielt Sarah ein Champagnerglas hin, als sie von der kleinen Bühne kam und dem applaudierenden Saal zuwinkte wie die Queen.

„Fang gar nicht erst an", knurrte sie mit einem falschen Lächeln und nahm das Glas.

„Ich kann nicht anders. Das war fantastisch!"

„Aber unmusikalisch bist du nicht zufällig, oder?", fragte sie.

„Wenn du wissen willst, ob mir aufgefallen ist, dass deine Stimme klingt wie der ausgeleierte Keilriemen eines Old-timers, dann kann ich dir versichern, dass ich jeden schiefen Ton registriert habe.“

Ihr Blick sagte in etwa dasselbe wie ein ausgestreckter Mittelfinger.

„So dankst du es mir also, dass i...“

„Ich fand es toll, Sarah. Ehrlich. So etwas Selbstloses hat noch nie jemand für mich getan.“ Sie hatte es ihm erspart, öffentlich erniedrigt zu werden, weil er keine Lieder singen konnte, an die er sich nicht erinnerte.

„Ich hoffe nur, das zählt zu den Dingen, die du schnell wieder vergisst.“

Er nahm ihr das Glas aus der Hand, stellte es auf dem Tablett eines vorbeieilenden Kellners ab. „Aber genau das ist es doch, Sarah. Ich *erinnere* mich an dich. An jeden einzelnen Augenblick mit dir. Sogar an neulich Nacht.“

Sie blinzelte ihn aus ihren hypnotisierenden blauen Augen an.

„Deine Erinnerungen kommen zurück?“

„Ich bin mir nicht sicher. Ich weiß nur, dass ich alles aufschreibe, was ich mit dir erlebe. Und wenn ich dann am nächsten Morgen meine Notizen durchgehe, sind alle Erinnerungen noch da. Und oft erinnere ich mich sogar an mehr als das, was ich aufgeschrieben habe.“

„Wie zum Beispiel?“

Wie zum Beispiel, dass sie sich immer bemühte, ihm nicht auf die Lippen zu schauen, wenn er redete, oder wie rot sie geworden war, als er neulich Abend versucht hatte, sie ins Bett zu bekommen. Oder wie ihr Lachen geklungen hatte, als er in seinem Nerdkostüm aus ihrem Schlafzimmer gekommen war.

„Ach, Kleinigkeiten“, antwortete er.

Die Band begann, den alten Song „Ain't Misbehavin'“ von Fats Waller aus den 1920er-Jahren zu spielen. Das war eins seiner Lieblingslieder, auch wenn ihm die Version von Ella

Fitzgerald am besten gefiel. Sie hatte ihn zu seinem ersten Nummer-eins-Hit „I am Misbehavin'" inspiriert.

Ha! Schon wieder habe ich mich an was erinnert! Sarah übte definitiv einen positiven Einfluss auf ihn aus.

Colt packte sie an der Taille und zog sie fest an sich. Ihre Körperwärme schien durch sein Hemd zu strahlen und ließ seinen Puls rasen. „Und das hier will ich ganz bestimmt nicht vergessen."

Sie starrte wortlos zu ihm hoch. In ihrem Blick stritten widersprüchliche Gefühle.

„Alle beobachten uns, Colt. Wir müssen das lassen."

„Was denn? Auf einem Wohltätigkeitsball miteinander zu tanzen? Und was sollen sie bitte dagegen tun?" Er begann, sich mit ihr im Arm hin und her zu wiegen.

„Es wird Gerede geben. Über mich und darüber, ob zwischen uns etwas läuft."

„Sicher wird es das. Besonders unter den ganzen Männern, die auf deine endlos langen Beine starren."

Sarah zuckte zusammen.

„Was denn?", fragte er.

„Nichts. Meine Beine sind nur ein Thema für sich. Lange Geschichte."

Was eine ziemlich seltsame Äußerung war. „Okay. Dann werde ich deine wunderschönen Beine nie wieder erwähnen."

Eins ihrer Augenlider zuckte.

Er musste lachen. Wie gern er es mochte, dass sie mit dem Zucken einer Braue oder der Andeutung eines Zwinkerns so viel sagen konnte.

Er beugte sich zu ihr hinunter und flüsterte ihr ins Ohr: „Verbring die Nacht mit mir, Sarah, und ich verspreche, dass ich nie wieder deine Beine erwähnen werde. Allerdings würde ich sie ablecken." Jetzt, wo er anfing, sich an all die winzigen Details zu erinnern – ihre weichen Brüste in seinem Mund, ihr fester Po in seinen Händen, ihre warme enge Muschi um seinen Schwanz –, konnte er an nichts anderes mehr denken.

„Und nur, damit du's weißt", fügte er hinzu. „Mir ist es absolut scheißegal, was die Leute davon halten, uns zusammen zu sehen." Klar wirkte es ein bisschen merkwürdig, dass ein Typ mit seinem Image – wilder Rockstar in Lederhose – an jemandem mit so prüder Ausstrahlung Interesse hatte, aber das war ja gerade der springende Punkt an Sarah. Sie zeigte ihm, wie sehr er genau das in seinem Leben brauchte. *Etwas Echtes. Ich brauche etwas Echtes.* Er hatte einen Job, für den er rund um die Uhr eine Rolle spielen musste. Und er brauchte jemanden, der ihn daran erinnerte, dass er mehr war als dieses Image.

Er war Colt Young, aufgewachsen in einer Kleinstadt bei Albuquerque. Sein Vater war gestorben, als er vier war. Danach waren noch seine Mutter, sein Zwillingsbruder und er übrig gewesen. Um ihrer Mom zu helfen, einer Schulsekretärin mit einem Witz von Einkommen, hatte er an den Wochenenden auf der Nachbarranch ausgeholfen, genauso wie Mike.

Als die Zeit fürs College kam, hatte Mike ein Stipendium für die UCLA bekommen, er dagegen eins für Harvard. Mike war stinkwütend gewesen, dass sein „kleiner" Bruder von einer besseren Uni akzeptiert worden war als er selbst, doch das war nichts im Vergleich zu dessen Wut, als Colt es sich im letzten Moment anders überlegte und sich entschied, Musik zu studieren. Musik war seine Leidenschaft, und er wollte sein Leben nicht mit etwas verschwenden, was er nicht liebte.

Also beschloss er, Musiklehrer zu werden – das jedenfalls war damals der Plan. Aber dann besuchte er seinen Bruder für ein langes Wochenende in L. A., und auf einmal war alles anders. Er ging mit Mike und einigen Freunden in eine Spelunke, wo zufällig Open-Mic-Abend war. Nach ein paar Bier zu viel fasste er den Entschluss, sich eine Gitarre zu leihen und auf der Bühne zu spielen.

Er erinnerte sich an das Gefühl, wie die Töne aus seinem Mund flossen, an den Zigarettenrauch in der Luft, an das Klirren der Gläser, die hinter der Bar gestapelt wurden. Jedes Detail dieser drei Minuten in jener Nacht hatte sich ihm eingeprägt. Auch, wie berauschend es sich angefühlt hatte, vor Publikum zu singen. Es war nicht mal sein eigener Song gewesen, sondern irgendein Stück von Van Morrison, doch das war unwichtig. Ein paar Atemzüge lang hatte der ganze Raum ihm gehört, und als es vorbei war, begriff er, dass er etwas tief im Inneren der Menschen berührt hatte – ihre Seelen und Herzen. Die Verbindung zu seinem Publikum hatte er stärker empfunden, als er es jemals für möglich gehalten hätte. Der Applaus und die Jubelrufe überwältigen ihn schon genug, aber dann erwartete ihn eine weitere Überraschung: Ein Plattenproduzent wollte sich auf der Stelle mit ihm unterhalten. Der Rest war Geschichte. *Das* war Colt Young. Einfach nur ein Kleinstadtjunge, der im richtigen Moment am richtigen Ort gewesen war.

Vielleicht waren der Unfall und das Vergessen nötig gewesen, um sich wieder daran zu erinnern. So oder so kannte er genügend Leute, die denken würden, dass wilde Rockstars und Richterinnen nicht zusammenpassten, aber das war ihm egal. Außerdem würde es seinem PR-Team garantiert gelingen, das Ganze zu seinen Gunsten zu verkaufen. Er konnte die Schlagzeilen in der Klatschpresse schon vor sich sehen. *Colt Young hat die Justiz nicht nur auf seiner Seite, sondern auch in seinem Bett!*

Sarah wich zurück. „Das kann nicht dein Ernst sein, Colt."

Er zog sie an den Rand des Saals, um neugierigen Ohren auszuweichen. „Und warum nicht?"

„Weil du … weil …"

„Na los, spuck's schon aus." Er verschränkte die Arme vor der Brust.

Sie hob das Kinn. „Weil du alles vögelst, was bei drei nicht auf dem Baum ist, deshalb."

Er sah sie scharf an. Hatte sie das gerade wirklich gesagt? *Okay, es ist ja nicht so, dass ich das zum ersten Mal höre.* Sein PR-Team sorgte dafür, dass er jeden Monat eine neue heiße Freundin an seiner Seite hatte, natürlich nur ein riesiger Fake.

„Man darf nicht alles glauben, was in den Zeitschriften steht. Niemand sollte das besser wissen als du, Richterin Liebestoll!"

Ihr klappte die Kinnlade herunter. Wut flackerte in ihren Augen auf. Verdammt, sie sah einfach zu heiß aus! Er hätte alles gegeben, um sie vögeln zu dürfen.

„Ich will damit nur sagen, dass du dir nicht so viele Gedanken darüber machen solltest, was ‚die anderen' denken, Sarah. Und außerdem werde ich das Gefühl nicht los, dass du das sowieso nur als Ausrede benutzt." Sie wusste ganz genau, dass er seit über einem Jahr keine Frau außer ihr gehabt hatte. Schließlich hatte sie sein Notizbuch gelesen.

„Das ist keine Ausrede", schnappte sie. „Na gut, vielleicht ein bisschen." Sie kam ihm sehr nahe und flüsterte: „Was glaubst du, was die Leute sagen würden, wenn ich mich mit Männern einlasse, die in Konflikt mit dem Gesetz geraten sind?"

Er nickte, weil er genau das erwartet hatte, und funkelte sie an. „Das ist also der wahre Grund, aus dem du mich abblitzen lässt."

„Du verstehst das nicht. Ich darf nicht dabei erwischt werden, wie ich irgendetwas tue, was auch nur im Entferntesten unangemessen sein könnte", zischte sie.

„Es ist unangemessen, Zeit mit mir zu verbringen?" Langsam wurde er richtig wütend.

„Was glaubst du denn, was man über eine Richterin sagen wird, die mit einem berühmten Rockstar ins Bett springt, der außerdem *zufällig* der Angeklagte in einem ihrer Prozesse war? Weil er angeblich auf einen Polizeibeamten uriniert hat. Autos zu Schrott gefahren hat. Eigentum beschädigt hat. Drogen in seinem Bad versteckt hat!“

„Aber Sarah, ich kann all das erklären – denke ich zumindest.“ Noch immer gab es vieles, woran er sich nicht erinnerte. „Jedenfalls bin ich kein schlechter Mensch, und was wir tun, ist nicht falsch.“

Sie beugte sich vor und zischte: „Wir haben miteinander geschlafen. Und das war durch und durch falsch.“

Aber er hatte doch gar nicht gewusst, wer sie war! Und trotzdem stellte sie ihn jetzt so an den Pranger. In Anbetracht der Umstände hätte er gar nicht bestraft werden sollen.

Schätze ich jedenfalls. Verdammt, wie er es hasste, sich nicht an alles erinnern zu können.

„Colt“, sagte sie und streckte besänftigend die Hände aus. „Es würde einfach nicht funktionieren, okay? Es wäre viel zu riskant. So viel aufs Spiel zu setzen für einen kleinen Flirt ... das ist doch irrsinnig.“

„Ich ... ich ...“ Okay. Der Punkt ging an sie. Seine Lage eignete sich nicht unbedingt, um feste Beziehungen einzugehen, vor allem in Anbetracht der Tatsache, dass es jederzeit passieren konnte, dass er sie von einer Sekunde auf die andere vergaß. Aber davon mal abgesehen war es sowieso ziemlich voreilig, schon von Beziehung zu sprechen. Er verbrachte gerne Zeit mit Sarah. Sie tat ihm gut. Er wollte herausfinden, wohin die Sache hinführte, und basta. Ende der Geschichte.

„Und was ist so verkehrt an einem kleinen Flirt?“ Er warf ihr ein Lächeln zu, von dem er hoffte, dass es charmant wirkte. „Jede Beziehung muss irgendwo anfangen. Wir können doch auch diskret sein und abwarten, was passiert!“

Plötzlich standen ihr Tränen in den Augen. „Hör einfach auf, okay? Ich muss stark bleiben, Colt. Weil ich dich mag“, fügte sie leise hinzu. „Ich mag dich wirklich, wirklich gern. Aber ich kann mir einfach nicht vorstellen, wie das hier jemals funktionieren sollte."

Er war absolut verblüfft, dass einer knallharten Frau wie ihr plötzlich die Tränen kamen. Hatte er irgendwas verpasst? Oder vergessen? Denn dieses Gespräch fühlte sich viel intensiver an, als es hätte sein sollen. *Als würde sie mir etwas verschweigen.*

„Sarah, was …?"

„Du verschwendest deine Zeit mit mir", unterbrach sie ihn mit flehendem Blick. „Also geh jetzt bitte zurück zu deinem … deinem heißen Date. Sie vermisst dich sicherlich schon. Und bestimmt wird sie dir heute Nacht mit Freuden dabei helfen, mich zu vergessen." Damit drehte sie sich um und verschwand in der Menschenmenge.

Colt sah ihr hinterher, bis sie von Smokings und Abendkleidern verschluckt wurde, und kratzte sich ratlos am Kopf. „Sie glaubt, ich will mit Ms. Luci ins Bett?"

Im Ernst jetzt, irgendwas stimmt nicht mit Sarah.

20. Kapitel

Es war spät, doch Sarah bekam kein Auge zu. Sie hatte es schon mit Kräutertee und einer leichten Schlaftablette versucht, aber ihr Körper stand so unter Spannung, als würde er gleich zerbersten. Und ihr einziger Gedanke war, wie gern sie alle Vorsicht in den Wind schießen und Ja zu Colt sagen wollte.

Ich könnte jetzt gerade bei ihm sein. Sie dachte daran, wie er sie von hinten gepackt und seinen Schwanz in sie gerammt hatte, so tief, dass sie glaubte, den Verstand zu verlieren. Sie dachte an seinen heißen Atem in ihrem Nacken, als er sie gegen die Wand gepresst und sie so hart gefickt hatte, dass das Muster der schmalen Rillen zwischen den Kacheln sich in ihren Rücken grub. Nicht dass ihr das etwas ausgemacht hätte. Denn er hatte die Spitze seines samtigen Schwanzes an diese süße, süße Stelle in ihrem Inneren gedrückt, woraufhin sie so heftig gekommen war, dass sie sich noch immer an die Lichtblitze erinnerte, die hinter ihren geschlossenen Lidern explodiert waren. *Feuerwerk.* Das war es, was sie gesehen hatte.

Und jetzt, wo sie ihn ein bisschen besser kannte und einen Blick auf seine liebenswerte, fröhliche Seite hatte werfen können, ließ sich nicht mehr leugnen, wie leicht sich aus ihrer kleinen Schwärmerei ernste Gefühle entwickeln könnten. Und auch, wenn sie sich kaum traute, es zuzugeben, seine hartnäckige, willensstarke Persönlichkeit fand sie sogar noch anziehender als sein Äußeres.

Oh Mann, er ist einfach so scharf! Inzwischen war sie spitzer als eine komplette Teenie-Boygroup.

„Scheiß drauf." Sarah schaltete ihre Bettlampe aus, schloss die Augen und schob sich die Hand ins Höschen. Ihr Kitzler war längst angeschwollen und pochte. Vermutlich reichten ein paar Berührungen, um sie von der schmerzhaften Anspannung zu befreien. In Gedanken hörte sie das raue Stöhnen, mit dem Colt in ihr gekommen war, während sie …

Ihr Telefon auf dem Nachttisch klingelte. *Mist!* „Ach, komm schon!" *Ich war so kurz davor!* Und außerdem war es drei Uhr nachts.

Ohne die Finger aus ihrem Höschen zu nehmen, nahm sie ab. Die Anrufer-ID lautete *Bruno Mars.*

Hä? „Hallo?"

„Sarah, ich bin's, Colt. Habe ich dich aufgeweckt?"

Sie zog die Hand aus dem Slip. „Nein, ich habe nur …" *An mir rumgespielt und dabei an dich gedacht.* „… hier rumgelegen und ferngesehen. Eine …" *Mist, was gucke ich denn?* „… eine Doku über eine Boygroup."

„Ist das ein Code für Pornos?"

„Nein, ich gucke keine Pornos." *Jedenfalls nur selten.* „Und du?"

„Klar, ich bin ein Mann. Wir gucken alle Pornos. Mir persönlich gefallen am besten …"

„Schon gut, hör auf. So genau wollte ich es eigentlich gar nicht wissen." Was absolut nicht der Wahrheit entsprach. Sie wollte es sogar ganz genau wissen. Stand er auf Cheerleader? Flotte Dreier mit Cowgirls? Nackte Richterinnen mit Schusswaffenhalterung am Oberschenkel?

Igitt, Schluss jetzt!

„Wieso rufst du mich an, Colt? Und woher hast du überhaupt meine Festnetznummer? Und … warum steht auf dem Display ‚Bruno Mars'?"

„Das ist ein Geheimname, damit die Leute wissen, dass wirklich ich dran bin. Du ahnst ja nicht, wie viele Arschlöcher sich am Telefon als Colt Young ausgeben, um mein Personal auszuquetschen. Manchmal bin ich auch Madonna. Oder Cristiano Ronaldo. Aber viel wichtiger finde ich die Frage, wieso du rangegangen bist!“ In seiner Stimme klang ein Lächeln mit.

„Ich lege jetzt auf, Colt.“ Obwohl das eine gute Frage war. Hatte sie sich ernsthaft eingebildet, sie würde um drei Uhr nachts einen Anruf von Bruno Mars bekommen?

„Ich habe deine Festnetznummer von Ms. Luci“, beeilte er sich zu sagen. „Ich muss mit dir reden. Genau genommen muss ich dich um einen Gefallen bitten. Einen riesigen Gefallen.“

Na klar, kannst du vorbeikommen, um zu Ende zu bringen, was ich angefangen habe? Oh Gott, sogar richtig, richtig gerne! Aber nein. Es war alles beim Alten. Sie fühlte sich zu ihm hingezogen, doch das reichte nun mal nicht. Sie würden beide in ernsthafte Schwierigkeiten geraten, falls auch nur jemand den Verdacht hegte, dass zwischen ihnen etwas lief. Und dann war da noch die Tatsache, dass sie niemals ihre Karriereziele erreichen würde, wenn sie mit einem Typen wie ihm zusammenkam. Und außerdem: Was, wenn er sie wieder vergaß? All das summierte sich zu einem Risiko, das sie nicht einzugehen bereit war. Ihr Herz, ihre Karriere und sogar eine Gefängnisstrafe standen auf dem Spiel.

„Tut mir leid, ich dachte, wir hätten darüber schon ausführlich gesprochen. Ich werde nicht mit dir schlafen. Was ist denn mit deinem heißen Date von der Party? Sie sah so aus, als hätte sie nichts dagegen, auf Tuchfühlung zu gehen.“

„Netter Vorschlag, aber Ms. Luci ist dann doch ein paar Jährchen zu alt für mich. Und um so eine Art Gefallen geht es auch gar nicht.“

Kristy G. war gar nicht sein Date gewesen? Jetzt kam sie sich so richtig blöd vor. Sie war wegen nichts und wieder nichts eifersüchtig gewesen! *Und ... Gott, wie süß – er hatte Luci auf die Party mitgenommen!*

„Oh, tut mir leid. Ich bin automatisch davon ausgegangen, dass du mit Kristy G. unterwegs warst."

„Zu solchen Schlussfolgerungen scheinst du im Zusammenhang mit mir irgendwie zu neigen. Aber ich will dir mal keinen Vorwurf daraus machen. Ich weiß ja, du kannst nicht anders."

Sie zog ein finsteres Gesicht. „Was willst du, Colt?"

„Ich habe diese ... keine Ahnung, wie ich es beschreiben soll ... Es sind blasse Erinnerungen, Träume, so in der Art. Und ich muss herausfinden, was es damit auf sich hat."

Langsam setzte Sarah sich auf. „Wovon handeln sie?"

„Von meinem Vertrag – dem für die Tournee. Und deswegen wollte ich dich bitten, ob du ihn dir mal ansehen kannst."

„Und was soll das bringen?"

„Du bist Juristin. Vielleicht entdeckst du ja etwas, was mir entgeht. Ich verstehe alles, was drinsteht, doch irgendwo in meinem Hinterkopf rumort es, und ich komme einfach nicht darauf, worum es geht."

Seine Wortwahl mochte seltsam sein, aber sie verstand ihn. In ihrem Hinterkopf rumorte es ständig, wie eine winzige Stimme, die ihr etwas zu sagen versuchte. Meistens meldete sie sich zu Wort, wenn sie vor Gericht entscheiden musste, ob jemand eine zweite Chance oder das volle Strafmaß verdient hatte.

„Klar", antwortete sie, „ich sehe ihn gerne durch. Fax ihn in mein Büro, am Montag habe ich Zeit dafür."

„Es kann leider nicht warten. Ich bringe ihn jetzt gleich bei dir vorbei. Ich bin nur ein paar Straßen weit weg im Fairmont."

Na klar. Er *musste* natürlich nur fünf Blocks entfernt wohnen. Fünf klitzekleine Blocks trennten ihren Kitzler von seinem langen dicken Schwanz, den sie unbedingt ganz tief …

„Nein. Du darfst nicht herkommen", platzte sie heraus.

„Sarah, kannst du jetzt endlich mal aufhören, so zu tun, als wärst du ein Vorstadtmädchen, das Angst hat, Daddy könnte herausfinden, dass es mit dem Dorfpunk zusammen ist?"

„Aber …"

„Wir sind keine Kinder mehr, Sarah. Doch ich schätze, das weißt du schon, seit du im Club meinen …"

„Sehr witzig", unterbrach sie ihn, weil sie seine sexuellen Anspielungen kaum mehr aushalten konnte.

„Sarah, ich bitte dich um diesen einen Gefallen. Diesen einen. Danach werde ich dich nie wieder um etwas bitten."

Verdammt. Sie seufzte. Wenn sie ehrlich war, war sie nach Mikes entsetzlichem Geständnis schon ein bisschen neugierig, weshalb Colts Bruder seinen Einfluss geltend machte, um sicherzustellen, dass dessen Tournee wie geplant stattfand.

„Du kannst mir den Vertrag morgen früh vorbeibringen", erwiderte sie.

„Es ist bereits Morgen, also kann ich auch jetzt kommen."

Seine tiefe, tiefe Stimme floss durchs Telefon und jagte ihr einen Schauer über den Rücken, der bis in ihr Innerstes vorzudringen schien. Hatte er unbedingt das Wort „kommen" benutzen müssen?

„Ich brauche etwas Schlaf." *Und eine eiskalte Dusche.* „Wie wäre es gegen neun?"

„Acht."

„Okay. Aber bring Kaffee mit. Und zieh dein bescheuertes Kostüm an." Das würde garantiert verhindern, dass sie sich auch nur das kleinste bisschen zu ihm hingezogen fühlte. „Damit dich keiner erkennt."

„Bis dann."

„Gute Nacht, Colt."

„Du hast vergessen, mir zu sagen, was genau du willst", sagte er mit tiefer verführerischer Stimme. „Groß? Kräftig? Irgendwelche Extrawünsche?"

Sie schluckte hart. Musste es sich denn ständig um dieses eine Thema drehen?

„Meine Fantasien gehen dich gar nichts an."

Er lachte leise auf. „Ich rede vom Kaffee, Sarah. Was soll ich dir mitbringen?"

Ich bin so eine notgeile Idiotin. „Groß, schwarz, zwei Löffel Zucker."

„Mit groß und süß kann ich dienen. Schwarz habe ich leider nicht im Angebot. Aber im Sommer werde ich relativ schnell braun", sagte er in anzüglichem Tonfall.

„Auf Wiederhören!" Sie legte auf und seufzte lange und ausgiebig.

Dieser verdammte Typ. *Ich muss dringend kalt duschen.*

Der Schlaf hatte die ganze Nacht auf sich warten lassen. Die kalte Dusche hatte nicht geholfen. Die Pornos auch nicht, weil keiner der Typen wie Colt aussah, weshalb Sarah gar nicht erst in Stimmung gekommen war. Und auch nicht, dass sie es sich danach selbst besorgt hatte. Ja, zum Klang seiner tiefen männlichen Stimme. Was sollte sie sagen? Sie hielt es einfach nicht mehr aus. Der Mann hatte sie so was von scharfgemacht, dass sie sich wieder fühlte wie eine Sechzehnjährige mit Dauerhormonstau, der jeden klaren Gedanken behinderte und nur ein Ziel verfolgte: das Fortbestehen der Spezies Mensch zu sichern.

Colts tolle Spermien haben, Colt vögeln müssen … ich ganz, ganz dumm, geiferte ihr inneres Höhlenmädchen.

Anstatt darüber nachzugrübeln, wie es sein konnte, dass ihr Körper irgendwo in der Steinzeit stecken geblieben war, während es ihr Verstand immerhin in die Moderne geschafft hatte, beschloss sie, Pfannkuchen zuzubereiten.

Na also. Siehst du, Sarah? Du brauchst keinen Typen wie Colt, um es dir gut gehen zu lassen. Auch leckere Pancakes machen glücklich.

Die Klingel unterbrach sie, als sie dabei war, den kleinen Küchentisch zu decken. Sie atmete langsam und tief durch. *Du schaffst das schon. Du bist mehr als ein Neandertalerweibchen! Du willst sein Supersperma gar nicht!*

In ihrer grauen Lieblingsjogginghose und einem rosafarbenen T-Shirt ging sie zur Tür, vor der sie Mr. Supernerd erwartet hatte, stattdessen aber …

Heilige Scheiße. Nein, nein, nein! „Du … du bist ja als …" Sie schluckte den libidinösen Kloß in ihrem Hals herunter. „… als Cowboy verkleidet." Hatte er eigentlich eine Ahnung, wie sehr sie auf Cowboys stand? Auf der Liste ihrer sexuellen Fantasien rangierten sie direkt zwischen draufgängerischen Milliardären und gut bestückten Fußballspielern. *Nicht zu vergessen, sexy Badboys in enger Lederhose.*

Sarah konnte den Blick einfach nicht von seiner genau richtig eng sitzenden Jeans losreißen, die lose auf seinen schmalen Hüften saß und die auffällige Wölbung in seinem Schritt betonte. Und sie konnte auch nicht aufhören, sein enges weißes T-Shirt anzustarren, unter dem sich seine breiten Schultern, die kräftigen Oberarmmuskeln und das stahlharte Sixpack deutlich abzeichneten. Die verspiegelte Sonnenbrille und der Cowboyhut, den er vermutlich trug, um sein langes Haar zu verbergen, ließen ihn so aussehen, als hätte er gerade eben noch eine Herde Rinder durch die Prärie gescheucht.

„Oh, und du …", fuhr sie mit zittriger Stimme fort, „… du bist ja ganz verschwitzt und glänzt!"

Colt schien gar nicht zu bemerken, dass ihr fast das Höschen zwischen den Beinen wegschmolz.

Er schob sich an ihr vorbei ins Haus. „Diese verdammten Paparazzi."

Sarah schloss die Tür und sog dabei seinen Anblick in sich auf.

„Tut mir leid", sagte er ein wenig außer Atem. „Ich musste den Kaffee ausfallen lassen – die blöden Arschlöcher haben mich zehn Häuserblocks weit gejagt, bis ich sie durch eine Abkürzung über einen Hinterhof abhängen konnte. Die arme alte Dame dort hätte fast einen Herzinfarkt gekriegt."

Wenn du dabei so ausgesehen hast wie jetzt, garantiert. „Bist du sicher, dass dir niemand gefolgt ist?"

„Jepp. Hast du eigentlich eine Ahnung, wie anstrengend es ist, in Cowboystiefeln zu rennen? Unglaublich." Er riss sich den Hut vom Kopf und ließ sich sein seidenweiches braunes Haar um die Schultern fallen.

Seufz … Was hätte sie jetzt dafür gegeben, mit den Fingern hindurchzufahren. Und sein stoppeliges Kinn zu streicheln. Und ihm über seine harten Bauchmuskeln zu lecken. Und …

Nein, aus! Das willst du nicht! Du stehst auf Männer mit kurzem Haar. Die ordentlich rasiert sind. Du stehst auf verantwortungsbewusste, seriöse Männer.

Sie räusperte sich. „Ach, dann setze ich eben selbst eine Kanne Kaffee auf. Und ich habe dir Frühstück gemacht. Ich hoffe, du hast nichts gegen Fleisch."

„Fleisch? Was für Fleisch? Speck? Würstchen?"

Sie schüttelte den Kopf. „Entschuldigung, ich meinte Pancakes."

Er warf ihr einen kurzen Blick zu. „Das ist sehr nett von dir."

„Keine Ursache. Ich schiebe nur eben die Pancakes in die Mikrowelle und setze Kaffee auf. Nimm doch Platz." Sie wies auf ihren kleinen Tisch. Colt nahm die Sonnenbrille ab, und sie versuchte der Verlockung zu widerstehen, ihn über den Küchentresen hinweg heimlich zu beobachten. Diese honigfarbenen Augen waren einfach *zu* faszinierend. Oder waren sie eher grün mit einem Hauch von Gold?

„Und? Worüber hast du beim Tanzen mit Mike geplaudert?", fragte Colt, während er sich setzte.

Sie erstarrte für einen kurzen Moment, denn sie wusste heute keinen Deut besser als gestern, wie sie mit diesem kleinen Problem umgehen sollte. Wenn sie Colt erzählte, dass sie erpresst wurde und dass sein Bruder dabei die Finger im Spiel hatte, würde er sich von allem und jedem betrogen fühlen. Und sie wollte auf keinen Fall seinen Heilungsprozess gefährden.

„Ach, du weißt schon. Anwaltszeug", sagte sie. „Nichts Wichtiges. Aber hey, deine Spende?" Sie musste so schnell wie möglich das Thema wechseln.

Colt rieb sich sein stoppeliges Kinn. „Ähm, jepp. Das war eine ganz schöne Überraschung."

„Dann hattest du das also vergessen?"

„Nein. Mike hatte mir nichts davon gesagt. Er dachte, das würde gute PR bringen."

„Eine Hunderttausend-Dollar-Spende von *deinem* Geld, und er hat dich vorher nicht gefragt?"

Colt atmete tief durch. „Das ist mein Bruder, wie er leibt und lebt. Ich schätze, er weiß, was er tut, und will nur das Beste für mich, manchmal zieht er allerdings einen Scheiß ab, der …" Er verstummte.

Sarah füllte Wasser und Kaffeepulver in die Maschine und schaltete sie ein. Dann schob sie den Teller mit den Pancakes in die Mikrowelle und goss Colt ein Glas Wasser ein. Er wirkte durstig – *und so, so verschwitzt* – von seinem Dauerlauf. Aber mehr noch als das beschäftigte sie das Problem mit seinem Bruder, dem man offenbar keinen Meter weit über den Weg trauen konnte. „Mike ist also nicht nur dein Anwalt, sondern er betreut auch deine Finanzen?“

„Nach dem Unfall habe ich ihm Handlungsvollmacht über meinen gesamten Besitz erteilt. In Anbetracht der Situation hatte ich keine Wahl. Und hey – wenn man seinem eigenen Bruder nicht mehr vertrauen kann, wem dann?“

Auweia. Jetzt wollte sie ihm wirklich die Wahrheit sagen, aber sie musste dabei vorsichtig vorgehen. Niemand wollte gerne hören, dass er von einem Menschen, den er liebte, manipuliert und belogen wurde.

Sarah stellte das Wasserglas auf den Tisch, holte die Pfannkuchen und setzte sich. „Bedien dich. Und? Hast du den Vertrag mitgebracht?“

Er zog eine dicke Rolle Unterlagen aus seiner Gesäßtasche und reichte sie ihr.

Sie überflog den Vertrag, während Colt sich einen Pancake nahm, und versuchte dabei zu ignorieren, dass er nur drei Tropfen Sirup draufgab und die Butter ganz wegließ.

„Kohlenhydrate sind der Teufel“, sagte er, als er ihre Blicke bemerkte.

Sie lachte ein bisschen zu laut. *Kohlenhydrate sind mein Leben.* Aber deshalb sah er ja auch aus wie ein aus Marmor gehauener Adonis, wohingegen sie eher an ein Fimo-Männchen erinnerte – ganz weich, und wenn man drückte, blieben Dellen.

Sarah widmete ihre Aufmerksamkeit wieder dem Vertrag über die Welttournee. Ungefähr zwanzig Seiten befassten sich mit Nichterfüllung, außerdem gab es einen Haufen Vereinbarungen über öffentliche Auftritte und seine Beteiligung an den Einnahmen, wozu auch alle Fanartikel wie T-Shirts, Tassen, Mützen und Aufklebetattoos zählten, die bei den Konzerten verkauft wurden.

„Ich hab mir ganz eindeutig den falschen Beruf ausgesucht", murmelte sie, als sie auf die Zwei-Millionen-Dollar-Prämie stieß, die er vorab und einzig und allein dafür bekam, dass er den Vertrag unterschrieben hatte, zusätzlich zu einer prozentualen Beteiligung an den Kartenverkäufen und allen anderen Einnahmen, die aus der Tournee entstanden.

„Keine Ahnung. Ich habe inzwischen das Gefühl, ich hätte in Harvard studieren sollen, wie es sich meine Mutter gewünscht hat."

Sarah blickte zu ihm auf. „Harvard?"

Er zuckte mit den Achseln und schluckte ein Stück Pancake herunter. „Ich dachte, ich mache es wie Mike und werde auch Anwalt, aber im letzten Moment wurde mir dann klar, dass ich das eigentlich gar nicht wollte. Meine Liebe galt der Musik. Seit ich klein war und meine Mutter mir vorsang."

„Du hast Harvard sausen lassen, um auf die Musikhochschule zu gehen?"

Er warf ihr einen kritischen Blick zu. „Welchen Teil davon kannst du nicht glauben? Dass ich einen Platz in Harvard hatte oder dass ich lieber auf die Musikhochschule wollte?"

„Es ist nur ... ich dachte ..."

Er legte die Gabel ab und lehnte sich auf seinem Stuhl zurück. „Dass ich irgendein ungebildeter, strohdoofer Versager bin, dessen einzige Daseinsberechtigung darin besteht, so ein optischer Leckerbissen zu sein, dass ihm Millionen Frauen hinterherlaufen?"

„Das mit dem optischen Leckerbissen lässt sich nicht leugnen." Sie lächelte kurz. „Aber jetzt überleg doch mal – wenn du nach Harvard gegangen wärst, hätten wir vielleicht Kurse miteinander gehabt." Das machte sie ernsthaft nachdenklich. Sie hatte immer geglaubt, sie würde ihrem Mr. Right auf dem College begegnen. Und womöglich hatte sie damit ja auch gar nicht so falschgelegen! Er hatte sich einfach nur im letzten Augenblick entschieden, einen anderen Weg einzuschlagen.

Ach, jetzt hör schon auf! Er ist Mr. Hot, nicht Mr. Right, du Dummerchen.

„Ich habe einen Abschluss in Komposition mit Nebenfach BWL."

„Im Ernst?"

„Ja, im Ernst", antwortete er mit einem Anflug von Gekränktheit.

„Du bist mir echt ein Rätsel, Colt. Warum bringst du dich ständig in Schwierigkeiten?"

Einen Moment blickte er stumm zum Fenster hinaus. „Wenn ich mich daran erinnern könnte, würde ich es dir erzählen. Aber ich weiß es einfach nicht mehr."

„Colt, weißt du, was der Arzt über deinen Zustand sagt?"

Diesmal schwieg er lange, ehe er sie ansah. „Dass das alles nur in meinem Kopf stattfindet. Zumindest behauptet Mike das. Ich erinnere mich nicht, dass ich bei einem Arzt gewesen wäre."

„Und wie siehst du das Ganze?"

„Ich schätze, wenn es mir nicht bald besser geht, kann ich meine Karriere an den Nagel hängen."

„Und warum hast du es nie mit einer Therapie oder so probiert?"

„Mike sagt, das hätte ich, aber es hätte nichts gebracht."

Mike. Immer der beschissene Mike. Dem Typen konnte man nicht vertrauen.

„Und wie soll es weitergehen, wenn deine Tournee anfängt?" Wenn er seine Erinnerungen nicht zurückgewann, konnte er schließlich nicht auftreten.

„Ich kann dir sagen, wie es nach Meinung aller anderen weitergehen sollte: Ich stelle mich auf die Bühne und spiele."

Was in seinem augenblicklichen Zustand völlig sinnlos war. Colt würde sich da oben bis auf die Knochen blamieren und seine gesamte Karriere gegen die Wand fahren.

Sarah warf einen Blick auf den Vertrag in ihren Händen. Er war direkt vor dem Motorradunfall unterzeichnet worden. Sie blätterte vor bis zu dem Abschnitt über Vertragsbruch. *Was zum Teufel …?*

Sie sah zu Colt auf. „Du weißt schon, dass hier steht, dass du die Tournee verschieben darfst, wenn du aus gesundheitlichen Gründen oder wegen Ereignissen, die sich deiner Kontrolle entziehen, nicht spielen kannst, oder?"

„Ja, weiß ich."

„Und warum verschiebst du sie dann nicht?", fragte sie irritiert.

„Wenn ich das tue, weiß jeder, dass es mir nicht gut geht, was schlecht für mein Image wäre. Und für die Verkaufszahlen."

„Aber Colt, du bildest dir doch nicht ernsthaft ein, dass du dich Abend für Abend ein ganzes Konzert lang irgendwie durchmogeln kannst, oder?"

„Nein, tue ich nicht."

„Und was willst du dann machen?"

„Wenn ich das wüsste, wäre ich nicht hier bei dir."

Sarah schüttelte den Kopf und überflog erneut den Vertragsinhalt. Colt hatte das Recht, sich selbst auszusuchen, was er spielte, und er, der „Künstler", würde zehn Millionen zum Tourneebeginn und noch einmal zehn Millionen nach erfolgreichem Tourneeabschluss erhalten. Das klang zwar nach einem gewaltigen Haufen Geld, aber sie erinnerte sich, einen Artikel über die Stones gelesen zu haben, in dem stand, dass sie über hundert Millionen pro Tournee einnahmen. Auch wenn das Publikum ein anderes war, spielte Colt genauso wie sie vor ausverkauften Stadien rund um den Globus. Es war wohl nicht übertrieben zu sagen, dass er der aktuell erfolgreichste Solokünstler der Welt war.

„Wie viel verdient dein Bruder im Jahr an dir?“, fragte Sarah.

„Ich bezweifle, dass dich das etwas angeht.“

„Okay, ich verstehe. Verrätst du mir dann wenigstens, ob er prozentual am Umsatz beteiligt ist?“

„Ja, er bekommt fünfzehn Prozent, weil er auch mein Agent ist.“

Sarah stöhnte innerlich auf. „Also erhält er eineinhalb Millionen Dollar, wenn du zu deinem Eröffnungskonzert auftauchst, selbst wenn dein Auftritt eine einzige Katastrophe wird.“

Er musterte sie. „Ich weiß, was du denkst, Sarah. Aber das Geld ist meinem Bruder egal. Er kann echt ein Wahnsinnsarschloch sein, doch ich bin ihm wichtig.“

Da bin ich mir nicht so sicher. Sie musste es ihm sagen. Andererseits ... Sie durfte Colts Genesung nicht gefährden. Sie musste gründlich über alles nachdenken, so, wie über jeden komplizierten Fall, mit dem sie es zu tun bekam.

„Na ja.“ Sie faltete den Vertrag zusammen und legte ihn neben ihren Teller. „Mir ist nichts Außergewöhnliches aufgefallen. Und dir bleiben eindeutig nur zwei Möglichkeiten: die Tournee verschieben und der Welt die Wahrheit sagen oder zum Auftaktkonzert erscheinen und dich bis aufs Blut blamieren, nur um den Anfangsbonus zu kassieren, womit du deine Karriere gegen die Wand fährst, falls du nicht zufällig eine Wunderheilung durchlebst.“

„Darauf hoffe ich.“ Colt nickte und musterte seinen halb gegessenen Pancake.

„Rumort es immer noch?“, fragte sie, weil ihr wieder eingefallen war, was er vorhin am Telefon gesagt hatte.

„Ja, tatsächlich.“

„Am besten, du versuchst, gar nicht dran zu denken. Vielleicht fällt es dir dann plötzlich ganz von selbst ein. Du weißt schon, wie ein Name, der einem auf der Zunge liegt, und zwei Stunden später, wenn man ihn nicht mehr braucht, ist er einfach da.“

„Warum hast du in dem Club mit mir geschlafen?“, fragte er sie unvermittelt.

Sie blinzelte überrascht und versuchte zu verarbeiten, wieso er völlig aus dem Nichts mit dieser Frage ankam.

Die Kaffeemaschine blinkte. „Fertig.“ Sie sprang auf und verschwand in die Küche, spürte aber, wie ihr Colts Blick folgte.

„Sarah? Ich hab dich etwas gefragt.“

„Ich weiß.“ Sie holte zwei Tassen aus dem Schrank. Als sie sich wieder umdrehte, stand Colton direkt hinter ihr. *Nah, so nah.*

„Und ich möchte außerdem wissen, warum du mich gestern Abend wirklich hast abblitzen lassen.“ In seinen Augen glomm Argwohn auf.

„Das habe ich dir doch schon erklärt.“

„Du hast gesagt, dass ich dir nicht gut genug bin. Oder war es so, dass ich nicht gut für deine Karriere wäre?“

So, wie er das sagte, klang es fürchterlich oberflächlich. Aber war es wirklich falsch, ihre Karriere schützen zu wollen? Sie liebte es, Richterin zu sein. Sie hatte alles gegeben, um dorthin zu kommen, wo sie sich jetzt befand, und sie identifizierte sich mit ihrem Job. *Wenn ich ein Mann wäre, würde mich niemand dafür kritisieren, dass meine Karriere für mich Priorität hat.*

„Du machst es dir ein bisschen zu einfach, Colt. Wir wissen doch beide, dass die Situation komplizierter ist, als du sie darstellst.“

Er trat näher. „Aber ich erinnere mich an den Ausdruck in deinen Augen gestern Abend. Du hast mir etwas verschwiegen.“

Scheiße. Scheiße, Scheiße, Scheiße. Wie konnte er das wissen? Das Herz hämmerte ihr gegen die Rippen. Sie wollte ihm nicht von Mike erzählen. Noch nicht. Nicht ohne mehr über die Sache herausgefunden zu haben.

Sie sah auf zu ihm, auf seine Lippen, und küsste ihn hart.

Er hielt sie von sich und musterte sie verwirrt. „Was machst du da, Sarah?"

„Ich nehme dein Angebot an. Fick mich."

Für einen Augenblick erstarrte Colt, doch dann erwiderte er ihren leidenschaftlichen Kuss. Seine Arme legten sich um ihre Taille, und er zog sie an seinen warmen festen Körper. Seine heiße Zunge glitt zwischen ihre Lippen und begann einen feurigen wilden Tanz mit ihrer.

Sarah kam ihm entgegen, schlang die Arme um seinen Nacken. *Oh Gott.* Er schmeckte so gut. Aber sein warmer, großer, harter Körper war sogar noch besser.

Colt schob Schüsseln und Mixer beiseite und hob sie auf den Küchentresen.

Ihre Hände waren überall, doch seine umschlossen ihr Gesicht, und sein Kuss wurde intensiver. Ihr Keuchen, ihr Atem vermengte sich, ihre Lippen und Zungen sogen und leckten und küssten sich, als wären sie wilde Tiere.

Sie wollte ihn näher bei sich, wollte seine Haut spüren, seine harten Bauchmuskeln, seine feste Brust. Sie griff nach dem Saum seines Shirts und unterbrach ihren Kuss gerade eben so lange, wie sie musste, um ihm das Ding über den Kopf herunterzuzerren.

Er nutzte die Pause, um sie ebenfalls von ihrem Oberteil zu befreien, wobei er sich allerdings einen Moment Zeit ließ, um ihre Brüste zu bewundern.

„Genauso wunderschön, wie ich sie in Erinnerung habe." Er legte seine Hände darum, und seine Lippen fanden ihren Mund.

Alles in ihr schrie nach ihm, aber das war nichts gegen das Pochen zwischen ihren Beinen und tief in ihrem Schoß. Die Anspannung und das Verlangen machten sie nass und bereit.

Sie öffnete seinen obersten Jeansknopf und schob gierig eine Hand unter den Bund. Sein Kuss wurde fordernder, er massierte ihre Brüste, ihr Atem schien förmlich zu dampfen. Sarah berührte seine weiche samtige Schwanzspitze. Er war so verdammt hart und lang, dass sein Schaft praktisch aus dem Hosenbund ragte. Kleine Freudentröpfchen benetzten ihre Finger. *Oh Gott, er fühlt sich so gut an.* Sie verteilte die Feuchtigkeit um seine Eichel, was Colton ein scharfes ekstatisches Keuchen entlockte.

Sie spielte weiter mit ihm, wollte ihn auf ihrer Zunge schmecken, ihn mit Händen und Lippen umschließen. So viele Nächte hatte sie von diesem Schwanz geträumt, davon, wie er sie ganz und gar ausfüllte, sie dehnte und auf dem schmalen Grat zwischen Schmerz und köstlichem Verlangen tanzen ließ.

Sie riss die Knopfleiste seiner Jeans auf, die sich – *plopp, plopp, plopp – leise* öffnete, und befreite damit seinen Penis, der aus der Hose sprang wie eine sündige Einladung. Sarah umschloss ihn mit der Hand, liebkoste ihn mit festen Bewegungen, genoss die samtige Haut über dem heißen stahlharten Schaft.

So dick. So gut. Das hier würde sie bis an ihr Lebensende nicht vergessen.

Colt begann, ihr die Schlafanzughose auszuziehen, ohne dass sich seine Lippen auch nur eine Sekunde lang von ihren lösten oder ihre Hand seinen harten Schwanz losließ.

„Sicher, dass Sie das wollen, Euer Ehren?“, keuchte er zwischen zwei Küssen.

Sarah war sich ziemlich sicher, dass sie sterben würde, wenn sie es *nicht* tat. „Ja, ich will, dass du es mir besorgst.“

„Warum? Warum jetzt?“, fragte er, während er ihre Hose auf den Boden warf.

Sarah saß nun splitterfasernackt auf dem Küchentresen. *Nicht vergessen: nachher dringend Küche desinfizieren.* Colts Jeans war ihm bis zu den Knien hinuntergerutscht, aber seine Cowboystiefel trug er noch.

„Weil du mich so unfassbar anmachst“, erwiderte sie und ließ ihre Hände auf seinen weichen, muskulösen Hintern gleiten, um Colt zwischen ihre Beine zu ziehen. Wie gut sich sein Schaft und seine Hoden anfühlten, die sich gegen sie pressten. Sie liebte das Gefühl, fast so sehr, wie sie seinen Anblick liebte: die gebräunte Haut, die sehnigen Armmuskeln, die definierten Bauchmuskeln, seine Brust, die vor Anspannung zu beben schien. Und dann war da diese dunkle Spur aus Haaren, die von seinem Nabel aus zu dem dichteren Pulk führte, der seinen Schwanz einrahmte. *Gott, der Typ ist die pure Sünde.* Zentimeter für Zentimeter.

Colt hörte auf sie zu küssen, umschloss ihr Gesicht mit den Händen und sah ihr fest in die Augen. „Ist das wirklich der einzige Grund?“

Sarahs Kopf war viel zu vernebelt von ihrem Verlangen, als dass sie auch nur einen klaren Gedanken hätte fassen können. „Du bist meine größte Fantasie.“

Sofort in dem Moment, in dem die Worte ihren Mund verlassen hatten, wusste sie, dass sie etwas Unpassendes gesagt hatte. In Colts Blick flackerte Verärgerung auf.

„Hab ich was falsch gemacht?“

Seine hellbraunen Augen verengten sich, und er musterte sie hart. „Du hast gesagt, dass ich nur eine Fantasie für dich bin. Und damit kein echter Mann und keine echte Beziehung wert.“

Er wich zurück und begann, sich wieder anzuziehen.

„Aber Colt, natürlich sehe ich dich als echten Mann. Es ist nur so, dass …“

„Du bist genauso wie alle anderen, Sarah." Er schloss den letzten Jeansknopf.

Sarah glitt vom Tresen. „Was soll das denn bitte heißen?"

„Scheißegal."

Er hob sein Hemd vom Boden auf, während Sarah sich hastig ihre Schlafanzughose und das T-Shirt schnappte.

„Aber *mir* unterstellen, dass ich mit allem ins Bett gehe, was bei drei nicht auf einem Baum ist", murmelte er in sich hinein.

„Moment mal. Bist du jetzt ernsthaft beleidigt, weil ich mit dir ins Bett wollte – man beachte bitte die Vergangenheitsform? Was wurde aus ‚Verbring die Nacht mit mir, Sarah' oder aus ‚Ich will dich unbedingt vögeln'?"

Er antwortete nicht mal. Stattdessen schnappte er sich seinen Vertrag, den Hut und die Sonnenbrille und verschwand in Richtung Eingangstür.

„Tut mir leid, Colt. Aber wie ich schon erklärt habe, gibt es für uns keine gemeinsame Zukunft."

Er drehte sich zu ihr um und sah sie an. Seinen Blick als stinkwütend zu bezeichnen, wäre die Untertreibung des Jahrhunderts gewesen.

„Fick dich, Sarah."

In seinem Leben verlief nie irgendetwas nach Plan – nicht sein Ruhm, nicht sein Motorradunfall, nicht seine Begegnung mit Sarah. Schon seltsam, dass er auf dem Weg hierher noch gedacht hatte, dass er ihr nie begegnet wäre, wenn sein Leben vor einem Jahr nicht eine so fatale Wendung genommen hätte. Oder vielleicht wäre er ihr begegnet, hätte ohne seinen merkwürdigen Zustand aber gar nicht bemerkt, dass sie etwas Besonderes war.

All die Schmerzen, all das Leid hatten ihn zu Sarah geführt, und jetzt fragte er sich, ob er alles genauso wieder machen würde, wenn er die Wahl hätte. Denn auch, wenn seine Probleme immer noch vorhanden waren, fühlten sie sich inzwischen anders an. Er konnte nicht erklären, wie das möglich war, doch er wusste, woher es rührte: Sarah war selbstbewusst, willensstark, voller Leidenschaft und Disziplin. Sie kam ihm vor wie der Anker, den er in seinem Leben brauchte. Der Ruhm, die Tourneen, all die ausbeuterischen Leute um ihn – sein Leben hatte ihn im Griff gehabt, nicht anders herum.

Außerdem wurden die Erinnerungen an seine Vergangenheit inzwischen von Tag zu Tag stärker, und auch sein Gedächtnis für neue Erinnerungen nahm zu, besonders, wenn es um Erinnerungen an Sarah ging. Vielleicht war es idiotisch, sie so zu begehren – ach, *natürlich* war es idiotisch –, aber es war nun mal so.

Bis jetzt.

Ich bin so ein Idiot! Er hatte sie auf einen Sockel gestellt, sich eingeredet, sie sei anders. Und dabei war auch sie am Ende nichts weiter als eine Frau, die etwas wollte, was es nicht gab. Ein Image. Eine Fantasie.

„Colt, komm schon, hör auf damit", bettelte Sarah, als er die Treppe herunterging. „Ich bin doch nur ehrlich."

Er schüttelte den Kopf. Sie kapierte es nicht. „Wenn es mir nur ums Ficken ginge, hätte ich da draußen Tausende von Frauen zur Auswahl. Ich habe einfach mehr von dir erwartet, Sarah. Lebwohl." Er riss die Tür auf und wäre fast in eine Frau gerannt, die auf der Fußmatte stand. Sie hatte kurzes blondes Haar, trug eine dicke Brille und war schätzungsweise Mitte dreißig.

„Hallo Colt", sagte sie.

„Wer zur Hölle sind Sie?", knurrte er.

„Erinnerst du dich denn nicht an mich, Colt?" In ihrer Stimme klang eine sadistische Note mit.

„Nein, tue ich nicht. Und jetzt geh mir aus dem Weg. Hau ab."

Plötzlich hielt die Frau eine Waffe in der Hand und richtete sie auf ihn. „Das ist aber zu schade. Weil ich nämlich die Person bin, die dich umbringen wird."

21. Kapitel

Colt hätte seine Gedächtnisprobleme für die Situation verantwortlich machen können, aber nicht seine ganze Vergangenheit war ein blinder Fleck. Es gab Momente, an die er sich klar erinnerte. Beispielsweise, wie sein Arschloch von Bruder darauf beharrt hatte, dass er sich einen Bodyguard zulegte.

Jahrelang hatte Mike ihn immer wieder gewarnt, dass das Risiko für einen Weltstar wie ihn, der regelmäßig Todesdrohungen-Schrägstrich-Liebesbriefe erhielt, einfach zu groß war. *Ich will mit dir in den Himmel gehen, Colt Young.* Oder: *Wenn du nicht zu mir in mein Raumschiff kommst, dann soll dich keine haben.* Seine Leute kümmerten sich in der Regel stillschweigend um solche Fälle und informierten ihn nur, wenn er wirklich in ernsthafter Gefahr war, was im Lauf der Jahre tatsächlich das ein oder andere Mal vorgekommen war.

Zwei Welttourneen, Hunderte von Liveshows und Fernsehauftritte – ihm war klar gewesen, dass statistisch gesehen kein Weg daran vorbeiführte, dass eines Tages irgendein Irrer oder eine Irre ankommen und versuchen würde, ihn in ein Sektengeheimversteck zu verschleppen, ihn zu erschießen oder Ähnliches. Nur war er immer davon ausgegangen, dass es passieren würde, wenn er sich in seinem Hotelzimmer aufhielt oder sich gerade durch eine Fanmenge zu seiner Limousine vordrängte.

Das hier hätte er im Leben nicht erwartet.

„Geh wieder nach oben", schnauzte die Frau.

Er drehte sich um und tat, was sie verlangte, wobei er versuchte, ruhig zu bleiben und nachzudenken.

Als er das Wohnzimmer betrat, blickte Sarah auf, und sobald sie die Waffe sah, durchlief ihr Gesichtsausdruck eine Entwicklung von wütend und verwirrt zu kühl und gelassen.

„Stell dich da drüben neben die kleine Hure“, herrschte die Frau ihn an und gestikulierte dabei wild mit der Pistole.

Colt hob beschwichtigend die Hände und stellte sich neben Sarah. „In Ordnung, bringen Sie mich um, wenn Sie wollen. Aber lassen Sie Sarah gehen“, sagte er zu der Angreiferin, die er jetzt zum ersten Mal genauer mustern konnte. Es war die Frau aus seinen Träumen! Ihre Wege mussten sich also auch im wahren Leben schon einmal gekreuzt haben, doch er erinnerte sich nicht, wann oder wo. Er wusste nur, dass seine spontane Reaktion auf ihr Gesicht bedeutete, dass sie mit etwas aus seiner Vergangenheit zu tun haben musste. Etwas Bedeutsamem, Hässlichem, woran er sich nicht erinnern wollte.

„Damit sie gleich die Polizei ruft?“ Ein finsteres Lächeln glitt über das Gesicht der Frau. „Nein danke.“

Sein Herz und die Gedanken in seinem Kopf rasten, versuchten, einen Ausweg zu finden. „Sie wollen das doch gar nicht tun. Wenn Sie jetzt gehen, werden wir niemandem etwas erzählen. Wir können alle so tun, als wäre das hier nie passiert.“

„Oh“, sagte die Frau und lachte bitter, „aber es *passiert* doch! Du hattest deine Chance, mich glücklich zu machen, Colt Young.“

„Warum tun Sie das?“, fragte Sarah so gefasst wie gewohnt.

Colt begriff, dass dies vermutlich nicht ihre erste Begegnung mit einer gewaltbereiten, wahnsinnigen Person war.

Die Frau sah sie an. „Er sollte *mir* gehören. Ich hätte nur alles richtig machen müssen, und er wäre für immer bei mir gewesen. Aber dann bist du gekommen und hast ihn mir weggenommen“, knurrte sie.

„Ich will ihn ja gar nicht", sagte Sarah kühl. „Ich wollte ihn noch nie. Und er will mich nicht. Los, fragen Sie ihn. Aus genau diesem Grund war er gerade auf dem Weg nach draußen."

„Das stimmt", sagte er und hielt unauffällig nach einer Waffe Ausschau. Vielleicht konnte er dieser Irren ja nahe genug kommen, um ihr die Pistole aus der Hand zu schlagen. Er musste sie nur einen Moment lang ablenken.

Er warf Sarah einen Blick zu. „Sie ist verklemmt und oberflächlich und interessiert sich nur für meinen Schwanz. Man kann ihr nicht trauen."

Sarah biss an. Ihr klappte die Kinnlade herunter. „Wie bitte? *Mir* kann man nicht trauen? Ich bin Richterin – und zwar eine verdammt gute! Das Schicksal anderer Menschen ist mir wichtig. Vielleicht sogar ein bisschen zu sehr."

„Also, dass ich dir scheißegal bin, sieht selbst ein Blinder mit Krückstock. Abgesehen von meinem Hoseninhalt natürlich, für den interessierst du dich ganz wahnsinnig."

„Und wieder liegst du falsch", spuckte Sarah hervor. „Der ist mir nämlich völlig schnurz."

Aus dem Augenwinkel bemerkte er, dass die Frau rot angelaufen war und ihren Blick starr auf Sarah gerichtet hatte.

Fuck. Sie wurde wütend. Er konnte nicht zulassen, dass sie aus irgendeinem verqueren Gerechtigkeitsempfinden heraus auf Sarah schoss. Aber gleichzeitig musste er dafür sorgen, dass sie einen kurzen Moment lang unachtsam wurde. Verdammt. Das Risiko war einfach zu groß.

Er richtete seine Aufmerksamkeit wieder auf die Frau mit der Waffe. „Sie sehen also, dass Sarah und ich nicht zusammen sind. Und das waren wir auch nie." Er bedachte sie mit seinem charmantesten Lächeln. „Wie heißen Sie eigentlich?"

„Mary." Sie schob sich die Brille die Nase hoch und lächelte schüchtern.

„Okay, Mary. Warum lassen Sie Sarah nicht gehen, und dann unterhalten wir uns mal darüber, wie wichtig ich *Ihnen* bin."

Marys Gesichtsausdruck verdüsterte sich wieder. „Haltet ihr mich für bescheuert? Ich habe euch beobachtet. Ich habe ein Video davon gemacht, wie ihr in diesem Club aus dem Klo gekommen seid. Ich weiß, dass sie zu dir auf die Ranch gefahren ist. Und ich habe euch gestern auf dem Charityball gesehen."

„Das Video ist von Ihnen!" Sarah keuchte.

Video? Was für ein Video?

„Ja. Und es war ein Fehler, es aus der Hand zu geben. Aber ich wollte dich doch nur beschützen, Colt."

Er hatte keine Ahnung, was sie da redete, das war jedoch vollkommen unwichtig. Wichtig war nur, dass sie die Waffe sinken ließ.

„Nein, das war kein Fehler." In der Hoffnung auf eine Chance trat er einen Schritt näher. „Ich finde es schön, dass du dich so um mich sorgst."

„Du findest doch nur Huren schön!", brüllte sie. „Weil du schwach bist! All die Jahre lang habe ich gebetet, dass du dich endlich änderst. Aber jetzt ist mir klar geworden, dass das niemals passieren wird. Du wirst nie eine gute Frau wie mich lieben."

„Da hast du recht, Mary. Ich bin nicht gut genug für dich. Ich bin schwach – und ja, es gab Momente, in denen ich Huren schön fand." Dabei warf er einen Blick in Richtung Sarah, deren Augen blitzten. „Aber so bin ich nicht mehr. Der Unfall hat mich verändert. Ich bin nun ein anderer."

„Du lügst. Ich weiß, dass du lügst." Sie griff in ihre hintere Hosentasche und warf ihm sein Notizbuch vor die Füße.

Sie war das gewesen! Sie hatte aus Rache Sarahs Wohnung verwüstet. Dass sie dabei sein Notizbuch gefunden hatte, war bestimmt nur ein unerwartetes Extra gewesen.

Mary holte ein Paar Handschellen hervor. „Leg die der kleinen Hure an."

Scheiße. Die Situation wurde immer kritischer, und sosehr ihn Sarah auch enttäuscht hatte – sie war ihm wirklich wichtig. Er konnte auf keinen Fall zulassen, dass diese Verrückte ihr etwas antat.

„Mary", sagte er. „Ich weiß ja, was Sie in diesem Buch gelesen haben, aber ..."

Mary spannte den Hahn ihrer Waffe. „Los, mach jetzt!", brüllte sie.

„Okay", erwiderte er mit einem gekünstelten Lächeln. „Ich tue es. Was auch immer Sie glücklich macht, Herzchen." Er hob die Handschellen vom Boden auf und ging zu Sarah. „Halt mir deine Handgelenke hin", sagte er und formte dann wortlos *Es tut mir leid* mit den Lippen.

„Fessle sie auf dem Rücken, und zwar fest!", blaffte Mary.

Sarah drehte sich von ihm weg. Sie wirkte eher genervt als verängstigt. *Schon verstanden, nichts weiter als ein ganz normaler Arbeitstag im Hause Alma.*

„Alles wird gut", flüsterte er ihr unauffällig ins Ohr, während er die Handschellen so eng anlegte, wie er konnte, ohne Sarah dabei zu verletzen.

„Gut, und was jetzt, Mary?", fragte er.

Marys Hände begannen zu zittern.

Oh. Fuck. Sie hat ernsthaft vor, mich zu erschießen.

„Mary, meine Liebe, Sie müssen das nicht tun", sagte Sarah in freundlichem Ton. „Warum legen Sie nicht einfach die Waffe weg, und ich koche Ihnen einen Kaffee?"

„Ich habe noch eine bessere Idee", warf Colt ein. „Wir könnten rausgehen, und ich lade Sie auf einen Kaffee ein – wie bei einem Date."

Mary war der innere Kampf deutlich anzusehen. Nach und nach schien er zu ihr durchzudringen.

„Kommen Sie schon Mary", sagte er. „Ich finde, Sie sind ein richtig süßes Ding. Wollen wir nicht einfach …?"

„Ich kann nicht." Sie zerrte mit der freien Hand an ihrem Haar herum. „Er hat gesagt, dass ich es tun muss. Dass ich keine Wahl habe."

„Wer, Mary? Wer hat das gesagt?", fragte Colt.

Mary richtete die Waffe auf ihn und drückte ab.

Heilige Scheiße! Der Schuss krachte so laut, dass Sarah fast das Trommelfell platzte. Fassungslos sah sie Colt zu Boden gehen wie in einer Szene aus einem Horrorfilm. *Das darf nicht wahr sein. Es kann nicht sein, dass das wirklich passiert.*

Doch das tat es.

„Du verdammtes Drecksstück!" Mit hinter dem Rücken gefesselten Händen stürzte sie sich auf Mary, die wie unter Schock auf Colton hinabstarrte.

Sarah prallte auf sie. Mary ging rückwärts zu Boden und landete auf ihrem Hintern. In der Hoffnung, die Pistole aus Marys Hand zu schleudern, trat Sarah ihr so hart sie konnte gegen Brustkorb und Arm.

Doch sie hatte keine Chance.

Mary richtete die Waffe auf sie und drückte den Abzug. Im nächsten Augenblick breitete sich rasender Schmerz in ihrem Bauch aus.

22. Kapitel

Oh Gott. Oh Gott, dieser Schmerz. Sie hatte das Bewusstsein verloren, aber sie konnte nicht lange weggetreten gewesen sein, denn als sie aufwachte, war die Blutlache um Colt nicht viel größer als ein Essteller. Doch sie wuchs an, und zwar schnell, in den Ritzen zwischen den hellen Dielenbrettern bildeten sich lange rote Fangarme.

Nein, nein, nein! Panisch und orientierungslos sah sich Sarah nach Mary um. *Oh Gott, danke.* Sie war weg.

Sie versuchte, sich aufzusetzen, aber der brennende Schmerz in ihrem Bauch ließ es nicht zu.

Unsicher, wie sie sich verhalten sollte, begutachtete sie ihr blutgetränktes T-Shirt. Ihre Hände waren auf ihrem Rücken gefesselt. Sie konnte die Wunde nicht abdrücken, sie konnte nicht aufstehen und um Hilfe rufen, und einen Krankenwagen rufen konnte sie auch nicht.

Colt stöhnte keine zwei Meter von ihr entfernt auf dem Fußboden.

„Colt? Colt! Kannst du mich hören? Du musst um Hilfe rufen."

„Scheiße", stöhnte er. „Fuck … sie hat auf mich geschossen!"

„Ich weiß, Colt. Und ich weiß, dass es wehtut, aber du musst uns helfen. Ich kann nicht aufstehen."

Colt sah sie an, und sein Blick wurde glasig. „Sie hat dich auch angeschossen?" In seiner tiefen Stimme brodelte rohe Wut.

„Ja. Beeil dich, Colt." Wenn ihnen niemand half, würden sie beide verbluten. Ihnen blieben höchstens noch Minuten.

Colt rollte sich vom Rücken auf die Seite. Sarah konnte das riesige Loch in seiner Schulter direkt über dem Herzen sehen, aus dem unablässig Blut rann. Er schob mühsam die Hand in die Jeanstasche und holte sein Handy heraus. „Fuck." Heftig keuchend warf er den Kopf in den Nacken. „Ich habe meine PIN vergessen."

Sarah starrte ihn an, ihre Gedanken rasten. „Du brauchst sie nicht. Drück einfach auf den Notrufbutton!"

Schmerzgekrümmt nickte Colt und hielt sich das Handy vors Gesicht. Er blinzelte und hatte sichtliche Mühe, das Display zu fokussieren.

„Okay." Er hielt sich das Handy ans Ohr, einen Moment später sagte er: „Wir sind angeschossen worden." Sogar an Sarahs Adresse erinnerte er sich noch. „Es war eine Angreife*rin* – und ja, sie ist verschwunden", murmelte er in den Hörer. „Ihr Name ist Mary." Dann hörte er zu. „Danke."

Er ließ die Hand mit dem Handy sinken und starrte zur Decke hoch. Seine Atmung ging schnell, aber mühsam. Alles schien in Zeitlupe abzulaufen, wie ein verschwommener Traum.

Wir müssen wach bleiben. Wir müssen! Doch der Schmerz war so intensiv, dass Sarahs Körper nur noch abschalten wollte.

„Colt? Wenn wir das hier überleben, dann schuldest du mir ein signiertes Poster. Eins von denen mit nacktem Oberkörper." Sie erinnerte sich, die Dinger bei Walmart gesehen zu haben. Direkt neben einem One-Direction-Poster auf einem von diesen Ständern, die aussahen, als ob sie eigentlich mit Teppichen behängt sein sollten. Wenn sie sechzehn wäre, würde sie sich das Zimmer mit Bildern von Colt Young tapezieren. So schön war er.

Colt lachte schwach. „Solange du mir nicht wegstirbst, bekommst du alles, was du willst, Sarah."

„Super", murmelte sie. „Dann hätte ich gern deine Lederhose." Sie seufzte. „In der siehst du so sexy aus."

„Also bin ich für dich immer noch nicht mehr als ein saftiges Stück Frischfleisch?" Er versuchte zu lächeln.

„Ja, für immer und ewig. Mein Frischfleisch", flüsterte sie. „Mein Colt."

Einen Moment lang schwiegen sie beide, und Sarah fragte sich, wie viel Zeit ihnen wohl noch bleiben mochte. Der nasse Boden unter ihr fühlte sich gleichzeitig warm und kalt an. Frisches Blut, das abkühlte.

„Es tut mir leid, dass ich vorhin nicht mit dir geschlafen habe, Sarah."

„Mir auch." Jetzt, wo sie im Sterben lag, bereute sie es plötzlich, dass ihre Lebenssituation – ebenso wie Colts – verhindert hatte, dass sich mehr zwischen ihnen entwickelte. Zwischen Colt und ihr knisterte es. Da war etwas zwischen ihnen, und dieses Etwas war echt. Genauso echt wie die Konsequenzen, die es hätte, wenn sie sich aufeinander einließen. Warum nur waren die Dinge nicht anders gelaufen? Wieso war er nicht vor einem anderen Richter gelandet?

Schätze, das spielt jetzt alles keine Rolle mehr.

„Tut mir leid, was ich gesagt habe, Colt. Ich finde dich toll. Du hast Tiefgang und Talent, du bist klug und wunderbar. Und ich will dich für dein superintelligentes Gehirn mindestens genauso gern vögeln wie für deinen Körper."

„Ich wusste es. Meinem Riesenschädel konnte noch keine Frau widerstehen. Ein Punkt für mich", flüsterte er.

„Ja, Punkt für dich." *Gott, oh lieber Gott, bitte hilf mir.* Der Schmerz und die Krämpfe wurden immer schlimmer. Sarah fühlte sich, als wäre ihr Körper in Panik geraten und wüsste nicht, was er tun sollte: kämpfen, sich entspannen oder einfach loslassen.

Colts Stimme war kaum mehr hörbar, als er sagte: „Dann schuldest du mir ein Date. Falls ich überlebe."

Wie hatte das passieren können? Wie? „Du darfst nicht sterben, Colt. Das würde viel zu vielen Leuten auf der Welt das Herz brechen. Inklusive mir."

„Weil ich nämlich so ein Supertyp bin."

Sie grinste, für ein Lachen reichten ihre Kräfte nicht mehr. „Sing mir was vor. Irgendwas, was mich wach hält." *Und dich.*

„Ich kann nicht … es tut so weh …"

„Hör auf zu jammern – und sing."

„Du bist echt so was von dominant", murrte er.

„Besser, du gewöhnst dich dran. Wenn wir das hier überleben, musst du mich nämlich ein ganzes Date lang ertragen." *Scheiße, alle werden herausfinden, dass wir uns kennen.*

„Ich glaube, der Gedanke gefällt mir." Mit brüchiger Stimme begann Colt, einen Song zu flüstern. Sarah konnte ihn zwar kaum hören, aber sie begriff trotzdem, was er da sang.

„Es war einmal die Richterin Sarah, die war schlau und gerecht und in 'ne Robe verpackt …"

„Oh Mann, bitte hör auf damit." Ihr wurde fast schwarz vor Augen, so stark waren die Schmerzen. „Lachen tut weh."

Es wurde still.

„Colt?" Als sie zu ihm herübersah, war er bereits nicht mehr bei Bewusstsein. „Scheiße, Colt! Stirb mir jetzt nicht weg. Colt, bleib bei mir!"

Der Klang der Sirenen auf der Straße drang durch die offene Haustür und füllte den Raum.

„Schnell", flüsterte sie mit tränenüberströmtem Gesicht. „Bitte macht schnell!"

23. Kapitel

„Sarah? Sarah, kannst du mich hören?“ Taylors Stimme sickerte in die Tiefen ihres benebelten Hirns und zerrte an ihr wie ein nerviges Kind. „Wie fühlst du dich, Schätzchen?“

Wenn sie ehrlich war, wollte sie nicht aufwachen. Dort, wo sie sich gerade befand, gab es keinen Schmerz. Nur Wärme und Ruhe und …

„Sarah, du wachst jetzt gefälligst sofort aus deinem Medikamentendämmer auf, verstanden?“, befahl ihr eine tiefe herrische Stimme, „oder ich verrate der ganzen Welt, wie erbärmlich und nichtsnutzig du bist.“

Durch den Nebel in ihrem Kopf hörte sie wie von Ferne einen Klaps.

„Bennett! So was macht man nicht.“

„Was denn? Die Krankenschwester hat gesagt, sie müsste längst wach sein. Ich versuche nur zu helfen“, rechtfertigte er sich. „Was du mir schon hättest erlauben sollen, als dieser ganze Scheiß hier angefangen hat! Richter Wright wird sich wünschen, er wäre nie geboren worden.“

„Aber Richter Wright hat ja gar nicht auf sie geschossen. Das war irgendein durchgeknallter Fan!“

„Jede Handlung hat Nachwirkungen, Taylor. Wright hat Sarah erpresst, und das hat dazu geführt, dass …“

„Psssst! Davon weißt du offiziell doch gar nichts!“

„Die kriegt gerade sowieso nichts mit“, murrte Bennett.

„Es ist nicht so, dass ihr die Ohren abgeschossen worden wären. Man kann nie wissen“, widersprach Taylor.

„Na, dann hoffen wir mal, dass alles in Ordnung ist, wenn

sie aufwacht. Es gibt da nämlich eine Rechnung zu begleichen, und ich werde ihr dabei helfen. Niemand schießt auf die beste Freundin meiner Frau und kommt damit ungeschoren davon, verdammte Scheiße."

„Oh Bennett, ich liebe dich. Wenn ich nicht aussehen würde wie eine Wassermelone, würde ich jetzt mit dir in der nächsten Besenkammer verschwinden und dich vögeln, bis dir der Kopf explodiert."

„Und was hält dich davon ab? Mein Schwanz ist zwar groß, aber er passt immer noch rein." Er lachte in sich hinein.

„Da hast du allerdings recht, Schatz." Taylor seufzte. „Ich glaube, am Ende des Flurs hab ich einen leeren Raum gesehen."

„Ich werde dich so was von rannehmen, dass das Baby danach Beulen im Kopf hat."

Was? Igitt! Das ist so was von daneben, dachte Sarah in einem der Momente, in denen sie bei Bewusstsein war.

„Und ich werde dich so was von geil machen, dass dein Schwanz für immer hart bleibt, um alle Welt daran zu erinnern, wie sexy ich bin", flüsterte Taylor viel zu laut.

„Ich werde mich so tief in dich bohren, dass sich deine Muschi für eine Diamantmine hält", knurrte Bennett leise.

„Wirklich?", gab Taylor zurück. „Meine Muschi ist nämlich dafür gemacht, deine Kronjuwelen zu ..."

„Schluss jetzt", grummelte Sarah, die sich die Kraft wünschte, laut schreien oder sich die Ohren zuhalten zu können.

„Ha!" Taylor klatschte in die Hände. „Du bist endlich wach!"

„Willkommen zurück, Sarah", sagte Bennett. „Ich fürchte, meine Unterhaltung mit Taylor hat mich ein bisschen durcheinandergebracht. Ich muss mal kurz weg."

Durch einen winzigen Spalt zwischen ihren Lidern konnte

Sarah erkennen, wie Bennets verschwommener Schatten aus dem Zimmer verschwand.

„Oh Mann, Sarah. Oh Mann." Taylor legte die Stirn auf ihre Hand. „Ich dachte wirklich, wir hätten dich verloren."

„Ich habe nur überlebt, um euer fantastisches Bettgeflüster miterleben zu dürfen", murmelte sie.

„Das war doch nur Spaß."

„Haha." Sarah ließ ihren nach wie vor verschwommenen Blick durch den Raum gleiten. „Wie geht es Colt?"

Taylor sah zur Decke hoch. Auf einmal glitzerten Tränen in ihren Augen.

„Was?" Sarahs Herz raste plötzlich, und die kleine Maschine neben ihr fing wild an zu piepen.

Taylor sah wieder nach unten auf ihre Hand, die sie auf ihre gelegt hatte.

„Die Ärzte sind sich nicht sicher, ob er es schaffen wird."

„Das kann nicht sein." Sie war völlig zugepumpt mit Medikamenten. Bestimmt hatte sie Taylor einfach nur falsch verstanden.

„Die Kugel ist dicht neben seinem Herzen eingedrungen, er hat viel Blut verloren. Sie haben getan, was sie konnten. Jetzt bleibt uns nichts anderes übrig, als abzuwarten."

„Ich … ich verstehe das nicht", stammelte Sarah. „Er hat doch direkt nach dem Schuss noch mit mir geredet. Er hat gesungen und alles."

„Ich weiß auch nicht mehr als du, Süße." Taylor drückte ihre Hand. „Wir müssen einfach abwarten. Abwarten und beten."

Sarah schluckte. Das war der reinste Horror. Ein gottverdammter Albtraum.

„Ich will …" Sie schluckte erneut schwer, weil ihr Hals ausgetrocknet war, und versuchte sich aufzurichten. „… ihn sehen."

„Vergiss es." Taylor drückte sie sanft aufs Kissen zurück. „Du gehst nirgendwohin. Die Kugel hat deine Leber verletzt. Gott sei Dank wirst du immer noch ordentlich feiern können, wenn du wieder gesund bist, doch offiziell bist du …"

„Und, wie geht es unserer Patientin heute?", fragte eine Männerstimme aus Richtung Tür. Es war Jack, einer von Taylors drei älteren Brüdern, ein Schönheitschirurg. In seinem OP-Anzug wirkte er besonders gut aussehend – groß, markantes Gesicht, blaue Augen. Aber er war für sie Mädchen auch die schlimmste Nervensäge gewesen, als sie noch jung waren.

„Bitte sag, dass nicht du mich operiert hast", murmelte Sarah, der auf einmal ganz schwindelig wurde. „Sonst bin ich nämlich todgeweiht."

Jack lachte auf und beugte sich über sie. „Das Glück hast du leider nicht gehabt. Ich bin schließlich ein weltberühmter Schönheitschirurg und viel zu talentiert, um meine Zeit mit Kinkerlitzchen wie Schusswunden zu verplempern. Dein weitaus weniger umwerfender behandelnder Arzt dürfte gleich hier sein."

„Erstick bloß nicht an deiner Selbstgefälligkeit", murmelte Sarah.

„Du kennst mich doch gar nicht anders." Jack strahlte ihr mit einer kleinen Stablampe in die Augen. „Wie sind die Schmerzen?"

„Grauenhaft." Sie holte tief Luft, wobei ihr alles wehtat. „Aber ich muss Colt sehen. Kannst du mich zu ihm bringen?"

„Du musst gerade nur eins, dich ausruhen", antwortete Jack. „Übrigens, wann hast du eigentlich beschlossen, dich mit einem Rockstar einzulassen?" Er boxte sie scherzhaft in die Schulter. „Gut gemacht, Sarah."

„Ich hab mich nicht mit ihm eingelassen", flüsterte sie. „Wie kommst du darauf?"

Jack zuckte die Achseln. „Weil es in allen Zei…"

„Jack!", unterbrach ihn Taylor. „Nicht jetzt."

„Warum nicht?", fragte Sarah, obwohl sie längst ahnte, was los war. *Na klar. Die Sache muss überall in den Nachrichten sein.* Und positiv waren diese Nachrichten garantiert nicht.

„Sarah." Taylor seufzte. „Jetzt ruh dich bitte einfach aus. Ich erkläre dir später a…"

„Nein, ich will es *jetzt* wissen", forderte sie, aber so leise, wie sie vermutlich noch nie in ihrem Leben gesprochen hatte, weil ihr selbst das Atmen so wehtat.

Maria steckte den Kopf zur Tür herein. Als ihre Blicke sich trafen, traten ihr Tränen in die Augen.

„Oh Gott, was machst du nur, du verrücktes Huhn? Was hast du dir dabei gedacht, dich einfach anschießen zu lassen und uns so zu erschrecken?"

Maria kam auf die andere Seite des Krankenbetts und umarmte sie.

„Autsch, vorsichtig! Die haben gerade noch an meiner Leber rumgeschnippelt." Sarah stöhnte.

Maria drückte sie erneut, ehe sie losließ. „Du schuldest mir übrigens einen neuen Bodenbelag. Mal ehrlich, musstest du wirklich jeden einzelnen Zentimeter mit Blut besudeln?"

„Ich hab mir alle Mühe gegeben", brummte Sarah. „Haben sie die Frau erwischt?"

„Nein", sagte Jack. „Deswegen steht ja auch ein Polizist hier vor der Tür."

Wow, was für ein Chaos! „Ich bin froh, dass ihr nicht zu Hause wart", sagte Sarah zu Maria. „Ich will mir gar nicht vorstellen, was ich getan hätte, wenn dir und deiner Familie irgendetwas passiert wäre."

„Wir waren in der Kirche", erklärte Maria. Im Scherz fügte sie hinzu: „Und jetzt, wo ich weiß, dass Gott tatsächlich ein Auge auf mich hat, werde ich wohl nie wieder einen Sonntagsgottesdienst schwänzen können. So ein Mist."

„Apropos Mist", flüsterte Sarah und sah Taylor an. „Ich warte immer noch auf deine Berichterstattung. Also, was steht in den Zeitungen?"

Taylor verzog das Gesicht.

„Du hast es ihr nicht gesagt?", fragte Maria.

Taylor schüttelte den Kopf. „Sie ist doch erst seit zwei Minuten wach. Und ich wollte nicht, dass sie vor Schreck auch noch ins Koma fällt. Einer reicht."

„Los, spuck es aus", sagte Sarah.

Maria holte tief Luft. „Die Klatschblätter haben sich natürlich auf die Sache gestürzt wie die Hyänen. Es heißt, du und Colt hättet schon seit Monaten eine geheime Affäre, und die Schießerei sei das Ergebnis einer eskalierten Ménage à trois gewesen."

Ihre Freude darüber, die Kugel überlebt zu haben, verflüchtigte sich schlagartig. „Nein. Nein, das darf doch alles nicht wahr sein", flüsterte sie, denn sie sah das ganze Ausmaß ihrer Lage in aller Deutlichkeit vor sich. „Ich bin erledigt."

Taylor sah so erschüttert aus, wie sich Sarah fühlte.

„Es heißt, dass du vermutlich suspendiert und eventuell auch angezeigt wirst." Sie räusperte sich. „Weil du Colt Young in deiner Funktion als seine Richterin sexuell genötigt haben sollst."

„W...w...was?!" Sarah keuchte. „Ich soll ihn vergewaltigt haben?"

Taylor wand sich. „Na ja, erpresst."

Okay. Am liebsten hätte sie sich einfach nur noch im Bett zusammengerollt und wäre gestorben. *Nein, nicht sterben, besser in der Zeit zurückreisen, um meine eigene Geburt zu verhindern. Was für eine Erniedrigung!*

„Wright tut, was er kann, um deinem Ruf zu schaden und dich anklagen zu können", murmelte Taylor.

Natürlich tat er das. Wie sonst sollte er klarstellen, dass er mit der Sache rein gar nichts zu tun hatte, und gleichzeitig beweisen, dass er hart durchgriff, wenn in seinem Gericht das Gesetz gebrochen wurde?

Sarah rieb sich übers Gesicht. „Das ist doch alles völliger Schwachsinn!“

„Wer dich kennt, der hört nicht auf diese Käseblätter.“

Das kam ausgerechnet von Jack, der süchtig nach Klatschzeitschriften war, solange Sarah denken konnte.

Er behauptete, dass er sie lesen müsse, weil er sich für seine Arbeit über die neusten Beauty-Trends auf dem Laufenden halten musste. Aber Schönheits-OPs im klassischen Sinn – Nasenkorrekturen, Silikonimplantate, Liftings – waren überhaupt nicht sein Aufgabenbereich. Er rekonstruierte Gesichter nach schweren Unfällen.

„Bis auf diese Geschichte mit den Außerirdischen“, sagte Taylor. „Ich wusste ja gar nicht, dass du planst, einen intergalaktischen Friedensvertrag auszuhandeln, Sarah.“

„Ach, so was mach ich doch täglich.“ Sie seufzte. Verzweiflung streckte ihre langen Tentakel aus, aber Sarah wollte ihre Freunde nicht runterziehen. Warum sollten sie alle leiden, nur weil sich ihr Leben gerade in ein Schwimmbecken voller Scheiße verwandelt hatte? Außerdem fühlte sie sich teilweise geradezu erleichtert. Die Wahrheit war ans Tageslicht gekommen. *Okay, eigentlich nicht.* Sie hatte Colt nicht vergew… *Oh Gott, ich kann das nicht mal denken!* … ihn nicht gezwungen, irgendetwas zu tun, was er nicht wollte. Und zwischen ihnen lief auch nichts. Sie hatten ein einziges Mal Sex gehabt. Einvernehmlich. Aber zumindest konnte Wright jetzt das Video nicht mehr benutzen, um sie zu erpressen. Der Drops war gelutscht.

Nein, nicht ganz. Sie musste Colt immer noch die Wahrheit sagen – die ganze Wahrheit und nichts als die Wahrheit –, ehe jemand anders es tat. Er musste erfahren, dass sie ihm wirklich hatte helfen wollen, Video hin oder her.

„Dann bin ich also suspendiert." Sie nickte nachdenklich und versuchte, die Neuigkeit zu verarbeiten. „Und meine Karriere ist ruiniert."

„Aber wenigstens hast du noch dein Zubrot als intergalaktische Diplomatin", sagte Taylor.

Sarah warf ihr einen unfreundlichen Blick zu.

„Tut mir leid." Taylor hob beschwichtigend die Hände. „Ich wollte dich nur aufmuntern."

Es würde weitaus mehr brauchen als Witze, um das zu bewerkstelligen. *Zum Beispiel eine Zeitmaschine.* „Ich werde mich erst besser fühlen, wenn ich Colt gesehen habe und weiß, dass er überlebt."

Sofort wurde die Stimmung im Krankenzimmer gedrückt, und Jack, Maria und Taylor bekamen glasige Augen.

Was bedeutete, dass es Colt wirklich schlecht gehen musste. „Bitte, Jack. Ich muss ihn sehen! Wenn er womöglich stirbt, ist das meine letzte Chance. Und er ist mir wichtig. Sehr sogar."

Jack starrte sie einen langen Augenblick an, vielleicht, weil er geschockt war, dass sie tatsächlich zugegeben hatte, Gefühle für Colt zu haben.

„Mal sehen, was ich tun kann", sagte er schließlich. „Eventuell können wir dein Bett ja in sein Zimmer rollen."

„Danke." Sarah seufzte erleichtert auf. Im selben Moment bemerkte sie ein seltsames Geräusch, das von draußen in den Raum drang – ein melodisches Summen, das sie an einen Weihnachtschor erinnerte. „Was ist das?"

Taylor warf einen Blick in Richtung Fenster, und wieder schossen ihr Tränen in die Augen. „Colts Fans. Es sind Hunderte, sie beten für ihn."

„Und es sind noch viel mehr im Anmarsch", erzählte Maria. „Die Straße ist praktisch dicht. So was habe ich noch nie gesehen."

Sarah lauschte ein Weilchen dem friedlichen, einlullenden Gesang, und in diesem Augenblick wurde ihr klar, was für einen gewaltigen Fehler sie gemacht hatte, als sie Colt abblitzen ließ. Denn rückblickend fühlte sich ihr Hauptargument, er sei schlecht für ihre Karriere, plötzlich überhaupt nicht mehr richtig an. Ja, es war etwas dran, dass er von außen betrachtet vielleicht nicht unbedingt die beste Wahl war, aber wer behauptete eigentlich, dass ihre Karriere wichtiger war als irgendetwas sonst in ihrem Leben, selbst die Liebe? Irgendetwas musste hinter ihrem zwanghaften Bedürfnis stecken. Irgendetwas Bedeutsames und Hässliches …

Plötzlich sah sie die Wahrheit glasklar vor sich. *Dad.*

Sie hatte immer gewusst, dass sie so entschlossen war, der Gerechtigkeit Genüge zu tun, weil ihr Vater unschuldig im Gefängnis gesessen hatte. Aber es gab noch eine Seite der Medaille: Scham. Sie hatte stets Angst gehabt, dass andere wegen ihres Vaters auf sie herabblicken könnten. Mitgehangen, mitgefangen. Emotional hatte sie ihrem Vater den Rücken zugekehrt, obwohl sie bis zu seinem tödlichen Herzinfarkt Kontakt zu ihm gehalten hatte. Tief in ihrem Inneren hatte sie ihn jedoch für das Chaos gehasst, das er in ihrem Leben angerichtet hatte. In ihrem und in dem ihrer Mutter.

All diese unsichtbaren Narben bestimmten bis heute über ihr Leben. Auch darüber, dass sie einen Mann abgewiesen hatte, den sie wirklich mochte. Und das nur, weil sie nicht wollte, dass sein Ruf – der Ruf eines „Badboys" – auf sie abfärbte. Und ja, sie hatte sich selbst etwas vorgemacht, hatte sich eingeredet, sie würde keine Badboys mögen, nur weil sie zu Highschoolzeiten von einem Typen, mit dem sie damals zusammen gewesen war, überredet worden war, für ihn zu klauen. Er hatte ihr eine Flasche Whiskey in den Rucksack gesteckt. Sie war erwischt worden und wäre fast im Jugendstrafvollzug gelandet. Billy, der Idiot, kam natürlich davon.

Sie dagegen musste Sozialstunden ableisten und war ein Jahr lang auf Bewährung. Ihrer armen Mutter hatte die Sache das Herz gebrochen.

In Wahrheit hatte keine ihrer Entscheidungen und Verhaltensweisen als Erwachsene etwas mit Billy oder Badboys oder Colts Ruf zu tun. Nein, es ging um Scham. Und um ihr Ego. Sie wollte der Welt beweisen, dass sie nicht ihr Vater war – der „Kriminelle", der „schlechte Mensch". Beides war er natürlich gar nicht gewesen. Aber die Welt sah ihn noch immer so.

Gott. Wie hatte sie sich nur so verrennen können? Und was hatte sie deswegen alles verpasst? Sie hatte einen so großen Teil ihres Lebens ihrer Karriere geopfert. Einer Karriere, die jetzt im Eimer war. Einer Karriere, von der sie auf einmal nicht mehr mit völliger Sicherheit sagen konnte, ob sie sie überhaupt jemals wirklich gewollt hatte.

Eigentlich weiß ich gar nichts mehr.

„Taylor? Hast du meine Mutter angerufen?", flüsterte sie.

„Ja, Süße, hab ich. Sie hat sich sofort auf den Weg zum Flughafen gemacht."

Sarah atmete auf. „Gut. Ich muss nämlich mit ihr reden."

24. Kapitel

Zwei Tage später hatte sie Colt immer noch nicht sehen dürfen. Jack sagte, er würde versuchen, sie in sein Krankenzimmer zu schmuggeln, wenn er allein war, aber Colt war nie allein. Und außerdem saß auch vor seiner Zimmertür ein Polizist. Mary war nach wie vor auf freiem Fuß, und niemand außer dem Krankenhauspersonal und Colts Familie hatte Zutritt zu seinem Zimmer. Entsprechend hatte Sarah keine andere Wahl, als sich den Massen anzuschließen und für ihn zu beten – etwas, was sie seit ihrer Kindheit nicht mehr getan hatte.

„Es ist so was von scheiße, hilflos zu sein", murmelte sie, als sie um acht Uhr morgens in ihrem leeren Krankenzimmer aufwachte.

„Aber du bist nicht hilflos! Das warst du noch nie und wirst es auch niemals sein."

Ihre Mutter erschien in einem pinkfarbenen Wallegewand und einem riesigen Sonnenhut im Türrahmen.

„Du bist hier." Sarah lächelte.

„Ich bin gestern schon gelandet und vorbeigekommen, doch du warst bis unter die Hutschnur voll mit Medikamenten." Ihre Mutter setzte sich auf den Bettrand. „Du hast die ganze Zeit davon geredet, dass du das intergalaktische Friedensabkommen nicht gefährden darfst."

Jepp, das ist mein neuer Job.

„Also, wie fühlst du dich, mein Schatz?" Ihre Mutter beugte sich vor und strich ihr übers Haar.

Hm, lass mich mal überlegen … „Ich bin von einer Irren angeschossen worden, alle Welt glaubt, dass ich Colt Young zu meinem Sexsklaven gemacht habe, und mir droht ein Verfahren wegen Korruption und Behinderung der Justiz. Schätze, man kann sagen, dass es mir blendend geht!"

Ihre Mutter warf ihr aus ihren blauen Augen einen strengen Blick zu. Sie sah aus wie eine ältere knackbraune Version von ihr mit silbernem statt braunem Haar. Sie verbrachte ihre Tage mit Golf- und Kartenspielen mit ihren Freunden aus der Seniorenresidenz in Florida, in die sie vor etwa einem Jahr gezogen war.

„So, Fräulein", sagte sie. „Ich sehe ja ein, dass du dir das Recht verdient hast, dich selbst zu bemitleiden, aber nicht länger als fünf Minuten! Und danach solltest du dich mal zusammenreißen und dir ganz genau überlegen, was du alles erreicht hast: deine Ausbildung, deine Karriere, die Menschen, denen du geholfen hast ..."

„Ja, ja, schon gut, ich bin die Mutter Teresa der Gefängnisstrafen. Die Leute lieben es, wenn ich sie ins Gefängnis schicke."

Ihre Mutter runzelte die Stirn. „Sarah, auch wenn du keine Dankesbriefe erhältst, wird da draußen gerade vielleicht ein Kind weniger von einem betrunkenen Fahrer getötet, eine Frau weniger totgeschlagen, ein Pfund Heroin weniger verkauft. Du solltest stolz auf deine Arbeit sein. Ich bin es jedenfalls."

„Aber ich nicht! Und genau das ist das Problem. Ich bin im Krankenhaus gelandet, und ich befürchte, dass ich mein ganzes Leben auf den Versuch verschwendet habe, die Sache mit Dad wettzumachen. Ich wollte allen zeigen, dass ich zu den Guten gehöre, und ... jetzt weiß ich nicht mehr, wer ich bin oder wie ich das hier durchstehen soll."

„Ach, Schätzchen, das sind doch nur die Medikamente, die da aus dir sprechen. Du weißt ganz genau, wer du bist. Du bist Sarah. Vielleicht verlierst du deinen Job oder hast eine riesige Narbe auf deinem Bauch – oder der Mensch, den du liebst, wandert ins Gefängnis. Aber nichts davon ändert etwas daran, wer du bist. Meine Tochter hat immer daran geglaubt, diese Welt zu einem besseren Ort machen zu können. Und du lässt nicht zu, dass dir dabei jemand in die Quere kommt, egal, ob du nun Richterin bist oder nicht. Du wirst das schon durchstehen."

Vielleicht hatte ihre Mutter recht. *Du bist so viel mehr als dein Beruf, deine Berühmtheit, das Geld, das du verdienst.* Am Ende zählte nur, was sie selbst von sich hielt.

„Dann stimmt es also?", flüsterte ihre Mutter. „Du hast Colt Young zu deinem Sexsklaven gemacht? Wie war er so? Ich *liebe* ihn! Oh, und diese enge Lederhose!" Ihre Mutter fächelte sich Luft zu.

Grundgütiger. Mom klingt wie Ms. Luci!

„Ist das gerade wirklich deine dringendste Frage?"

„Hey, Faulpelz, bereit für einen Ausflug in die Radiologie?" Jack stand in der Tür. „Oh, hi, Mrs. Alma, ich wusste ja gar nicht, dass Sie schon hier sind!"

„Jack!" Sarahs Mutter sprang auf und umarmte ihn fest. „Ei, ei, ei, was bist du nicht kräftig geworden!" Sie fasste ihm prüfend an den Bizeps. „Bist du noch Single? Ich kenne da nämlich ein nettes Mädchen, das …"

„Mom, Jack hat kein Interesse."

„Was denn?", protestierte ihre Mutter. „Ich will einfach nicht, dass er so endet wie du – alleinstehend, ohne Kinder und ohne Karriere."

„Äußerst freundlich, Mom." Da schwand sie wieder, die Inspiration, die sie nach dem kurzen aufmunternden Gespräch empfunden hatte.

„Mir geht's prächtig, Mrs. Alma. Aber bis ich mich ins Dating-Getümmel schmeiße, brauche ich wohl noch ein bisschen. Dafür stecke ich in den Startlöchern, um unsere Sarah hier zu ein paar Untersuchungen zu bringen." Jack zwinkerte ihr zu.

Oh! Er brachte sie zu Colt! *Endlich!*

„Na, dann mal los!", sagte sie enthusiastisch.

„Super." Jack verschwand kurz und kam mit einem Rollstuhl zurück.

Er half ihr aus dem Bett und hängte ihren Infusionsbeutel an die kleine Stange am Rollstuhl.

„Wehe, du glotzt mir auf den Arsch, Jack." Sie wusste, dass ihr der Hintern aus dem Krankenhaushemd ragte, als sie sich aus dem Bett wälzte und sich langsam in den Rollstuhl sinken ließ.

„Tut mir leid, ich konnte nicht anders." Jack lachte auf. „Ist übrigens ein sehr ansehnlicher Arsch. Das haben Sie gut gemacht, Mrs. Alma!"

Sarahs Mutter gluckste. „Danke, mein Junge! Vielleicht überlegst du es dir ja und gehst mit diesem Popo mal ein Glas Wein trinken, wenn es Sarah besser geht."

„Bääähh, Mom, Jack ist wie mein Bruder."

Jack bückte sich grinsend, um die Fußstützen für sie herunterzuklappen. „Ich fürchte, ich habe nur noch Augen für Sie, Mrs. Alma."

Sarahs Mom kicherte.

„Ich bringe Ihnen Ihre Tochter gleich zurück."

„Ich warte hier!", flötete sie.

Jack rollte sie aus dem Raum. Der leichte Luftzug auf ihrem Gesicht fühlte sich gut an. Sie hatte jetzt drei Tage lang in diesem Zimmer festgesessen und war nur ein paar Mal kurz für eine Katzenwäsche und fürs Zähneputzen aufgestanden.

„Gott, ich fasse einfach nicht, dass du mit meiner Mom geflirtet hast, Jack!"

„Hey, deine Mutter ist ganz entzückend."

Sie kamen an einer jungen Krankenschwester mit brünettem Haar und Stupsnase vorbei, die Jack anlächelte, als würde sie ihn am liebsten in einem Stück verschlingen. Zwei Sekunden später begegneten sie der nächsten Krankenschwester – diesmal einer Blondine – und dann noch einer. *Wow. Jack ist definitiv beliebt.*

„Und du hast wirklich keine Neue?"

„Nein", erwiderte Jack scharf. „Und ich habe vor, es auch dabei zu belassen. Auf unabsehbare Zeit."

Jack war geschieden, seit ihn Doris, seine Sandkastenliebe, für eine andere Frau verlassen hatte. Doris und er waren mehr als nur ein Ehepaar gewesen – sie waren beste Freunde. Sie besuchten Kochkurse miteinander, gingen auf Footballspiele, machten Reisen zu exotischen Zielen. Sie waren unzertrennlich gewesen. Als Jack seine Doris verlor, war nicht nur sein Vertrauen in die Liebe seines Lebens gebrochen, sondern auch sein Vertrauen in seine beste Freundin. Leider war er auf dem „Hey Mann, das Leben geht weiter"-Ohr zu hundert Prozent taub. Er hörte einfach nicht hin, auch wenn ihm alle Welt das Gleiche beteuerte.

„Lass dir eins von mir gesagt sein, Jack. Das Leben ist kurz, siehe meine neusten Erfahrungen. Du kannst nicht nur den ganzen Tag herumsitzen und Angst haben. Damit erreichst du nämlich gar nichts."

„Mir geht es gut, Sarah. Ich bin gerne allein. So habe ich mehr Zeit, um mich auf meine Karriere zu konzentrieren."

„Na, dann viel Glück mit dieser Strategie." *Bei mir hat sie Wunder bewirkt.*

Jack murmelte irgendwas Fragwürdiges in sich hinein und blieb dann vor einer Tür stehen, neben der ein Polizist saß.

„Hey Jon. Das hier ist Richterin Alma. Sie möchte gerne Colt sehen."

Officer Jon musterte sie von oben bis unten und lächelte, als würde er sie kennen. „Richterin Sarah. Die stählerne Lady Alma." Er nickte wissend.

Sarah runzelte die Stirn. „Die stählerne Lady?"

„Na klar! Jeder in der Stadt weiß, dass Sie die härteste Richterin weit und breit sind. Ohne Gnade, genauso wie es sein sollte."

Stählerne Lady? Sie galt als streng? Wie seltsam. Sie hatte sich immer für gerecht gehalten, harte Strafen für jene, die sie verdienten, zweite Chancen für alle anderen.

„Dieser ganze Unsinn in der Presse", sagte er und schüttelte wieder den Kopf, diesmal voller Abscheu. „Kein Mensch glaubt, dass Sie korrupt sind. Nicht einer von uns, Richterin Alma."

Sarah war sprachlos. „Danke, Officer ...", murmelte sie schließlich und beugte sich vor, um seine Dienstmarke in Augenschein zu nehmen. „Officer Reynolds."

„Aber nicht doch." Er öffnete ihr die Tür. „Sie haben fünf Minuten, mehr kann ich nicht für Sie tun. Abgesehen vom Bruder und den Ärzten darf ich eigentlich niemanden hineinlassen."

Was für ein netter Typ. „Danke, Officer." Sie wollte ihn gerade fragen, ob er Single war, weil Holly auf Männer in Uniform stand, dann fiel ihr jedoch auf, dass Officer Reynolds wie die Schwestern zuvor Jack schöne Augen machte. *Alter! Jack ist echt ein wandelnder Sexmagnet.* Jeder wollte ein Stückchen von ihm abhaben.

Womit geklärt wäre, wie Jack ihn dazu bringen konnte, ihm diesen kleinen Gefallen hier zu tun.

„Keine Ursache. Für meine Lieblingsrichterin würde ich doch alles tun." Er bedachte sie mit einem knappen Nicken, dann schloss er die Tür.

„Also, Sarah", sagte Jack. „Du stehst nicht auf, du turnst

nicht rum. Und wehe, du guckst dem Patienten unter sein Krankenhausnachthemd. In fünf Minuten komme ich dich wieder abholen."

Sarah unterdrückte den Drang, die Augen zu verdrehen. „Ich weiß doch schon längst, was dadrunter ist. Und außerdem bin ich nicht pervers."

Jack zuckte die Achseln. „Die Klatschblätter sehen das aber anders. Übrigens, stimmt es eigentlich, dass du deine Jungfräulichkeit an E. T. verloren hast?"

„Hau ab jetzt."

Lachend verließ Jack das Zimmer. Er war immer noch der große Bruder für sie, der es liebte, sie auf die Palme zu bringen. Doch nun wusste sie mehr als je zuvor zu schätzen, was sie an ihm hatte. Das Leben war zu flüchtig für Ignoranz.

Sie musterte Colts reglosen Körper und sein blasses Gesicht. Verdammt. Er sah aus wie eine welke Blume. „Colt? Colt! Ich bin's, Sarah. Kannst du mich hören?"

Blumen. Der Raum roch nach Blumen. Wegen der Luft aus der Klimaanlage über ihm hatte er eine kalte Nase. Sein Kopf und seine Schulter schmerzten, aber gleichzeitig schienen seine Empfindungen nicht richtig zu ihm zu gehören. Es war, als befänden sie sich im Nebenzimmer, wo sie ihm nicht wirklich etwas anhaben konnten, obwohl er wusste, dass sie da waren.

Ich liege im Krankenhaus, dachte er irgendwo in den Tiefen seines Gehirns. Ein Gehirn, dem bewusst war, dass sich sein Körper schwer und massig anfühlte wie ein Stein am Grund eines dunklen kalten Flusses. Wenn er doch nur seine Augen hätte öffnen können. Dann wäre er zur Oberfläche aufgestiegen, ans Sonnenlicht, an die frische Luft. *Aber da oben wartet auch der Schmerz auf dich.*

„Colt? Kannst du mich hören?"

Eine weiche schöne Stimme flutete seine Ohren und schickte eine angenehme Schockwelle durch sein Bewusstsein.

Sarah. Er wusste, dass es Dinge gab, die er ihr sagen wollte, doch seine Gedanken waren außer Reichweite, irgendwo in diesem Zimmer, zu dem er den Schlüssel verloren hatte.

„Colt, ich weiß nicht, ob du mich hörst, aber ich muss dir sagen, dass es mir wahnsinnig leidtut, wie ich über dich geurteilt habe. Du warst im Recht und ich im Unrecht. Ich habe auf dich herabgeblickt. Ich dachte, wegen meines Berufs wäre ich etwas Besseres. Und ich hatte nur Augen dafür, was ich verlieren könnte, wenn ich mich auf dich einlasse. Doch dabei habe ich übersehen, was ich hätte gewinnen können."

Sie holte mühsam Luft, und er meinte zu hören, wie weh ihr das Atmen tat.

„Ich dachte, du bist ein schlechter Mensch. Inzwischen ist mir jedoch klar geworden, dass in dir mehr Gutes steckt als in den meisten Menschen, und deswegen fühlen sich die Leute so zu dir hingezogen. Ich meine, klar, du bist auch megasexy. Aber das ist nicht der Grund dafür, dass da draußen tausend Menschen auf der Straße zelten und für dich beten. Sie lieben dich für dein Herz und deine Seele, für die Freude und die Musik, die du in ihr Leben bringst."

Danach schwieg Sarah für lange Zeit. Zu lange. Colt hätte gerne ihre Hand genommen und sich bei ihr bedankt, doch sein Körper wollte ihm einfach nicht gehorchen.

„Wie auch immer", sagte sie schließlich. „Ich glaube jedenfalls, dass ich auf dem besten Weg bin, mich in dich zu verlieben. Was völliger Irrsinn ist, weil ich weiß, dass wir uns kaum kennen, und außerdem klinge ich wie eine von deinen Groupies. Wobei du ja sowieso schon überzeugt bist, dass ich nicht besser bin als die. Aber wenn ich daran denke, wie du mich ansiehst und wie du versucht hast, mich zu retten, und wie du klingst, dann raubt mir das den Atem. Ich wollte, dass du das weißt, nur für den Fall, dass du mich hören kannst und womöglich stirbst."

„Was zum Teufel machen Sie hier?", sagte eine tiefe vertraute Stimme.

25. Kapitel

Sarah sah zu Mike auf, der bedrohlich über ihr aufragte. Wieder einmal war sie verblüfft, wie ähnlich er und Colt sich sahen. Das markante Kinn, die hohen Wangenknochen. Die tiefen Grübchen in den Wangen und im Kinn. Der hochgewachsene, gut proportionierte Körper.

Gleichzeitig machte ihr Mikes Anblick noch bewusster, wie schlecht Colts Zustand war. Der Kontrast zwischen dem Colt, den sie kennengelernt hatte, und dem Colt, der jetzt vor ihr lag, war erschütternd. Alle Farbe war ihm aus dem Gesicht gewichen, all die Lebendigkeit, die sie so liebte.

„Wie sind Sie hier reingekommen?“, fragte Mike mit hochrotem Kopf.

Sarah blinzelte aus ihrem Rollstuhl zu ihm hoch. *Verdammt.* Sie wollte niemanden in Schwierigkeiten bringen, auch nicht Officer Reynolds. Sie setzte ihr Stählerne-Lady-Gesicht auf. „Nach was sieht es denn aus? Mit dem Rollstuhl natürlich.“

„Wie Ihnen sicher nicht entgangen ist, geht es meinem Bruder nicht gut. Und er liegt im Koma. Seine rechtlichen Angelegenheiten werden also warten müssen.“

„Es tut mir leid“, erwiderte sie in ihrem härtesten, fiesesten Tonfall, „aber ich muss einfach fragen: Sind Sie eigentlich noch ganz bei Trost? Sie verhalten sich, als hätte *ich* ihn angegriffen, obwohl ich von einem seiner durchgeknallten Fans angeschossen wurde!“

Mike schnappte nach Luft und stieß sie dann langsam wieder aus. „Entschuldigen Sie, Euer Ehren. Ich habe ein paar harte Tage hinter mir.“

Sein Leid war so aufrichtig, dass Sarahs Wut sofort verpuffte. „Macht er Fortschritte?"

Mike nickte und starrte auf seinen Bruder. „Ja. Die Schwester sagt, dass er heute Morgen Ihren Namen gesagt hat."

„Wirklich? Aber das sind ja wunderbare Neuigkeiten!" Sarah glaubte, eine Spur von Gekränktheit in seinem Blick wahrzunehmen.

Vielleicht hatte dieser Blödmann es auch gar nicht anders verdient. Immerhin machte es ihm überhaupt nichts aus, sie zu erpressen – woher sollte sie wissen, dass er nicht noch viel mehr Dreck am Stecken hatte?

Stopp. Das ist nicht der richtige Zeitpunkt für so was. Das Leben seines Bruders steht auf dem Spiel.

„Bestimmt wollte Colt nur wissen, wie es mir geht, weil wir gemeinsam angegriffen wurden", versicherte sie Mike. „Und bald wacht er auf, und dann können Sie ihm einen Einlauf à la ‚Bruder vor Luder' verpassen." Sie machte eine Siegerfaust, doch Mike zuckte nur die Achseln und ignorierte ihren Versuch, witzig zu sein.

„Wenn er aufwacht, wird er nie wieder mit mir reden wollen."

„Aber warum denn das?"

Auf einmal schien sich Mike unwohl in seiner Haut zu fühlen, so, als hätte er etwas gesagt, was er besser für sich behalten hätte. „Ach, Sie wissen doch, wie Brüder so sind – der andere ist immer schuld."

Seltsam. Mike log, das spürte sie ganz deutlich. Die Frage war nur, was er zu verbergen hatte. Er troff förmlich vor Schuldgefühlen.

Sarah konnte nicht verhindern, dass die Juristin in ihr durchkam. Ihr Kopf begann unvermittelt, nach Antworten zu suchen. Dass Mike ein Schleimbolzen war, hatte sie ja schon vorher gewusst. Er hatte gemeinsame Sache mit Wright gemacht, um sie zu erpressen. Und das nur, weil er wollte, dass Colt seinen Tourneeauftakt pünktlich absolvierte, damit er seine eineinhalb Millionen Dollar einsacken konnte.

Sein Verhalten war durch und durch hinterhältig gewesen, aber Mike hatte nicht das kleinste bisschen schuldbewusst gewirkt, als er ihr auf dem Charityball davon erzählt hatte.

Es blieb also die Frage, was er wohl noch so alles getan hatte, um dafür zu sorgen, dass sein Bruder die dicke Kohle ranschaffte.

„Ich weiß, dass mich das alles nichts angeht, doch was steckt Ihrer Meinung nach dahinter, dass sich Colts Unterbewusstsein seit dem Unfall an so vieles nicht mehr erinnern will? Er muss offensichtlich irgendein emotionales Trauma durchlebt haben." Colt war keine Memme, so viel war klar. Aber er hörte auf sein Herz, wenn auch auf eine harte, unerschrockene Weise. Wenn also ein Erlebnis verhinderte, dass er sich erinnerte, dann gab es vielleicht eine Ursache, die über den Autounfall hinausging.

Mike warf ihr einen Blick zu, aus dem purer Hass sprach. Es war, als konnte er einfach nicht fassen, dass sie es wagte, ihm diese Frage zu stellen. Im nächsten Moment hatte er jedoch sein gekünsteltes Lächeln aufgesetzt.

„Ach, wer weiß das schon! Wichtig ist doch nur, dass er wieder gesund wird und seine Karriere nicht ruiniert ist. So hat er immerhin etwas, worauf er sich nach einer Genesung freuen kann."

„Dann glauben Sie also, dass seine Erinnerung zurückkehren wird und er auftreten kann?" Das Konzert sollte in zwei Wochen stattfinden. Es war undenkbar, dass Colt so bald schon würde spielen können, aber sie wollte Mikes Reaktion sehen.

„Die Tournee wurde verschoben."

„Oh, wow. Das muss ja furchtbar für Sie sein. Dann bekommt Colt seine zehn Millionen Dollar ja gar nicht!" Sie schüttelte den Kopf.

„Woher wissen Sie davon?"

„Ich habe den Vertrag gelesen."

„Sie haben in seinen Unterlagen herumgeschnüffelt?", knurrte Mike.

„Nein. Hat Colt Ihnen das nicht erzählt? Er hat mich gebeten, den Vertrag gegenzulesen. Ach nee, Moment mal – natürlich hat er Ihnen nichts davon gesagt."

„Was zum Teufel soll das denn jetzt heißen? Mein Bruder vertraut mir. Ich bin der Einzige, der nur sein Bestes will. Das Geld ist mir völlig egal."

Als Richterin hatte Sarah im Lauf der Jahre immer wieder beobachten können, dass Leute, die Dreck am Stecken hatten, unaufgefordert genau das leugneten, was sie in Wahrheit getan hatten. Sprach ein Polizist beispielsweise einen Siebzehnjährigen an, der mit einer Farbdose in der Hand nachts an einer Bushaltestelle saß, und der Junge sagte: „Die Dose hab ich zu Hause in der Garage gefunden", standen die Chancen zumindest fifty-fifty, dass es sich dabei um die Wahrheit handelte. Rechtfertigte sich die Junge aber ganz von allein mit einer Aussage wie: „Ich hab die nicht gestohlen!", hieß das, dass er die Dose mit Diebstahl assoziierte, weswegen man davon ausgehen konnte, dass er sie tatsächlich geklaut hatte.

Sie hatte Mike nicht beschuldigt, seinen Bruder als Goldesel zu benutzen. Dennoch hatte er das Thema von sich aus angeschnitten und sich gerechtfertigt.

„Ich hatte nur sagen wollen, dass Colt Ihnen nichts von mir und dem Vertrag gesagt hat, weil er gleich danach angeschossen wurde. Warum glauben Sie, Sie müssten sich verteidigen?"

Mike wirkte ziemlich durcheinander.

„Wie gesagt, es waren anstrengende Tage. Und Sie sollten jetzt besser gehen."

Sarah nickte und überlegte, was sie tun sollte. Sie hegte keine Zweifel, dass Mike irgendetwas getan hatte – etwas Schlimmes. Aber was? Hatte er vielleicht in irgendeiner Form den Zustand seines Bruders ausgenutzt? Oder hatte Mike endlich begriffen, dass Colt sich vor seinem Auftritt nicht rechtzeitig erholen würde und es tausendmal besser war, auf das Geld zu verzichten, als zuzulassen, dass sein Bruder sich auf der Bühne zum Affen machte?

Sarah durchdachte das Szenario einen Moment lang. Mike hatte erwähnt, er habe einen Notfallplan, falls sich Colt nicht rechtzeitig erholte. Er wollte auf keinen Fall, dass die Öffentlichkeit von Colts seelischen Problemen erfuhr, weil er glaubte, das Image seines Bruders bekäme dadurch einen irreparablen Knacks. Konnte es sein, dass Mary sein Notfallplan war? Eine Schussverletzung war ein wirklich guter Grund, um die Tournee abzublasen – einer, der Colts Geheimnis verbergen würde.

Das ergibt doch alles keinen Sinn! Warum sollte Mike alles in seiner Macht Stehende tun, damit Colt sein Konzert gab, und ihn dann anschießen lassen, sodass die Tournee aus öffentlichkeitstauglichen Gründen abgesagt werden konnte? Und warum sollte Mike das Leben seines eigenen Bruders aufs Spiel setzen?

Sarah versuchte, aus den Informationen ein eindeutiges Motiv zu schustern, aber sie wollten einfach nicht zusammenpassen. Auch nicht die Tatsache, dass Mary gesagt hatte, „er" würde sie dazu zwingen.

Mal schauen, ob Mike diese Mary kennt.

„Natürlich, ich gehe. Ich bin sowieso erschöpft", sagte sie und fuhr mit dem Rollstuhl Richtung Tür. „Oh, und gibt es eigentlich irgendetwas Neues über diese Mary?"

Mikes Blick durchbohrte sie, als würde er ihr am liebsten die Zunge herausschneiden.

„Ich kenne die Attentäterin nicht. Und wenn ich sie gesehen hätte, würde ich das der Polizei erzählen und nicht Ihnen."

Verdammt. Seine Lüge hatte die Wahrheit preisgegeben. Er kannte Mary. Und er *hatte* sie gesehen.

26. Kapitel

Sarah wollte nicht, dass ihre Mutter sie so aufgewühlt sah, deshalb teilte sie ihr nach der Rückkehr in ihr Zimmer mit, dass sie müde sei und schlafen wolle. In Wahrheit verbrachte sie den restlichen Tag in einem Zustand seelischer und körperlicher Qual. Das einzige Highlight bestand darin, dass man ihr den Tropf abnahm und sie zum ersten Mal feste Nahrung zu sich nehmen durfte. Noch nie hatte Wackelpudding so gut geschmeckt.

Mike dagegen schmeckte ihr ganz und gar nicht. Irgendetwas hatte er mit Mary und den Schüssen zu tun. Aber was? Und warum? War es nicht in Mikes Sinn, dafür zu sorgen, dass Colt weiter Geld verdiente?

Außer er hat Angst davor, dass Colt niemals wieder gesund wird und nie mehr spielen kann. Konnte es sein, dass ein toter Colt mehr wert war als ein chronisch kranker Colt?

Oh nein. Sarah schlug sich die Hand vor den Mund. *Tot. Tot ist er mehr wert, als wenn er nie wieder auftreten kann!* Mike hatte Vollmacht über Colts gesamtes Vermögen, das hatte Colt selbst gesagt. Und der tragische Tod eines Rockstars war viel attraktiver als ein Rockstar, der seine Karriere gegen die Wand fuhr. John Lennon, Elvis, Michael Jackson – sie alle waren durch ihren Tod noch größere Legenden geworden, und ihre Plattenverkäufe waren durch die Decke geschossen.

Aber war es wirklich möglich, dass Mike so weit gehen würde, auf Colt schießen zu lassen?

Ihr Handy auf dem Nachttischchen klingelte. Für einen Augenblick begann ihr Herz zu rasen, weil sie glaubte, durch irgendein Wunder würde sie „Bruno Mars“ oder „Cristiano Ronaldo“ auf dem Display sehen. Es war jedoch Maria, und das um kurz vor Mitternacht.

Scheiße, irgendwas stimmt nicht.

„Hallo?“ Sarah drehte sich der Magen um, so satt hatte sie das ganze Drama um sich herum.

„Habe ich dich aufgeweckt?“, fragte Maria.

„Nein, ich habe über meine berufliche Zukunft sinniert. Meinst du, professionelle Heulsuse könnte was für mich sein?“

„Schätze, dafür bist du eher weniger geeignet, weil du nämlich gleich lächeln wirst. Sie haben Mary Shaffer geschnappt, die Schützin.“

Wäre ihr Bauch nicht mit einer Trillion Stichen zusammengeflickt worden, wäre sie jetzt hochgeschossen und hätte „Verarsch mich nicht!“ gebrüllt. Aber so lag sie nur da und brach in Tränen aus.

„Oh Mann. Heulst du jetzt etwa?“

Sarah nickte. „Ja.“

„Hör auf damit. Die stählerne Lady heult nicht.“

„Du weißt von meinem Spitznamen?“

„Jeder weiß davon. Du etwa nicht?“

Sarah wimmerte. „Ich habe es heute erst erfahren. Ich dachte immer, ich sei ein netter Mensch!“

Maria brach in schallendes Gelächter aus. „Ich schmeiß mich weg! Aber wie dem auch sei, ich wollte nur, dass du weißt, dass Mary keine Gefahr mehr darstellt. Der Bezirksstaatsanwalt wird auf doppelten Mordversuch plädieren. Es kursiert übrigens das Gerücht, dass sie sich schuldig bekennen will.“

Sarah seufzte vor Erleichterung auf. Das bedeutete, dass Mary zwischen fünfundzwanzig Jahren und lebenslänglich bekommen würde. Trotzdem gab es da immer noch ein Problem, den „er". Sie hatte der Polizei zwar von Marys Äußerung berichtet, bisher aber nichts über eine zweite Person gehört.

„Und gibt es Neuigkeiten über den Mittäter?", fragte Sarah in der Hoffnung auf ein Ja – und dass es sich nicht um Mike handelte.

„Nicht dass ich wüsste."

Verdammt! „Maria? Darf ich dich um einen Gefallen bitten?"

„Klar."

„Bitte richte dem Staatsanwalt aus, dass ich womöglich eine Ahnung habe, wer Mary dazu angestiftet haben könnte." Natürlich war sie absolut nicht sicher, dass es Mike gewesen war, aber ignorieren konnte sie ihren Verdacht auch nicht, und es war die Aufgabe des Staatsanwalts, die richtigen Fragen zu stellen. Vielleicht konnte er ja etwas aus Mary herausbekommen.

Ich bete zu Gott, dass ich mich irre. Weil es Colt sonst das Herz bricht.

Gegen zehn am nächsten Morgen wurde sie von einer blonden Krankenschwester geweckt, die offenbar Todessehnsüchte hatte, denn Sarah hatte die ganze Nacht gegrübelt und höchstens eine Stunde geschlafen. „Lassen Sie mich ...", stöhnte sie.

„Aber Colt Young möchte Sie sehen", sagte die Blondine, die sichtlich aus dem Häuschen war.

Schlagartig war Sarah hellwach. „Er ist bei Bewusstsein?"

„Ja."

„So richtig? Ist er ansprechbar?"

„Mh-hm." Die Krankenschwester nickte und lächelte breit. „Und er sagt, dass ihn kein Arzt anfassen darf, solange er Sie nicht sehen durfte."

Sarah schlug sich die Hand vor den Mund. Das glich ja einem Wunder! „Sagen Sie ihm, dass ich mich nur kurz frisch mache und dann sofort zu ihm komme. Verstehen Sie zufällig etwas vom Beinerasieren?“

Die Krankenschwester warf ihr einen strengen Blick zu.

„Schon gut. Würden Sie mir dann wenigstens dabei helfen, kurz zu duschen?“ Nicht dass zwischen Colt und ihr etwas laufen würde, so schlecht, wie sie beide beieinander waren. Es würde Wochen dauern, bis an so etwas überhaupt wieder zu denken war.

Die Krankenschwester half ihr ins Badezimmer. Es war die schnellste Dusche ihres Lebens, aber sie wäre lieber aus dem nächsten Fenster gesprungen, als zuzulassen, dass Colts erste Erinnerung an sie nach seiner Nahtoderfahrung in ihrem superfettigen Haar bestand. Die Schwester half ihr beim Abtrocknen und streifte ihr ein neues Krankenhausnachthemd über, nachdem sie die Verbände gewechselt hatte.

„Immer mit der Ruhe, sonst platzen noch die Nähte“, warnte sie.

„Tut mir leid, ich kann es kaum abwarten, ihn zu sehen.“ Sarah tapste zu ihrem Rollstuhl.

„Ich auch nicht“, murmelte die Krankenschwester schwärmerisch.

„Hey, Finger weg, er gehört mir.“

Die Krankenschwester musterte sie überrascht.

„Ich mag ihn sehr“, gestand Sarah ein.

„Genau wie eine Million andere Frauen.“

Womit sie recht hatte. Sie durfte nicht einfach davon ausgehen, dass Colt sich auf etwas Ernstes einlassen würde, nur weil sie zufällig herausgefunden hatte, dass nicht nur der Inhalt seiner Lederhose, sondern auch sein Charakter supersexy war. Ein Mann wie er konnte sich die Frauen aussuchen.

Ach, jetzt hör schon auf. Er hat gesagt, dass er dich will.

Sarah hob das Kinn. Sie war sicher, dass das hier ein Neuanfang für sie beide war.

Die Schwester fuhr sie den Flur entlang an der – diesmal weiblichen – Polizeiwache vorbei in Colts Zimmer. Er saß bereits aufrecht im Bett, hatte rosige Wangen und einen klaren Blick.

„Heilige Scheiße, tut das gut, dich zu sehen!“, sagte Sarah. Die Krankenschwester schloss die Tür hinter sich und ließ sie mit Colt allein. Was gut war, weil Colt nämlich alles andere als glücklich aussah.

„Hast du meinen Bruder festnehmen lassen?“, knurrte er.

Oh, verdammt. Das ist schnell gegangen. Der Staatsanwalt muss etwas gefunden haben. Oder Mary hat Mikes Namen genannt. Ansonsten wäre er nie festgenommen worden.

„Dann erinnerst du dich also noch an mich“, sagte sie halb im Scherz.

„Antworte mir!“, donnerte er.

Sie hob beschwichtigend die Hände. „Hör mir doch erst mal zu, ehe du wütend wirst.“

„Hau ab hier, Sarah. Ich will dich nie wieder sehen.“

Das konnte er nicht ernst meinen. „Okay.“ Sie fuhr den Rollstuhl näher zu seinem Bett. „Ich verstehe ja, dass du wütend bist. Aber du bist clever, und du weißt, dass ich ohne guten Grund nie im Leben mit dem Finger auf jemanden zeigen würde.“

„Scheiße noch mal, er ist mein verdammter Bruder!“

Da hast du allerdings recht. „Verdammter Bruder“ traf den Nagel auf den Kopf.

„Denkst du, das weiß ich nicht? Deswegen habe ich dir ja auch nie erzählt, dass er mich erpresst hat!“

„Was für ein Scheiß ist das denn jetzt schon wieder?“

Sarah senkte den Blick. „Erinnerst du dich noch an das Video, von dem Mary gesprochen hat? Das, auf dem du und ich die Klokabine verlassen? Richter Wright – der Richter, der das Gericht leitet, in dem ich arbeite – hat dieses Video, und er hat damit gedroht, es an die Öffentlichkeit dringen zu lassen, wenn mein Urteil gegen dich nicht milde ausfällt. Und auf dem Charityball hat dein Bruder mir gegenüber zugegeben, dass er es war, der Wright das Video zugespielt hat."

Colt verzog keine Miene.

„Es tut mir leid, Colt, aber das ist die Wahrheit. Ich habe dir nichts davon erzählt, weil ich dich nicht durcheinanderbringen wollte und damit du nicht denkst, ich hätte mich nur aus Egoismus um dich gekümmert. Ich wusste, dass es falsch war, dir diese Informationen vorzuenthalten, mir blieb jedoch keine Wahl! Es sah so aus, als würde sich dein Zustand verbessern, und ich hatte den Eindruck, dass die Wahrheit noch etwas warten sollte."

„Damit ich alles richtig verstehe: Du behauptest, dass mein Bruder Mary darauf angesetzt hat, mich auszuspionieren und das Video im Club zu drehen, und dann hat er es Richter Wright gegeben, sodass der dich erpressen konnte?"

„So ungefähr, ja."

„Und warum? Wer gewinnt dadurch?"

„Wright sagte, dass er Freunde hat, die sehr enttäuscht wären, wenn du deine Tournee nicht pünktlich antrittst. Und nachdem ich deinen Vertrag gelesen habe, verstehe ich auch, wieso. Zehn Millionen sind ein Haufen Geld, und der Anteil deines Bruders kann sich sehen lassen."

„Selbst *wenn* es ihm darum ginge, würde mein Bruder mir niemals wehtun!"

„Das würde ich auch gerne glauben, aber vielleicht ist ihm irgendwann klar geworden, dass du das Konzert garantiert nicht geben kannst – und vielleicht auch sonst nie wieder eins. Und da hat er es mit der Angst zu tun bekommen, dass die Welt von deinen Gedächtnisproblemen erfahren könnte."

Wahrscheinlich hatte Mike alles bis ins kleinste Detail geplant. Er hatte gehofft, dass sich Colt rechtzeitig erholte, aber für den Fall, dass nicht, hatte er den Plan B, auf seinen Bruder schießen zu lassen.

Colts Nasenflügel bebten. „Du bildest dir ernsthaft ein, mein Bruder würde versuchen, mich ermorden zu lassen?"

„Ja. Ich halte es jedenfalls für möglich." Sarah fuhr sich mit der Hand durchs Haar. „Es ergibt Sinn, und du hast mir selbst erzählt, dass er Vollmacht über dein Vermögen hat."

„Ich verstehe, worauf du hinauswillst." Colt nickte.

Seine Miene gab keinerlei Emotion preis.

Sarah atmete auf. „Gott sei Dank. Ich kann dir nämlich gar nicht sagen, wie nervös ich war, weil ich nicht wusste, wie du rea…"

„Und jetzt raus."

„Was?"

„Geh mir aus den Augen, Sarah. Ich will dich nie wiedersehen."

„Aber was habe ich …?"

„Glaubst du, ich weiß nicht, was du da versuchst? Bildest du dir wirklich ein, du wärst die erste Person – die erste Frau –, die versucht, einen Keil zwischen mich und meinen Bruder zu treiben und seinen Platz einzunehmen? Ich bin doch nicht blöd, Sarah. Ich weiß, wie viel ich wert bin und was Frauen zu tun bereit sind, um mich und mein Geld in ihre Fänge zu bekommen."

Im Ernst, so sieht er das? Traurigerweise war sie nicht einmal richtig überrascht. Sie erlebte nicht zum ersten Mal, wie sich jemand aus Gier gegen seine nächsten Verwandten wendete. Überraschend fand sie dabei aber immer wieder, dass die Opfer, wenn sie denn überlebten, manchmal nicht bereit waren, den Tatsachen zu glauben, auch wenn die Beweislage eindeutig war. Es tat wohl einfach zu weh zu akzeptieren, dass ein Mensch, der einem nahestand und einen eigentlich beschützen sollte, bereit war, einen zu töten.

„Das hier ist keine Masche, Colt. Und falls du dir ernsthaft einbildest, dass ich das alles aus Gier tue, dann irrst du dich ganz gewaltig. Ich wollte dir nur helfen, weil absolut offensichtlich ist, dass Mike nicht dein Bestes will. Denk doch nur mal daran, wie er dein Geld ausgibt, ohne dich zu fragen." Auf dem Charityball war ihr klar geworden, dass Mike mit Colts Geld verfuhr, wie es ihm beliebte, ohne mit irgendjemandem Rücksprache zu halten. Und das verstand sie eindeutig nicht unter „sich um jemanden kümmern".

Colts Blick wurde stahlhart. „Das macht meinen Bruder aber noch lange nicht schuldig." Er zischte abfällig. „Scheiße, ich hätte echt mehr von dir erwartet, Frau Richterin. Ach, Momentchen – ich habe ja gehört, dass du gar keine Richterin mehr bist! Was für ein Verlust für die Menschheit!"

Wow. Das hat gesessen. Sarah schossen Tränen in die Augen. „Tu dir selbst den Gefallen und finde heraus, warum Mike festgenommen wurde. Frag, was sie gefunden haben, okay?" Mike war garantiert nicht ohne triftige Beweise verhaftet worden. „Leb wohl, Colt. Und viel Glück. Du wirst es brauchen."

Sie drehte sich um und fummelte an der Tür herum, bis die Polizistin sie von außen öffnete. Sarah rollte aus dem Raum, so niedergeschmettert, dass sie nicht einmal mehr weinen konnte.

27. Kapitel

Vier Wochen später

„Bitte überleg es dir doch noch mal, Sarah. Wir wollen nicht, dass du gehst." Maria schniefte und wischte sich mit dem Ärmel die Nase ab, während sie ihr beim Ausräumen der Wohnung half.

Sarah, die die Handtücher und die Bettwäsche faltete – leichte Arbeiten bekam sie inzwischen wieder allein hin –, bemühte sich, nicht in Tränen auszubrechen. „Du weißt genau, dass ich mich nicht bei dir und Franco durchschnorre, Süße. Und ich habe im Augenblick einfach keine Ahnung, was ich auf lange Sicht machen werde." *Mal abgesehen davon, mich in Selbstmitleid zu suhlen und mich zu fragen, ab welchem Punkt exakt alles bergab ging.*

Es war bereits zwei Wochen her, dass sie sich bei allen im Gericht verabschiedet hatte, aber es würde noch lange dauern, bis ihre inneren Wunden heilten. Gleich nachdem sie aus dem Krankenhaus entlassen worden war und ihre Mutter zurück nach Florida geschickt hatte, wurde sie informiert, dass sie sich vor Gericht wegen Justizbehinderung würde verantworten müssen, was der steroidbehandelten Version ihres größten Albtraums gleichkam. Eingewickelt in eine hübsche Decke aus Kacke, garniert mit Glasscherben.

Der einzige Silberstreif am Horizont bestand darin, dass sie nicht mehr beschuldigt wurde, Colt Young dazu gezwungen zu haben, mit ihr in die Kiste zu springen. Was vermutlich daran lag, dass der Mann in dem Ruf stand, in dieser Hinsicht auch ohne Zwang äußerst großzügig seine Talente anzubieten, und dass es so schwer war, einen Mann zum Geschlechtsverkehr zu animieren, wenn er absolut nicht in Stimmung war. Weil man für guten alten Sex nämlich eine Kleinigkeit namens Erektion benötigte. Außerdem hatten sie wahrscheinlich mit Colt – oder seinem neuen Anwalt – gesprochen und herausgefunden, dass der Sex einvernehmlich gewesen war. Aber der Schaden war nicht wiedergutzumachen.

Colt für seinen Teil war dafür begehrter als je zuvor. Der neuste Trend waren Frauen-T-Shirts mit dem Schriftzug „Lass mich deine Richterin sein, du böser Junge“ und „Colt Young, sei mein Gefangener.“ Seine Fans liebten es, ihn wie ein Spielzeug zu behandeln.

Fiese Flittchen! Er war ein echter Mensch. Mit Gefühlen. Kein Sexobjekt.

Okay, doch, ist er. Damit verkaufte er schließlich seine vielen Alben.

Während Colts Karriere durch die Decke ging und die Gerüchteküche brodelte, er werde bald seine „Rebel Rebound“-Tourneetermine für das kommende Jahr bekannt geben, hatte sie sich auf die Suche nach einem Anwalt gemacht. Am Ende hatte sie sich kurz vor der Anklageerhebung – dem wohl niederschmetterndsten Termin ihres Lebens – an ihre Collegezimmergenossin Melissa gewandt. Die Beweislast, bestehend aus dem Video, Wrights Aussage und der Tatsache, dass sich Colt in ihrer Wohnung aufgehalten hatte, als er angeschossen wurde, war übermächtig. Alles sprach dafür, dass sie eine Beziehung gepflegt hatten, bevor und während sie seinen Fall bearbeitete.

Was bedeutete, dass sie ihren Job los war.

Keine Hoffnung mehr auf den Obersten Gerichtshof (oder sonst einen).

Kein Dienst mehr für Gerechtigkeit.

Stattdessen wurde sie rund um die Uhr von Paparazzi verfolgt und durch die Klatschspalten geschleift und hatte sogar ein Angebot für ein Enthüllungsbuch bekommen: *Wie ich Colt Young zu meinem Betthäschen machte.*

Am schlimmsten aber war, dass sie Colt vermisste und sich wünschte, zwischen ihnen wäre alles anders gelaufen. Sie hatte doch nur versucht, ihm zu helfen! Anstatt das zu erkennen, behandelte er sie wie den letzten Dreck. Er hatte sie beschuldigt, seinen Bruder den Wölfen zum Fraß vorzuwerfen und es nur auf sein Geld abgesehen zu haben.

Scheiß auf ihn. Was mit Mike und Colt passierte, war nicht mehr ihr Problem. *Zeit für einen Neuanfang.* Und zwar in vielerlei Hinsicht.

Sarah holte ein Taschentuch aus ihrer Overalltasche und putzte sich die Nase. Maria packte die Teller ein und zog ein trauriges Gesicht. *Das ist alles so schrecklich.* Sie würde es vermissen, ihre Freundin jeden Tag zu sehen. Und auch die Jungs und Franco würden ihr fehlen. Sie waren wie ihre Familie, doch ohne Job konnte sie sich die Wohnung nicht leisten. Vor allem nicht, wenn ihr ein endlos in die Länge gezogenes Gerichtsverfahren bevorstand, auf das möglicherweise jahrelange Berufungsverfahren folgen würden. Maria würde sie sicherlich auf ewig hier wohnen lassen, aber Sarah konnte rechnen. Ihre Freundin hatte einen Kredit abzubezahlen und ihre Kinder zu versorgen. Wenn sie mietfrei hier wohnte, würde Maria und Franco nicht mehr viel Geld zum Leben bleiben.

Sarah setzte ein tröstliches Lächeln auf, weil sie Maria nicht noch mehr runterziehen wollte. „Mach dir keine Sorgen. Ich kann trotzdem jederzeit vorbeikommen und babysitten." *Wenn ich nicht gerade meinen Pflichten als Knast-Katjas neues Luder nachkommen muss.* „Und Taylor hat wirklich mehr als genug Platz. Sobald das Baby da ist, braucht sie außerdem alle erdenkliche Hilfe." Taylor lebte in den Berkeley Hills gegenüber von ihrem Bruder Jack, aber Jack war ständig im Krankenhaus unterwegs. Und Bennett musste wegen seiner Stiftung sogar noch ein bisschen mehr reisen als sonst. Er hatte zwar vor, in Zukunft immer von Donnerstag bis Sonntag zu Hause zu sein, doch den Rest der Woche war er auf Achse. Und da Taylor ihre Mutter verloren hatte, als sie noch ein Baby war, waren sie und Holly die einzige weibliche Unterstützung, die ihr blieb.

„Komm schon, Sarah. Ben und Tony werden am Boden zerstört sein. Sie lieben ihre verrückte Tante Sarah, obwohl sie sagen, dass du keine Ahnung hast, wie man sich amüsiert."

„Was? Klar kann man sich mit mir amüsieren! Wir lesen Bücher und spielen Schach. Wir puzzeln und gucken *Law and Order*. Das macht total Spaß!"

Maria hob eine Braue. „Sie sind zehn und zwölf. Nicht achtzig und hundert."

Sarah dachte einen Augenblick darüber nach. Vermutlich hatte Maria nicht unrecht. Nachdem Badboy Nummer eins fast ihre Zukunft ruiniert hätte, war Lernen zum Hauptinhalt ihres Lebens geworden. Danach war dann ihre Karriere gekommen, die ihr kaum Zeit gelassen hatte, auch mal die Seele baumeln zu lassen. Sie konnte sich nicht einmal mehr erinnern, wann sie zuletzt echten Urlaub gemacht hatte – einen, der länger dauerte als zwei Tage und in dem sie mal abschaltete.

Richtig viel Spaß hatte ich im letzten Jahrzehnt nur ein einziges Mal – in einer Klokabine. „Ich denke, ich werde erst mal ein paar Tage verreisen, ehe das Baby kommt." Und ehe in vier Wochen die Vorverhandlung begann.

Jepp, so sah es aus. Sie war auf Kaution frei. Sarah Rae Alma. Unvorstellbar und doch wahr. Als sie ihre Mutter angerufen hatte, um ihr die Neuigkeiten mitzuteilen, hatte es zehn

Minuten gedauert, bis sie glaubhaft versichert hatte, dass das kein Scherz war.

„Ich stecke richtig tief in Schwierigkeiten. Alles spricht gegen mich. Und ich habe ihnen nichts entgegenzusetzen."

„Sei nicht so negativ", hatte ihre Mutter in einem Versuch, ihr den Rücken zu stärken, gesagt. „Du liebst die Justiz und hast immer alles getan, um für Gerechtigkeit zu sorgen. Vertrau einfach darauf, dass auch dir Gerechtigkeit widerfahren wird."

„So wie Dad?", hatte sie erwidert, woraufhin ihre arme Mom zu weinen begann.

„Mit dir ist das was anderes, Schatz. Du bist viel klüger als er. Und du hast dich nicht mit den falschen Leuten eingelassen." Was für ihren Dad den Untergang bedeutet hatte. Irgendein Typ hatte Geld unterschlagen und es so aussehen lassen, als wäre es ihr Dad gewesen. Das wusste sie so genau, weil sie alle Beweismittel gesichtet und jedes Protokoll gelesen hatte. Leider war er gestorben, ehe sie ihm hatte helfen können.

Nachdem Sarah das Telefonat mit ihrer Mutter beendet hatte, fühlte sie sich schlechter als je zuvor. Wenigstens hatte sie ihre Mom überzeugen können, nicht nach San Francisco zu kommen. Denn Sarah wollte auf keinen Fall, dass sie mit ansehen musste, wie sich für ihre Tochter das Schicksal ihres Mannes wiederholte.

Gott, bitte mach, dass ich den Prozess gewinne. Sie schob die letzten Stoffservietten in einen Karton auf der Anrichte und klebte ihn zu.

„Du weißt ja, dass du hier immer willkommen bist, Sarah. Wir haben dich lieb, und das wird auch so bleiben. Auch wenn du den armen Colt Young als Bumsgeisel genommen hast."

„Maria!"

Maria schniefte und lachte gleichzeitig in sich hinein. „Tut mir leid. Ich finde das ganze Zeug aus der Klatschpresse echt witzig. Wusstest du beispielsweise, dass du das Bewusstsein von anderen Leuten kontrollieren kannst? Und dass sich unter deiner Richterbank die Leichen von ungehorsamen Männern stapeln?"

„Widerlich. Schreiben die so was wirklich?" Was war nur los mit diesen Leuten?

„So was könnte ich mir im Leben nicht ausdenken." Maria verstaute ihre Kiste zwischen den anderen. Die Umzugshelfer würden am nächsten Morgen kommen und alles einlagern. Für ein Jahr. Oder zehn, je nach Urteil.

Sarah sah sich in der leeren Wohnung um. *Ich werde das Leben hier vermissen.*

„Danke, dass du mich wie ein Familienmitglied behandelst." Sie nahm Maria fest in die Arme. „Und jetzt sollte ich besser los."

„Schon?"

„Bennett ist in New York, und Taylor hat einen Arzttermin. Ich bin in zwanzig Minuten mit ihr in der Praxis verabredet." Taylor wollte lieber in Jacks Krankenhaus in der Innenstadt von San Francisco entbinden als irgendwo in der Nähe ihres Zuhauses, weil Jack darauf beharrte, dass er ihr die beste Versorgung verschaffen konnte.

„Richte ihr aus, sie soll sich Pediküren mit Fußmassage verpassen lassen, wenn sie so weit ist. Dann flutscht das Baby einfach so raus."

Sarahs Handy brummte in ihrer Tasche. Es war Taylor.

„Hallo?"

„Sarah! Ich habe Wehen!"

„Oh Gott, aber der Stichtag ist doch erst nächste Woche!"

„Ich weiß." Taylor stöhnte.

„Okay, ich komme dich abholen."

„Nein, ich bin schon im Auto. Kurz vor dem – auuuuaaaa – Krankenhaus."

„Was? Du fährst jetzt auf der Stelle rechts ran! Ich komme zu dir."

„Nö, bin fast da. Nur noch ein Häuserblock. Wir sehen uns daaaaaaa-uaaaa!" Das Gespräch wurde beendet.

Sarah sah Maria an. „Taylor hat Wehen. Himmel, was mache ich denn jetzt?"

„Wenn ich mich richtig erinnere, ist es die Schwangere, die alles machen muss."

„Das meine ich doch gar nicht. Bennett ist nicht in der Stadt."

„Und?"

„Ich bin nur der Plan B, eigentlich sollte Bennett ihr beistehen. Und auf einer Zimperliesenskala von eins bis zehn bin ich eine Zwölf. Nee, eine Hundert!"

Maria tätschelte ihr die Schulter. „Einfach tief durchatmen und dankbar sein, dass du keinen Lkw durch eine Gullyöffnung pressen musst."

Sarah verzog das Gesicht. „Na toll. Ich werd's mir merken."

28. Kapitel

Als Sarah im Krankenhaus ankam, verließ Taylor schon wieder das Untersuchungszimmer und plauderte dabei mit ihrer Ärztin, einer großen Blondine, die eher an ein Model als an eine Gynäkologin erinnerte.

„Tay!“ Sarah war außer Atem, weil sie nur in einem Parkhaus einen Platz hatte finden können, das sich praktisch am entgegengesetzten Ende der Stadt befand.

Taylor winkte und rieb sich mit der anderen Hand den Bauch. „Sorry, war falscher Alarm.“

„Na ja“, sagte die Ärztin, „so ganz stimmt das nicht. Ihr Muttermund hat sich schon ein paar Zentimeter geweitet. Das ist in Ihrem Stadium aber völlig normal. Bis Ihre Fruchtblase platzt oder Ihre Wehen nur noch drei oder vier Minuten auseinanderliegen, können Sie entspannt zu Hause abwarten.“

„Danke“, antwortete Tay. „Ich kann Ihnen gar nicht sagen, wie sehr mich das erleichtert. Mein Mann ist auf Reisen, er will die Geburt unbedingt miterleben.“

„Hallo, Ladies!“ Jack kam um die Ecke gebogen. „Wollte nur mal nach dir sehen.“ Er kniff Taylor in die Wange, und Sarah beobachtete, wie der Ärztin fast der Speichel aus dem Mundwinkel rann.

Mensch, der Typ muss endlich wieder in den Ring steigen! Jede Heterofrau und jeder schwule Mann in diesem Krankenhaus himmelte ihn an.

„Mir geht's prima“, sagte Taylor. „Ich habe mindestens noch ein paar Tage.“

„Sarah soll dich fahren", sagte Jack. „Nur zur Sicherheit. Ich bringe ihren Wagen heute Abend bei euch vorbei."

„Sie sind so ein guter Bruder", flötete die Ärztin.

„Stimmt, das bin ich." Jack zwinkerte ihr zu, ohne ihre schmachtenden Blicke auch nur zu bemerken.

Taylor kramte ihre Schlüssel aus der Tasche. „Kommt nicht infrage. Ich fahre selbst, ich bin topfit."

Sarah und Jack stöhnten auf. Das war so typisch Taylor! Immer musste sie auf ihre Unabhängigkeit pochen. Was natürlich einer der Gründe war, warum sie sich so gut verstanden. *Gleich und Gleich gesellt sich gern.* „Taylor", sagte sie, „es würde mir wirklich ..."

„Nein. Ich rufe dich später an, Süße", fuhr Taylor ihr dazwischen. „Ich habe noch einen Haufen Sachen zu erledigen, unter anderem dein Zimmer vorbereiten."

„Wie kann man nur so stur sein?" Sarah schüttelte den Kopf.

„Wie kann man nur so eine Panik verbreiten?" Taylor wieselte davon, ehe sie jemand aufhalten konnte.

Die Ärztin warf Jack noch einen letzten sehnsuchtsvollen Blick zu, dann machte sie sich auf zu ihrem nächsten schwangeren Opfer.

„Du weißt schon, dass deine Schwester spinnt, oder?", sagte Sarah zu Jack.

„Das muss die Mischung aus Schwangerschaftshormonen und Dickkopf sein. Jetzt bildet sie sich ein, sie wäre unbesiegbar."

Sarah lachte auf.

„Wie schlägst du dich so?", fragte Jack.

„Lief schon besser, aber ich versuche, positiv zu denken – beispielsweise, dass ich nicht auf meinem Wohnzimmerboden verblutet bin und dass ich noch mal Urlaub machen kann, ehe ich meine Freiheit verliere. Oh, und wenn ich aus dem Knast komme, ist Tays Baby schon zehn. Das heißt, ich komme um das jahrelange Babysitten und Windelwechseln herum."

Jack schüttelte den Kopf. „Was bist du nur für ein leuchtendes Beispiel der Positivität, Sarah. Wie machst du das bloß?"

Sie zuckte die Achseln. „Ach, das ist eine Gabe."

„Na gut." Jack streckte die Arme aus, um sie zu umarmen. „Ich muss zurück in den OP. Autounfall. Zertrümmerte Nase und gebrochener Wangenknochen." Er wirkte aufgeregt wie ein kleines Kind an Weihnachten.

„Unfassbar spannend." Sarah umarmte ihn fest und hätte schwören können, dass sie dabei ein paar Frauen böse knurren hörte.

Na toll. Noch mehr Psychogroupies. Sie ließ Jack los. „Bis später dann, Dr. Reed. Sie sind ein grauenhafter Umarmer!" Sie sagte das extralaut, damit auch ja alle Krankenschwestern in Hörweite mitbekamen, dass sie sie nicht erschießen mussten. „Übrigens läuft zwischen uns rein gar nichts."

„Öhm … danke?" Jack schüttelte perplex den Kopf und spazierte davon.

Sarah machte sich auf den Weg zum nächsten Aufzug und grübelte dabei über die To-do-Liste rund um ihren Umzug – das Telefon abmelden, einen Nachsendeauftrag einrichten – und all die Dinge, die sie noch erledigen musste, falls der Prozess nicht zu ihren Gunsten ausging. *Gott, es tut echt gut, so viel zu tun zu haben. Das lenkt mich ab von …*

Die Fahrstuhltür glitt auf, Sarah trat ein und erkannte im selben Moment die Person, die sich bereits in der Kabine befand. „Colt?"

29. Kapitel

Colt trug eine ausgeblichene Jeans, die jeden Muskel seiner maskulinen Beine umschmiegte, und einen einfachen schwarzen Pulli – einen von diesen weichen, dünnen, die Oberarme und Brust nicht unter einem dicken Haufen Wolle verschwinden ließen, sondern sie sogar noch betonten. Dazu hatte er eine Baseballkappe und eine Sonnenbrille aufgesetzt. Als ob die Leute diesen sensationellen Typen nicht auch so erkennen würden!

Einen Augenblick lang zögerte Sarah, zu ihm in den Fahrstuhl zu steigen. Sie wusste, dass er sie nie wieder sehen wollte. Und sie war zu stolz, in ihrer derzeitigen Lage irgendjemanden um irgendetwas zu bitten, nicht mal um Vergebung. Vor allem, weil sie nichts Falsches getan hatte. Jedenfalls nicht so richtig. Okay, sie hatte gute Absichten verfolgt, und das war ja fast dasselbe, verdammt noch mal.

Scheiß auf ihn. Ich nehme keinen anderen Fahrstuhl. Und außerdem war sie eine erwachsene Frau. Sie würde sich einfach zusammenreißen.

Sarah trat ein, und Colt, die Augen hinter der verspiegelten Brille verborgen, sah weiter geradeaus.

„Na, heute kein Cowboy- oder Nerdoutfit?“, fragte sie, während sich die Tür schloss.

Colt reagierte nicht.

Wow. Was für ein Arschloch! „Ooookay. Wahnsinnig reifes Verhalten, Colt.“ Sie blickte ebenfalls geradeaus und versuchte, sich ihre Entrüstung nicht anmerken zu lassen. „Schön zu sehen, dass du dich von deiner Schusswunde erholst. Und ja, ich werde wegen deiner psychopathischen Stalkerin mit aller Wahrscheinlichkeit im Kittchen landen." Schließlich war es Mary gewesen, die das Video – also das wichtigste Beweismittel – aufgenommen und die Tatsache ans Licht gebracht hatte, dass sie und Colt einander kannten, indem sie in ihrer Wohnung auf sie beide schoss.

„Tut mir leid, aber kennen wir uns?", fragte er.

Sarah drehte sich blinzelnd zu ihm um. „Echt jetzt, Colt? Netter Versuch."

Er runzelte die Stirn, sagte jedoch nichts weiter. Es war derselbe Blick, mit dem er sie bedacht hatte, als er zum dritten Mal in ihrem Gerichtssaal erschienen war, als das Urteil verkündet wurde. Mit genau diesem seltsamen Ausdruck hatte er sie auch damals angestarrt – ernst, verwirrt, misstrauisch.

Er hat mich wirklich vergessen …

Sarah versuchte, ihre Gekränktheit so gut wie möglich zu verbergen. Aber es war hart, richtig, richtig hart, einfach so vergessen zu werden. „Na ja, schätze, es ist besser so. Das mit uns hätte sowieso nie funktioniert."

Die Tür glitt auf, und sie trat mit dem Gefühl, auf ihrer Brust laste ein schwerer Stein, in die Lobby hinaus.

Ihr Handy klingelte. Sarah holte es aus der Tasche. Es war Taylor. „Na, soll ich dich doch fahren?", fragte sie, während sie das Gebäude verließ und in Richtung Parkhaus ging.

„Sarah! Scheiße! Scheiße, ich brauche Hilfe!", schrie Taylor am anderen Ende der Leitung.

Sarah rutschte das Herz in die Hose. „Taylor! Was ist denn los?"

„Das Baby koooommt …"

„Aber du hast doch selbst gesagt, dass es falscher Alarm war", warf Sarah ein.

„Glaubst du, das weiß ich nicht, du dumme Fotze?", kreischte Taylor. „Und jetzt beweg deinen verdammten Arsch her!"

Dumme Fotze? Wow. So ausfallend war Taylor bei aller Flucherei in über zwanzig Jahren Freundschaft nicht geworden. Das war kein gutes Zeichen.

„Okay, keine Panik. Wo bist du?“, fragte Sarah in bemüht ruhigem Ton.

„In der Tiefgarage. In meinem Auto. Oh Gott, oh Goooottt! Schnell, da ist Blut und die Fruchtblase ist geplatzt, und … aaaaahhh. Fuck, tut das weh!“

Himmel! Brachte Taylor da gerade einen Babyteufel zur Welt? „Auf welcher Ebene stehst du?“

„Zehnte, und der gottverdammte Fahrstuhl geht nicht! Ich glaube, deswegen … Scheißäääää! Verfickte Scheiße, beeil dich!“

„Okay, beweg dich nicht von der Stelle!“

„Wo soll ich denn schon hin, Scheiße noch mal?“, schrie Taylor. „Und ruf meinen bekackten Mann an, und sag ihm, dass ich ihn hasse wie die Pest! Wenn er und sein Sperma mir jemals wieder zu nahe kommen, bringe ich ihn um. Verstanden?“

Okidoki. Taylor war offiziell verrückt geworden. „Bin gleich da.“ *Schätze ich.* Wegzulaufen war gerade nämlich durchaus eine verlockende Option.

„Kann ich irgendwie helfen?“ Colt stand mit besorgter Miene vor ihr. Er hatte seine Brille abgenommen und damit offenbar auch seine Arschlochlaune abgelegt. Hatte er im Aufzug nur so getan, als würde er sie nicht erkennen?

Im Augenblick hatte sie jedoch keine Zeit für derartige Analysen.

„Ähm … ja! Ja, das kannst du“, erwiderte sie. „Kannst du drinnen am Empfang Bescheid sagen, dass Dr. Jack Reeds Schwester gerade auf Ebene zehn des Parkhauses ihr Baby zur Welt bringt?“

Einen Moment lang starrte Colt sie verständnislos an, dann holte er sein Notizbuch aus seiner Hosentasche. „Könnten

Sie das vielleicht wiederholen? Ich habe leider Probleme mit dem Gedächtnis."

„Stimmt ja. Ach, macht nichts. Spar dir die Mühe, ich rufe unterwegs an." Sie machte auf dem Absatz kehrt und schoss los. Die Strecke zum Parkhaus kam ihr endlos lang vor. *Idioten.* Wer baute das Parkhaus eines Krankenhauses Billionen Meter vom Eingang entfernt? Klar, Baugrund war in San Francisco ein Vermögen wert, doch das hier war einfach lächerlich. Direkt vor dem Krankenhaus befand sich ein kleiner Parkplatz für Notfälle und das Personal, aber von allen anderen Besuchern wurde offenbar erwartet, dass sie regelmäßig für den Marathon trainierten.

„Sarah! Warte mal!", rief ihr Colt hinterher.

So ein Wichser! Er erinnerte sich also doch an sie. Sie drehte sich mitten im Sprint zu ihm um. „Super Darstellung, Colt. Echt super!"

„Was hast du denn anderes erwartet?" Er warf ihr einen fiesen Blick zu.

Wurstegal, sie hatte jetzt keine Zeit für solche Spielchen. Colt war allerdings ebenfalls losgelaufen. „Kannst du mir mal sagen, was du da machst?"

„Ich helfe dir."

„Ich brauche deine Hilfe nicht." *Keuch, keuch, keuch.* „Oder bist du zufällig Geburtshelfer?"

„Ich hab schon bei Hunderten von Geburten geholfen", antwortete Colt, nachdem er mit ihr gleichgezogen hatte. „Zwar nicht bei Menschen, aber am Ende macht das keinen großen Unterschied."

„Was soll das denn bitte heißen, ‚nicht bei Menschen'?"

„Dass es Kühe waren."

Colt hatte auf einer Farm gearbeitet?

„Aber natürlich macht das einen Unterschied!" Sarah hieb auf das Display ihres Handys ein und rief Jack an, wurde jedoch direkt an die Mailbox weitergeleitet. *Mist, er ist ja im OP!* Sie öffnete den Browser und versuchte, gleichzeitig nach der Krankenhausnummer zu suchen und weiterzurenn…

Scheiße! Sie flog durch die Luft und wäre um ein Haar auf dem Gesicht gelandet. Schmerz schoss durch ihren Körper, durch die Handgelenke, weil sie sich damit abgestützt hatte, durch die Hüfte, weil ihre Hände sich dabei zu viel Zeit gelassen hatten, und durch den Unterleib, weil ihre Wunde noch nicht ganz verheilt war.

„Ahhhh!" Sie stöhnte.

„Alles okay?" Colt versuchte ihr aufzuhelfen, aber sie konnte ihm nicht antworten und winkte ihn weiter, damit er zu Taylor lief.

„Äh, zehnter Stock, oder?", fragte er.

Sie nickte und wimmerte dabei vor Schmerzen. „Ja …"

Ein älterer Herr kam vorbei und beobachtete den Tumult.

„Rufen Sie 911", wies Colt ihn an. „Sagen Sie, dass im zehnten Stock der Parkgarage eine Frau ihr Kind zur Welt bringt."

Verwirrt, wer denn nun Hilfe brauchte, musterte der Mann Sarah.

„Mit ihr ist alles in Ordnung", beantwortete Colt seine unausgesprochene Frage.

Sarah sah ihm hinterher, wie er sich auf die Suche nach Taylor machte. „Folg einfach dem Gebrüll", wimmerte sie.

Als der schlimmste Schmerz abgeklungen war und der ältere Herr ihr aufgeholfen hatte, war der Notarzt bereits informiert und auf dem Weg. Jetzt befand sich Sarah kurz vor der zehnten Parkebene.

„Alter", keuchte sie und hielt sich am Treppengeländer fest, um sich die letzten Stufen hochzuziehen. „Ich. Hasse. Treppen." Als sie die Tür zum Parkbereich aufstieß, rechnete sie mit lautem Gefluche und Geschrei, stattdessen herrschte Stille.

Oh nein. Was ist los? Ihre Panik wich etwas viel Schlimmerem, absolutem Grauen, garniert mit Entsetzen.

„Taylor!" Sarah humpelte nach links und suchte nach Taylors schwarzem Range Rover.

Nichts.

Wo sind sie nur?

„Taylor!", brüllte sie. Aus weiter Ferne hörte sie eine Krankenwagensirene näher kommen.

„Wir sind hier drüben!", hallte Colts tiefe Stimme durch die Betonwände und die Stahlkarosserien der Autos, sie kam aus genau der entgegengesetzten Richtung.

Plötzlich sah sie seinen Kopf hinter einem weißen SUV hochschnellen.

Lieber Gott, mach, dass es Taylor gut geht. Taylors Mutter war bei der Geburt ihrer einzigen Tochter gestorben, weil es Komplikationen gegeben hatte – ein Ereignis, das Taylors Leben von Tag eins an stark beeinflusst hatte und dessen Ausmaß Sarah niemals ganz würde verstehen können. *Bitte mach, dass es ihr gut geht.* Es war zu still hier. Viel zu still. Ob Taylor das Bewusstsein verloren hatte?

Sarah rannte gegen den Schmerz an, bis sie den SUV erreichte und Colt mit nacktem Oberkörper neben der offen stehenden Kofferraumklappe von Taylors Auto stehen sah.

„Geht es ihr gut? Taylor! Sie sind schon unterwegs hi…" Sarah verstummte, als ein Schrei an ihre Ohren drang. Sie schubste Colt förmlich aus dem Weg. „Ich fass es nicht …"

Im Range Rover lag Taylor, den Kopf an die Tür gestützt, quer über der Rückbank und hielt ein winziges, klebriges rosa Baby im Arm. Über ihrem Schoß lag ein schwarzer Pulli.

„Hab dir ja gesagt, dass ich weiß, wie man ein Kind zur Welt bringt", sagte Colt mit einem selbstzufriedenen Grinsen und verschränkte die muskulösen Arme vor seiner nicht minder muskulösen Brust.

Ich will dich kraulen. Mit meiner Zunge. Wenn auch zu einem geeigneteren Zeitpunkt, denn im Augenblick zählten andere Dinge. Trotzdem konnte sie nichts dagegen tun, dass sie innerlich so weich wie Butter wurde. Er hatte Taylor gerettet. Er hatte ein Baby entbunden, ohne mit der Wimper zu zucken. *Gibt es überhaupt irgendwas, was er nicht kann? Er ist umwerfend.*

Sarah richtete ihre Aufmerksamkeit wieder auf Taylor, die von einem Ohr bis zum anderen grinste und dabei ihr Baby anstrahlte.

„Wow, das ging ja schnell. Geht es dir gut?", fragte Sarah, sie war immer noch ganz schön geschockt.

„Ging mir nie besser. Der kleine Kerl hier ist praktisch aus mir rausgesprintet." Taylor seufzte und strich ihrem Baby über den Kopf. „Danke, Colt. Ohne dich hätte ich es nicht geschafft."

„War mir ein Vergnügen."

„Sarah", sagte Taylor voller Freude, „darf ich vorstellen? Colt Wade, mein Sohn."

„Colt? Du nennst ihn Colt?" *Neiiiiinnnn …*

„Der Name ist perfekt." Taylor seufzte erneut.

Ach, komm schon! Der Name war eine Garantie dafür, dass sie Colt niemals vergessen würde.

Sarah schloss ihren offen stehenden Mund und sah Colt an, dem das Lächeln inzwischen vergangen war. Tatsächlich wirkte er sogar blass und krank.

„Alles okay?" Sie packte ihn am Arm. „Brauchst du einen Arzt?"

„Nein. Ich war gerade beim Arzt – es geht mir gut." Trotzdem legte er sich die Finger an die Schläfen und begann, tief ein- und auszuatmen, so wie in der Nacht bei Ms. Luci.

„Du siehst aber nicht gut aus. Hast du wieder eine Panikattacke?", fragte Sarah.

Der Krankenwagen fuhr vor, und Colt riss seine nussbraunen Augen auf. „Ich … ich … ich muss los."

„Aber wohin denn?"

„Mike besuchen." Er ging davon, während die Sanitäter auf den Range Rover zustürmten.

„Aber …" Sarah sah ihm hinterher, dann zu Taylor, dann wieder zu Colt.

Was ist hier eigentlich gerade passiert?

30. Kapitel

Sobald Sarah sich vergewissert hatte, dass Taylor und Baby Colt – *Schnappatmung, Schnappatmung, oh Gott, warum denn nur ausgerechnet dieser Name?* – auf der Entbindungsstation alles hatten, was sie brauchten, und die dazugehörigen Männer, Bennett, Taylors Vater, Jack und ihre beiden großen Brüder, sowie alle engen Freunde informiert worden waren, machte sie sich auf den Rückweg in ihre Wohnung, um fertig zu packen.

Natürlich hatte Jack ihr das Versprechen abgenommen anzurufen, falls sie Schmerzen bekam, die über die normalen Beschwerden wegen der Schürfwunde hinausgingen, die sie sich bei ihrem Asphaltbauchplatscher zugezogen hatte. Körperlich ging es ihr jedoch bestens. Ihr geistiger Zustand dagegen war eine ganz andere Geschichte. Sie hatte es aufs Colts Handy versucht, aber ihre Anrufe wurden sofort an die Mailbox weitergeleitet. Und auf ihre SMS erhielt sie auch keine Antwort.

Wahrscheinlich ignoriert er dich wieder. Aber sein Gesichtsausdruck im Parkhaus war so beunruhigend gewesen! *Ach, ist doch nicht dein Problem. Er wird dir nie verzeihen, dass du der Auslöser für die Festnahme seines Bruders warst.* Ihr letzter Stand war, dass Mike auf seinen Prozess wartete und zum Schutz des Opfers keine Kaution zugelassen worden war. Mary hatte sich auf den Deal eingelassen, im Austausch gegen ein mildes Urteil als Kronzeugin zu fungieren, worüber Sarah alles andere als glücklich war.

Der Staatsanwalt hatte ihr außerdem mitgeteilt, dass Colt

nach aktuellem Stand als Zeuge der gegnerischen Seite behandelt werden würde. Colt hatte also beschlossen, seinem Bruder beizustehen, was sie so liebenswert wie traurig fand.

Sie faltete das letzte Kleid aus ihrem Schrank zusammen und warf noch einmal einen Blick in den riesigen leeren Raum. So eine tolle Wohnung. *Dafür wird es aber bestimmt total leicht, meine Gefängniszelle sauber zu halten.*

Es klingelte. Vermutlich waren das Maria und/oder Franco, die ihr helfen wollten, obwohl dies der Abend für den wöchentlichen Karateunterricht ihrer Söhne war.

Sarah ging nach unten, um aufzumachen. Ihr Gehirn brauchte einen Moment, um zu begreifen, dass es sich bei dem Mann, der da stand, um Colt in all seiner Lederhosenpracht handelte. Er trug eine verspiegelte Sonnenbrille und hatte sich die Haare unter eine Baseballkappe gestopft. Sein weißes T-Shirt war eng anliegend und betonte seine muskulöse Brust. Seine Haltung bewegte sich irgendwo zwischen großspurig und entspannt.

Er schob sich die Sonnenbrille die Nase hoch. Seine Brust hob und senkte sich, seine vollen Lippen zuckten. „Ich … ich …"

Sie brauchte einen Augenblick, um zu begreifen, dass er kurz vor dem Zusammenbruch war.

„Geht es dir gut?", flüsterte sie.

„Darf ich reinkommen?"

Sie trat beiseite und ließ ihn durch. Dann schloss sie die Tür hinter sich ab.

Colt nahm die Brille ab und gab damit seine blutunterlaufenen braunen Augen preis.

„Was ist passiert?", fragte Sarah sanft.

„Ich kann mich erinnern, Sarah. Ich kann mich an alles erinnern." Tränen stiegen ihm in die Augen. „Mike hat versucht, mich umzubringen. Und es war nicht das erste Mal."

Colt setzte sich auf das mit einer Plastikplane abgedeckte Sofa, nahm seine Kappe ab und beobachtete Sarah dabei, wie sie in der Küche Wasser aufsetzte und in den Pappkartons nach zwei Tassen kramte.

Verdammte Scheiße, er kam sich so erbärmlich vor. Aber wie sollte man auch damit klarkommen, in dieser Form von seinem eigenen Bruder betrogen zu werden, der alles war, was man noch an Familie hatte?

Er beobachtete, wie Sarah seinem Blick auswich. Ihr braunes Haar türmte sich locker und wild und völlig Sarah-atypisch auf ihrem Kopf. Selbst der einfache Akt der Teezubereitung schien heute ihre gesamte moralische Stärke zu erfordern, denn ihre Hände zitterten, ihr Atem ging schnell und ihre Schultern waren angespannt. Vermutlich hätte sie ihn gerade am liebsten angeschrien und ihm mitgeteilt, was für ein Arschloch er war. Vermutlich wollte sie ihm klarmachen, wie sehr er sie verletzt und ihr Leben versaut hatte. Und trotzdem riss sie sich zusammen. Weil sie die Sorte Frau war, die das Wohlergehen anderer vor ihr eigenes stellte.

„Und?", fragte sie. „Hast du Mike zu sehen bekommen?"

Oh ja, verdammt, das hatte er allerdings. „Ja."

„Und?"

Und er hatte ihn mit der Wahrheit konfrontiert. „Ich habe mich an etwas erinnert, nachdem ich Taylor bei der Geburt geholfen habe. An etwas, was mit Mike zu tun hatte." Sie mussten damals dreizehn oder vierzehn Jahre alt gewesen sein. Colt hatte angefangen, mit der Nachbarstochter Colleen Johnson anzubändeln. „Wir arbeiteten auf dieser Farm am Ende unserer Straße. Eines Tages mistete ich den Stall aus, als mir auffiel, wie sich eine trächtige Kuh hinlegte und sich bereit machte, ihr Kalb zur Welt zu bringen. Ich schickte Mike los, um den Besitzer Mr. Johnson zu holen, und ich weiß noch, wie ich dastand und die Geburt beobachtete. Und dann traf mich plötzlich etwas am Hinterkopf, und ich wurde ohnmächtig."

„Gott, was ist denn passiert?", fragte Sarah.

„Mike ist passiert. Er war wütend auf mich, weil ich mit Johnsons Tochter zusammengekommen war. Ich meine – wir waren noch Teenager, aber Mike mochte sie auch, und er führte sich auf, als hätte ich ihm die Ehefrau ausgespannt."

„Und deswegen hat er versucht, dich umzubringen?", fragte Sarah, die nach wie vor in die Küche stand.

„Rückblickend würde ich Ja sagen. Damals wachte ich auf, und er saß weinend neben mir. Er sagte, wie leid es ihm täte und dass er mich nicht so hart hatte treffen wollen. Dass er nur hatte herumalbern wollen. Also habe ich für ihn gelogen und allen erzählt, ich wäre ausgerutscht und mit dem Kopf auf einen Stein geprallt. Aber ich glaube, eigentlich wusste ich immer schon, dass es Mike gar nicht wirklich leidtat. Und deswegen habe ich ihn heute besucht."

„Und was hat er dazu gesagt?"

Mike auf Colleen anzusprechen hatte denselben Effekt gehabt, wie den Schorf von einer kaum verheilten Wunde zu kratzen. Mike war sofort ausgeflippt und hatte gesagt, Colleen sei nur das erste von vielen Dingen gewesen, die er ihm gestohlen hätte. Und als er ihn auf Mary ansprach, versetzte Mike ihm den Schock seines Lebens. Er schien es richtig zu genießen, ihm in allen Einzelheiten zu erzählen, wie er gehofft hatte, er, Colt, würde sterben – und dass er die Sache eigenhändig hätte zu Ende bringen sollen. Mike wetterte wie ein Wahnsinniger herum, dass eigentlich er ein Anrecht auf den Platz in Harvard gehabt hätte und dass ihre Mutter ihn mehr hätte lieben müssen. Er brüllte, dass er, Colt, weder seinen Ruhm noch das viele Geld verdient hätte.

Er fühlte sich, als hätte er all die Jahre neben einem Wildfremden gelebt. Sein Bruder war ein Monster. Colt atmete tief durch. „Er hat genug gesagt, um mein Gedächtnis wieder zum Laufen zu bringen."

„An wie viel kannst du dich erinnern?"

„An alles."

Sarah gab Teebeutel in die Tassen und kam hinter dem Tresen hervor, zögerte dann aber kurz, fast, als wäre sie sich nicht sicher, ob sie sich wirklich neben ihn setzen sollte.

An ihrer Stelle hätte er sich natürlich auch gefragt, ob er sich selbst zu nahe kommen sollte. Er wäre rasend vor Wut über das gewesen, was er aus ihrem Leben gemacht hatte. *Ein einziges gottverdammtes Chaos.*

Sarah seufzte leise und nahm trotzdem neben ihm Platz.

„Also." Sie faltete ihre eleganten Hände graziös auf ihrem Schoß. „Woran genau erinnerst du dich?"

„Vor eineinhalb Jahren erzählte mir ein Freund, Mike habe ihn durch die Blume bedroht und ihm geraten, sich von mir fernzuhalten. Anfangs glaubte ich ihm nicht, aber dann hörte ich das Gleiche von einer Frau, mit der ich eine Zeit lang zusammen gewesen war. Nachdem ein paar andere Leute den Kontakt zu mir abbrachen, glaubte ich meinem Freund schließlich, doch ich verstand einfach nicht, was das alles sollte. Wollte Mike mir so wehtun? Mich isolieren? Als ich Mike damit konfrontierte, log er und sagte, er habe ihnen nicht gedroht. Sie seien nur alle eifersüchtig auf unser enges Verhältnis. Aber ich wusste, dass das nicht stimmte. Ich konnte den Hass in seinem Blick erkennen. Das war in der Nacht, in der ich den Motorradunfall baute."

Sarah wirkte entsetzt, was mehr sagte als tausend Worte. Denn es brauchte viel, um sie aus der Fassung zu bringen.

„Das ist unverzeihlich, Colt. Einfach …" Sie schüttelte voller Abscheu den Kopf.

Das war jedoch noch nicht alles. „Ich glaube, dass er mir auch die Drogen auf der Party untergejubelt hat. Und ich bin mir absolut sicher, dass er mir in der Nacht, in der ich den Polizisten angepinkelt habe, im Restaurant etwas ins Glas gemischt hat. Ich weiß noch, dass Mike dort war und ich mich plötzlich betrunken und wütend fühlte, obwohl ich nur ein Bier gehabt hatte. Es war Mike. Immer Mike. Mike, der Menschen von mir fernhielt, Mike, der mich reinlegte, Mike, der eine Frau darauf angesetzt hat, mich zu erschießen." Gleichzeitig schien sich Mike offenbar nicht entscheiden zu können, was er mehr wollte: Rache oder sein Geld.

Der Typ ist knallverrückt.

„Dann arbeitet Mary also für ihn", sagte Sarah.

„Richtig. Mike hat so ziemlich alles zugegeben. Er hat sogar gelacht, als er sich daran erinnerte, wie blöd es von mir war, ihm zu vertrauen und ihm Vollmacht über mein Vermögen zu erteilen. Er klang fast schon stolz, so, als wolle er, dass es mir wehtut." Er beugte sich vor, stützte die Ellenbogen auf die Knie und rieb sich das Gesicht. „Ich kann das alles gar nicht fassen. Was für ein beschissener Albtraum!"

Die ganze Zeit über waren da diese Augenblicke der Klarheit gewesen – Bilder, Gesprächsfetzen, die er mitgehört hatte. Er erinnerte sich an Dinge, dann entglitten sie ihm wieder. Es war nicht so, dass er sich nicht erinnern konnte. Er wollte das Geschehene nur einfach nicht akzeptieren. Deswegen hatte er vor vier Monaten dieses Auto genommen, und die Geschichte endete in Sarahs Gerichtssaal.

Er war auf einer Privatveranstaltung gewesen und hatte mitbekommen, wie einer von Mikes Freunden erzählte, Mike würde damit angeben, wie er seinen Bruder schröpfte. Das hatte ihn damals genauso hart getroffen wie jetzt. Er war von der Party geflüchtet, und der Parkwächter hatte ihm irgendeinen Schlüssel in die Hand gedrückt. Er hatte keine Ahnung gehabt, wohin er fuhr, Hauptsache weit weg von Mike. Seine nächste Erinnerung bestand darin, dass er ans Ufer zurückschwamm, während das Auto auf den Grund des Sees sank. Alles war verschwommen.

Sarah nahm seine Hand. „Das alles tut mir so leid."

„Das muss es nicht", sagte er. „Ich habe dich in dieses Chaos mit hineingezogen und dir dein ganzes Leben versaut." Wie sehr er sich wünschte, den Schmerz, den er ihr zugefügt hatte, wiedergutmachen zu können!

„Du hast mein Leben nicht versaut. Okay, doch, hast du. Aber nicht mit Absicht. Jedenfalls nicht direkt. Mike ist einfach ..." Sie schüttelte den Kopf. „Mike ist echt ..."

„Er ist völlig krank im Hirn, Sarah. Anders kann man das nicht beschreiben. Er hat mein Geld gestohlen, mich benutzt, mich hinter den Kulissen jahrelang sabotiert. Ich komme mir vor wie Whitney Houston mit ihrer verrückten Schwester in *Bodyguard*."

„Bin ich dann dein Kevin Costner? Der wollte ich nämlich immer sein." Sarah lächelte.

Er erwiderte ihr Lächeln aus Höflichkeit, auch wenn Freude das Letzte war, was er gerade empfand.

„Und was willst du jetzt tun?", fragte sie.

„Dafür sorgen, dass mein Bruder für lange, lange Zeit ins Gefängnis wandert. Und dann hole ich dir dein Leben zurück."

„Colt, das ist wirklich süß von dir, aber du kannst nichts für mich tun. Die Würfel sind gefallen."

„Ich werde für dich aussagen und erzählen, dass Mike mit Wright zusammengearbeitet hat, um dich zu erpressen. Danach werden sie dich ja wohl kaum noch für schuldig halten."

Sarah schüttelte den Kopf. „Ich wünschte, es wäre so einfach, doch ich habe alle Szenarien durchgespielt, und am Ende wird immer Wrights Wort gegen meins stehen. Und ich bin diejenige, die im Video auftaucht. Ich wirke sowieso schon schuldig, und dann ist da auch noch die Tatsache, dass ich vor dem Urteilsspruch mit dir geschlafen habe. Das stützt ihr Argument, ich sei korrupt."

„Aber was hast du denn nun vor?" Das klang ja fast so, als wollte sie aufgeben!

„Ich sage die Wahrheit und hoffe darauf, dass mir die Jury glaubt. Doch nur ein Wunder könnte verhindern, dass ich im Gefängnis lande. Wrights Weste ist blütenrein und meine … na ja, etwas fleckig."

Egal, was Sarah sagte, er würde eine Möglichkeit finden, sie zu unterstützen. Das war das Mindeste, was er ihr schuldig war. Und in der Zwischenzeit … „Kann ich etwas für dich tun? Dir mit den Anwaltskosten helfen? Brauchst du Geld? Irgendwas?"

Sex, zum Beispiel? Denn jetzt, wo seine Erinnerung fast vollständig zurückgekehrt war, wusste er so sicher wie nie zuvor, dass er Sarah wollte. Nicht nur, weil der Sex mit ihr so irre gewesen war, sondern wegen dieser Ehrlichkeit in ihrem Blick, des tiefen Mitgefühls in ihrem Herzen und dieser ganz besonderen Verbindung zwischen ihnen beiden.

Er konnte nicht in Worte fassen, wie oder warum, aber sie war da, und der Beweis war, dass er zwölf Monate lang nicht dazu in der Lage gewesen war, Sex zu haben. Doch als er Sarah in diesem Club sah, hatte schlagartig diese Verbindung zwischen ihnen bestanden. Jeder Millimeter seines Körpers hatte sie begehrt. Danach hatte er sich an sie erinnern können, obwohl andere neue Erinnerungen sofort wieder verschwanden. An sie zu denken hatte ihm die Fähigkeit zurückgegeben, Glück zu empfinden, und deswegen hatte er auf einmal mit dem Gitarrespielen anfangen können. Außerdem hatte sie die Wahrheit über Mike erkannt und eingegriffen, als er zu blind gewesen war, um zu begreifen, was geschah. Sarah war genau die Frau, auf die er sein Leben lang gewartet hatte. Stark, sexy, klug und loyal.

„Das ist lieb von dir, Colt, aber ich habe alles im Griff, und Geld von dir anzunehmen würde mich nur noch verdächtiger wirken lassen."

Er sah sich in ihrer leeren Wohnung um, in der sich die Kartons an einer der Wände bis unter die Decke stapelten. „Und wo willst du wohnen?"

„Bei Taylor. So kann ich ihr mit dem Baby helfen. Zumindest bis Prozessbeginn. Und dann sehen wir weiter."

„Wie geht es dem kleinen Colt?" Es war eine verdammt krasse Erfahrung gewesen, bei einer Geburt zu helfen. Der kleine Kerl war rausgeschossen wie eine Rakete. *Jepp, durch und durch ein kleiner Superstar, genau wie ich.*

Sarah traten fast die Augen aus dem Kopf.

„Was hab ich denn gesagt?"

„Nenn ihn bitte nicht so, das klingt so, als würdest du über deinen ..." Ihr Blick ging zu seinem Schritt. „... du weißt schon ... reden."

Es dauerte etwas, bis er begriff. „Du hast ja so eine schmutzige Fantasie."

„Tut mir leid."

Er lachte auf. „Und abgesehen davon würde ich meinem Penis nie einen Spitznamen geben, in dem das Wort ‚klein' vorkommt. Das wäre irreführend."

Sie hob die Brauen und lächelte. Was wohl hieß, dass sie ihm recht gab.

„Baby Colt geht es gut", sagte sie. „Morgen früh, wenn die Umzugshelfer alles abgeholt haben, besuche ich ihn. Ich kann immer noch nicht fassen, dass bei der Sache eine Namenspatenschaft für dich rausgesprungen ist."

„Warum? Es werden ständig Babys nach mir benannt. Berufskrankheit."

„Meinst du all die Babys, die du deinen Groupies gemacht hast?"

Im ersten Moment glaubte er, dass sie nur einen Witz machte, aber ihr Gesichtsausdruck war ernst.

„Sarah, so bin ich nicht. War ich nie und werde ich auch nie sein."

„Wie bist du denn dann?"

„Das wirst du schon selbst rausfinden müssen." Er wollte sie küssen. Er wollte ihr zeigen, was er meinte, doch als er sich zu ihr beugte, stand sie abrupt auf.

„Ich habe eine Menge zu tun", sagte sie.

Sie schmeißt mich raus! Aber so leicht würde er sich nicht abschütteln lassen. „Wollen wir nicht eine Kleinigkeit essen gehen? Ich kenne ein Lokal, in dem wir unsere Ruhe haben würden." Er erhob sich ebenfalls und sah ihr in die Augen. Sie waren so blau, so hinreißend.

„Colt." Sie seufzte und strich sich durchs Haar. „Du hast keine Ahnung, wie viel ich über uns nachgedacht habe. Wie oft ich gebetet habe, dass du nicht mehr wütend auf mich bist und wir die Chance bekommen, herauszufinden, wohin das mit uns führt. Aber in den vergangenen vier Wochen ist alles anders geworden. Die Polizei hat mich ungefähr ein Dutzend Mal verhört, meine Anwältin habe ich bestimmt genauso oft gesehen, und ich musste zur Anklageerhebung vor Gericht erscheinen. Es war die reinste Hölle."

„Dann lass mich dir helfen, alles wieder in Ordnung zu bringen." Das war er ihr schuldig. Und außerdem wurde er den Verdacht nicht los, dass er Sarah möglicherweise brauchte. Sein Leben war auch nicht unbedingt ein Ponyhof, und Sarah gelang es, die Regenwolken zu vertreiben. Allein schon ihr Lachen brachte Leichtigkeit hinein – und Glück und Hoffnung.

Sie seufzte lange und tief. „Du und ich – wir sollten uns voneinander fernhalten."

„Warum?"

„Colt, ich wandere vermutlich ins Gefängnis, und das ist viel schlimmer, als du dir vorstellen kannst. Richter werden dort ziemlich schlecht behandelt. Und falls man mich wie durch ein Wunder freispricht, wissen wir immer noch nicht, wohin das hier führen würde." Sie zeigte von sich auf ihn. „Weil ich gemeint habe, was ich sagte. Ich mag dich. Sogar sehr, Colt. Oberflächliche Geschichten sind allerdings nichts für mich. Und dein Lebenswandel …" Sie seufzte. „Mit so etwas könnte ich niemals glücklich werden."

„Aber Sarah, das habe ich dir doch schon erklärt. Ich bin nicht so. Mein Leben sieht ganz anders aus, als du denkst." Er und sein Job waren zwei getrennte Dinge.

„Du lebst das Leben eines weltberühmten Mannes mit Millionen weiblicher Fans. Die Paparazzi verfolgen dich auf Schritt und Tritt, wenn du dich nicht gerade als Supernerd oder einsamer Cowboy verkleidest. Und du bist auf deinen Tourneen monatelang unterwegs. In so einem Leben gibt es keinen Platz für die Beziehung, die ich mir wünsche. Damit könnte ich nie glücklich werden."

Colt dachte einen Augenblick darüber nach. Sie hatte recht. Und zwar hundertprozentig. Und da er nicht bereit war, seine Musik aufzugeben, gab es nichts, was er dagegen tun konnte. Sein Lebenswandel war einfach nicht immer beziehungsförderlich. *Und außerdem steht eine ernsthafte Beziehung noch gar nicht zur Debatte.* Wenn er ehrlich war, musste er sich eingestehen, dass er das alles nicht zu Ende gedacht hatte. Er wusste nur, dass er Zeit mit Sarah verbringen wollte. Sie tat ihm gut. Und er wusste, dass er ihr vertrauen konnte.

„Ich verstehe, was du sagen willst." Das tat er wirklich. „Aber vielleicht sollten wir es trotzdem versuchen. Vielleicht lösen sich die Probleme ja in Wohlgefallen auf."

„Nein, Colt, das kann ich mir im Augenblick nicht leisten. Mein Leben ist zu durcheinander, und ich will nicht mal daran denken, wie es wäre, etwas mit dir anzufangen, dich dann noch mehr zu mögen als jetzt schon und am Ende im Gefängnis zu landen. Das würde mich echt umbringen."

Er lächelte ihr zu und strich mit dem Daumen über ihre Lippen. Er sehnte sich nach diesen Lippen, nach der ganzen Frau, zu der sie gehörten. Sie waren weich und sinnlich, und es kostete ihn all seine Selbstbeherrschung, sie nicht zu küssen, so sehr wollte er sie, verdammt! Und jetzt sogar noch mehr als je zuvor.

Ich werde nicht aufgeben.

„Nur ein Date, Sarah. Eins nur. Und dann sehen wir weiter."

Sie erwiderte sein Lächeln, und ihr süßes kleines Gesicht glühte.

„Siehst du? Ich wusste doch, dass du willst." Er kniff ihr ins Kinn.

Sie schüttelte den Kopf und wurde ernst. „Das ist wirklich keine gute Idee, Colt."

„Warum? Es weiß doch sowieso die ganze Welt, dass zwischen uns was läuft. Wir haben nichts mehr zu verbergen."

Ihr Lächeln verblasste endgültig.

„Oh, oh. Du denkst dir gerade die nächste Ausrede aus, mit der du mich abwimmeln kannst, oder?"

Sarah holte Luft. „Ich habe dir das nie erzählt, Colt, aber mein Vater saß im Gefängnis. Er ist dort gestorben als unschuldig Verurteilter. Und jetzt, wo ich so tief in der Tinte sitze, habe ich begriffen, wie sehr mich diese Geschichte damals beeinflusst hat." Sie hielt seinem Blick stand. „Was ich damals durchmachen musste, will ich niemandem zumuten. Es ist grauenhaft, mit ansehen zu müssen, wie ein Mensch, den man liebt, im Gefängnis vor sich hin vegetiert, dort misshandelt wird und …" Sie schüttelte leicht den Kopf. „… all der andere schreckliche Kram, der im Knast eben so passiert.

Zu wissen, dass jemand, der einem wichtig ist, so leidet, und nichts dagegen tun zu können, das macht einen wütend und hilflos und …". Sie schluckte. „… man wird von allen verachtet, als wäre man Abschaum, nur weil man jemanden liebt, der im Gefängnis sitzt. Das will ich dir ersparen."

Er rieb sich das Kinn und dachte über ihr Geständnis nach. Auf einmal ergab alles einen Sinn – wieso sie so hart dafür gekämpft hatte, ihren Ruf nicht zu beschädigen, und weshalb sie ihm jetzt keine Chance geben wollte. Sie wollte ihn schützen.

Er musste aber nicht beschützt werden. Er musste herausfinden, ob sie die Richtige für ihn war. Und wenn sie es war, würden sie mit dem Rest schon irgendwie klarkommen, da war er sich sicher.

Er räusperte sich. „Ich will trotzdem mit dir ausgehen. Ich finde, nach allem, was wir durchgemacht haben, sollten wir uns auch mal ein bisschen amüsieren." Er pikte ihr in die Schulter und grinste. „Und wenn ich dir verspreche, dass ich dich fallen lasse wie eine heiße Kartoffel und nie mehr einen Gedanken an dich verschwende, falls du in den Knast wanderst?"

„Das würdest du tun?" Ein Lächeln zuckte über ihre Lippen.

„Ohne mit der Wimper zu zucken." Er hob eine unsichtbare Kartoffel hoch und ließ sie fallen. „Zack, schon bist du für mich gestorben. Einfach so."

„Sauwitzig."

„Heißt das, du gehst mit mir aus?" Er trat näher und nahm ihre Hand. „Ich mag dich nämlich auch, Sarah. Sehr sogar."

Sie wurde rot. „Ich werde drüber nachdenken."

„Drüber nachdenken?" So hatte ihn noch nie jemand abblitzen lassen. *War ja irgendwie klar, dass Sarah die Erste sein würde.* Sie hatte ihren eigenen Kopf, was einer der Gründe war, aus denen er sie so mochte.

„Ja, und jetzt raus mit dir. Ich muss weiterpacken." Ein kleines Grinsen konnte sie sich jedoch nicht verkneifen.

Yeah! Ich hab sie am Wickel! Zumindest hoffte er das.

„Schon gut, ich gehe ja schon. Aber ich rechne fest damit, dass du mich morgen anrufst und ich mein Ja bekomme!" Er beugte sich zu ihr hinunter, küsste sie auf die Wange und ging.

Hoffentlich ließ sie ihn nicht zu lange warten, denn für den Fall, dass sie den Prozess nicht gewann, wollte er so viel Zeit mit ihr verbringen wie möglich, ehe sie aus seinem Leben verschwand. Und dann würde er eine Armee von Anwälten darauf ansetzen, für ihre Freiheit zu sorgen. *Verdammt, wenn es doch nur eine Möglichkeit gäbe, sicherzustellen, dass sie gewinnt!* Der Gedanke, sie zu verlieren, lastete schon jetzt schwer auf ihm.

31. Kapitel

Am nächsten Morgen betrat Sarah mit einem Blumenstrauß in der Hand Taylors Zimmer.

Wow. Ein wahres Blütenmeer und unzählige Ballons mit babyblauem Glitzer darauf füllten den Raum. Taylor lag auf dem Bett und hielt das eingepackte Baby im Arm, während Bennett über ihre Schulter spähte und seinen Sohn bewunderte.

„Oh, tut mir leid, soll ich später wiederkommen?", fragte Sarah.

Taylor blickte lächelnd auf. „Sarah! Guck mal, wer aus Hongkong zurückgekommen ist!"

Bennett hatte tiefe Augenringe, und seine Kleidung war völlig zerknittert. Offensichtlich hatte er einen langen Flug hinter sich und nicht mal einen Zwischenstopp zu Hause eingelegt, um sich umzuziehen.

„Hi, Bennett." Sie winkte ihm zu. „Ich will gar nicht stören, ich wollte nur kurz nach Taylor sehen und ihr die hier vorbeibringen." Sie wedelte mit den gelben Gerbera in ihrer Hand. „Weil sie nämlich immer noch nicht genug hat, um ihren eigenen Blumenladen zu eröffnen."

Taylors Blick glitt in die Ecke des Krankenzimmers, in der sich alle vorstellbaren Blumen häuften. „Die sind alle von Bennetts Mutter und von Geschäftspartnern. Ein bisschen übertrieben, oder? Die meisten werde ich der Krebsstation spenden."

„Tolle Idee", sagte Sarah und sah zu, wie Bennett mit väterlichem Stolz seinen Sohn anhimmelte. „Aber ich will wirklich nicht st..."

„Hast du schon mal was so Vollkommenes gesehen, Sarah", fragte Bennett mit einem tiefen Seufzer. „Ich meine – schau ihn dir doch nur mal an."

Taylor hielt das Baby so, dass sie sein Gesicht sehen konnte, und sie warf brav einen kurzen Blick darauf. *Jepp, es ist ein Baby.* Wenn sie rauskamen, sahen sie für sie mit ihren kleinen Quetschköpfchen alle erst mal gleich aus. Wieso die ganze Welt so verrückt nach Neugeborenen war, entzog sich ihr völlig.

„Und er ist bestückt wie ein Hengst. Ganz klar ein Wade", fügte Bennett hinzu.

„Okay, ich glaube, ich sollte echt später noch mal vorbeischauen." Sarah wollte nicht unhöflich sein, aber Eltern-Babypenis-Gespräche waren eher nicht so ihr Ding.

„Du kannst nicht gehen, ohne ihn wenigstens kurz im Arm gehabt zu haben", sagte Taylor. „Komm mal her, und sag Hallo zu deinem …", sie sprach mit Babystimme weiter, „… süßen kleinen Babyneffen."

„Schon gut, das kann ich ja auch wann anders mal machen." *Zum Beispiel, wenn er sechs ist.* Sie liebte kleine Kinder, die süßen Stimmchen, ihr Lachen. Doch am meisten liebte sie sie, wenn sie bereits allein aufs Klo gehen konnten. *Tja, wenn du irgendwann mal selbst Kinder willst, musst du dich wohl an den Gedanken gewöhnen, dass sie so aber nicht aus der Röhre geschossen kommen.*

Ihre Stimmung knickte ein, als ihr bewusst wurde, dass sie die Möglichkeit vielleicht niemals bekommen würde. Wer wusste schon, in was für einer Verfassung sie sein würde, wenn sie aus dem Gefängnis kam? Abgesehen davon, dass sie keinem Kind das Drama und die Erniedrigung zumuten wollte, die sie mit ihrem eigenen Vater durchgestanden hatte.

„Jetzt trau dich schon, Tante Sarah", beharrte Taylor immer noch mit Babystimme.

Sarah trat ans Bett, und Taylor legte ihr vorsichtig das Kind in den Arm.

„Achte auf den Kopf", warnte Taylor.

„Okay." Als sie das Baby nahm, war sie einen Moment lang nervös, weil sie Angst hatte, sie könnte den kleinen Kerl kaputt machen. Er war so winzig und wog fast nichts. Sie betrachtete seine perfekten Lippen, die winzig kleinen Wimpern, das süße Stupsnäschen.

„Ooooh", seufzte sie. „Er ist wirklich wunderschön, Leute. Und ich kann einfach nicht fassen, dass er so schnell aus einem so kleinen Loch rausgekommen ist. Echt verrückt."

„Schon, oder?", bestätigte Taylor. „Das war *echt* krass."

„Es tut mir so leid, dass ich nicht dabei war, Schatz", sagte Bennett. „Wie gesagt, ich werd's wiedergutmachen. Keine Reisen mehr, bis das Baby drei oder vier Monate alt ist."

„Aber, Liebling", sagte Taylor, „das musst du nicht tun. Ich weiß doch, wie wichtig dir dieses Projekt ist."

„Dann delegiere ich eben ein paar Sachen. Und außerdem, was nützt mir Geld, wenn ich keine Zeit für meine Familie habe?"

Plötzlich empfand Sarah nicht nur große Freude für ihre Freundin, sondern auch tiefe Trauer um sich selbst. Taylor würde sie gar nicht bei sich zu Hause brauchen, wenn Bennett die ganze Zeit über da war. Tatsächlich würde sie nur im Weg sein. Klar, eigentlich hatte sie gerade völlig andere Sorgen – total beängstigende Riesensorgen Marke Monsterspinnen, die sich in der Dusche versteckten –, doch sie hatte sich darauf gefreut, etwas Ablenkung zu bekommen.

Vorsichtig gab sie Taylor das Baby zurück. „Also, ich freue mich supidupi … ich meine, sehr für euch beide. Und ich schaue mal, dass ich woanders unterkomme." Wahrscheinlich bei Holly, die fast ständig auf Reisen war. Sie wäre ja zu ihrer Mutter nach Florida gefahren, aber solange sie auf Kaution auf freiem Fuß war und auf den Prozess wartete, durfte sie den Bundesstaat nicht verlassen.

„Was? Das kommt überhaupt nicht infrage", protestierte Taylor. „Wir lassen dich in einer so schweren Zeit doch nicht allein. Du wohnst bei uns – und Schluss. Keine Diskussion."

„Das geht nicht, Taylor. Du und Bennett und das Baby, ihr braucht Zeit miteinander. Wenn ich dir geholfen hätte, während Bennett auf Reisen ist, wäre das etwas anderes gewesen."

Taylor stupste Bennett an, der sofort kapierte, was zu tun war. „Sarah, du gehörst doch zur Familie. Außerdem kannst du dir sicher sein, dass mit meiner Mutter, meinen Onkeln und Tanten und Taylors Vater und Brüdern mehr als genug Leute bei uns ein- und ausgehen werden. Und genauso hatten wir uns das auch immer erträumt. Du störst uns ganz sicher nicht."

Das sah sie anders. „Ich glaube, ich sollte mir wirklich mal eine kleine Auszeit gönnen und mich ein bisschen amüsieren", sagte sie in ihrem muntersten Tonfall, weil sie niemanden runterziehen wollte.

Taylor und Bennett starrten sie an.

„Was denn?", fragte Sarah.

„Du amüsierst dich nie. Ich meine, echt *nie*!", sagte Taylor.

„Das stimmt doch gar nicht", erwiderte sie. „Ich amüsiere mich ständig. Ich lese Bücher und gehe joggen und …" Sie verstummte, als sie begriff, was sie da gerade gesagt hatte. „Na gut, ich bin ein Workaholic. Und ich hab mir viele Sachen entgehen lassen, die Spaß machen, um mich auf meine Karriere konzentrieren zu können. Aber jetzt habe ich Zeit ohne Ende." Sie blinzelte. „Und nichts mehr zu tun, bis ich meine Strafe absitzen muss. Oh Gott, es tut jedes Mal wieder weh, wenn ich es laut ausspreche. Wie auch immer, so sieht es aus, und ich muss noch ein paar Sachen von meiner Lebenstraumliste abhaken, zum Beispiel … ähm … okay. Ich habe keine Lebenstraumliste. Also muss ich eine schreiben. Das wird mein erstes Projekt. Seht ihr? Das wird ein Riesenspaß!"

„Aber Sarah, du bist bei uns wirklich von Herzen willk…"

„Taylor", sagte Sarah warnend. „Ich bin ein großes Mädchen, und ich habe meine Entscheidung getroffen. Ich fahre die Küste hoch, gucke mir ein paar Sehenswürdigkeiten an und lasse es noch mal ein bisschen krachen, ehe ich meine Freiheit aufgeben muss." *Und vielleicht habe ich sogar ein Date mit einem berühmten Rockstar.*

Taylor sah Bennett an. „Jetzt sag schon was."

Bennett lächelte ihr zu und zwinkerte. „Ich halte das für eine super Idee. Darf ich dich zu deinem Auto bringen und dir hinterherwinken, wenn du zu deiner großen Reise aufbrichst?"

„Bennett!", schimpfte Taylor.

Er beugte sich über sie und gab ihr einen Kuss auf die Stirn. „Tut mir leid, Schatz, doch ich würde an Sarahs Stelle das Gleiche tun."

Sarah umarmte Taylor fest und bekam zum Dank ein Grummeln zurück. „Ich rufe morgen an, um herauszufinden, wie es dir geht", sagte sie.

„Das will ich aber auch hoffen, du kleines Miststück! Ansonsten werden Colt und ich dich nämlich finden und aufschlitzen!"

Gott, für einen Augenblick hatte sie gedacht, dass Taylor von Colt Young sprach. Na toll, würde sie nun immer an ihn denken müssen, wenn jemand über Taylors Sohn sprach?

„Versprochen. Und jetzt hör auf, dir Sorgen um mich zu machen, auch wenn ich dich dafür wahnsinnig lieb habe." Mit Bennett im Schlepptau verließ sie den Raum. Sie ahnte schon, was für eine Standpauke er ihr gleich halten würde.

Kaum hatte sich die Sicherheitstür vor der Entbindungsstation hinter ihnen geschlossen – und Taylor war außer

Hörweite, drehte sie sich zu Bennett und seinem superernsten Gesichtsausdruck um. Oh ja, er würde ihr gleich die Hölle heißmachen.

„Lass es, Bennett. Versuch gar nicht erst, mich zu überreden, zu …“

Kurz vor dem Fahrstuhl packte er sie am Arm und hielt sie auf. „Sarah, du weißt, dass man mir wirklich nicht vorwerfen kann, ich sei ein sonderlich netter Mann. Oder liebevoll und herzlich. Oder sentimental, mitfühlend und geduldig. Aber ich werde niemals zulassen, dass mir jemand dabei in die Quere kommt, wenn ich für das Glück der Menschen sorgen will, die mir wichtig sind.“ Er starrte sie verdrießlich an.

„Äh … okay, gut zu wissen.“ Sie drehte sich um und drückte auf den Fahrstuhlknopf.

„Sarah.“ Sein Tonfall klang jetzt warnend.

„Ja, Bennett?“ Sie hämmerte noch mal auf den Knopf, als würde das verdammte Ding so wie durch Zauberei schneller erscheinen.

„Nichts ist mir wichtiger als Taylor. Und seit heute mein Sohn. Aber Taylor liebt dich wie eine Schwester.“

Worauf wollte er hinaus? „Wenn das deine schräge Alphatier-Art ist, mir mitzuteilen, dass du dir Sorgen um mich machst, dann danke. Doch mir geht's gut. Und das wird auch so bleiben. Versprochen.“ Die Angst, dass Bennett sich einmischen könnte, war gerade so ziemlich das Letzte, was sie brauchte. In ihrem Fall war auch ohne ihn schon genügend Geklüngel und Gaunerei involviert, und es durfte nicht so wirken, als würde sie ihre Beziehungen spielen lassen, um sich aus der Affäre zu ziehen. Sie musste auf legalem Weg gewinnen. Auf dem *richtigen* Weg. „Bennett, bitte versprich mir, dass du die Sache mir überlässt.“ Sie drückte seinen Arm. „Konzentrier dich jetzt einfach mal ein bisschen auf deine Frau und dein Kind, okay?“

Er starrte seine polierten schwarzen Schuhe an und nickte vor sich hin, als würde er gerade über eine wichtige Entscheidung grübeln.

„Klar." Er blickte auf und tätschelte ihren Arm. „Gut, dass wir drüber gesprochen haben."

Der Aufzug kündigte mit einem Bimmeln seine Ankunft an, und Bennett machte sich auf den Rückweg zu Taylors Zimmer.

„Viel Spaß mit deinen Büchern!", rief er ihr noch hinterher, ehe er durch die Doppeltür verschwand.

Hm. Seltsam. Und nicht sonderlich beruhigend. Und warum hatte er darauf herumhacken müssen, dass sie gerne las? Was war denn bitte so schlimm daran, dass sie Bücher mochte? Das bedeutete noch lange nicht, dass sie nicht wusste, wie man sich amüsierte. Genau jetzt zum Beispiel lag ihr Koffer im Wagen, und gleich würde sie losfahren und ... ähm ... irgendwas tun.

Sobald sie endlich bei ihrem Auto ankam, das in diesem vermaledeiten, eine Ewigkeit entfernten Parkhaus stand, würde sie einen Plan haben. Sie hatte immer schon Motorradfahren lernen wollen. *Oh, aber wenn du stürzt, musst du mit einem Gipsarm ins Gefängnis, und du brauchst bestimmte beide Arme, um dich verteidigen zu können, wenn du verprügelt wirst!* Sie hatte immer schon Wellenreiten lernen wollen. *Klar, aber was ist mit den Haien? Nee, echt nicht, das ist zu gruselig.* Sie hatte immer schon mal einen Rennwagen fahren wollen. *Ich kenne allerdings niemanden mit Rennwagen und kann außerdem nur Automatik steuern.*

Sarah kam bei ihrem unaufregenden roten Audi an und starrte ihn an. Ihr blieb tatsächlich nur eine Möglichkeit.

Sie holte ihr Handy hervor und wählte. „Colt? Hier ist Sarah. Erinnerst du dich noch an das Date, das du unbedingt wolltest? Also, meine Antwort lautet ja. Aber nur unter einer Bedingung: Ich will es so richtig krachen lassen. Rockstarmäßig."

Colt stand an einer grünen Ampel kurz vor seinem Strandhaus in Malibu und wurde erst durch das Kreischen von Autohupen aus seiner Schockstarre gerissen.

„Wer ist dran?“, fragte er nochmals.

„Ich bin’s, Sarah“, kam es aus dem Hörer.

Er blickte in den Rückspiegel auf die lange Schlange Fahrzeuge mit wütenden Autofahrern und begriff, dass er noch immer nicht weitergefahren war. *Scheiße.* Er legte den ersten Gang ein und lenkte den Ferrari an den Straßenrand.

„Ähm, welche Sarah denn?“, fragte er grinsend.

„Oh Gott. Sag bitte nicht, dass du schon wieder dein Gedächtnis verloren hast.“

„War nur ein Witz. Mein Gedächtnis funktioniert ganz hervorragend.“ *Jedenfalls fast.* Außer seinem Arzt wusste niemand, dass er seine alten Songs nach wie vor nicht spielen konnte. Er erinnerte sich weder an die Gitarrenakkorde noch an die Texte, die er früher in- und auswendig gekannt hatte wie seine Westentasche. Am Abend zuvor war er aus San Francisco zurückgekommen, um seinen Neurologen in Los Angeles zu treffen. „Wir müssen ein paar Tests durchführen, Mr. Young“, hatte der Arzt gesagt. „Aber ich glaube, vor allem müssen Sie geduldig sein. Ihr Gedächtnis ist doch gerade erst dabei, sich zu erholen. Heilung ist immer ein Prozess.“

Scheiß auf Heilung. Scheiß auf Prozesse. Die Musik war sein Leben. Ein Teil von ihm kannte das Problem längst: Er musste die Tatsache akzeptieren, dass ihn sein Bruder eiskalt betrogen hatte und er früher oder später gegen Mike würde aussagen müssen.

„Schön zu hören, dass du wieder du selbst bist, Colt. Aber ich hab das ernst gemeint. Ich muss es krachen lassen. Ich will noch mal so richtig einen draufmachen, ehe ich eingesperrt werde und gezwungen bin, mir das Gang-Tattoo der Tampon-

Dealerinnen im Knast ins Gesicht stechen zu lassen." Ihre Stimme klang hektisch und aufgewühlt.

„Sarah, was ist denn bloß in dich gefahren?"

„Nichts. Du hast mich um ein Date gebeten, und ich sage Ja!"

Eigentlich hatte er an etwas Romantisches gedacht, als er sagte, sie hätten sich beide ein bisschen Spaß verdient. „Und … was genau erwartest du jetzt von mir?" Er war sich immer noch nicht sicher.

„Okay, ich will ganz offen sein." Ihre Stimme wechselte zu einem strengen, förmlichen Ton. Die Richterinnenstimme. *Oh. Okay …*

„Trotz deiner aktuellen Verfassung und deiner familiären Situation, durch die sich deine Ausflüge in meinen Gerichtssaal zumindest teilweise erklären lassen, bist du nach wie vor einer der berüchtigtsten Badboys der Rockszene. Ich meine, nicht dass du heroinsüchtig wärst oder so. Bist du doch nicht, oder?"

„Sarah", sagte er warnend.

„Sorry. Natürlich bist du das nicht. Jedenfalls bist du ein Badboy wie aus dem Bilderbuch."

„Nein. So bin ich eigentlich gar n…"

„Du bist auf jeder wichtigen Hollywoodparty eingeladen oder nicht?"

„Ja, aber …"

„Und gibt es nicht jede Woche neue Fotos von dir, wie du mit den größten Stars der Welt einen draufmachst oder abhängst?"

„Ja, aber das mache ich doch nur, weil …"

„Und willst du behaupten, dass du nicht auf dem letzten Promirennen in Indiana warst und eins von diesen irren Autos gefahren und dann auch noch gewonnen hast, woraufhin sich eine ganze Reihe von Schönheiten die Brüste von dir hat signieren lassen?"

Jepp. Ja, auch das hatte er gemacht. Es war jedoch nur für die Arbeit gewesen. Genauso wenig echt wie die Partys und die berühmten heißen Freundinnen. Aber mit dem Image, ein netter Typ zu sein, der gerne langweilige Sachen machte, wie mit seiner Gitarre auf der Veranda seines Strandhauses zu sitzen und Songs zu schreiben oder ein gutes Buch zu lesen, verkaufte man nun mal keine Platten. Genauso wenig wie mit der Tatsache, dass er auf Tour am liebsten in Verkleidung inkognito in Museen ging oder historische Stätten besuchte. Na gut, und er aß gerne gut, auch wenn ihm kleine bodenständige Restaurants lieber waren als schicke Gourmetläden. Und dann war da natürlich noch die Freude, mit dem Motorrad den Highway entlangzudüsen oder durch die Berge zu brettern.

„Sarah, du solltest wissen, dass ich nicht …“

„Du schuldest mir was, Colt. Ich brauche das hier. Ich muss wissen, wie es sich anfühlt, frei und lebendig zu sein und ein bisschen durchzudrehen. Ich hab so was noch nie in meinem Leben getan. Nicht ein einziges Mal. Du aber schon. Du bist ein Rockstar. Du fährst schnelle Autos. Du gehst auf wilde Partys und in angesagte Clubs. Du trägst Lederhose und fährst Motorrad.“

Die Hose schützt meine Beine. Und sie ist bequem. Brauchst du nur mal Batman zu fragen.

„Das ist alles nicht halb so aufregend, wie es klingt, Sarah.“

„Aber woher soll ich das denn wissen? Mein Leben war völlig anders. Und jetzt bin ich endlich frei. Ich muss mir keine Sorgen mehr machen, was irgendjemand von mir denkt. Ich verfolge keine hehren Karriereziele mehr. Ich bin nur noch ich selbst. Und ich brauche ein bisschen Spaß, ehe man mich in den Knast steckt!“

„Warum bist du so überzeugt davon, dass du den Fall verlieren wirst? Hast du denn keinen guten Anwalt? Und was ist mit Wrights Rolle in dem ganzen …?“

„Klar ist meine Anwältin gut. Aber ich bin besser. Und ich erkenne es, wenn ich schlechte Karten habe. Und wenn du mir meinen letzten Wunsch schon nicht erfüllen willst, weil dein Arschloch von Bruder auf mich hat schießen lassen, dann tu es wenigstens, weil ich mich um dich gekümmert habe, als du zu Ms. Lucis Ranch musstest – oh Gott. Scheiße. Das habe ich ja vollkommen vergessen! Hast du nach der Schießerei Berufung eingelegt?"

Oh Sarah, süße Sarah. Kann einfach nicht aufhören, sich um mich zu kümmern. Doch wenn sie ihn noch ein einziges Mal unterbrach, würde er ihr den Hintern versohlen müssen. *Das hättest du wohl gern. Dafür ist sie viel zu hart drauf. Außer natürlich, sie steht auf Klapse.* Er würde es herausfinden.

Er schob den Gedanken schnell beiseite, weil er bereits merkte, wie sich in einer Hose etwas regte.

Er räusperte sich. „Das war die letzte gute Tat meines Bruders, ehe er festgenommen wurde. Er hat die Sozialstunden wegen der mildernden Umstände in eine Geldstrafe umwandeln lassen."

„Und jetzt lass mich raten: Richter Wright hat das durchgewinkt."

„Stimmt." Darüber hatte er bisher noch gar nicht nachgedacht. Verdammt. Er wollte keine Gefälligkeiten von Wright. Er wollte überhaupt nichts von diesem korrupten Stück Scheiße. Sobald er sein Leben wieder im Griff hatte, würde er seine alte Strafe ableisten und bei Ms. Luci arbeiten.

„Prima", bemerkte sie trocken. „Ich hätte den Gedanken, dass du auch ins Gefängnis wanderst, nämlich unerträglich gefunden. Das hätte mich endgültig davon überzeugt, dass das Schicksal den geheimen Plan verfolgt, dich und mich zugrunde zu richten. Die Knarre hat uns nicht plattgemacht, also sorgt es dafür, dass uns im Knast jemand mit einer aus einem spitz gefeilten Löffel zusammengebastelten Waffe ersticht."

Colt grinste. Sarahs Humor war echt schräg, aber witzig.

„Im Augenblick ist bei mir alles im grünen Bereich", sagte er. „Keine göttlichen Rachefeldzüge voller Knastaufenthalte und Löffelwaffen."

„Schön! Dann hast du also Zeit, mein Spaßberater zu sein und Richterin Sarah zu zeigen, wie man einen draufmacht?"

Colt seufzte. Er wollte keine Zeit damit verschwenden, auf Partys zu gehen, was für ihn gleichbedeutend mit Arbeit war. Er wollte sich ganz auf Sarah konzentrieren und sie kennenlernen, genauso wie er wollte, dass sie sein wahres Ich kennenlernte. Sie hatte keine Ahnung, wie lange er darauf gewartet hatte, jemanden wie sie zu treffen. Klar hatte er Freundinnen gehabt und One-Night-Stands auch, aber da war er noch jung, dumm und überfordert von seinem plötzlichen Ruhm gewesen. Sarah dagegen hatte ihn auf völlig andere Weise berührt. Jetzt, wo er sich wieder an alles erinnerte, wusste er, dass sie ihn gleich in dem Augenblick fasziniert hatte, in dem er ihren Gerichtssaal betreten hatte. Diese leuchtend blauen Augen. Der Schmollmund. Wie sie den ganzen Raum im Griff hatte. Diese Furchtlosigkeit. Genauso fühlte er sich, wenn er die Bühne betrat. Sie war wunderschön und hypnotisierend. Sie war stark, und sie wusste, was sie wollte. Es gab etwas, was sie beide gemein hatten. Aber auch wenn er in Sarahs Inneres geblickt hatte, wusste sie noch nichts von ihm. Nichts von seinem wahren Ich.

Und daran hat sich rein gar nichts geändert. Was der Grund dafür war, dass er den Abend nicht damit vergeuden wollte, ihr falsches Bild von sich aufrechtzuerhalten, das nichts mit dem netten, ruhigen, *echten* Colt zu tun hatte, der gerne Leute zum Lächeln brachte.

Auf der anderen Seite war es seine Schuld, dass sie so viel durchmachen musste. Hätte er sie damals in der Bar nicht angegraben, wäre nichts von alldem jemals passiert.

„Okay“, sagte er. „Ich zeig dir gerne, wie man Spaß hat. Wie viel Zeit haben wir?“

„So viel du willst, ich gehöre ganz dir.“

Wenn es doch nur so wäre, dachte er, ruderte gedanklich aber auf der Stelle zurück. Er musste sichergehen, dass sie *ihn* wollte und nicht sein Image. *Natürlich will sie dich.* Wenn er irgendetwas über Sarah gelernt hatte, dann, dass sie ein großes Herz hatte. Sie war nicht oberflächlich, und sein Geld interessierte sie auch nicht.

Oh, ein neuer Song!

Er riss das Notizbuch aus der Hosentasche und kritzelte seine Gedanken nieder. Währenddessen hörte er eine Melodie in seinem Kopf erklingen, erst nur ein paar Töne, dann mehr und mehr. Und schließlich floss der Song aus ihm heraus wie ein Fluss aus Klängen. Bass, Gitarre, Schlagzeug, Rhythmus. Es war alles da. Er hatte nie ganz verstanden, woher die Musik kam, aber wenn sie kam, stellte er sie nicht infrage, sondern schrieb alles auf.

„Colt! Bist du noch dran?“, rief Sarah durch den Lautsprecher in seinem Wagen, doch er konnte jetzt nicht aufhören. Das hier war die Art Song, die man nur ein einziges Mal im Leben schrieb. Voller Gefühl. Nachdenklich. Energiegeladen. Er notierte weiter, blätterte wie im Rausch Seite um Seite um, bis das Lied in seinen Gedanken endete.

Mit einem tiefen Seufzen ließ er den Kopf gegen die Kopfstütze des Fahrersitzes sinken. „Fuck, der totale Wahnsinn“, flüsterte er.

„Colt, was ist denn passiert, verdammt?“

So ziemlich dasselbe wie ein Orgasmus. Nur in der Musikervariante. Die absolute Erfüllung. „Ich hab gerade einen kleinen Vorgeschmack auf den Spaß bekommen, den wir nachher haben werden.“

„Ähhhmmm … in deinem Auto? Mitten am Tag? Ich hoffe, du bist irgendwo, wo dich keiner sehen kann.“

Er lachte. „Du bist verrückt." Und er fand es toll.

„Ich bin nicht das kleinste bisschen verrückt. Das ist ja gerade das Problem. Und deshalb brauche ich dich."

Super. Sie hielt ihn für verrückt. „Na gut, Sarah. Dann machen wir dich jetzt mal ein bisschen verrückt. Ich schicke dir meinen Privatjet rüber und lasse dich nach L. A. einfliegen. Mein Assistent ruft dich später an und sagt dir Bescheid, wo genau du hinmusst."

„Du hast einen Jet?"

„Nur einen kleinen. Ein Sechssitzer." Streng genommen benutzte er den nur für Inlandsflüge. Für längere internationale Strecken stellte ihm die Plattenfirma im Rahmen der Welttourneen ein größeres Flugzeug zur Verfügung. Wenn er nur zum Vergnügen reiste, fuhr er eins seiner Autos oder die Harley. Und zwar allein. Das gab ihm Zeit zum Nachdenken und Runterkommen. Endlose Straßen, Ruhe und Frieden.

Das ist jedoch nicht, was Sarah will. Sie wollte das Image. Den Rockstar. Den Glamour. Also würde er der Frau genau das geben. *Aber nur eine Nacht lang.*

Und danach würden sie beide ihr wahres Gesicht zeigen müssen.

32. Kapitel

So aufgeregt war sie noch nie gewesen. Zum ersten Mal in ihrem Leben würde sie so richtig einen draufmachen! Je länger Sarah darüber nachdachte, desto bewusster wurde ihr, wie sehr ihre Seele nach so etwas gelechzt hatte.

Und dann war da Colt. *Seufz … Colt.* Sie hatte ununterbrochen an ihn gedacht, seit er sie um ein echtes Date gebeten hatte, aber nicht alle diese Gedanken waren gut. Vor allem, weil ihr klar war, wie sehr sie ihn mochte und wie weh es ihr tun würde, ihn *noch* mehr zu mögen.

Sie würde ins Gefängnis wandern. Und es war schwer genug gewesen, ihre Karriere zu verlieren, öffentlich erniedrigt zu werden und durch die vergangenen Ereignisse keinerlei Glaubwürdigkeit zu haben. Trotzdem konnte sie sich vorstellen, sich ernsthaft in Colt zu verlieben, wenn sie ihn etwas besser kennenlernte. Denn nach allem, was sie bisher gesehen hatte – einen wahnsinnig netten Typen mit einer leidenschaftlichen, unerschrockenen Seite –, gehörte vermutlich nicht viel dazu, dass aus Zuneigung Liebe wurde. Aber in was für eine Position würde sie sich damit bringen? Von ihrem Leben würde schon bald nichts mehr übrig sein. Sie konnte es sich einfach nicht leisten, Colt näherzukommen und dann auch noch ihn zu verlieren.

Nein, das war mehr, als ihr Herz ertragen könnte.

Ja, sie wollte ihn sehen. Ja, sie wollte dieses Date. Aber sie musste realistisch bleiben. Es ging um Spaß und nichts weiter. Tiefe Gefühle waren verboten.

Diese Regel musste sie streng einhalten.

Okay, und sie musste dafür sorgen, dass sie miteinander schliefen. Sie durfte auf keinen Fall die Chance verpassen, noch mal den knallharten, superheißen Sexhengst Colt Young zu erleben.

Natürlich nur zum Spaß und ganz ohne Gefühle ...

Nachdem sie aufgelegt hatte, blieb sie im Parkhaus des Krankenhauses stehen und rief Holly an, die in San Francisco lebte, um ihr zu sagen, dass sie gerne eine Weile vorbeikommen wollte, während sie versuchte, ihr Leben wieder in den Griff zu bekommen. Holly, Taylor und sie standen sich so nahe, dass sie es gewohnt waren, sich in schweren Zeiten voll und ganz aufeinander zu verlassen.

„Klar doch! Es wäre toll, wenn du bei mir wohnst", sagte Holly. „Du weißt ja, dass ich ständig auf Reisen bin und du die Wohnung dann für dich hast. So sehen wir uns wenigstens, wenn ich mal hier bin. Ich würde ja versuchen, mir ein paar Tage freizunehmen, aber um ehrlich zu sein, habe ich kaum mehr Urlaubstage, und die wollte ich mir für deinen Prozess aufsparen."

Sarah wurde ganz schwer ums Herz, als sie daran dachte. „Ich glaube auch, dass ich dich dort dringender brauchen werde als jetzt." Ohne ihre beiden besten Freundinnen würde sie den Prozess niemals durchstehen. „Und ich habe überhaupt kein Problem, allein in deiner Wohnung unterzuschlüpfen, wenn ich von meinem Kurztrip zurückkomme."

„Übrigens, falls du Interesse hast, Tante Gladys Haus in Berkeley steht noch leer. Da könntest du so gut wie kostenlos wohnen, solange du alles instand hältst."

Glady besaß ein hübsches kleines Häuschen, das nicht mehr bewohnt wurde, seit die ältere Dame im vergangenen Jahr in Rente gegangen und nach Arizona gezogen war. Eigentlich wollte sie das möblierte Haus vermieten, war gleichzeitig aber ein bisschen verrückt und misstraute Fremden zutiefst.

„Sie hat immer noch keinen Mieter gefunden?", fragte Sarah.

„Doch, gerade eben!"

„Aber du weißt, dass ich vermutlich nicht lange dort wohnen würde …" Sarah schluckte. In ein paar Wochen stand die Vorverhandlung an, bei der das Datum für den eigentlichen Prozess festgelegt wurde.

„So darfst du nicht denken. Du schaffst das schon. Und du brauchst ein Zuhause, wenn du anfängst, dein Leben zu sortieren. Das ist eine Win-win-Situation für dich und Glady. Und für mich auch, weil sie mich die ganze Zeit damit nervt, dass ich an meinen freien Tagen bei ihr gärtnern und putzen soll. Als hätte ich kein Leben, nur weil ich Single bin … Also, wie du siehst, würdest du mir einen riesigen Gefallen tun."

Das Haus war nur ein paar Minuten von Taylors und eine kurze Fahrt von der Stadt entfernt. Während des Verfahrens konnte sich das als ausgesprochen praktisch erweisen.

„Okay. Dann richte Tante Glady bitte aus, dass ich ihr sehr dankbar bin und in einer Woche wiederkomme. Wohin geht denn deine nächste Reise?"

Holly seufzte. „Paris. Um den Wert der weltweit größten Sammlung antiker Dildos zu schätzen."

„Auweia, warum das denn?"

„Der Sammler will sie versteigern."

Holly war Kunstschätzerin für ein großes Auktionshaus aus L. A. Sie hatte einen dualen Abschluss in Kunstgeschichte und Anthropologie, und Sarah ging stark davon aus, dass Dildosammlungen derart unter ihrer Würde waren, dass sie demnächst ihre Kündigung einreichen würde. „Bringst du mir was mit?", fragte sie.

„Klar! Was denn? Auf dem kleinen Markt, den ich so gerne mag, haben sie schöne Schals."

„Ich meinte ein Stück aus der Sammlung. Für den Fall, dass ich ein paar persönliche Gegenstände mit ins Kittchen nehmen darf. Für so einen Dildo bekomme ich garantiert einen Haufen Zigaretten."

Holly lachte. „Du rauchst doch gar nicht."

„Noch nicht. Ich schätze aber, ich werde damit anfangen, damit ich ein bisschen krasser wirke."

„Die stählerne Lady braucht nicht zu rauchen, um anderen Leuten Angst einzuflößen."

„Was?", rief Sarah empört, auch wenn sie gleichzeitig lachen musste. „Es kann doch nicht sein, dass wirklich jeder außer mir meinen Spitznamen kennt!"

„Sorry, ich dachte immer, du weißt davon."

„Und ich dachte, dass ihr Mädels meine Freundinnen seid."

„Ach, Quatsch. Wir benutzen dich bloß, um unsere Knöllchen nicht bezahlen zu müssen."

„Sehr nett. Also, ich muss los zu meinem Friseurtermin, sonst verpasse ich nachher den Flieger."

„Was für einen Flieger?", fragte Holly.

„Ich fliege nach L. A. und mache einen drauf."

„Ist da ein Literaturfestival?"

Sie würde nie begreifen, warum die Leute ihr ständig ihre Freude am Lesen unter die Nase rieben. „Nein, ich habe zufällig eine Verabredung mit einem berühmten Rockstar."

„Nee. Red keinen Scheiß."

„Doch. Red du doch keinen Scheiß!"

„Moment mal. Dann hast du also was mit dem Typen, obwohl man dir vorwirft, dass du was mit ihm hast?"

„Ich habe niemals verschwiegen, dass ich etwas mit ihm hatte, und das werde ich auch nie. Die Frage ist: *Wann* hatte ich etwas mit ihm? Und habe ich meine Macht missbraucht und ihm eine milde Strafe gewährt, um Sex zu bekommen? Echt total heißen Sex übrigens." Sie seufzte verträumt. „Und das habe ich nicht. Ich habe genau das Urteil verhängt, das Wright gefordert hat. Außerdem habe ich ihm von meiner neuen Beziehung erzählt und ihn gebeten, den Prozess einem anderen Richter zuzuweisen. Woraufhin Wright mich erpresst hat."

„Und warum bist du dann so überzeugt davon, dass du aus der Sache nicht mehr herauskommst?"

Ich hätte mich sofort gegen Wright wehren müssen. Ich hätte ihn sofort beim Justizministerium melden sollen. Aber ich war zu feige. „Ich hätte dafür sorgen müssen, dass es überhaupt nicht erst zu unangemessenen Kontakten kommt", sagte sie, weil sie im Augenblick nicht weiter auf das Thema eingehen sollte. Gerade wollte sie ihre Probleme einfach nur vergessen und sich ein bisschen amüsieren.

Mit einem Blick auf die Uhr sagte sie: „Verdammt, ich bin spät dran. Ich schick dir ein paar Fotos! Hab dich lieb! Tschüss!" Sie legte auf, ließ den Wagen an und fuhr endlich aus dem Parkhaus. Tief in ihrem Inneren war sie nervös, weil sie wusste, dass sie drauf und dran war, für immer die Frau hinter sich zu lassen, die sie einmal gewesen war. Sie würde nicht mehr die stabile, verklemmte, langweilige Workaholic-Sarah sein, die sich nur über ihren Job definierte. Sie war jetzt ein Badgirl auf der Suche nach einem Abenteuer.

Colt wartete auf dem Rollfeld neben seiner Limo auf Sarah und beobachtete, wie sich die Flugzeugtür öffnete und die Treppe positioniert wurde. Er ging davon aus, dass Sarah wie üblich Jeans und ein einfaches T-Shirt tragen würde, ihr schönes braunes Haar zu einem Pferdeschwanz hochgebunden und auf ihrem ungeschminkten Gesicht dieses faszinierende Lächeln, an das er immer wieder denken musste. Ihre natürliche Schönheit strahlte von innen heraus, und das liebte er an ihr wohl auch am meisten: dass sie echt und unverstellt war.

Sein Herz begann vor Vorfreude heftig zu pochen – was ihn nicht sonderlich glücklich stimmte, weil er beschlossen hatte, sich nicht sein eigenes Grab zu schaufeln. Sie würden ein bisschen Spaß haben, aber keinen Sex. Er konnte es sich nicht leisten, noch stärkere Gefühle für sie zu entwickeln. Jedenfalls nicht, solange sie sein wahres Ich nicht gesehen hatte. Es gab so viele Frauen da draußen, die aus den falschen Gründen hinter ihm her waren, und in Anbetracht seiner jetzt schon starken Gefühle für Sarah wollte er nicht riskieren, dass sie auf seinem Herzen herumtrampelte. Sie würde ihre wilde Partynacht bekommen, und danach würden sie die Dinge auf *seine* Art machen.

Da war allerdings noch das Problem mit der Chemie zwischen ihnen. *Keine Ahnung, ob ich es schaffe, die Finger von ihr zu lassen.* Er würde sie behandeln müssen wie eine ... wie eine ... *Eine Schwester, genau!*

Nee, also jetzt warte mal.

Verdammt. Er hatte schon längst mit ihr geschlafen, also war das eine grauenhafte Taktik, die sich durch und durch falsch anfühlte.

Na gut. Dann tue ich eben so, als wäre sie eine erst kürzlich konvertierte Nonne. Eine heilige Frau, die man nicht berühren darf. Er klopfte sich in Gedanken auf die Schulter. Das würde funktionieren.

Und dann erschien Sarah in der Tür.

Oh. Fuck ... Colt nahm die Sonnenbrille ab, so schwer fiel es ihm, seinen Augen zu trauen. „Sarah?"

Die Frau, die mit einem verführerischen kleinen Lächeln da oben stand, sah aus wie Sarah – dieselben Gesichtszüge, dieselbe Größe, dieselbe Statur –, aber diese Person trug eine enge schwarze Lederhose, spitze High Heels und ein tief dekolletiertes schwarzes Tanktop mit einer Lederkorsage und einem bemerkenswerten Ausschnitt. *Möpse ... ich liebe Möpse!*

Moment, Schluss damit! Der größte Schock jedoch waren die neonpinken Strähnchen in ihrem Haar. Ihre Lippen waren kitschrot, ihre leuchtend blauen Augen zu dunklen Smokey Eyes geschminkt.

Colt schluckte und versuchte, seine Gedanken in Bahnen zu lenken, die nicht direkt in seinem Bett endeten. *Eine Nonne sieht eindeutig anders aus.*

33. Kapitel

Endlich bin ich frei! Um Viertel vor acht stolzierte Sarah die schmale Treppe hinunter, wobei sie sich darauf konzentrierte, in ihren Acht-Zentimeter-Heels aus schwarzem Leder nicht zu stolpern. Gleichzeitig genoss sie Colts Gesichtsausdruck. Sein sinnlicher Mund stand offen, sein Blick klebte förmlich an ihrem Dekolleté – *Männer … völlig vernarrt in Möpse* –, und seine Haltung war so starr, als würde er sich auf höchster Alarmstufe befinden.

Sie lächelte zufrieden. *Mein neuer Look gefällt ihm.* Allerdings war es ja auch das wilde sexy Badgirl gewesen, das ihm damals im Club sofort ins Auge gesprungen war.

Sie schlenderte zu Colt hinüber und versuchte dabei, ein sexy Lächeln und einen sinnlichen Blick aufzusetzen.

„Sarah", sagte er in einem Tonfall, so ernst wie ein Herzinfarkt. „Was soll das denn?"

„Was meinst du?" Sie spielte die Ahnungslose.

„Du weißt genau, was ich meine."

Sein lusterfüllter Blick glitt über ihren Körper, und auf einmal fühlte sie sich verletzlich, ausgeliefert, praktisch nackt.

Sie hob das Kinn. „Ich dachte, ich probiere es auch mal mit Leder. Gefällt's dir?"

„Ähm, also …" Er schüttelte den Kopf und wurde dabei rot. „Ich bin was anderes von dir gewöhnt." Er ließ eine ihrer pinken Haarsträhnen durch seine Finger gleiten.

„Tja, die alte Sarah werde ich von heute an wohl hinter mir lassen."

Ein schmerzhafter Ausdruck trat in seine Augen. „Aber wieso solltest du das wollen?"

„Du hast ein volles Jahr gelebt, ohne dass dich deine Vergangenheit belastet. War das nicht befreiend?"

„Ich fand es nicht so berauschend. Zufälligerweise mag ich mich nämlich ganz gern so, wie ich bin."

„Ich dachte auch, dass ich mich so mag, wie ich bin. Inzwischen weiß ich, dass ich mein gesamtes Erwachsenenleben mit dem Versuch verschwendet habe, immer perfekt und unbescholten zu sein. Und sieh nur, wohin es mich gebracht hat."

„Das verstehe ich doch, Sarah, und zwar besser, als dir bewusst ist. Aber …" Er verstummte.

„Aber was?"

„Egal." Er stieß die Luft aus. „Also los, lass uns ein bisschen Spaß haben." Er drehte sich zu der wartenden Limousine um. „Wird eine lange Nacht", murmelte er in sich hinein.

„Was hast du gesagt?" Sie hatte ihn genau verstanden, wusste jedoch nicht, wie er das gemeint hatte.

„Ach, nichts." Er hielt ihr die Tür auf und bedeutete ihr, einzusteigen. „Nach dir."

Sarah musterte ihn kurz und fragte sich, ob sie auf einer Antwort beharren sollte, doch der Gedanke verschwand einfach, als ihr etwas viel Wichtigeres einfiel: Er. Sexy, sexy Colt. Wie tief ihm die Jeans auf der Hüfte saß. Wie seine markanten Brust- und Armmuskeln den Stoff seines schwarzen T-Shirts dehnten. Wie ihm das lange Haar über die breiten Schultern fiel. *Und diese braunen Augen …* Manchmal intensiv und ernst, dann wieder voller Abenteuerlust und Humor. Sie fragte sich, wie seine Augen wohl aussahen, wenn er verliebt war. *Wahrscheinlich funkeln sie und strahlen wie …*

Moment mal, nein, solches Zeug interessiert mich nicht. Mehr als Spaß ist nicht drin.

Wie wär's denn mit Limousinensex? Das würde Spaß machen …

Lächelnd schob sie sich an ihm vorbei und streifte dabei absichtlich mit der Hüfte seinen Schritt. Eine Hitzewelle donnerte durch ihren Körper und flutete sie an einer äußerst interessanten Stelle.

Als sie Platz genommen hatte, wartete sie auf Colt, der jedoch weiterhin einfach nur dastand und die Tür aufhielt.

„Colt?"

Er antwortete nicht, dafür konnte Sarah aber deutlich seinen Oberkörper und seine – *hmmm, zum Anbeißen!* – Hüften erkennen.

„Colt?", wiederholte sie und beugte sich vor, um ihn ansehen zu können, er war jedoch zu groß.

Alles klar. Sie glitt auf der Sitzbank zu ihm hinüber, um herauszufinden, was los war. Kaum konnte sie sein Gesicht sehen, begriff sie, dass etwas nicht stimmte. Seine Kiefer mahlten, seine braunen Augen waren starr auf den Horizont gerichtet, und seine Hände waren zu Fäusten geballt.

Sarah sprang aus dem Wagen und baute sich vor Colt auf. „Alles okay mit dir?"

Er sah sie an, mehr aber auch nicht.

„Habe ich etwas falsch gemacht?"

Sein Adamsapfel zuckte, als er schluckte. „Nein."

„Und warum stehst du dann hier herum?"

Er räusperte sich. „Ich kann das nicht."

„Was kannst du nicht?"

Er sah sie an. „Tut mir leid, aber ich kann nicht mit dir ausgehen. Nicht *so*."

Oh. Er wollte also keinen draufmachen. Ein bisschen kränkend war das zwar schon, doch das größere Problem war sein Blick, in dem Wut lag, vielleicht auch Frustration oder irgendetwas in der Art. „Willst du, dass ich wieder nach Hause fliege?"

Er warf ihr einen strengen Blick zu. „Nein, absolut nicht."

Okay. Nun bin ich verwirrt. Sarah wollte ihn um eine Erklärung bitten, überlegte es sich dann aber anders. Wenn sie jetzt darüber redeten, würde die Stimmung kippen, das spürte sie deutlich. Vielleicht war ihm ja gerade klar geworden, was sie längst wusste: dass sie bald verschwunden sein würde und es sich nicht lohnte, sich auf sie einzulassen. Es sprach jedoch nichts dagegen, die Nacht miteinander zu verbringen und sich ein bisschen zu amüsieren. Wenn Sex für ihn nicht infrage kam, dann würde sie schon irgendwie damit zurechtkommen, obwohl sie sich ehrlich wünschte, er würde es sich anders überlegen.

Vielleicht tut er das ja auch noch. Der Abend war noch jung, und das Knistern zwischen ihnen war vermutlich selbst auf dem Mars zu spüren. Sie konnte sich problemlos vorstellen, den Rest ihres Lebens mit ...

Hey, immer mit der Ruhe, du Knastkäthchen. Schon vergessen? Mehr als ein bisschen Spaß ist verboten.

„Ich verstehe." Sie hielt ihm die Hand hin. „Partykumpel?"

Er musterte ihre Hand, als handle es sich um eine Tretmine.

„Ich hab's begriffen, Colt. Dies ist nicht unbedingt ...", sie atmete tief durch, „... eine Traumsituation. Aber ich bin hier, und du bist es auch, und du hast mir versprochen, mir dabei zu helfen, ein bisschen das Leben zu genießen, ehe ich dafür ins Gefängnis wandere, dass wir miteinander geschlafen haben."

Er schnappte nach Luft, seine Augen nahmen einen schuldbewussten Ausdruck an.

„Tut mir leid", sagte sie. „Das sollte nur ein Witz sein."

„Der war nicht lustig."

Er wirkte richtig getroffen. Na toll. Sie hatte doch nicht gewollt, dass er sich schlecht fühlte! Ja, natürlich ging sie streng genommen ins Gefängnis, weil sie mit ihm geschlafen hatte. Aber das war ihre Entscheidung gewesen, nicht seine. Sie wäre nicht mal auf die Idee gekommen, ihm die Schuld für ihre Lage zu geben.

„Wahrscheinlich war das alles eine Schnapsidee." Sie musterte kopfschüttelnd ihre High Heels. „Am besten fliege ich einfach zurück nach San Fran…"

„Hör auf, mir geht es gut. Und *mir* tut es leid. Ich schulde dir was, und du willst Spaß haben, also sollst du ihn bekommen."

„Aber …"

„Ich bestehe drauf." Er bedeutete ihr, wieder in den Wagen zu steigen.

Sollte das heißen, dass er sich die Sache mit dem Sex anders überlegt hatte? *Jetzt lass mal locker, und warte ab, wie sich die Dinge entwickeln.*

Sie legte den Kopf schief und strich Colt übers Kinn. „Danke."

Er nickte. „Gerne, Sarah."

Damit stiegen sie in den Wagen, und Colt ließ die Tür hinter ihnen zufallen.

Nach ungefähr zwanzig Minuten beklommenen Schweigens, während der Colt auf seinem Handy herumtippte, beschloss Sarah, dass es an der Zeit für einen Stimmungswechsel war, weg von „komplizierter als ein Rubik-Würfel" und hin zu „wild und verrückt".

Sie setzte ein entschlossenes Lächeln auf. „Also, wohin fahren wir zuerst?"

„Auf eine Party. Ich frage gerade noch mal nach, ob wir auch wirklich auf der Gästeliste stehen."

Wie aufregend! „Ist jemand da, den ich kenne?"

„Jim Ripper."

„Ooooh!" Sie klatschte in die Hände. „Der Sänger von Iron Crossed? Die liebe ich! Jim ist ein Wahnsinnssänger."

Colt warf ihr einen missbilligenden Blick zu.

„Natürlich nicht so gut wie du."

„Na klar." Er hob skeptisch die Brauen.

Colt war wirklich der Beste! Seine tiefe Stimme klang weich und sinnlich, egal, ob er Rockhymnen schmetterte oder zu sorgsam arrangierter Akustikmusik Liebeslieder sang. Sein Timbre war wie ein Aphrodisiakum. *Viagra für die Frau, sozusagen – ganz anders als diese verflixte Lederhose!* Sarah zupfte an den Seitennähten herum und versuchte, das verdammte Ding aus ihrer Poritze herauszuoperieren. Die Hose war nicht halb so bequem, wie sie gedacht hatte. *Ach, die muss man bestimmt nur ein bisschen eintragen.*

„Hey, sind meine Klamotten in Ordnung für die Party?", fragte sie.

„Klar, du wirst gar nicht auffallen." Colts Blick war starr geradeaus gerichtet, als wollte er jede Verlockung vermeiden.

Sarah lächelte. Sie war begeistert, dass ihm ihr neuer Look so gefiel. Sein Gesichtsausdruck, als sie aus dem Flugzeug gestiegen war … einfach unbezahlbar.

„Gut." Sie merkte, wie sie langsam nervös wurde. Sie war noch nie auf einer Hollywoodparty gewesen. „Die haben da doch Tequila, oder?"

Colt warf ihr einen deutlich verärgerten Blick zu. Missfiel ihm die Vorstellung, sie könnte sich abschießen?

„Ja, Tequila haben sie."

„Dann bin ich bereit!"

„Da wären wir ja schon einer."

Sarah lachte. Warum war er nur so ernst? Als sie vor dem größten Haus hielten, das sie jemals gesehen hatte, kam ihr diese Frage plötzlich völlig nebensächlich vor.

Die Tür der Limousine wurde von außen geöffnet, und ein Parkplatzwächter in roter Weste reichte ihr die Hand.

Sie sah Colt an, der eine Miene aufgesetzt hatte, als wäre er auf dem Weg zu einem mehrstündigen Zahnarzttermin.

„Hey, alles in Ordnung?", fragte sie.

„Na klar, ich liebe es, am Freitagabend zu arbeiten", erwiderte er.

Er hielt das hier für Arbeit?

„Besser, als in einer Mordverhandlung zu sitzen."

Er zuckte kaum merklich mit den Achseln. „Touché."

Sie stiegen aus und gingen hinein.

Außerhalb ihres Fernsehers hatte Sarah noch nie so viele Berühmtheiten auf einem Haufen gesehen. Filmstars, Fernsehschauspieler, Musiker, bekannte Sportler – durch das riesige schlossartige Anwesen zu spazieren glich einem Ausflug ins Wachsfigurenkabinett, nur dass die Stars hier lebendig waren. Und alle waren sie verrückt nach Colt. Alle zwei Sekunden kam jemand an, um ihn zu umarmen oder ihn auf die Wange zu küssen oder ein Selfie mit ihm zu machen. Ganz Gentleman stellte er ihr all die Leute vor, die waren aber nur daran interessiert, ihn um einen Gefallen zu bitten oder ihm von irgendeinem Projekt zu erzählen, für das sie ihn gewinnen wollten.

Sarah stand daneben und fühlte sich unsichtbar und ehrfürchtig wegen all der Stars auf der Party. Vor allem beobachtete sie jedoch fasziniert, wie sich Colt in einen anderen Menschen verwandelte. Er redete wenig und guckte ernst, was ihn extrem cool und knallhart wirken ließ. Klar, auch der Colt, den sie kannte, war stark und manchmal ernst, aber er war außerdem energiegeladen und ein kleines bisschen albern. Dieser Typ hier war unterkühlt und zurückhaltend.

Nach ungefähr einer Stunde, in der die Leute einen Pulk um Colt gebildet hatten, schafften Sarah und er es, sich nach draußen durchzuboxen, wo ein DJ Housemusik in einem großen Zelt auflegte und die Gäste an einer gewaltigen Bar herumhingen.

Hm, das ist echt nicht die Art Spaß, die ich mir vorgestellt habe. Die Leute waren zwar ausstaffiert wie für eine wilde Partynacht, schienen aber alle nur mit Geschäftlichem beschäftigt zu sein – zu netzwerken, sich blicken zu lassen, ihren wahnsinnig teuren Schmuck und die Designerklamotten auszuführen.

Sie und Colt hatten es fast bis zur Bar geschafft, als er von einer Herde identisch gekleideter Frauen bedrängt wurde. Mit ihren Riesenmöpsen, Winz-Shorts und tief dekolletierten rosafarbenen Tops sahen sie aus wie Playboyhäschen. „Colt! Oh Gott, wir sind *Riesenfans* von dir. Als du angeschossen wurdest, dachte ich echt, das bringt mich um!“, quietschte eine von ihnen, und die anderen stimmten zu und schnatterten über das Ereignis.

„Ja“, erwiderte Colt, „genau das hab ich damals auch gesagt.“

Sie kicherte. „Können wir ein Foto mir dir machen?“

„Na klar.“

Die Frau musterte sie, als wäre sie eine Zecke, die im Begriff war, sich an Colt festzubeißen, und umgehend entfernt und zerquetscht werden musste.

Colt war zu beschäftigt damit, Autogramme zu verteilen, um zu bemerken, dass Sarah von der Weibermeute abgedrängt wurde.

„Ich warte da drüben“, murmelte sie einer von ihnen zu und wies zur Bar. *Na gut, okay, schätze, dann muss ich eben allein ein bisschen Spaß haben. Ich brauch jetzt dringend einen Tequila.*

Sie verzog sich an die Bar und bestellte einen Shot. Kaum stand er vor ihr, da hatte sie ihn auch schon geext und den nächsten geordert. „Ach was, mach zwei draus.“ Die Barkeeperin, eine junge Brünette, zuckte nicht mal mit der Wimper.

„Richterin Alma! Also, Sie sind ja wirklich der letzte Mensch auf Erden, den ich auf meiner Party erwartet hätte“, sagte eine tiefe Stimme.

Als Sarah sich umdrehte, stand Jim Ripper vor ihr. *Der* Jim Ripper. Sein langes schwarzes Haar hing ihm offen ums Gesicht, und er trug seinen legendären schwarzen Eyeliner und die Lederweste, die so was wie sein Markenzeichen war. Wäre er nicht so gewaschen und hübsch gewesen, hätte man ihn auch für das Mitglied einer Motorradgang halten können. Seine Augen waren leuchtend grün, er war frisch rasiert und roch umwerfend gut.

„Mr. Ripper, wie schön, Sie kennenzulernen!“

Er musterte sie von Kopf bis Fuß. „Ich muss zugeben, dass mich Ihr neuer Look kurz durcheinandergebracht hat. Doch diese Lippen und diese Augen würde ich nie vergessen.“

Sie lächelte und sah ihn nachdenklich an. Woher kannte er sie bloß? Es wollte ihr einfach nicht einfallen.

„Sie erinnern sich nicht?“, fragte er. „Vor etwa fünf Jahren haben Sie meine kleine Schwester verteidigt. Es ging um Trunkenheit am Steuer.“

Echt? Sarah konnte sich nicht erinnern, aber vor ihrer Berufung zur Richterin hatte sie als Pflichtverteidigerin und normale Anwältin eine gewaltige Menge Fälle bearbeitet.

„Katie Reiner. Machte gerade ihren Bachelor in Finanzwesen in Berkeley. Neunzehn? Lange blonde Haare?“

„Aber ja doch!“ Katie hatte eines Nachts auf dem Heimweg einen Unfall gebaut. Im Kofferraum ihres Wagens hatte sich Alkohol befunden, und der Polizist hatte sie einen Alkoholtest machen lassen, den sie bestand. Dennoch hatte er sie wegen Trunkenheit am Steuer festgenommen, weil sie zu jung war, um Alkohol überhaupt besitzen zu dürfen. „Ich wusste ja gar nicht, dass Katie Ihre Schwester ist. Wie geht es ihr?“

„Fantastisch, und das hat sie auch Ihnen zu verdanken. Sie haben ihr geglaubt, dass der Alkohol nicht ihr gehörte. Sie hatte nicht mal eine Ahnung, dass er in ihrem Kofferraum war."

„Ich erinnere mich", sagte Sarah. „Er gehörte irgendeinem Freund oder so."

„Ihrem bescheuerten älteren Bruder." Jim lächelte. „Sie haben ihr vertraut und dafür gesorgt, dass die Anklage fallen gelassen wurde."

Die Barkeeperin brachte die zwei Shots, womit sich Sarah einen überraschten Blick seitens Jim einhandelte.

Sie zuckte die Achseln. „Ich muss den Kummer ertränken."

„Dann lassen Sie sich von mir mal nicht aufhalten." Er schnappte sich einen Shot und hob das Glas. „Auf Richterin Alma."

„Nennen Sie mich Sarah." Sie nahm das andere Glas und stieß mit ihm an.

„Und du mich Jim. Auf Sarah. Die Frau, die für Gerechtigkeit gesorgt hat."

Er hatte garantiert keine Ahnung, wie gut es sich anfühlte, das zu hören. Unschuldigen Menschen – wie ihrem Vater – dabei zu helfen, nicht ins Gefängnis zu wandern, war der Grund dafür gewesen, dass sie überhaupt Jura studiert hatte. Auf einmal fragte sie sich, wann eigentlich der Moment gekommen war, in dem es ihr wichtiger geworden war, Richterin zu sein.

„Danke." Sie exte den Tequila, der sich mit dem ersten zu einem warmen Brennen in ihrem Bauch und einem Glühen in ihrem Herzen vereinte.

„Was hat dich denn auf meine Party verschlagen?", fragte Jim.

Sarah starrte ihn an und versuchte zu begreifen, dass sie gerade in Jim Rippers Haus an Jim Rippers Bar auf Jim Rippers

Party stand und mit Jim Ripper plauderte, umgeben von ein paar der berühmtesten Leute der Welt. *Zu surreal, um es in Worte zu fassen.*

„Ich bin mit Colt Young hier“, antwortete sie schließlich und warf einen Blick in Colts Richtung, der jedoch noch von der Groupie-Meute belagert wurde.

„Interessant“, sagte Jim. „Ich hätte nie gedacht, dass ihr beiden zusammenpasst, aber irgendwie ergibt es Sinn. Ihr wärt fast gemeinsam gestorben. Abgefahren, Mann, echt abgefahren.“ Er schüttelte den Kopf.

„Oh, da läuft gar nichts zwischen uns. Wir sind nur …“ Eigentlich wusste sie gar nicht, was sie waren, also versuchte sie es mit: „… gute Freunde.“

„Na dann.“ Er reichte ihr den Arm. „Da dein *guter Freund* gerade beschäftigt ist, wärst du so freundlich, den Eröffnungstanz mit mir zu tanzen?“

Sarah warf einen Blick auf die große Tanzfläche unter dem Zelt neben dem DJ-Pult. Sie war menschenleer. „Bittest du mich tatsächlich darum zu versuchen, in diesen Absätzen zu tanzen, während all die Leute hier zuschauen?“

„Jepp, genau das. Hast du etwa Angst, Frau Richterin?“

„Ich bin keine Richterin mehr. Und nein, ich habe keine Angst.“ *Ich bin gelähmt vor Panik. Aber ich mach es trotzdem.* „Auf geht’s.“

34. Kapitel

Colt versuchte, sich irgendwie die Horde aggressiver Weiber vom Leib zu halten, ohne dabei respektlos zu werden – immerhin handelte es sich bei diesen Ladies um Fans –, aber sie machten es ihm nicht leicht. Sie beharrten darauf, Fotos mit ihm zu machen und Autogramme von ihm zu sammeln. Natürlich hätte er einfach Nein sagen können, doch solange er nicht ausgesprochen unhöflich behandelt wurde, war es ihm wichtig, mit seinen Fans umzugehen, als wären sie treue Kunden. Schließlich hatte er ihnen alles zu verdanken.

Aus dem Augenwinkel bekam er mit, wie Sarah in Richtung Bar verschwand, aber als er endlich mit den zwölf Frauen fertig war – allesamt nicht sein Typ, weil sie nicht so ungekünstelt waren wie eine gewisse Frau, der er verzweifelt zu widerstehen versuchte –, entdeckte er sie nirgends.

Er scannte die Menschenmenge und suchte nach ihrem dunklen Haar mit den pinkfarbenen Strähnchen darin, aber sie war nicht da. Hatte sie einen anderen gefunden, mit dem sie sich amüsierte?

Vielleicht ist es ja besser so. Es war ihm inzwischen völlig unmöglich, auch nur eine Sekunde länger seine verdammten Finger von ihr zu lassen. Als sie ihn beim Einsteigen in die Limousine mit der Hüfte gestreift hatte, wäre er fast über sie hergefallen und hätte ihr diese sündhaft heiße Lederhose heruntergerissen, sie auf alle viere gezwungen und ihr von hinten die Seele aus dem Leib gevögelt. Seine einzige Rettung war der Gedanke gewesen, dass er am Boden zerstört sein würde, wenn er ihr endlich sein wahres Gesicht zeigte und sie das Interesse an ihm verlor.

Aber das wird nicht passieren. So oberflächlich war Sarah nicht.

Klar, nur dass du dich in deinem Bruder auch getäuscht hast. Deinem eigenen Bruder. Was bedeutete, dass er sich in jedem täuschen konnte.

Auf der Suche nach Sarah ging er wieder hinein, wo er sich durch das überfüllte Wohnzimmer schlängelte, dabei mehreren „Exfreundinnen" aus dem Weg ging, mit denen er fingierte Beziehungen inklusive fingierter Trennungen gehabt hatte, und lehnte höflich ein paar weitere Selfie-Einladungen ab.

Wo steckt Sarah denn bloß, verdammt?

Ein Kellner kam mit einem Tablett voller leerer Gläser vorbei. Colt hielt ihn am Arm auf. „Hey, hast du eine Frau mit schwarzer Lederhose und pinkfarbenen Strähnchen gesehen?"

Der Kellner, ein dürrer Typ Mitte zwanzig, grinste. „Ungefähr so groß", er hielt seine Hand in Schulterhöhe hin, „und mit so 'nem voll winzigen Top?"

Colt unterdrückte ein eifersüchtiges Knurren. „Ja, genau die."

Der Kellner lächelte selig, als würde er sich an einen wahnsinnig heißen Augenblick erinnern, den er später in der Nacht noch mal heraufbeschwören würde, wenn er …

Ich bring dich um, du Arschloch!

„Die tanzt gerade mit Big Jim." Der Kellner seufzte. „So ein geiles Gerät."

Colts Nasenflügel bebten. „Was zur Hölle soll das denn heißen?"

Der Kellner schien zu spüren, dass er einen Schritt zu weit gegangen war, und wich zurück. „Ähm, tut mir leid, Sir. Ich wollte nur sagen, dass sie, ähm …", er räusperte sich, „… eine echt gute Tänzerin ist."

Eine gute Tänzerin? Colt lachte. Wenn sie auch nur ansatzweise so tanzte, wie sie sang, dann hatte der Kellner wohl eher „unterhaltsam" sagen wollen.

„Danke." Er drehte sich um und bahnte sich den Weg zurück durch die Menge, diesmal ohne auch nur einen Gedanken an Höflichkeiten zu verschwenden.

Draußen hatte sich eine riesige Menschentraube um das Zelt versammelt. Viele Leute johlten, die meisten hielten ihre Handys hoch und machten Videos.

Oh. Fuck. Sie filmten Sarah. *Was macht sie da denn nur?* Er drängelte sich bis zur Tanzfläche vor, und was er dort sah, hätte er sich im Leben nicht ausmalen können.

Wollt ihr mich eigentlich alle verarschen?

Noch nie in ihrem Leben hatte Sarah so viel Spaß gehabt, nicht mal als Teenager. Nicht, als sie ihrem ersten Verfahren vorsaß. Nicht mal, als sie als Jahrgangsbeste die Abschlussrede in Harvard gehalten hatte.

Das hier – loszulassen, sich lebendig zu fühlen, keine Angst zu haben, was irgendjemand von ihr denken könnte – war die reinste Euphorie.

Zusammen mit Jim hatte sie die Tanzfläche gestürmt, und im Handumdrehen waren immer mehr Gäste zu ihnen gestoßen, hatten gelacht, getanzt, dem DJ zugejohlt, der den Bass weiter aufdrehte und die Menge in Raserei versetzte. Nach ein paar Minuten überredete Jim sie, auf eine der Go-go-Plattformen zu klettern und die Partymeute alias das Chaosorchester zu dirigieren. Sie tanzte schneller, hob die Arme in die Luft, beobachtete, wie die Menge alle ihre Bewegungen nachahmte. Sie sprang auf und ab wie ein Pogostock auf Speed, und die Leute kreischten hysterisch, pumpten die Fäuste in die Luft, zwangen sie, immer schneller zu springen. Sie hatte keine Ahnung, wie lange ihr Körper und die spitzen Absätze das noch mitmachen würden, aber sie hatte den Spaß ihres Lebens.

„Schneller, schneller, schneller, schneller!", brüllte die Menge im Rhythmus mit dem Bass.

Sarah schloss die Augen und tat, was man ihr sagte. Hüften, Hände, Brust, Herzschlag. Sie vergaß all ihre Sorgen, ließ einfach los. Es gab nur sie, die Musik, die Freiheit.

„Sarah", klang eine tiefe Stimme in ihr Ohr, während sie von hinten von einem kräftigen Händepaar gepackt wurde. Fast wäre sie vor Schreck auf den Boden gekracht.

Sie riss die Augen auf und starrte in zwei braune Augen, die ziemlich gereizt wirkten. *Colt. Gott, er ist so schön. Und wenn er wütend ist, sieht er sogar noch besser aus!*

„Verdammt, was machst du denn da, Sarah?"

Seine Worte rissen sie aus ihrem seligen Zustand. „Ich tanze, verdammt. Und was machst *du,* Colt?"

„Die filmen dich", knurrte er. „Und dein Gerichtstermin steht vor der Tür. Was glaubst du denn, was die Jury von dir hält, wenn sie dich so sieht?"

Sarah musterte die Menschenmenge. Hunderte von Smartphones waren auf sie gerichtet. Sie sah Colt an. Guckte wieder auf die Leute. „Scheiß drauf." Sie riss die Arme in die Luft und brüllte: „Yeaaaaahhhh!!!!"

Die Menge jubelte zurück.

Auf einmal spürte sie, wie ihr Körper von der Plattform gerissen und von zwei ausgesprochen starken Armen aufgefangen wurde.

„Was soll das denn, Colt?"

„Wir gehen jetzt", knurrte er über die Musik hinweg, und die Menge buhte lautstark.

„Warum?", fragte sie und versuchte, sich aus seiner Umarmung zu winden. *Oooh, er ist so stark.*

„Weil wir das hier nicht abgemacht haben“, sagte er, während er an den glotzenden Partygästen vorbeistapfte, die eifrig Fotos machten.

„Was denn?“ Er wirkte aufgebracht, aber sie verstand nicht, warum. „Colt!“, sagte sie streng, „lass mich sofort runter.“

Er sah sie an und ließ sie los.

Sie zog ihn an den Rand des Gartens und außer Hörweite der Gaffer. „Was ist hier los?“

Seine Körperhaltung – geballte Fäuste, starrer Rücken, zusammengepresste Lippen – verriet, dass er ausgesprochen unzufrieden war, aber er sagte nichts.

„Colt, ich rede mit dir. Warum hast du das gemacht? Und warum willst du nicht, dass ich mich ein bisschen amüsiere?“

„Das hier nennst du *sich amüsieren*?“, fauchte er. „Findest du es echt amüsant, dich vor aller Welt zum Vollidioten zu machen?“

So ein Arschloch. „Ich habe mich nicht zum Vollidioten gemacht. Ich habe getanzt. Und das Beste daraus gemacht, dass ich für eine Schar notgeiler Groupies einfach stehen gelassen wurde.“

„Diese Frauen sind Fans. Sie sind der Grund dafür, dass ich überhaupt Geld verdiene.“

„Du hast ihre Riesentitten angegeifert und dir dein Riesenego von ihnen streicheln lassen!“

„Nein, ich habe gearbeitet.“

Sarah verdrehte die Augen. „Na klar. Du hast gearbeitet, und ich habe getanzt. Ich verstehe immer noch nicht, wo das Problem liegt.“

„Du kannst nicht einfach durch die Gegend rennen und dich wie ein durchgedrehter Teenager benehmen! Du bist eine erwachsene Frau, die in einem Riesenhaufen Schwierigkeiten steckt!“

„Denkst du, das weiß ich nicht? Glaubst du, ich weiß nicht, was mir bevorsteht? Das wird scheiße, Colt, richtig, richtig scheiße. Und was sie im Gefängnis mit Richtern machen, willst du lieber gar nicht erst wissen. Ich kann froh sein, wenn ich das erste Jahr überlebe. Also entschuldige bitte, wenn ich mich unreif verhalte und Tequilashots trinke und tanze. Die Möglichkeit werde ich vermutlich nämlich niemals wieder haben." Es waren nur noch ein paar Wochen bis zur Vorverhandlung. Danach blühte ihr eine lange Vorbereitung auf das eigentliche Verfahren.

Und dann erwartet dich der orangefarbene Gefängnisoverall. Ein verschissenes Jucheee!

„Aber es hilft dir nicht gerade, wenn du durch die Gegend rennst und dich wie die unmoralische Schlampe benimmst, die du ihrer Meinung nach bist!"

Sarah klappte die Kinnlade herunter. „Wie kannst ausgerechnet du, Weiberheld des Jahres, es wagen, so etwas zu sagen?"

Colt stemmte die Fäuste in die Hüften und schnaubte. „Tut mir leid, ich hätte das nicht sagen sollen." Seine Stimme wurde leiser. „Ich hoffe einfach immer noch, dass du irgendwie aus dieser Sache rauskommst, Sarah." Er streckte die Hand aus und strich ihr mit dem Daumen über die Unterlippe.

Ihr Zorn verpuffte augenblicklich. *Verdammt, warum muss er nur so wahnsinnig liebenswert sein?*

Da sie wollte, dass er die Tatsachen endlich akzeptierte, setzte sie ihre Keine-Widerrede-Richterinnenstimme ein. „Aber das wird nicht passieren, Colt. Sie werden mich benutzen, um ein Exempel zu statuieren." Wright trug seine bleigefüllten Boxhandschuhe, und er wollte Blut sehen. Sie hatte den Verdacht, dass er auch den Gouverneur in die Sache mit hineingezogen hatte, weil der Fall so erstaunlich schnell bearbeitet wurde. Normalerweise dauerte es bei einem Vorgang wie diesem Monate, bis der Termin für die Vorverhandlung feststand. „Richter Wright hat eine politisch motivierte Hexenjagd aus dieser Sache gemacht, und ich bin reif für den Scheiterhaufen."

Colt starrte auf seine Schuhe und schüttelte den Kopf. „Aber das ist einfach nicht fair."

Sie drückte sanft seinen Arm. *Seinen starken, starken Arm.* „Du kannst nichts dafür, Colt. Ich habe mir das selbst eingebrockt."

Er runzelte die Stirn. „Das stimmt nicht, und selbst wenn es so wäre, hättest du eine zweite Chance verdient, Sarah. Du bist ein guter Mensch, du hilfst anderen. Und du hast auch mir geholfen."

Ihr wurde ganz kribbelig warm ums Herz. „Ich bin froh, dass ich etwas für dich tun konnte. Es bedeutet mir viel, dass ich dir helfen konnte, dein Leben und deine Musik zurückzuerobern."

Er lachte bitter auf. „Das ist ja das Witzige. Ich kann mich an alles erinnern, doch meine alten Lieder zu spielen, klappt immer noch nicht."

„Was? Aber das ist ja schrecklich! Was hat der Arzt dazu gesagt?"

Er zuckte die Achseln. „Dass ich einfach abwarten muss."

„Das tut mir so leid, Colt."

„Mir komischerweise nicht. Ich habe angefangen, neue Songs zu schreiben."

Das menschliche Gehirn geht wirklich wundersame Wege. „Sag Bescheid, wenn ich dir irgendwie helfen kann."

„Du kannst versuchen, nicht im Gefängnis zu landen, und weiter als positiver Einfluss mein Leben bereichern."

Oh Gott, ist er süß! Sie wollte ihn packen und ihn nie wieder loslassen. „Weißt du was? Als die Sache gelaufen war – als ich mein Amt verloren hatte, angeschossen worden war und wusste, dass Anklage gegen mich erhoben wird –, habe ich eins begriffen: Es gibt im Leben keine Garantien. Wir haben nur diesen einen Augenblick, das Hier und Jetzt, und das sollten wir besser genießen, ehe die Zeit abläuft." Sie hatte ihre Entscheidung schon getroffen. Wenn sie das Glück hatte, den Shitstorm zu überleben, der ihr bevorstand, würde sie nie mehr eine Sekunde ihres Lebens verschwenden, auch nicht an ihre Karriere. Vielleicht würde sie den Leuten wieder auf die gute alte Art helfen, zum Beispiel in einem Rechtshilfeverein, an den sich Menschen wendeten, die kein Geld für einen Anwalt hatten. Oder sie fing an zu unterrichten. *Aber wer würde schon aus meinen Fehlern lernen wollen?*

„In den vergangenen zwölf Monaten bin ich dreimal knapp dem Tod entronnen und habe das Gedächtnis verloren", erwiderte Colt und warf ihr sein teuflisch charmantes Lächeln zu. „Schätze also, ich verstehe genau, was du meinst."

Tröstliche Ruhe senkte sich über sie. Sarah konnte sich nicht erinnern, dass es zwischen ihnen je zuvor so gewesen war. Keine Anspannung, keine Täuschungen, nur eine Unterhaltung. *Und wir bluten dabei nicht. Nicht zu bluten ist echt super!*

„Ich bin froh, dass du nicht gestorben bist, Colt. Denn sonst hätte ich den ganzen Spaß hier verpasst." Es klang wie ein Witz, war aber keiner. Alles zu verlieren außer dem, was wirklich wichtig war – ihre Freunde, ihre Familie, ihre Gesundheit –, ließ die kleinen Dinge im Leben viel wertvoller erscheinen.

„Und ich finde immer noch, dass du meine Hilfe annehmen solltest."

„Das wäre die reinste Geldverschwendung. Eine bessere Anwältin als meine gibt es nicht, und wenn du mir mit den Kosten hilfst, wird man mir das zur Last legen." So, als würde er versuchen, ihr dabei zu helfen zu vertuschen, was sie getan hatten.

„Aber wir dürfen jetzt zusammen in der Öffentlichkeit gesehen werden?“

„An dem Abend im Club ist etwas zwischen uns gelaufen, und das werde ich auch nicht leugnen. Doch ich werde leugnen, dass von meiner Seite aus irgendwelche kriminelle Absichten bestanden.“

„Bereust du es denn?“

„Total. Es war echt grauenhaft.“ Sie grinste.

Er griff sich ans Herz, und zwei entzückende Grübchen erschienen unter seinem hellbraunen Dreitagebart.

„Autsch. Nachdem du das gesagt hast, kann ich dir leider nicht mehr verraten, wohin wir als Nächstes gehen.“

Sarah liebte Überraschungen, wollte aber unbedingt einmal sein Haus von innen sehen. Jetzt gerade, mit der Wärme des Tequilas in den Adern und diesem Gefühl der starken Verbundenheit mit Colt hörte sie … nun ja, sein Bett rufen.

Nein, setz ihn besser nicht unter Druck. Er hat deutlich gesagt, dass er nicht will, und er wird seine Gründe haben. Nicht dass sie sich beschweren würde, falls er seine Meinung änderte.

„Ich mag dich, Colt. Wirklich. Obwohl du eine Wahnsinnspublicityhure und ein Weiberheld bist.“

Colt klappte die Kinnlade herunter, aber das Lächeln in seinem Blick hielt an.

„Und das von einer Frau, die mich zumindest auf dem Papier sexuell missbraucht hat.“

„Was? Ich werde dich gleich missbrauchen!“ Sie boxte ihm gegen den Arm und spielte die beleidigte Leberwurst.

„Was zur Hölle machst du denn da mit ihr?“, fragte eine tiefe Männerstimme.

Sarah und Colt fuhren herum und entdeckten Jim Ripper, der sich mit verschränkten Armen und einem riesigen Türstehertypen als Verstärkung vor ihnen aufgebaut hatte. Jim selbst war auch nicht gerade von schlechten Eltern. Er war so groß wie Colt, aber nicht sehnig und athletisch, sondern eher das Modell Muskelprotz.

Colt musterte ihn drohend. „Wir unterhalten uns. Und zwar unter vier Augen."

„Und ich bin mit ihr befreundet, und sie genießt meine Gastfreundschaft. Es gefällt mir nicht, dass du ihr auf die Nerven gehst." Jim kam einen Schritt näher.

Oh, oh. „Schon okay, Jim. Colt wollte nur helfen."

„Du kennst ihn?", fuhr Colt sie eifersüchtig an.

„Ähm ... irgendwie schon, ja", antwortete sie. „Aber nur, weil ich mal seine Schwester ..."

„Hey, Arschloch, mir gefällt der Ton nicht, in dem du mit der Kleinen redest", grollte Jim.

„Hast du mich gerade etwa Arschloch genannt, Arschloch?" Colt ging einen Schritt auf Jim zu. „Und sie kann wunderbar auf sich allein aufpassen."

„Also, Jungs." Sarah trat mit ausgestreckten Armen zwischen sie. „Mir ist hier ein bisschen zu viel Testosteron unterwegs. Können wir nicht einfach ...?"

„Du entschuldigst dich jetzt sofort bei Richterin Alma", unterbrach Jim sie ungerührt und starrte Colt über ihren Kopf hinweg an, „oder ich schmeiß dich mit dem Arsch voran hier raus."

Inzwischen beobachtete die Hälfte der Gäste die beiden Rockstars, die drauf und dran waren, sich die Köpfe einzuschlagen.

Colt trat näher und ignorierte sie dabei völlig. Die Männer umkreisten sich wie zwei Pitbulls.

„Colt, lass es gut sein, okay?", bettelte Sarah und zog ihn am Ärmel. „Du hast mir versprochen, dass das ein lustiger Abend wird, und ich glaube nicht, dass du dein Versprechen halten kannst, nachdem du dich mit Big Jim hier geprügelt hast."

Colt schien sie gar nicht zu hören.

Oh verdammt, jetzt mach irgendwas, Sarah! Keiner der Männer würde klein beigeben, und sie konnte es wirklich nicht brauchen, dass Colt in eine Schlägerei verwickelt und wieder verhaftet wurde. Sie hatte auch so schon genügend Sorgen.

Also drehte sie sich zu ihm um, schlang ihm die Arme um den Nacken und küsste ihn.

Anfangs war sein Körper steif wie ein Brett, und Sarah schmeckte die Wut auf seinen Lippen – diesen weichen, weichen Lippen. Deshalb drängte sie sich dichter an ihn, drückte die Brüste an seinen Oberkörper und rieb ihre Hüfte an seiner. Dann strich sie mit der Zunge über seine Lippe und legte ihm eine Hand an die Wange.

Colt schmolz in ihrer Umarmung förmlich dahin.

Er umfasste ihre Hüfte, zog sie fest an sich und öffnete die Lippen, um ihre Zunge mit seiner zu umspielen.

Die Menschenmenge um sie verblasste einfach. Es gab nur noch sie beide, ihren Kuss und die Hitze zwischen ihnen, die mit jeder Sekunde zunahm.

Als sich ihre Zungen zum ersten Mal berührten, glitten Sarahs Hände wie von selbst zu Colts Brust und strichen über seine festen Muskeln.

Gott, er ist echt der Wahnsinn. Noch nie im Leben hatte ein Mann sie so geküsst. Diese Leidenschaft. Diese Hitze! Das war mehr als gute alte Lust, und was auch immer es war – sie wollte alles.

Hey, nein. Augenblick mal. Was mache ich hier überhaupt? Sarah entzog sich ihm und bemerkte im selben Moment, dass die Menschenmenge applaudierte und johlte.

Colt grinste sie mit seinen schimmernden, frisch geküssten Lippen an, und auf einmal hatte sie nur noch Augen für den Funken tiefer Freude, den sie in seinem Blick erkannte.

Oh Gott, er ist so … so unfassbar schön …

Sie seufzte, weil sie wusste, dass sie diesen Anblick ihr ganzes Leben sehen könnte und trotzdem niemals genug davon bekäme. *Ich stecke so was von in der Scheiße …*

Colt grinste nach wie vor, wandte sich aber an Jim: „Tut mir leid, Alter“, sagte er zu Jim. „Sie macht mich ein bisschen verrückt. Allerdings auf eine gute Weise.“

Die Frauen in der Menge seufzten im Chor.

Jim nickte Colt zu. „Schon gut, Mann.“ Und damit ging er.

„Ich glaube, wir sollten hier verschwinden“, sagte Colt und strich ihr mit dem Daumen über die Unterlippe, als hätte er sie am liebsten gleich wieder geküsst.

Mit ihrem gesunden Menschenverstand war gerade nicht viel anzufangen. Sie wusste genau, dass sie jetzt besser einen Rückzieher gemacht hätte, aber die Sicherungen waren ein für alle Mal durchgebrannt. Nichts mehr zu machen.

„Und wohin wollen wir?“, fragte sie.

„Wird Zeit, dass du mein wahres Ich kennenlernst.“ Er nahm ihre Hand und zog sie zum Ausgang.

Sein wahres Ich? Oh Gott. Ich glaube, das wird mir gefallen. Und zwar sehr. Und es jagte ihr eine Heidenangst ein.

35. Kapitel

„Das ist …“ Sarah kratzte sich am Hinterkopf. „Das ist nicht ganz das, was ich erwartet habe.“

Colt lächelte stolz. „Ich weiß.“ Er bedeutete ihr mit einer Geste, die nach abgestandenem Zigarettenrauch stinkende Spelunke zu betreten, die von außen nicht als Lokal zu erkennen war und in der vom Boden bis zur Decke alles schwarz gestrichen war.

„Bist du sicher, dass der Laden ungefährlich ist?“, fragte sie. „Ich habe nämlich meine Lebensration an Schießereien schon aufgebraucht.“

„Der sicherste Laden in ganz L. A.“

„Na, wenn du das sagst.“ Die Gänsehaut auf ihren Armen verriet ihr, dass sie gerade drauf und dran war, die Art Laden zu betreten, in der sich Leute tummelten, die sie in einem früheren Leben täglich verurteilt hatte.

Sie steckte den Kopf durch die Schwingtür im Saloon-Stil und sah sich genauer um. Die Gäste sahen nach Kunstszene aus – bunte Haare, Tattoos, Nasenringe und Cowboyhüte – und saßen an kleinen Tischen, tranken Bier, lachten oder tippten auf ihren Smartphones herum. Gerahmte Poster von den Ramones, den Killers und den Stones bedeckten die Wände. An einer langen Bar saßen noch mehr Musiker-Boheme-Typen, und gegenüber befand sich eine winzige Bühne mit einem einsamen Scheinwerfer, einem wackelig wirkenden Barhocker und einem Mikrofon.

„Was ist das für ein Laden?“ Sie folgte Colt ins Innere.

„Mein zweites Zuhause. Hier bin ich entdeckt worden.“

Er zeigte auf einen leeren runden Stehtisch in einer Ecke. „Komm, wir holen dir einen richtigen Drink.“

Auf dem Weg begrüßte die Barkeeperin, eine junge Frau mit schwarzem Haar, schwarzem Lippenstift und tätowiertem Hals, Colt mit einem Nicken.

„Man kennt dich hier also.“ Sarah legte ihre Clutch auf den Tisch und sah sich weiter um. Hinter der Bar hing eine weiße Tafel, auf der die Namen von Leuten standen, was sie machten – Singen, Gitarre, Bass oder Schlagzeug –, und das Datum ihrer „Fuck-Yeahs.“ Sarah nahm an, dass das bedeutete, es „bis nach oben geschafft“ zu haben, weil sie in der Mitte Colts Namen las. An einer anderen Wand bedeckten Konzertflyer und Musikergesuche eine riesige Korktafel.

Ich bin in einem Brutkasten für Rockstars gelandet!

„Ich wurde hier bei einer Open-Mic-Nacht entdeckt“, erklärte Colt. „Nachdem ich meinen Plattenvertrag in der Tasche hatte, kam ich jede Woche her, um mein neues Material auszuprobieren und neue Sounds und Stimmen zu hören.“

„Aber wirst du hier denn nicht belästigt?“

„Ich bin hier nichts weiter als einer von vielen Musikern. Nicht besser oder schlechter als alle anderen, die Musik lieben.“

„Hi, lange nicht gesehen!“ Eine Kellnerin mit blauem Stachelhaar gesellte sich zu ihnen und stellte zwei Gläser mit einer sprudelnden schokoladenbraunen Flüssigkeit ab.

„Danke, Darla.“ Colt zückte seine Brieftasche und legte ihr einen Hunderter aufs Tablett. „Der Rest ist für dich.“

„Danke, Colt! Hey – wann bekommen wir endlich mal dein neues Zeug zu hören?“

„Bald, versprochen. Und wie läuft’s bei dir? Irgendwas Neues?“, fragte er.

„Ach, nur mein gebrochenes Herz. Unser Sänger hat uns nämlich für eine andere Band verlassen. Rap. Nicht zu fassen, der Scheiß, oder?“

Colt verzog sein attraktives Gesicht. „Was? Buddy hat doch kaum einen geraden Satz herausbekommen."

„Exakt. Und jetzt bildet sich der Idiot ernsthaft ein, er könnte rappen." Darla zuckte die Achseln. „Sein Pech. Wir haben kürzlich eine Single rausgebracht, die es in die Top-100 auf iTunes geschafft hat!"

„Sauber! Ich lad sie morgen gleich runter."

„Danke, Babe." Sie verschwand, um an einem anderen Tisch Bestellungen aufzunehmen.

Colt hob sein Glas zum Anstoßen. „Also, Sarah, auf dich und eine amüsante Nacht."

Sie hob ihr Bier und nippte daran. Es schmeckte würzig und süßlich und hatte eine dickflüssige schwere Konsistenz. „Was ist das?"

„Ihr berühmtes Chocolate-Stout. Gibt es nirgends sonst, sie brauen es unten im Keller."

„Schmeckt, als ob es dick macht. Ich glaube, das wird mein neues Lieblingsgetränk."

Colt leckte sich etwas Schaum von seinen sexy prallen Lippen, und Sarah konnte nicht anders, als zu starren und eifersüchtig auf seine Zunge zu sein. Gott, sie wollte ihn unbedingt noch mal küssen.

„Dann hat hier also alles angefangen, ja?", fragte sie, um sich von seinem Mund abzulenken. Und von dem Gedanken an Trockensex. Na gut, an *richtigen* Sex.

„Jepp. Für mich und ein paar Hundert andere Musiker. Kennst du den Gitarristen der Holly Hops?"

„Die sind super." Sie klangen wie Pink, nur dass sie eine Band und keine Sängerin waren.

„Der Gitarrist hat hier angefangen. Egal, wann du herkommst – du triffst entweder einen berühmten Musiker oder jemanden, der bald einer sein wird."

Sarah strahlte ihn an. „Heute Abend bist du diese Person."

Sie hob das Glas und stieß es gegen seins. „Es ist mir eine Ehre, Colt.“ Er hatte sie in sein Privatleben mitgenommen und ihr einen Blick auf sein wahres Ich gestattet. Nicht, dass sie nicht schon Teile davon zu sehen bekommen hätte, aber die Musik war sein Leben. Dies war etwas Besonderes.

„Freut mich, dass du dich hier amüsierst.“

„Warum sollte ich denn nicht?“

„Weil es hier keine durchgeknallten Menschenmassen gibt und auch keinen DJ.“

Im Hintergrund lief Musik, doch sie kam aus der Jukebox in der Ecke. „Wie schade. Ich hätte gerne Livemusik gehört.“ Was sie definitiv und ganz absichtlich nur deswegen sagte, weil sie hoffte, Colt damit auf die Bühne zu bewegen, obwohl ihr klar war, dass ihre Karten schlecht standen, so schlecht, wie es um seine Fähigkeiten im Augenblick bestellt war.

Er beugte sich vor. „Theoretisch könnte man mich durchaus dazu überreden.“

„Echt?“ Sie klatschte begeistert in die Hände.

„Aber es hat seinen Preis.“ Sein Lächeln war durchtrieben.

Die Richtung gefiel ihr. „Schieß los.“ *Und bitte sag, dass es was mit Zungen zu tun hat.*

„Du musst mitsingen.“

„Hier? Zwischen all den Musikern? Nee, auf keinen Fall.“

Colt zog eine Braue hoch. „Das ist nun mal der Preis. Ob es dir das wert ist, kannst nur du wissen.“

„Ist es nicht.“ Sie wich seinem Blick aus und biss sich auf die Innenseite ihrer Wangen.

„Na gut, dann lässt du mir keine andere Wahl. Ich muss den Sarah-Song singen.“

Oh Gott. „Das wagst du nicht.“

„Und wie ich das wage! Und all diese wunderbaren Menschen hier werden begreifen, dass er von dir handelt. Von dir und deiner Knarre. Und deiner Nacktheit.“ Er grinste.

„Okay, ist ja gut, du kriegst deinen Song. Aber du weißt, dass ich nicht singen kann, also selbst schuld."

„Du hast Charisma, das ist wichtiger als Talent." Colt packte ihre Hand. „Los, komm."

Colt wusste, dass Sarah beim Singen klang wie eine ertrinkende Katze, doch dieser Ort hier ließ einige seiner schönsten Erinnerungen hochkommen. Und nach dem schlimmsten Jahr seines Lebens hatte auch er sich ein bisschen Spaß verdient. Deshalb wollte er aus rein egoistischen Motiven noch eine schöne Erinnerung mehr erschaffen. Mit *ihr.*

Als sie an der Bar vorbeikamen, bat er die Barkeeperin um die Gitarre, die sie an Open-Mic-Abenden benutzten, wenn die Angestellten spielten oder das Publikum in Stimmung bringen wollten. Dann griff er nach Sarahs feuchter Hand und führte sie auf die Bühne. Heute saßen nur etwa sechzig Leute im Lokal – sonst gab es um die Zeit meist nur noch Stehplätze –, aber Sarah stand das Wort „Lampenfieber" trotzdem in Neonbuchstaben auf die Stirn geschrieben. Sie sah aus, als würde sie gleich davonrennen.

Gott, wie süß! Meine wilde kleine Frau hat ausnahmsweise mal die Hosen voll. Er war völlig hin und weg.

Sie marschierten die wenigen Stufen hoch und stellten sich nebeneinander. Colt tippte aufs Mikrofon, um auf sich aufmerksam zu machen.

„Abend, Leute. Tut mir leid, dass ich in euren entspannten Feierabend reinfunke, aber ich habe heute einen ganz besonderen Gast mitgebracht." Er sah Sarah an. Ihren Schmollmund. Die großen blauen Augen. Das süße ovale Gesicht. Sie war absolut hinreißend, wenn sie sich verletzlich fühlte. Doch wenn er in den vergangenen Wochen eins über sie gelernt hatte, dann das: Wenn sie Angst hatte, lief sie zur Höchstform auf. Sie hatte ihn auf dem Wade Charity Ball vor der öffentlichen Bloßstellung gerettet, hatte der schießwütigen Mary die Stirn geboten und ihre aktuellen Probleme mit dem Gesetz kurzerhand als Möglichkeit genutzt, um eine vernachlässigte Seite ihrer Seele kennenzulernen. Selbst auf der Party, von der sie gerade kamen, hatte sie trotz der prominenten Gästeliste gesagt: „Scheiß drauf, ich will tanzen!", während sich die meisten anderen Leute an ihrer Stelle in die Hose gemacht hätten.

Und genau das war die Geheimzutat, die Sarah so besonders machte. Ihre Widerstandsfähigkeit. Ihr Mut. Ihre Leidenschaft. Die Weigerung, sich von der Angst beherrschen zu lassen.

„Applaus für Richterin Alma, bitte." Colt warf die Hände in die Luft, und die Menge jubelte. „Diese Frau hat mein Leben verändert und wird deswegen vermutlich für zehn Jahre ins Gefängnis wandern."

Sarah runzelte die Stirn und presste die Lippen zu einem schmalen Strich zusammen. Die Leute im Raum buhten und zeigten mit den Daumen nach unten, was sie wieder zum Lächeln brachte.

„Ich weiß, eine verdammte Tragödie", sagte Colt. „Und deswegen werden wir jetzt dafür sorgen, dass Sarah den Abend ihres Lebens hat. Heute Abend ist sie meine Verstärkung und wird mir helfen, meinen neuen Song zu singen."

Die Leute applaudierten, und Sarahs Lächeln reichte von einem Ohr bis zum anderen.

Na also. Nichts auf der Welt war vergleichbar mit ihrem Lächeln.

Colt nahm auf einem Barhocker vor dem Mikrofon Platz und schlug den ersten Akkord an. Die Schwingung der Saiten und die Musik, die durch seine Finger summte, fühlten sich an wie Nachhausekommen. Und Sarah an seiner Seite zu haben machte die Erfahrung noch wertvoller.

Sie ist so ungekünstelt. So schön. So heiß.

„Okay, sexy Sarah." Er grinste und sah sie an. „Wenn ich auf dich zeige, singst du die Worte ‚So hart. Oh, es ist so hart'. Alles klar?"

Ihr Blick zuckte in Richtung seines Gehänges. „Was? Auf keinen Fall, darüber werde ich ganz sicher nicht singen."

Colt sah das Publikum an, um sich dessen Unterstützung zu sichern. „Ich glaube, sie braucht ein bisschen gutes Zureden, Leute!" Er begann zu skandieren: „Se-xy Sa-rah, se-xy Sa-rah!", und die Gäste im Zuschauerraum machten mit.

Sarah blieb knappe zehn Sekunden lang standhaft, ehe sie nachgab. „Ist ja gut, okay!" Sie hob die Hände. „So hart. Oh, es ist so hart."

Das Publikum grölte.

Colt nickte ihr triumphierend zu.

„Komm schon, Badboy, bringen wir's hinter uns." Sie schüttelte den Kopf.

„Wie Sie wünschen, Euer Ehren." Colt spielte einen schnellen Rhythmus und versuchte, nicht lauthals zu lachen. Sarahs Gesichtsausdruck war einfach unbezahlbar – sie grinste, war gleichzeitig aber auch stinksauer und schämte sich in Grund und Boden. Und trotzdem stand sie da und zog die Sache mit ihm durch.

Colt holte tief Luft und fing an zu singen.

Sie kommt in dein Leben, vertreibt die Nacht,
sie will alles, aber sie bittet nie,
gibt mehr, als du brauchst, doch es ist nie genug.
Du blutest, und du atmest nur noch für sie.

Als er zum Refrain kam, zog er das Tempo an.

Sie ist gefährlich und so heiß, dass es schmerzt,
sie ist süß und sündig und verdorben und smart,
sie ist Treibsand für dein Herz …

Er deutete auf Sarah, deren gerunzelte Stirn ihn an den missbilligenden Blick einer Mutter erinnerte.

Sie stemmte eine Hand in die Hüfte, verdrehte die Augen und beugte sich zum Mikrofon. „Es ist hart. Oh, es ist so hart“, sagte sie desinteressiert.

Die Menge buhte, und Sarah lachte. „Was? Der Song ist total scheiße!“

Erneutes Buhen.

„Verräter.“ Sie streckte allen die Zunge heraus.

Colt lachte und sang weiter.

Sie kommt in dein Leben und reißt es in Stücke,
und auf einmal erkennst du, du wusstest nie,
was du wirklich willst, doch jetzt
blutest und atmest du nur noch für sie.
Sie ist gefährlich und so heiß, dass es schmerzt,
sie ist süß und sündig und verdorben und smart,
sie ist Treibsand für dein Herz …

Wieder zeigte er auf Sarah. Als sie sich diesmal vorbeugte, sang sie vernünftig. *„Es ist hart. Oh, es ist so hart.“*

Ihre Singstimme klang nach wie vor, als hätte jemand einen Vogel in den Mixer gestopft.

Die Menge lachte und buhte gleichzeitig.

Sarah warf die Arme in die Luft. „Ach, kommt schon, Leute. Das war fantastisch! Ihr seid echt ätzend.“

Colt konnte fast nicht mehr weiterspielen, weil Sarahs kleines Gefecht mit dem Publikum so urkomisch war. Die Leute liebten sie! Und es schien ihr völlig egal zu sein, dass sie sich auf der Bühne zum Affen machte.

Er sang die letzten paar Verse des Lieds, und am Ende skandierte der ganze Raum: „Sarah! Sarah! Sarah!“

Sie verbeugte sich. „Gern geschehen. Bitte vergessen Sie nicht, auf dem Weg nach draußen eine meiner CDs zu kaufen. Und wenn mir jetzt jemand einen Tequila bringen könnte?“

Sarah überraschte ihn immer wieder, und er fand es toll.

„Okay zusammen“, sagte er ins Mikrofon. „Wollt ihr noch einen?“

Alle jubelten, und Sarah schüttelte den Kopf, als wollte sie sagen: Keine Ahnung, warum ich mir das antue.

Was sie nicht wusste, er hatte seit über einem Jahr nicht mehr vor Publikum gespielt. Nein, das waren nicht seine alten Stücke, aber das war ihm völlig egal. Er liebte die Musik. Und dass er hier einen Teil von sich selbst zurückerobern konnte, bedeutete ihm mehr als irgendetwas sonst. Es war, als wäre seine Seele zu ihm zurückgekehrt. *Und das habe ich Sarah zu verdanken.* Er hatte keine Ahnung, wie sie das angestellt hatte, er wusste nur, dass sie eine Verbindung zu dem Teil in ihm aufgebaut hatte, den er vergessen hatte. Sie war besser als jede Therapie.

Scheiße. Was soll ich denn nur ohne sie machen? Als er jetzt die Wärme in seinem Herzen spürte, begriff er, dass er Angst gehabt hatte, sich an sie zu binden und sie wieder zu verlieren. Nun wurde ihm klar, dass er den Kampf schon längst verloren hatte.

Ich darf sie auf keinen Fall verlieren. Auf keinen Fall! Er verstand ja, dass sie seine Hilfe nicht wollte und alles nur schlimmer werden würde, wenn er sich einmischte. Aber das bedeutete nicht, dass er nicht mit seinen eigenen Anwälten sprechen durfte. Mike saß jetzt natürlich im Gefängnis – wo er verdammt noch mal auch hingehörte –, doch er konnte sich keine Verschnaufpause leisten. Er hatte längst eine neue

Kanzlei beauftragt, sich mit der abgesagten Tournee auseinanderzusetzen.

Ich werde dich retten, Sarah, dachte er, während er in ihr schönes Gesicht starrte und beobachtete, wie sie lachte und mit einem Typen aus dem Publikum alberne Beschimpfungen austauschte.

„Na, willst du hier hochkommen und ‚Es ist so hart' singen, du knallharter Typ?", fragte sie.

Colts Haut begann zu prickeln. Es machte ihr keine Angst, verspottet zu werden. Es machte ihr keine Angst, für das zu kämpfen, was sie wollte. Ihre Stärke und ihr Antrieb entsprangen einem Ort tief in ihrem Inneren.

Vielleicht fühlte er sich deswegen so zu ihr hingezogen. Er hatte hart dafür arbeiten müssen, etwas zu erreichen – und dazu zählte auch seine Fähigkeit, auf der Bühne zu stehen und sich dem Urteil von Millionen Menschen zu stellen. Einem Mann wie ihm, der bei dem, was er tat, immer auch ein Stück weit sein Herz offenbarte, fiel das nicht leicht. Aber er musste stark genug bleiben, um seine Kunst mit der Welt teilen zu können. Der Grat, auf dem er wandelte, war schmal.

Sarah dagegen – ihre Überzeugungen waren ein fester Bestandteil ihres Wesens.

Mal abwarten, wie sie mit den nächsten fünf Minuten zurechtkommt. Er würde den Song spielen, den er heute Morgen geschrieben hatte, als er im Auto mit ihr telefonierte. Er war sich noch nicht ganz sicher, was er zu bedeuten hatte, aber er war seinem Herzen entsprungen, das in der Regel klüger war als er.

Colt sprach ins Mikrofon. „Okay zusammen." Er schlug einen Akkord an, um die Menge zur Ruhe zu bringen und das Geplauder zu beenden. „Das nächste Lied habe ich für dich geschrieben, Sarah. Es heißt: *Warum ich sie liebe.*" Colt beobachtete, wie ihr Gesichtsausdruck von einem Lächeln zu völliger Verwirrung wechselte. „Keine Sorge, du musst nicht singen, nur zuhören."

Sarah wurde leichenblass. Und dann machte sie auf dem Absatz kehrt und lief einfach weg.

Totenstille senkte sich über den Raum.

„Wow, das ist jetzt peinlich", sagte Colt.

36. Kapitel

Sarah hämmerte das Herz gegen die Rippen, und ihre Knie wackelten, während sie so schnell wie möglich Abstand zwischen sich und die Kneipe brachte. *Es war nur ein Song, Sarah. Also wieso haust du ab?*

Ganz genau wusste sie das eigentlich auch nicht. Sie wusste nur, dass Colt sie angesehen und *Warum ich sie liebe* gesagt hatte. Und sie hatte es tief in ihrem Herzen spüren können. Sie hatte das Gefühl gehabt, dass er es so meinte. Und noch viel beängstigender war, dass sie das Gleiche empfand.

Ich stecke so richtig tief in der Scheiße. Es war absolut nicht der passende Zeitpunkt, um ihr Herz einem Mann zu öffnen und eine Beziehung anzufangen.

Verdammt. Sie war doch hier, um sich zu amüsieren! Und vielleicht auch für ein bisschen unverbindlichen Sex mit Colt. Wieso war die Sache nur so schnell nach hinten losgegangen?

„Sarah!"

Colts tiefe Stimme hallte durch die Nachtluft, während Sarah auf ihren lächerlich hohen Absätzen weiter den Gehweg entlangmarschierte. Mehrere vorbeifahrende Autos hupten, und die Fahrer pfiffen ihr hinterher.

Ich wette, mit der stilvollen Anmache kriegt ihr jede rum.

Das Geräusch von Colts Schritten kam näher. „Jetzt warte doch. Warum bist du weggelaufen?" Er nahm ihren Arm, und sie blieb stehen.

Ich pack dieses Gespräch nicht. Sie wollte überhaupt nicht über solche Dinge reden. Der Abend hatte locker bleiben sollen, amüsant.

„Die Sarah, die ich kennengelernt habe, rennt nicht einfach davon."

Sie stieß die Luft aus und drehte sich zu ihm um. „War das nur ein Songtitel, oder wolltest du mir etwas damit sagen?"

„Und was wäre, wenn?"

Ihr Körper wurde schwer, und ihre Schultern sackten ab. „Dann würde ich sagen, dass du ein verdammter Trottel bist, weil ich die letzte Frau auf der Welt bin, für die du etwas empfinden solltest."

„Würdest du dir von irgendwem vorschreiben lassen, was du zu fühlen hast?"

„Nein."

„Und warum gehst du davon aus, dass das bei mir anders ist?"

Er hob eine seiner perfekt geschwungenen Brauen.

„Okay, Colt, dann will ich mal Klartext reden."

„Nichts anderes habe ich erwartet – dadrin bist du ziemlich gut."

„Du bist gerade auf dem besten Weg, dir selbst das Herz zu brechen. Und zwar so richtig."

„Ich bin kein Kind mehr, Sarah. Die Situation und alle Risiken sind mir absolut bewusst." Er nahm ihre Hand. „Und ich weiß, was ich will."

„Und was genau willst du? Ein Jahrzehnt lang rumsitzen und abwarten, bis ich aus dem Gefängnis komme? Mich am Wochenende und an Weihnachten im Knast besuchen?"

„Du gehst nicht in den Knast. Das werde ich verhindern."

Gott, ist der Typ stur. Sie liebte seine Entschlossenheit, doch sie konnte es sich nicht leisten, auf ein Wunder zu hoffen. Denn umso enttäuschter würde sie am Ende sein, und es war wichtig, dass sie sich innerlich dafür wappnete, was ihr bevorstand. Aber mit Colt herumzustreiten, brachte sie auch nicht weiter.

„Okay", sagte sie. „Nehmen wir einfach mal an, du hättest recht. Ein Engel kommt vom Himmel herabgestiegen und löst all meine Probleme mit dem Gesetz. Und dann? Soll ich mit dir auf Tour gehen? Meine Tage damit verbringen, in Leder rumzulaufen, einen auf Rockerbraut zu machen, aus dem Koffer zu leben und mich jeden Abend zu betrinken, während ich beobachte, wie dir eine Horde Groupies ihre Möpse unter die Nase hält? Oder ständig auf der Flucht vor Paparazzi sein?"

Er musterte sie streng. Im selben Augenblick fuhr ein Auto vorbei, und die honigfarbenen Sprenkel in seinen wütend dreinblickenden Augen schimmerten im Scheinwerferlicht auf.

„Ja, ich bin Musiker, und ja, Tourneen und Publicity gehören zu meinem Job. Aber was ich dir die ganze Zeit über klarmachen will – was ich dir heute Abend zeigen wollte –, ist, dass ich nach der Arbeit nach Hause gehe! Mein Privatleben besteht aus Gärtnern, Wandern, einer Weinsammlung und ein paar alten Motorrädern. Ich schreibe Musik, auch klassische, und wenn ich Platten aufnehme, dann zu Hause in meinem Privatstudio. Ich koche gerne und sitze abends am liebsten auf meiner Veranda und beobachte das Meer. Und ich hasse Partys."

Ihr Gesicht begann zu kribbeln und wurde ganz heiß. Sagte er die Wahrheit?

„Wirklich? Dann bist du also gar kein rebellischer Draufgängertyp?"

„Nö."

Es fiel ihr schwer, ihm zu glauben. *Aber irgendwie ergibt auf einmal alles einen Sinn.* Er wirkte so bodenständig, so reflektiert.

„Und warum machst du ständig einen auf harter Typ?"

„Weil das mein Job ist, wie ich dir schon x-mal erklärt habe!

Ich spiele die Rolle eines Rockstars – besuche Veranstaltungen, Partys, Preisverleihungen –, doch ich bin keiner. Ich bin einfach nur ein Typ, der Musik liebt. Und wenn ich auf Tour bin und ein bisschen Zeit für mich habe, gehe ich ins Theater oder höre mir lokale Bands an. Ich gehe essen, tue Dinge, die mir Spaß machen, und wenn es so weit ist, stehe ich auf der Bühne und gebe zwei Stunden lang mein Bestes."

„Dann trittst du gar nicht gerne auf?"

„Doch, ich liebe es! Es ist toll, live zu spielen und Leute glücklich zu machen. Aber ich bin nur alle drei bis vier Jahre für sechs Monate auf Tour und lege währenddessen sogar noch Pausen ein."

Sarah fand Colts Erklärungen einerseits zwar verwirrend, gleichzeitig begriff sie jedoch endlich, wieso sie ihn nie richtig durchschaut hatte. Er strahlte reifes Selbstvertrauen aus, das seine ganze Haltung, sein Verhalten durchdrang. Und er hatte eine hohe Mauer um sich errichtet. Aber wenn man ihn erst einmal ein wenig besser kannte, wirkte er nicht mehr wie ein Rebell und Draufgänger.

Gott, und jetzt will ich ihn umso mehr besser kennenlernen. Vielleicht würde er mir eines Tages mal oben ohne was zu Abend kochen! Oder mit ihr ein Glas Wein am Strand trinken. So ein Leben würde ihr mehr als nur gefallen, das sah sie deutlich vor sich. Sogar die Beschreibung seiner Tourneen hatte schön geklungen! Sie hatte sich das alles chaotisch vorgestellt, voller wilder Partys und Rund-um-die-Uhr-Groupiebelagerung. Stattdessen spielte er den Touristen, arbeitete abends ein paar Stunden lang, und das war's. Sicherlich stellte sie sich das alles gerade einfacher vor, als es in Wahrheit war – immerhin bestand sein Job darin, Abend für Abend vor dreißigtausend Leuten zu spielen. Aber das war seine Arbeit. Und seine Leidenschaft. Endlich fügte sich alles zu einem klaren Bild zusammen.

Sie sah herab auf ihre müden Füße. Dieser Abend war viel unkomplizierter gewesen, als sie Colts Absichten für oberflächlich gehalten hatte. Als sie gedacht hatte, sein Rockstarleben würde verhindern, dass er jemals eine ernste Beziehung führte. Dass man Spaß mit ihm haben konnte und es leicht sein würde, ihre Empfindungen im Griff zu behalten, weil sie wusste, dass es für sie und ihn keine gemeinsame Zukunft gab.

Verdammt. Warum muss er denn nur Gefühle für mich haben? Das brachte sie in eine ausweglose Situation. Denn jetzt wollte sie mehr als nur eine heiße Nacht mit ihm. Viel mehr.

„Ich darf nicht zulassen, dass mehr aus uns wird, Colt. Du weißt, was uns erwartet, und es ist nichts Schönes. Am Ende tun wir uns nur gegenseitig weh." *Und ich kann es mir nicht leisten, dich zu vermissen.*

„Wie gesagt, ich bin ein erwachsener Mann und treffe meine eigenen Entscheidungen."

Sarah wich einen winzigen Schritt zurück. Gott, wie sehr wünschte sie sich, das hier einfach geschehen zu lassen. Aber dann stellte sie sich vor, wie sie den Prozess verlor, was aller Wahrscheinlichkeit nach so kommen würde, und in Handschellen abgeführt wurde, in dem Wissen, dass sie und Colt bei ihrem nächsten Wiedersehen eine dicke Plexiglaswand zwischen sich haben würden. Und in Anbetracht der Anklagepunkte blühten ihr bis zu zehn Jahre. Zehn gottverdammte Jahre.

„Ich kann das nicht, Colt. Ich kann nicht. Weil ich das hier so wahnsinnig will."

Er guckte auf seine Stiefel und atmete schwer. „Dann lass uns wenigstens diesen Abend durchziehen. Du wolltest Spaß, also haben wir Spaß."

„Nein. Ich glaube, ich erspare uns die Qualen besser und suche mir ein Hotelzimmer. Morgen früh fliege ich zurück nach San Francisco."

„Jetzt rede doch keinen Unsinn." Er warf einen Blick auf seine Uhr. „Es ist noch total früh! Erst ein Uhr morgens!"

„Oha." Sie verschränkte die Arme. „Wann stehst du normalerweise denn so auf?"

Er antwortete nicht.

Sarah hob abwartend die Brauen.

„Ist ja schon gut. Spätestens gegen zehn. Ich stehe gerne rechtzeitig auf und trainiere. Dann ist der Tag produktiver."

Sie lachte und schüttelte den Kopf.

„Hey, das heißt nicht, dass ich ein Partymuffel bin! Ich weiß, wie man sich amüsiert – ich mach das bereits seit Jahren! Und du? Wann hattest du das letzte Mal die Möglichkeit, überall reinzukommen, wohin du möchtest?"

Guter Punkt. „Wohin denn zum Beispiel?"

„Alles, was du willst. Restaurants, Bars, Museen – so ziemlich alles bis auf Banken." Er kratzte sich am Kinn. „Nee, stimmt nicht. Ich habe die Direktdurchwahl zu meinem Bankdirektor."

„Warum denn das?"

„Na ja, manchmal muss sich ein Mann halt um seine Geschäfte kümmern." Er zuckte mit den Schultern.

Sie lachte leise auf. Spontan konnte sie sich keinen Ort vorstellen, an den sie lieber gewollt hätte als auf seine Veranda. Aber zu ihm nach Hause zu fahren, würde auch an einen anderen Ort führen: in sein Bett. Und das war keine gute Idee.

„Nein. Ich glaube wirklich, wir sollten uns jetzt verabsch…"

Er zog sie einfach in seine Arme, und ehe sie dazu kam, zu protestieren, waren seine Lippen auf ihren – rau, fordernd, leidenschaftlich. Ihr Körper verkrampfte sich, wollte Widerstand leisten, aber Colts Hitze und sein Geschmack ließen ihre Bedenken dahinschmelzen wie Eiswürfel im Warmwasserbad.

Oh Gott, ja, so schön warm … Sie öffnete die Lippen, und ihre Zungen begannen einen wilden Tanz. *So heiß …*

Sie schlang ihm die Arme um den Nacken, wollte mehr und wusste in den Tiefen ihres vom Tequila benebelten Kopfes, dass sie ein Stück ihres Herzens an ihn verlieren würde, falls sie ihrem Verlangen nachgab. Nun, wo ihr klar war, dass er wirklich etwas für sie empfand. Sie hatte ihr Herz bisher nur vor ihm schützen können, indem sie sich einredete, dass er nicht beziehungstauglich war. Doch das war er. Er war die absolute Sonderausnahme, der Mann, dem man nur einmal im Leben begegnete.

Ich muss jetzt aufhören. Ich muss …

Langsam schob er sie vor sich her, bis sie eine Hauswand in ihrem Rücken hatte. Hüften, Brust, Bauchmuskeln – sie spürte seinen durchtrainierten Körper an ihrem, liebte das Gefühl. Gott, wie sehr hatte sie sich genau das für heute Nacht gewünscht! Einen stahlharten Colt, tief in ihr, der ihr eine Wiederholung dessen bot, was in der Toilettenkabine im Club passiert war. Noch nie war sie so hungrig auf einen Mann gewesen, und noch nie hatte sie so einen Orgasmus gehabt wie damals.

Ihr Kuss wurde rasend, und Colt presste sich so fest an sie, dass der pochende Schmerz zwischen ihren Beinen außer Rand und Band geriet.

Verdammt, das hier ist ein riesiger Fehler! Sie konnte trotzdem einfach nicht aufhören. Weil Colt sich so wahnsinnig richtig anfühlte.

Er umschloss ihr Gesicht mit seinen rauen Händen und nahm sie mit seinen sexy Lippen endgültig gefangen.

Okay. Wir sollten uns ausziehen. Zumindest von der Hüfte an abwärts. Sie musste ihn noch einmal in sich spüren. Wollte seine glatte Haut, seine harten Muskeln an ihren nackten Brüsten fühlen und das tiefe kehlige Geräusch hören, das er machte, wenn er kam. Das war doch kein Fehler, oder?

„Jetzt sucht euch schon ein Zimmer, verdammt!“, brüllte ein Mann aus einem vorbeifahrenden Wagen und hupte zum Abschluss.

„Oh Gott.“ Sarah entzog sich Colts Kuss und zerstörte so den Augenblick. „Was mache ich hier bloß?“

Colt grinste. „Du machst mit mir rum, und es macht dir Spaß.“

„Aber wir dürfen das nicht tun.“

„Ach, komm schon. Ich kenne genau den richtigen Ort für einen ruhigen Absacker.“ Er versuchte, vom Thema abzulenken.

Sie warf ihm einen strengen Blick zu.

„Schon gut.“ Er hob in einer kapitulierenden Geste die Hände. „Ich werde dich nicht wieder anfassen“, sagte er. Dann fügte er hinzu: „Außer du bittest mich darum.“

„Colt!“, blaffte sie, um ihm klarzumachen, dass sie zu nichts gedrängt werden wollte. Weiter als bisher durften sie es nicht treiben.

„Sarah.“ Er nahm ihre Hand. „Ich kann dich jetzt nicht einfach gehen lassen. Bitte gib mir nur eine Stunde. Okay, zwei.“

„Colt.“ Sie riss ihre Hand aus seiner und hielt sie hinter ihren Rücken.

„Sarahhhh“, stöhnte er.

„Nein!“

„Und wenn ich dir schwöre, dass ich dich nach unserem nächsten Stopp persönlich zum Hotel bringe? Weißt du was? Ich schreibe jetzt gleich meinem Assistenten, dass er dir ein Zimmer buchen soll.“

„Dein Personal Assistent ist ein Mann?“

Er zuckte die Achseln. „Klar, warum nicht? Männer können das genauso gut wie Frauen.“

„Du bist echt schräg.“

„Jepp, bin ich. Dann gehe ich mal davon aus, dass du mein Angebot annimmst." Er holte sein Handy aus der Tasche und fing an zu tippen.

„Wie lautete dein Angebot doch gleich?"

„Tequila." Er hielt den Blick immer noch auf sein Handy gerichtet. „Den scheinst du zu mögen, und ich besitze zufällig eine Tequilabar."

„Echt jetzt?"

„Echt jetzt", erwiderte er grinsend und machte dabei ihre Stimme nach, gewürzt mit einer Prise seines unwiderstehlichen Charmes. „Hier in L. A. Ich musste Geld investieren, und Tequila schien mir eine sichere Bank, wo er doch schon seit undenkbaren Zeiten getrunken und von einer ausgesprochen renommierten Richterin empfohlen wird." Er zwinkerte.

Gott, was für ein Charisma.

Sie war hin- und hergerissen. Sollte sie mehr Zeit mit ihm verbringen oder sich davor schützen, sich noch weiter auf ihn einzulassen? Der Kuss war einfach zu verlockend gewesen, und ihr Körper stand vor sexueller Spannung unter Strom.

Sarah will haben. Sarah muss haben. Colt groß und stark, Sarah braucht Tequila. Tequila guuut. Colt auch guuut.

„Na gut. Ein letzter Stopp, dann sagen wir einander Auf Wiedersehen."

37. Kapitel

Bennett Wade lehnte sich in seinem Schreibtischsessel zurück und musterte fluchend das Telefon. Zum Glück schliefen Taylor und sein kleiner Sohn im Nebenzimmer bereits tief und fest. *Verdammte Scheiße, und was soll ich jetzt machen?* Es musste in seinem Umfeld doch irgendjemanden geben, der die Sache mit Sarah wieder in Ordnung brachte! Bisher hatte ihm jedoch niemand helfen können. Sobald die Leute die Worte „Anklage am Oberlandesgerichtshof" hörten, vergaßen sie nicht nur schlagartig, wie man redete, sondern hatten plötzlich aus unerklärlichen Gründen auch kein Netz und keinen Empfang mehr.

Feiglinge.

In seinem Geschäftsleben hatte Bennett sich schon diversen Herausforderungen gegenübergesehen, aber keine hatte ihn vor solche Schwierigkeiten gestellt wie diese. Aufsichtsbehörden, Gewerkschaften, Tarifverträge, Steuerprüfungen – es gab so viele Probleme, mit denen ein Milliarden-Dollar-Konzern zu kämpfen hatte. Wobei er inzwischen seine Anteile verkauft hatte, um ein anderes Leben zu führen – eins mit Taylor, das ihn glücklich machte.

Und jetzt steht ihr Glück auf dem Spiel. Wenn Sarah ins Gefängnis wanderte, würde das Taylor fertigmachen. Sie waren nicht einfach nur Freundinnen, sie waren wie Schwestern. Und nach allem, was Taylor für ihn getan hatte – nicht zuletzt, ihm einen wunderschönen Sohn zu schenken –, war er es ihr schuldig, einzugreifen.

Verdammt! Er nahm sein Handy und zermarterte sich das Hirn. Unter seinen Tausenden Kontakten musste doch zumindest einer sein, der Sarah im Kampf gegen diesen Hurensohn von Wright beistehen konnte! Nur dass Wright einen Haufen Freunde in bedeutenden Positionen hatte.

Bennett scrollte durch seine Kontaktliste. Er brauchte jemand Mächtigen, der jedoch keine politischen Spielchen spielte. Jemanden mit privaten Kontakten, die über das Geschäftliche hinausgingen.

Und dann stolperte er über einen Namen, und im selben Moment kam ihm ein genialer Geistesblitz. Er drückte auf „Anruf", und schon nach einigen Sekunden ging jemand ran.

„Hallo. Hier spricht Bennett Wade. Es tut mir leid, dass ich so spät noch störe, aber ich brauche Ihre Hil…"

Bennett hörte einen Schwall wütender Tiraden aus dem Hörer dringen.

„Ja", sagte er schließlich. „Ich weiß, dass es unhöflich ist, nach zwanzig Uhr anzurufen, doch ich …"

Weiteres Gekeife.

Bennett blieb bei seinem gemäßigten Ton. „Ja, mir ist absolut bewusst, dass ich ein großspuriger, rücksichtsloser Mistkerl bin. Aber ich habe auch eine gute Seite."

Ein Gezeter-Tsunami.

Seine Geduld kam an ihre Grenzen. „Hören Sie, ich habe Sie nicht um ein Uhr morgens angerufen, um die Dimensionen meines ‚winzigen Männerhirns' zu diskutieren. Ich habe angerufen, weil eine Freundin meiner Frau in Schwierigkeiten steckt. Es handelt sich um Sarah Alma – ich glaube, Sie kennen sie auch. Sie wurde von einem anderen Richter erpresst und wird jetzt wegen einer Menge Dinge angeklagt, die sie nicht getan hat." Er lauschte einen Moment lang. „Ich will ihr helfen, weil sie ein guter Mensch ist. Und ehrlich, die Welt braucht Menschen wie sie in Machtpositionen."

Er lauschte nochmals.

„Ja, bei dem anderen Richter handelt es sich um Wright. Woher wissen Sie das?“

In den folgenden Minuten gab Bennett sich alle Mühe, zu verdauen, was er zu hören bekam. Aber es war fast zu verstörend, um wahr sein zu können. „Sagen Sie mir, wie ich Ihnen dabei helfen kann.“

Er lauschte.

„Okay, ich werde da sein. Gute Nacht.“ Er legte auf und rieb sich das Gesicht. „Der reinste Wahnsinn. Dann sollte ich mich wohl besser mal an die Arbeit machen.“

Falls die Sache in die Hose ging, würde er eine Hauptrolle im Skandal um Sarah landen.

Sarah betrat die im rustikalen Hazienda-Stil gehaltene Bar mit Blick auf Los Angeles und schnappte beeindruckt nach Luft. Das Wort *irre* traf es nicht mal ansatzweise. Funkelnde Lichter, so weit das Auge reichte, eine Wahnsinnsterrasse mit einem Wasserfall in der Mitte, die sich über die gesamte Hügelflanke erstreckte, und mit Lichterketten dekorierte Palmen. Einen romantischeren Ort hätte sie sich nicht vorstellen können.

Es war schon fast zwei Uhr morgens, trotzdem standen noch fünf oder sechs Paare an der Brüstung und genossen die Aussicht oder hielten an in Kerzenschein getauchten Tischen Händchen.

Oder machten rum. Mann, jetzt sucht euch endlich ein Zimmer, dachte sie, als sie das Paar entdeckte, das in einer dunklen Ecke ordentlich zur Sache ging.

Colt war drinnen verschwunden, um einen „Überraschungsspezialdrink“ zu bestellen, und Sarah nahm an einem freien Tisch neben der größten Palme Platz, die sie jemals gesehen hatte. Der Stamm mit seiner weißen Lichterkette sah aus wie ein gigantisches Laserschwert, das bis in die Sterne reichte.

Was für ein wunderbarer Ort! Geradezu magisch. *Wie soll ich an so einem romantischen Fleckchen denn bitte verhindern, dass Colt mich küsst?*

Gar nicht. Sie lächelte, als ihr klar wurde, dass er sie reingelegt hatte. Bestimmt hatte er sie absichtlich hierher gebracht, weil er wusste, dass die Aussicht und die angenehme Nachtluft sie zu Wachs in seinen Händen machen würde.

Sie sah durch das große Fenster zu Colt hinüber, der neben der Bar stand und telefonierte, während der Barkeeper die Drinks zubereitete. Vermutlich sorgte er gerade wie versprochen dafür, dass ein schönes Zimmer für sie gebucht wurde.

Er ist ein guter Mann. Sarah spürte, wie auch ihr letztes bisschen Widerstand in sich zusammensank. *Egal, was du machst, du wirst ihn verlieren, und es wird wehtun.*

Sie steckte bereits knietief in der Sache drin. Und er genauso.

Langsam sollten wir wohl aufhören, so zu tun, als wäre es anders.

Schon auf dem Weg in die Tequilabar hatte Colt seinem Anwalt John getextet. Nun hörte er sich am Telefon an, was der Mann dazu zu sagen hatte. John hatte sich zwar nicht auf Gerichtsverfahren spezialisiert, gehörte jedoch zu den besten Anwälten im ganzen Land, was sich in seinem Honorar widerspiegelte.

„Also, welche Optionen haben wir, John? Das ist das Einzige, was im Augenblick zählt." Colt warf durchs Fenster einen Blick auf Sarah, die auf der Terrasse saß.

„Ich hatte nicht viel Zeit, mich mit den Details auseinanderzusetzen", sagte John. „Aber die Anklage wird sich stark auf das Video und auf Zeugenaussagen verlassen. Deswegen wird man auch dich als Zeugen vorladen."

Damit hatte er bereits gerechnet.

„Gut, das ist toll. Dann kann ich die Wahrheit darüber erzählen, was sich zwischen Sarah und mir abgespielt hat."

„Nein", widersprach John. „Das ist schlecht. Dein Ruf und dein Image werden ihre Verteidigung unterminieren. Denk daran, dass sie angeklagt wird, sexuelle Gefälligkeiten im Austausch gegen ein mildes Urteil gefordert zu haben."

„Verdammt. Wir hatten nur ein einziges Mal Sex, und das war auf meinem Mist gewachsen!"

„Dieses eine Mal reicht, kein Mensch wird dir glauben. Was auch immer du sagst, werden sie so verdrehen, dass die Jury dich für einen Lügner hält. Ich weiß, dass ich eigentlich nicht extra darauf hinweisen muss – aber du bist Colt Young."

„Na und?"

„Warum sollte ein weltberühmter, millionenschwerer Musiker, der schon mit den heißesten Frauen auf diesem Planeten im Bett war, auf eine Frau wie Richterin Alma stehen?"

Ihm gefiel nicht, wie sich das anhörte. „Was willst du damit sagen, John?"

„Sie sieht ganz gut aus, doch sie ist keine *Size Zero* mit XXL-Brüsten."

Gott. Jetzt begriff er. Sarah war echt und wunderschön, aber die Leute würden trotzdem nicht glauben, dass er sie angegraben hatte und mit ihr hatte schlafen wollen – und immer noch wollte –, weil sie nicht auffällig oder nuttig genug war. Weil sie anders war als die Frauen, mit denen sein PR-Team ihn zusammengewürfelt hatte. Alles drehte sich nur um sein Image. Ein völlig konstruiertes, chauvinistisches Image.

„Und was, wenn ich ihnen die Wahrheit erzähle? Dass ich nicht wusste, wer sie ist, als ich sie im Club angemacht habe?"

„Colt, du hast mir doch selbst erzählt, dass die Ärzte keine Beweise für deinen Zustand haben. Außerdem würde dein Geständnis Sarah überhaupt nichts bringen. Sie wusste, wer *du* bist, und sie könnte dir trotzdem ein milderes Urteil im

Austausch gegen Sex angeboten haben. Und wenn die Jury glaubt, dass *du* hinter *ihr* her warst, begibst du dich damit auf dünnes Eis. Es könnte so aussehen, als hättest du eine Richterin mit sexuellen Gefälligkeiten bestechen wollen. Die sie dann angenommen hat, um später deine Strafe zu minimieren."

Kurz gesagt waren sie beide am Arsch. Seine Aussage würde Sarahs Position nicht verbessern, und wegen seines Rufs würde ihm die Jury vermutlich sowieso kein Wort glauben. Er würde Sarah höchstens noch schuldiger wirken lassen.

„Fuck!" Colt rieb sich über den Kopf. Sarah hatte recht gehabt, als sie sagte, sie hätte die Sache aus allen denkbaren Perspektiven betrachtet. „Ich wünschte, es gäbe eine Möglichkeit, allen klarzumachen, dass ich sie wirklich wollte und nur deswegen etwas zwischen uns lief. Mit meinem Prozess hatte das doch gar nichts zu tun!"

„Na ja, es gäbe schon eine Möglichkeit, die Leute zu überzeugen, dass du nur aus Leidenschaft gehandelt hast."

„Und welche?"

„Sie ist riskant, und die Jury könnte Sarah immer noch schuldig sprechen. Aber die Wahrscheinlichkeit würde dramatisch sinken."

„Jetzt sag schon, was ich dafür tun müsste."

„Heirate sie."

Colt fühlte sich, als hätte gerade ein Sattelschlepper auf seiner Brust geparkt. „Kannst du das bitte noch mal wiederholen?"

„Wenn du die Jury überzeugen willst, dass du echte Gefühle für Sarah hast und dass deswegen etwas zwischen euch lief, dann heirate die Frau. Sorg dafür, dass die ganze Welt Fotos von euch sieht, mit Ringen an den Fingern und völlig liebestoll. Zeig den Leuten ein unwahrscheinliches, aber bis über beide Ohren verliebtes Paar, das sich unter widrigen

Umständen kennengelernt hat. Das ändert zwar nichts an der Tatsache, sie hätte deinen Fall abgeben und Wright von eurer Beziehung berichten müssen – doch es wäre kein Verbrechen mehr, sondern nur ein Verstoß gegen den Verhaltenskodex."

„Und Sarah würde nicht im Gefängnis landen", folgerte Colt.

„Wahrscheinlich nicht. Ich glaube, dass die Geschworenen viel mehr mit Sarah sympathisieren würden, wenn sie sie als Frau wahrnehmen, die dafür bestraft wird, sich während der Arbeit verliebt zu haben. Und wenn man dann noch hinzunimmt, dass sie von einem eifersüchtigen Fan angeschossen wurde – also schon einmal dafür bestraft wurde, dass sie dich liebt – und dass sie vorher eine blütenreine Weste hatte, denkt die Jury bestimmt, Sarah sei zum Opfer gemacht worden, nur weil sie mit dir zusammen sein will. Ihren Job würde sie trotzdem verlieren und ihre Lizenz eventuell auch, aber das war's. Und es hätte einen weiteren Vorteil. Du müsstest nicht aussagen, weil sie deine Frau ist. Und für Sarah ist es nur gut, wenn du und dein nicht eben makelloses Image in dieser Sache außen vor bleiben."

Vielleicht hatte John recht. Er betrachtete Sarah durchs Fenster. Ihr langes braunes Haar mit den pinkfarbenen Strähnen fiel ihr über den Rücken und schimmerte im Schein der Lichterketten, als sie in die Sterne hinaufsah. Sie war hinreißend. Absolut atemberaubend. Aber liebte er sie? Aufrichtig und von ganzem Herzen?

Er schloss für einen Moment die Augen und versuchte, die Gefühle zu sortieren, die ungeordnet durch seine Brust flatterten. Wenn er an Sarah dachte, war es, als würde ein Licht in seinem Herzen angehen. Und wenn er sich vorstellte, sie zu verlieren, wurde ihm übel. Wie damals an dem Tag, als Mary sie niedergeschossen hatte. Er erinnerte sich an jeden Augenblick, jede Empfindung, jedes grauenhafte Detail, als er mit

Sarah auf dem Boden gelegen und ihr beim Sterben zugesehen hatte. Er hätte sein Leben für ihres gegeben, wenn das möglich gewesen wäre. Das hatte er ganz vergessen. Seine Erinnerungen waren teilweise von seiner Wut auf Mike vernebelt gewesen, aber jetzt, wo er ernsthaft darüber nachdachte, wurde ihm bewusst, dass er Sarah liebte. Und vielleicht hatte er das sogar bereits getan, als er sie damals im Club gesehen hatte – ihr Lächeln, ihre großen blauen Augen, das Licht, das sie in sein Leben brachte.

Alles klar, er liebte sie also. Es bestand jedoch nicht der leiseste Hauch einer Chance, dass sie ihn heiraten würde. Verdammt, er hatte sie ja schon nur mit Müh und Not davon überzeugen können, einen letzten Absacker mit ihm zu trinken.

Colt atmete tief durch. „Danke, John. Wenn dir sonst irgendetwas einfällt, sag mir Bescheid. Vielleicht findest du ja doch noch eine Möglichkeit, wie wir dafür sorgen, dass sie ihren Job behält."

„Dazu wäre schon ein Wunder nötig. Sie kann froh sein, wenn sie einer Gefängnisstrafe entgeht."

„Danke, ich verstehe." Colt legte auf und schnaubte. *Was zur Hölle soll ich jetzt nur machen?*

„Bitte schön, Mr. Young." Der Bartender, ein junger Mann mit schwarzem Haar und Smoking, stellte zwei große Tequila-Mojitos auf den Tresen.

Colt schaute zwischen den Cocktails und dem Barkeeper hin und her. *Cocktails. Barkeeper. Cocktails. Barkeeper.*

Das kann ich nicht machen. Echt nicht. Aber hatte er denn eine Wahl? Drastische Situationen erforderten drastische Maßnahmen.

„Sir, stimmt etwas nicht?", fragte der Barkeeper.

„Wie viel Tequila kannst du in diese Cocktails mischen, ohne dass man es herausschmeckt?"

Der Barkeeper hob eine Braue. „Im Augenblick sind jeweils zwei Shots drin. Mit ein bisschen Extrazucker kann ich noch zwei mehr reinkippen."

„Perfekt. Dann mach mir bitte so einen, und sorg die nächsten Stunden über für Nachschub."

Hoffentlich wird sie mich dafür nicht auf ewig hassen. Wenn er Sarah retten wollte, blieb ihm jedoch keine Wahl.

38. Kapitel

„*Buenos días,* Joseph." Ms. Luci stapfte um sieben Uhr morgens in Richter Wrights Büro, den Gehstock in der einen Hand, ihre gewaltige Handtasche in der anderen. Sie wusste, dass die Sache nicht leicht werden würde, also hatte sie Verstärkung mitgebracht, die draußen im Flur auf ihren Einsatz wartete. *Gute Vorbereitung ist das A und O.*

Joseph Wright saß hinter seinem Schreibtisch und warf ihr ein strahlendes Lächeln zu. „Luci! Das ist aber eine schöne Überraschung, mein kleines Sahnetörtchen!"

Wie sie diesen Spitznamen hasste. Er hatte immer geglaubt, es sei eine niedliche Anspielung auf ihre Liebe zur Backkunst. *Meine Backkunst ist ein ernst zu nehmendes Geschäft,* cabrón*!*

Luci streckte ihm ihre Hand über dem Tisch entgegen, und Joseph drückte einen Kuss darauf.

Widerlich, dachte sie, als seine schleimigen Lippen auf ihre zarte Haut schmatzten.

„Bitte setz dich doch, und erzähl mir, womit ich diese Ehre verdient habe", sagte er.

So höflich. So ein Gentleman. Und so eine hinterhältige Schlange!

Luci klammerte sich an ihr charmantes Lächeln wie an ein düsteres Geheimnis und setzte sich. „Ich bin hier, um mit dir über Sarah Alma und ihre unglückliche Lage zu sprechen." Sie bemerkte ein wütendes Flackern in seinen braunen Augen.

„Ja, wirklich sehr unglücklich. Und ich weiß, was du gleich sagen wirst, Luci. Aber ich habe alles getan, worum du mich gebeten hast. Ich habe dafür gesorgt, dass sie den Prozess von

Colt Young übernimmt. Ich habe dafür gesorgt, dass sie an seiner Seite bleibt. Ich habe sogar den Mund gehalten, als sie Colt für seine Sozialstunden versehentlich auf deine Ranch geschickt hat." Er lächelte.

Oh, dieser Mistkerl. Wie hatte sie sich nur so in ihm täuschen können? In all den Jahren, in denen sie den Menschen nun schon half, ihre wahre Liebe zu finden, war ihr noch nie ein solcher Fehler unterlaufen. Sie hatte diesem Mann vertraut. *Und das ist nur meine Schuld.* Sie wurde zu alt. Als sie jung war, war ihr so etwas nie passiert.

„Joseph, hör auf mit der *mierda*!, *Sí?* Ich weiß alles. Ich weiß, dass du Sarah hasst. Ich weiß, dass du diesem netten Mädchen das Leben zur Hölle machen wolltest. Ich weiß von dem Video und dass du es benutzt hast, um sie zu erpressen. Ich weiß, dass du ihr niemals helfen wolltest und mir auch nicht. Aber ich begreife nicht, wieso. Warum, Joseph? Wir sind seit fünfzig Jahren Freunde. Du warst wie ein Bruder für meinen Jeffrey und wie ein Onkel für meine Kinder. Warum also willst du diesem netten Mädchen wehtun?"

Joseph starrte einen Moment lang auf die Schreibtischplatte, und dann zeigte er es, sein wahres abscheuliches Ich.

Dunkelheit flackerte in seinem Blick. „Um *dir* wehzutun."

Hijo de puta! „Mir? Aber wieso denn?"

„Ich denke, wir wissen beide, wieso."

Ja, das tat sie. Trotzdem konnte sie es einfach nicht glauben. Sie kannte Joseph beinahe ihr ganzes Erwachsenenleben lang. Nach dem Tod ihres Mannes Jeffrey hatte es sogar eine Zeit gegeben, in der sie dachte, eines Tages würde sie mit Joseph zusammenkommen. Er war freundlich, intelligent und mochte ihre Kinder. Aber dann, sieben Jahre nach Jeffreys Tod, hatte er ihr einen Antrag gemacht. „Ich werde mich um dich kümmern", hatte er gesagt. „Um dich und um die Kinder." Es war verlockend gewesen, vor allem, weil ihr die Vorstellung einer Zukunft als alleinerziehende Mutter mit drei Kindern Angst machte. Andererseits liefen die Geschäfte gut, und sie hatte Geld, von dem allerdings niemand außer ihr wusste. Einen Haufen Geld. Jeffrey hatte dafür gesorgt, dass sie nach seinem Tod versorgt war, und dafür dankte sie Gott. Denn dadurch konnte sie selbstbestimmt leben.

Als Joseph um ihre Hand anhielt, begriff sie, dass sie nur einen wollte: Jeffrey. Sie würde ihn immer lieben, und so zu tun, als könnte ein anderer Mann seinen Platz einnehmen, war einfach lächerlich. Jeffreys Leidenschaft und Freundlichkeit waren einzigartig gewesen und inspirierten sie dazu, etwas Besonderes aus ihrem Leben zu machen. Sie widmete es der wahren Liebe. Der Art von Liebe, die ihr eigenes Leben verändert hatte.

Sie wollte anderen Menschen dabei helfen, ihre wahre Liebe zu finden. Das Café, die Cookies, die jährliche Fiesta und ihre „Sonderprojekte“ – all das war eine Hommage an ihren Jeffrey.

Luci drückte über den Tisch hinweg Josephs Hand. „Dann hast du gewonnen, Joseph. Du hast es geschafft, mir wehzutun. Mehr, als du wohl jemals begreifen wirst. Aber du solltest wissen, dass ich dir einen Korb gegeben habe, weil ich fand, dass du etwas Besseres verdient hast. Eine Frau, deren Herz nicht schon einem anderen gehört.“ Sie nahm ihre Hand von seiner und straffte ihre Haltung. „Und nun, wo du das weißt, möchte ich, dass du dich verhältst wie der Mann, der du in Wahrheit bist. Erzähl ihnen, was du getan hast, Joseph. Erzähl ihnen, dass du das Video benutzt hast, um Sarah in Schwierigkeiten zu bringen. Erzähl ihnen, dass Sarah den Fall Colt Young vor der Urteilsverkündung abgeben wollte. Erzähl allen die Wahrheit, Joseph. Ich flehe dich an. Denn du und ich, wir haben nicht mehr lange zu leben, und Sarahs einziger Fehler bestand darin, zuzulassen, dass du sie manipulierst.“

Joseph starrte sie an. In seinen schlammbraunen Augen loderte ungefilterter Hass.

„Um niemals miterleben zu dürfen, wie sie ins Gefängnis wandert? Und niemals dein Gesicht sehen zu dürfen, wenn du begreifst, dass deine Einmischung in ihr Leben Sarah alles gekostet hat, was ihr wichtig war?“ Er schüttelte den Kopf. „Ich habe vierzig Jahre lang auf diesen Augenblick gewartet, Luci. Du wirst in dem Wissen sterben, dass dein albernes kleines Geschäft, deine lächerlichen widerlichen Cookies und dein ganzes Leben nichts weiter waren als ein beschissener Witz.“

Luci schluckte ihren Zorn und ihren Ekel herunter. Wie hatte dieser Mann, der ihr einmal so wichtig gewesen war, so enden können? Nein, dafür würde sie sich niemals schuldig fühlen. Dieses Grab hatte er sich selbst geschaufelt.

„Wie du willst, Joseph. Aber vergiss nicht, ich habe dir die Möglichkeit gegeben, das Richtige zu tun.“ Sie stand auf, griff in ihre riesige Handtasche und holte das Diktiergerät hervor. „Und jetzt werde ich der ganzen Welt zeigen, was für ein bösartiger kaputter Mann du bist und was du Sarah angetan hast – in einem jämmerlichen Versuch, dich dafür zu rächen, dass ich dich vor einer halben Ewigkeit von meiner Bettkante gestoßen habe.“ Sie schüttelte den Kopf. „Gott, ist das erbärmlich!“

Joseph sprang auf und schoss um den Schreibtisch herum, aber Luci zog ihm ihren Gehstock über den Schädel, und er stolperte rückwärts.

Als er erneut auf sie losgehen wollte, stieß sie ihn mit dem Gummifuß ihres Stocks zurück.

„Du Miststück!“, grollte er. „Gib mir das verdammte Ding, oder ich bringe dich um!“

„Glaubst du wirklich, du kannst mir Angst machen, du dummer kleiner Mann? Ich bin Mexikanerin! Wir essen Angst zum Frühstück und kacken sie in Form von Piñatas wieder aus.“ Luci grinste. „Bennett?“

Bennett Wade erschien in der Tür. Er trug einen edlen schwarzen Anzug – und seine berüchtigte finstere Miene. Bennett war groß und fit, aber das war es nicht, was ihn so beängstigend machte. Es war die eisige Kälte, die in seinem Blick lag, wenn ihm etwas missfiel, eine Kälte, die andere bis auf die Knochen durchdrang. *Und dafür verehre ich ihn insgeheim.* Was sie allerdings niemals laut ausgesprochen hätte, weil dieser Mann es egomäßig locker mit den selbstverliebtesten Gockeln der Geschichte aufnehmen konnte – Julius Cäsar, Muhammad Ali, El Santo.

Bennett schoss durch den Raum und blieb wenige Zentimeter vor Joseph stehen. „Ich werde mal so tun, als hätten Sie dieser netten alten Dame nicht gerade angedroht, sie umzubringen." Er beugte sich etwas hinunter und türmte sich drohend über dem spiddeligen Joseph Wright auf. „Denn wenn es irgendetwas auf dieser Welt gibt, was ich beim besten Willen nicht ertragen kann, sind das Männer, die Frauen wehtun." Seine Augen zogen sich zu schmalen Schlitzen zusammen. „Nehmen Sie sich in Acht, Richter Wright, Ihnen wird Gerechtigkeit widerfahren."

Luci, das Diktiergerät immer noch fest umklammert, seufzte zufrieden auf. Joseph sah aus, als würde er sich gleich in die Hose machen.

„Na, das hat doch Spaß gemacht. Dann lass uns mal gehen, *mijo.* Ich habe alles, was ich brauche." Lächelnd machte sie auf dem Absatz kehrt und verließ Josephs Büro. Diesen Augenblick würde sie niemals vergessen, ebenso wenig wie die Tatsache, dass sie ihr Vertrauen jemandem geschenkt hatte, der es absolut nicht verdiente. Aber zumindest konnte sie Sarah nun vor den Konsequenzen dieses Kuppeleiversuchs retten, der so fürchterlich aus dem Ruder gelaufen war.

39. Kapitel

Das nervtötende Handyklingeln in ihrem Ohr riss Sarah aus dem Tiefschlaf und buhlte mit ihren hämmernden Kopfschmerzen um ihre Aufmerksamkeit.

Sie tastete nach dem Handy auf dem Nachttischchen und blinzelte in das blendende Licht, das durch ein riesiges Fenster fiel.

Wo bin ich überhaupt? Sie schaute auf das Display, auf dem Taylors Name prangte. *Moment mal. Es ist zwei Uhr nachmittags?*

„Hallo?", sagte sie in den Hörer.

„Sarah? Wo hast du denn die ganze Zeit gesteckt?" Taylor klang ernsthaft besorgt.

Oh nein. „Geht es dem Baby gut?", murmelte Sarah.

„Ja, mit dem kleinen Colt ist alles bestens. Wo zur Hölle steckst du?"

Sarah sah sich um. Ihr Kopf fühlte sich an, als hätte ihn jemand mit der Axt gespalten. „Keine Ahnung", brummelte sie, während sie das unbekannte Dekor und die dreifach gefaltete Karte mit dem Frühstücksmenü auf dem Nachttischchen musterte. „In irgendeinem Hotel."

„Und jetzt sag schon, stimmt es, dass du gestern Nacht Colt Young geheiratet hast?"

„Was redest du denn da?" Sarah fuhr hoch und stellte dabei fest, dass sie unter dem Laken nackt war. *Ach du Scheiße.*

„Die Bilder, die du uns gestern Nacht geschickt hast? Auf denen ihr euch vor einer dieser kitschigen kleinen Kapellen küsst?"

Hä? Sarahs Blick zuckte zu ihrem Ringfinger. „Oh Scheiße!

Ich trage einen Ehering! Mit einem superfetten Diamantklunker drauf!"

„Oh Gott, ogottogott, ich fass es nicht!"

Taylor quiekte so laut, dass Sarah den Hörer von ihrem Ohr weghalten musste. Sie holte tief Luft, als sie spürte, wie ihr die Galle im Hals zu brennen begann. *Das darf nicht wahr sein.* Und wo zur Hölle steckte Colt nur?

„Ich will sofort alle Bilder sehen!", schwärmte Taylor.

Sarah hörte, wie es am Türgriff rüttelte. Dann trat Colt in seinen Klamotten von gestern Abend ein. Er trug ein Papptablett mit Kaffee und Orangensaft und eine weiße Papiertüte vor sich her.

„Hey, du …" Sein fröhliches Lächeln versiegte. „Du bist ja schon wach. Und du siehst stinkwütend aus!"

„Tay, ich ruf dich wieder an." Sarah legte auf. Ihr war so schlecht, und sie war so wütend, dass sie sich nicht entscheiden konnte, ob sie sich erst übergeben oder aus dem Bett springen und Colt erwürgen und sich danach übergeben sollte. „Bitte sag, dass wir gestern nicht geheiratet haben."

Colt schloss die Tür und stellte das Tablett auf dem Nachttischchen ab. „Möchtest du einen Kaffee? Oder vielleicht Orangensaft?"

„Bitte", knurrte sie, „sag, dass wir NICHT GEHEIRATET HABEN!"

„Einen Bagel?"

„Colt!", blaffte sie.

„Ich weiß, dass du wütend bist, aber bitte lass mich das erklären."

„Nein." Sie schüttelte den Kopf. „Nein, nein, nein."

Er streckte besänftigend die Hände aus. „Jetzt hör mir doch erst mal zu."

„Zuhören? Ich soll dir zuhören?" Sie suchte mit dem Blick das Zimmer ab. „Wo sind meine Sachen?"

„Versteckt. Und du bekommst sie erst zurück, wenn du mich angehört hast.“

Vage Erinnerungen an die vergangene Nacht spukten durch ihren pochenden Schädel. Die Drinks in seiner Bar. Geknutsche in seiner Limousine. Colt, der sagte, sie könnten doch nach Vegas fliegen, da könne man besonders viel Spaß haben. Und dann … Filmriss.

Kein verdammtes Wort würde sie sich anhören! „Du hast mich abgefüllt, oder? Du hast das alles geplant!“

„Ja, habe ich. Und mein PR-Team verbreitet die Story genau in diesem Augenblick. Sie sorgen dafür, dass nur die Fotos an die Öffentlichkeit gelangen, auf denen man nicht sieht, wie betrunken du warst. Gleich wird die ganze Welt erfahren, wie verliebt wir ineinander sind.“

„Was? Aber was soll das alles denn?“

Colt setzte sich auf den Bettrand. Sein dunkler Blick war voller Gefühl. Er strich ihr eine Haarsträhne aus den Augen. „Weil ich nur so verhindern kann, dass du im Gefängnis landest.“

„Wovon redest du denn da?“

„Ich habe mich gestern Nacht mit meinem Anwalt beraten, und er meinte, dass wir so vielleicht beweisen können, dass wir in dem Club damals nur aus einem Grund miteinander geschlafen haben: weil wir uns so zueinander hingezogen fühlen, dass wir nicht anders konnten. Dass es keinen kriminellen Hintergrund gab. Vertrau mir, Sarah. Ich habe nicht leichtfertig gehandelt. Das hier dient nur deinem eigenen Besten.“

Oh Gott, mir platzt gleich der Schädel. „Meinem eigenen Besten? Du … du hast mich abgefüllt, mich überredet, dich zu heiraten, und dann mit mir geschlafen!“

„Für was für ein Arschloch hältst du mich eigentlich? Ich würde mich niemals an dich ranmachen, wenn du betrunken bist." Er hielt kurz inne und richtete den Blick nachdenklich auf die Decke. „Außer natürlich, du wärst auf die glückliche sexy Art betrunken und könntest noch geradeaus laufen und vollständige Sätze bilden. Was gestern Nacht nicht der Fall war."

„Und warum bin ich dann nackt?"

„Weil ich deine Klamotten in die Reinigung gegeben habe. Sie hängen im Schank. Ich dachte, es macht dir nichts aus, wenn ich dich nackt sehe, weil wir ja jetzt verheiratet sind und ich schon mal gesehen habe, wie du ohne …"

Sie schoss ihm einen „Halt sofort die Klappe"-Blick zu.

„Aber vielleicht hat es dir ja doch etwas ausgemacht." Er biss sich auf die Unterlippe.

Richtig geraten. Das war jedoch nicht der passende Augenblick, um über seine falschen Vermutungen zu streiten. Sie hatte viel, viel größere Probleme. *Beispielsweise eine Ehe!* Eine Welle der Übelkeit schwappte durch ihren Magen, als sie versuchte zu begreifen, was das alles bedeutete und welche rechtlichen Konsequenzen es für sie hatte. „Oh Gott, ich kann überhaupt nicht klar denken."

„Sarah, ich habe das getan, weil ich dich liebe."

„Aber … aber …" Sie blinzelte. „Du liebst mich?" Sie erinnerte sich an den Song, den er in der Bar hatte spielen wollen. Ging es zwischen ihnen beiden nicht eher um starke Anziehung, die zu Liebe werden konnte?

„Ja", antwortete er. „Und nach allem, was du gestern Nacht gesagt hast, glaube ich, dass du mich auch liebst."

Stimmte das? Sie hatte keine Ahnung. Ihr Hirn war viel zu beschäftigt damit, Purzelbäume zu schlagen. „Ich habe keinen Schimmer mehr, was ich gesagt habe."

„Du hast gesagt, dass alles in dir kribbelt, wenn du an mich denkst, was du pausenlos tust, seit wir uns kennengelernt haben."

„Das bedeutet doch nicht gleich, dass ich dich heiraten will."

„Es bedeutet aber auch nicht zwingend, dass wir einen Fehler gemacht haben."

„Bist du dir da sicher?" Ihr Bauchgefühl sagte ihr nämlich, dass gerade alles noch tausendmal komplizierter geworden war. „Ich muss mit meiner Anwältin sprechen. Und ich brauche ein Glas Wasser." *Was ist nur in diesen Drinks gestern drin gewesen?*

„Ich bin gleich wieder da." Colt stand auf und verschwand im Badezimmer.

Sie rief ihre Anwältin und langjährige Freundin Melissa an.

„Sarah!" Melissa meldete sich beim ersten Klingeln. „Ich wollte dich gerade anrufen! Herzlichen Glückwunsch, das sind ja schöne Neuigkeiten!"

Sarah massierte sich den Nasenrücken. „Danke." Sie stöhnte. „Deswegen rufe ich an. Wir müssen darüber reden, was das für Konsequenzen hat."

„Dass die Vorwürfe fallen gelassen werden. Und zwar alle!" Melissa klang ekstatisch. „Du bekommst dein Richteramt zurück, dein Name wird reingewaschen und vor allem: Du wanderst nicht in den Knast."

Häh? „Willst du mich verarschen?"

„Über so etwas würde ich niemals Witze machen, Sarah. Die Sache ist gelaufen."

„Und das nur, weil ich Colt Young geheiratet habe? Ich kapier's nicht." Wieso sollte sie das entlasten?

„Was meinst du mit ‚weil ich Colt Young geheiratet habe'?" Melissas Stimme nahm schlagartig einen äußerst besorgten Tonfall an.

Sarahs sowieso schon leidgeprüfter Magen schlug vor Nervosität einen Salto. „Wovon hast *du* denn geredet?"

„Ich rede von Wrights umfassendem Geständnis, das auf Tonband festgehalten und ans Justizministerium weitergeleitet wurde. Es kam vor zwei Minuten auf CNN in den Nachrichten."

„Was?" Der Raum schien sich um sie zusammenzuziehen. „Aber wie kann das möglich sein?"

„Irgendeine Frau hat ihm das Geständnis entlockt. Weißt du, wer das gewesen sein könnte?"

Was zum Teufel ...? Mit Tränen in den Augen schlug sich Sarah die Hand vor den Mund. Sie konnte es einfach nicht fassen. Es war ein Wunder. Ein gottverdammtes Wunder.

Colt kam mit einem Glas Wasser aus dem Bad zurück. „Was ist los? Was sagt sie?"

„Aber Sarah", fuhr Melissa fort. „Was meinst du damit, dass du Colt Young geheiratet hast?"

„Das ist eine lange Geschichte, doch die spielt ja nun gar keine Rolle mehr!"

„Sarah." Melissa klang gar nicht glücklich. „Wann genau habt ihr geheiratet?"

„Gestern Nacht?", sagte Sarah mit dem Gefühl, dass gleich eine gewaltige Bombe explodieren würde, nur dass sie nicht wusste, wieso, weil ihr tequilagetränktes Gehirn nicht dazu in der Lage war, alle Teile des Puzzles zusammenzusetzen.

„Wo, Sarah? *Wo* habt ihr geheiratet?", fragte Melissa.

„Ähm, ich ... ich ..." *Oh. Fuck. Fuck!* Sie sah zu Colt hoch. „Colt, wo sind wir eigentlich?"

„Vegas."

Sarah glitt der Hörer aus der Hand. Sie konnte weder sprechen noch atmen noch sich bewegen. *Nein. Nein, nein, nein ...*

„Sarah, was ist los?" Colt beugte sich über sie und schüttelte sie sanft. „Sarah?"

Sie wusste nicht, was sie sagen sollte. „Die Anklagen werden fallen gelassen", flüsterte sie.

Colt grinste von einem Ohr zum anderen. „Was? Im Ernst?"

„Ja." Sie nickte geistesabwesend.

„Wow, das sind ja Hammerneuigkeiten!“ Er umarmte sie, aber sie saß weiter reglos da, und Colt ließ sie wieder los. „Was ist los?“

Sie sah in seine braunen Augen und hätte sie ihm am liebsten ausgekratzt. „Ich bin immer noch auf Kaution draußen, Colt.“

„Ja und?“

„Du hast mich nach Vegas gebracht, Colt. Nach Scheiß-Las-Vegas!“

Er runzelte verständnislos die Stirn.

„Damit habe ich gegen eine gerichtliche Verfügung verstoßen. Ich hätte den Bundesstaat Kalifornien nicht verlassen dürfen!“ Mühsam unterdrückte sie ihren Zorn. „Dank deiner PR-Arbeit wird jeder erfahren, dass ich es getan habe. Und spätestens heute Abend wird ein Haftbefehl gegen mich vorliegen.“

40. Kapitel

Drei Wochen später

Im Gerichtsgebäude, nur wenige Schritte von der Ausgangstür entfernt, starrten Sarah und ihre Anwältin Melissa auf den Reportermob, der von außen gegen die Glastüren drückte.

„Das war's dann wohl." Sarah drehte sich zu Melissa um, die allerliebst aussah mit ihrem Kurzhaarschnitt und in dem dunkelblauen Anzug. „Danke, Mel." Sie umarmte ihre Freundin fest und zog einen übertriebenen Schmollmund. „Bist du sicher, dass du nicht zur Party kommen willst?"

„Ich würde ja gern", sagte Melissa, „aber ich muss mich auf meine nächste Verhandlung vorbereiten. Feier du mal schön mit deinen Freunden. Und wehe, du trinkst Tequila!"

Sarah lächelte. „Keine Ahnung, was ich ohne dich gemacht hätte." Sie hatte die volle Verantwortung dafür übernommen, dass sie den Bundesstaat verlassen hatte, und Melissa hatte einen Deal für sie ausgehandelt.

Melissa schüttelte den Kopf. „Soll das ein Witz sein, Sarah? Du hast im Lauf der Jahre so vielen Menschen geholfen. Eine Anwältin wie dich hat es noch nie gegeben, und es wird eine Richterin wie dich auch nie wieder geben." Melissa stiegen Tränen in die Augen.

„Jetzt hör schon auf. Es gibt so vieles, wofür ich dankbar sein kann – beispielsweise, dass ich nicht ins Gefängnis muss und keinen von diesen schrecklichen orangefarbenen Overalls tragen muss!" Sie drückte Melissas Hand. „Wirklich, mir geht es gut."

Sobald Gras über die Sache gewachsen war, würde sie sich nach einem neuen Job umschauen. Vielleicht als Anwältin, so wie früher.

Melissa schniefte. „Wir hätten um deinen Job kämpfen sollen, Sarah. Wir hätten dir dein Amt bestimmt zurückerobert."

Nein. Das wäre nur möglich gewesen, indem sie alle davon überzeugten, dass sie den Staat unter Zwang verlassen hatte – dass Colt sie also entführt hatte. Und so stinkwütend sie auch auf ihn sein mochte – *wie KONNTE er nur so bescheuert sein, nicht erst mal mit mir zu reden! Ich meine, echt jetzt!* –, hatte er doch schon genug ausgestanden. Einen schweren Unfall, einen Bruder, der ihn umbringen lassen wollte, seinen Gedächtnisverlust ... die Liste nahm gar kein Ende. Da brauchte er nicht zusätzlich noch eine Anklage wegen Entführung.

Nein, das hier war schmerzlos verlaufen. Kein Verfahren, kein weiteres Drama. Sie würde ihre Strafe akzeptieren und erhobenen Hauptes davonmarschieren.

„Jetzt brauche ich nur noch die Ehe zu annullieren, dann kann ich die Vergangenheit hinter mir lassen." Sie hatte seit Vegas nicht mehr mit Colt gesprochen und drückte all seine Anrufe weg. Und wo sie inzwischen wohnte, wusste er nicht.

Das war gut so, denn sie war zu wütend auf ihn, um seinen Anblick auch nur eine Sekunde lang ertragen zu können. Anfangs hatte sie sich eingeredet, das läge daran, dass er sie reingelegt und die ganze Hochzeitsgeschichte durchgezogen hatte, ohne vorher mit ihr zu reden. Nach ein paar Tagen begriff sie jedoch, dass es um viel mehr ging. Ihre Gefühle für ihn waren echt, und er behauptete, seine seien es ebenfalls. Aber wenn seine Liebe beinhaltete, dass man dem anderen etwas so ... so Rücksichtsloses antun konnte, wie sollte sie ihm dann jemals wieder vertrauen?

Der Mann, mit dem sie den Rest ihres Lebens verbringen würde, musste ehrlich und vertrauenswürdig sein. Einer, der niemals so ein Wagnis eingehen würde, nur, um ihr zu helfen, als wäre sie irgendein dummes kleines Kind! Gute Absichten hin oder her – es tat weh. Und nun hatte sie deswegen auch noch ihr Richteramt verloren.

Melissa beugte sich vor und sagte leise: „Du kannst diese Ehe nicht annullieren, Sarah. Jedenfalls nicht in den nächsten Jahren. Sonst wirkt es so, als hättest du das Gericht belogen."

Sarah stöhnte und rieb sich das Gesicht. „Ich weiß. Ich werde ihn einfach nicht mehr los." Sie seufzte tief und schüttelte ihren Ärger ab. *Sei dankbar. Sei dankbar. Das alles hätte viel schlimmer enden können.* „Danke noch mal, Mel."

„Viel Spaß heute Abend." Melissa drückte sie ein letztes Mal an sich und verließ das Gerichtsgebäude. Als sich die Tür öffnete, drang das Stimmengewirr der herumbrüllenden Reporter herein. Melissa hatte bereits ein Statement für sie vorbereitet. Solche Vorsichtsmaßnahmen würden eine Weile nötig sein, denn sie wurde auf Schritt und Tritt beobachtet.

Sarah straffte den Rücken und machte sich auf den Weg nach draußen. Die Nachrichten-Crews kesselten sie ein wie hungrige Haie und hielten ihr einen Wald aus Mikrofonen vors Gesicht.

„Wie geht es Ihnen mit dem heutigen Urteil, Richterin Alma?"

„Seit wann sind Sie mit Colt Young zusammen?"

„Stimmt es, dass Sie derzeit ein intergalaktisches Friedensabkommen aushandeln?"

Hä? Stirnrunzelnd betrachtete Sarah den Reporter, auf dessen Mikrofon der Schriftzug *E. T. Gazette* prangte, und hob die Hände, um verkünden zu können, dass sie einen Fehler begangen hatte und der Entscheidung des Gerichts beipflichtete, dem selbst ihrer Meinung nach gar keine andere Wahl blieb, als ihr Vergehen zu ahnden.

Als sie zu reden begann, brach sich das Sonnenlicht in einer verspiegelten Sonnenbrille weiter hinten auf beim Parkplatz und erregte ihre Aufmerksamkeit. *Mr. Cowboy.* Eine von Colts legendären Verkleidungen.

Er schob die Brille ein wenig nach unten, und ihre Blicke begegneten sich über dem Meer aus sensationsgeilen Reportern. Schmerz zuckte durch ihre Brust. Sie wollte Colt nicht sehen. Sie wollte nicht hören, dass es ihm leidtat. Sie wollte einfach nur ihr Leben weiterführen.

Sie mäßigte ihre Gefühle, gab ihr Statement ab und machte sich auf den Weg zu ihrem Wagen. In ein paar Monaten würde sie sich vielleicht genügend beruhigt haben, um mit Colt sprechen zu können wie eine Erwachsene und alle nötigen Vorbereitungen für ihre Scheidung zu treffen. Die erst in einigen Jahren stattfinden konnte.

Sie würde ihm versichern, dass sie sein Geld nicht wollte. Sie würde ihm sogar anbieten, einen Ehevertrag zu unterzeichnen, wenn er sich im Gegenzug bereit erklärte, sich von ihr fernzuhalten.

41. Kapitel

Ms. Luci stand auf ihrer mit strahlend weißen Lichtern dekorierten Veranda und knetete ihre Hände, während die ersten der über tausend Gäste ihrer jährlichen großen Hochzeitsfiesta eintrudelten. So schwer ihr die Entscheidung auch gefallen war – sie hatte sich entschieden. Das hier würde die letzte Fiesta sein. Das Ende einer vierzigjährigen Tradition. Morgen würden sich die Türen des Happy Pants Cafés für immer schließen.

„Bist du sicher, dass du das wirklich tun willst?“, fragte ihr langjähriger Freund Sebastian, der als ihre rechte Hand gemeinsam mit seinem Sohn Juan die Ranch führte.

Sebastian würde der neue Eigentümer der Ranch werden – das hatte er sich verdient. Und so alt, wie er inzwischen war – genauso alt wie sie selbst –, hatte er sich einen Ort verdient, an dem er seinen Lebensabend in Ruhe und Frieden verbringen konnte. Und was eignete sich dafür besser als der Ort, der sein Leben lang sein Zuhause gewesen war?

Luci überprüfte, ob ihr Dutt richtig saß. „Ich bin mir sicher, Sebastian. Es ist an der Zeit, dass ich mich aus dem Berufsleben zurückziehe. Auch wenn ich noch jemanden finden muss, der mein Unternehmen übernimmt.“ Nie im Leben hätte sie das Geschäft einfach wahllos an irgendjemanden übergeben. Und dann waren da natürlich die Cookies und die Geheimzutaten, deren Zusammensetzung niemals in falsche Hände geraten durfte. Das war’s also. Nach dem Fiasko mit Joseph Wright wusste sie nicht mehr, woher sie die Energie zum Weitermachen nehmen sollte.

„Bist du denn sicher, dass deine Kinder das Geschäft nicht übernehmen wollen?", fragte Sebastian und setzte seinen farblich auf die Cowboystiefel abgestimmten roten Hut auf.

Der Mann hatte ein Faible für grelle Farben, und zwar nicht erst, seit ihm ihre Stute Miss Happy Pants gegen den Kopf getreten hatte. Das war einer der Gründe dafür, dass Luci niemals in Betracht gezogen hatte, ihm das Café zu überlassen. Abgesehen davon, dass er lieber mit seinen Hausschweinen spielte.

„Die haben alle eine Familie und einen festen Job", erwiderte sie. „Warum sollte ich daran etwas ändern, wo ich mich doch so darüber freue, dass sie sesshaft geworden sind?" Sie würden das Café nur ihrer Mutter zuliebe übernehmen, und das reichte nicht aus.

„Keine Sorge, mein Freund." Luci drückte Sebastians Arm. „Dir wird es niemals an etwas mangeln, darum kümmere ich mich. Und jetzt lass uns unsere Gäste begrüßen!"

Drei Stunden nach seinen Roadies traf auch Colt in seiner Limousine auf Ms. Lucis Ranch ein und versuchte zu ignorieren, wie flau ihm im Magen war. Heute würde er zum ersten Mal seit über eineinhalb Jahren offiziell auf einer Bühne stehen. Zum Glück war das Publikum klein – nur etwa tausend Gäste, also die perfekte Größe, um sich wieder in den Sattel zu schwingen. *Komm schon, wir wissen doch beide ganz genau, dass du heute Abend nur für eine einzige Person spielst.*

Ms. Luci hatte ihn vor einigen Wochen angerufen und ihn angefleht, er möge ihr bitte verzeihen. Und dann hatte sie ihm erklärt, wie Sarah zu ihrem „Sonderprojekt" geworden war.

„Aber wie sind Sie darauf gekommen, dass ich der Richtige für sie sein könnte?", hatte er gefragt.

„Ich hatte Sarah schon lange im Auge – oder sagen wir, ich habe meine Freunde darauf angesetzt, sie im Auge zu behalten. Ich habe festgestellt, dass sich der oder die Richtige in der

Regel längst im näheren Umfeld einer Person befindet, dass meine ‚Projekte' jedoch einen kleinen Schubs brauchen, um sich ihnen zu öffnen. Als ich im Video aus dem Gerichtssaal bemerkte, wie Sarah Sie ansah, als Sie zum ersten Mal dort waren, wusste ich Bescheid. Sie waren der Richtige. So sieht eine Frau einen Mann nur an, wenn die Möglichkeit besteht, dass sie ihn eines Tages wirklich lieben wird. Das Herz weiß es bereits. Von da an ist die einzige Frage, wie man das Gehirn dazu bringt, mitzuspielen."

Ms. Luci erklärte weiter, dass sie angefangen hatte herumzutelefonieren, um herauszufinden, ob jemand ihn kannte und ihn überreden konnte, die Fiesta zu besuchen. Doch dann kam das Schicksal ins Spiel. Er geriet erneut in Schwierigkeiten, als er mal wieder in San Francisco war, wie so oft, wenn er sich um seine Geschäfte kümmerte oder seinen Bruder besuchte. Luci nutzte die Gelegenheit, um einen Gefallen bei einem alten Bekannten einzulösen und so dafür zu sorgen, dass er und Sarah sich noch einmal im selben Raum aufhielten.

„Normalerweise erledigt die Liebe den Rest. Nur wusste ich nicht, dass Joseph Wright unserer Sarah so etwas antun würde. Es tut mir so leid, Colt."

Er war nicht wütend, sondern erstaunt. Ms. Luci, die Geheimagentin der Liebe, die Menschen auf der ganzen Welt kannte. Ihre treuen Kunden, wie sie sie nannte, waren bereit, so gut wie alles für sie zu tun, und halfen ihr mit Freuden bei ihren „Projekten".

„Natürlich verzeihe ich Ihnen", hatte er gesagt. „Aber nur unter zwei Bedingungen. Erstens schulde ich Ihnen noch ein paar Arbeitstage, die ich auf der Ranch ableisten möchte, und zweitens brauche ich Ihre Hilfe, um Sarah zurückzugewinnen."

Ms. Luci freute sich, dass er auf ihrer Party spielen wollte, und versprach, dafür zu sorgen, dass Sarah auch kam.

Der Rest ist meine Sache, dachte er. Es blieb allerdings abzuwarten, ob das genug sein würde. Er verstand, wieso Sarah sich betrogen fühlte, und rückblickend hatte er sich tatsächlich absolut bescheuert verhalten. Aber sie musste begreifen, dass der Gedanke, sie nach allem, was sie gemeinsam erlebt hatten, wieder zu verlieren, einfach zu viel für ihn gewesen war. Und tief in seinem Herzen fragte er sich, ob all das nicht womöglich Schicksal war, auch wenn Sarah mit ihrem Richteramt für seinen Fehler bezahlt hatte.

Er sah auf seine Uhr. Die Party hatte schon vor Stunden angefangen, gleich würde er auf die Bühne gehen müssen. Nach der Massenhochzeit. Vor dem Kuchen.

Sarah würde dort sein und den Frischverheirateten mit dem Papierkram helfen. Und er sorgte für die musikalische Untermalung des Empfangs.

Er atmete tief durch, als ihm der Mann vom Parkdienst die Limousinentür öffnete. Jetzt oder nie. *Du packst das.*

Allerdings hatte er während seiner ganzen Karriere noch nie als er selbst auf der Bühne gestanden. Seit er berühmt war, hatte er dort oben stets die Rolle des Rockstars gespielt. Heute würde er dieses Image hinter sich lassen. Er würde einfach nur … Colt sein.

„Meinen herzlichen Glückwunsch!“ Sarah sprang vom alten Klappstuhl hoch und umarmte das liebenswerte japanische Paar, das gerade seinen Trauschein vom Pfarrer und den Trauzeugen hatte unterzeichnen lassen. „Montagmorgen reichen wir den beim Standesamt ein. Und jetzt viel Spaß!“ Die beiden küssten sich und hüpften förmlich aus dem Zelt, in dem der Tisch für die Formalitäten stand.

Gott, wie niedlich! Die Gäste auf Ms. Lucis Partys waren etwas Besonderes. Menschen aus der ganzen Welt tauchten auf, um sich bei der alten Dame dafür zu bedanken, dass sie mit ihren Cookies ihr Leben verändert oder ihnen die Liebe ihres Lebens vorgestellt hatte. Andere hatten früher einmal hier geheiratet und kamen, um zu helfen. Es war ein Riesenaufwand und ein echter Liebesdienst, eine rechtsgültige Massenhochzeit zu veranstalten.

Sarah hakte die Namen des Paars auf ihrer Liste ab und rief die nächsten beiden Turteltäubchen in der Schlange auf.

Wie aus dem Nichts erschien Luci in ihrem leuchtend gelb und grün geblümten mexikanischen Kleid. Sarahs kleines Schwarzes mit den weißen Perlensäumen war nicht ansatzweise so festlich. Sie würde dringend anfangen müssen, ein bisschen mutiger zu werden.

„Sarah, Kindchen, Sie arbeiten ja schon seit Stunden! Nun machen Sie aber auch mal eine Pause und holen sich was zu essen.“ Luci tätschelte ihr den Rücken.

„Ach was, mir geht es hervorragend, wirklich!“ Solange sie etwas zu tun hatte, musste sie wenigstens nicht an ihren Gerichtstermin vom Morgen denken.

„Ich bestehe darauf, Schätzchen. Inzwischen kann ich mich um den Papierkram kümmern.“ Luci schubste sie förmlich aus dem Zelt. „Feiern Sie ein bisschen mit Ihren Freunden.“

Taylor, Bennett, Baby Colt, Jack, Maria, Franco und Holly waren gekommen, teilweise, um Luci zu helfen, teilweise, um das Ende dieser schrecklichen Zeit in Sarahs Leben zu feiern.

„Okay, okay, ich gehe ja schon.“ Sarah lachte. Luci war echt ein Original. Sie machte sich auf den Weg in Richtung Getränkezelt, wo der Champagner fässerweise floss und Kellner mit beladenen Tabletts ausschwärmten.

Sie schnappte sich ein Glas von einem vorbeiziehenden Tablett und blickte sich nach ihren Freunden um. Als sie Taylor zuletzt gesehen hatte, war sie auf dem Weg ins Haus gewesen, um sich ein ruhiges Plätzchen zum Stillen zu suchen. Bennett unterhielt sich mit seiner Mutter und zwei Freunden über sein großes Charityprojekt auf Bali. Und Holly, Jack, Maria und Franco tanzten vermutlich.

Sarah nippte an ihrem Champagner und seufzte. So viele glückliche Paare. Sie hätte nie gedacht, dass so eine Art Hochzeit ihr gefallen könnte, aber zu ihrer Überraschung war das der Fall. In einigen Jahren, wenn ihr Herz geheilt war und sie von Colt geschieden war, würde sie auch den Richtigen finden und hier heiraten.

Jemand tippte auf das Mikrofon, an dem der Pfarrer während der Trauung gestanden hatte. Die Blumen waren weggeräumt und durch Schlagzeug, Verstärker und weitere Mikrofone ersetzt worden.

„Hallo zusammen“, sagte Juan, der einen Smoking trug. „Ich hoffe, Sie amüsieren sich alle und genießen diesen ganz besonderen Tag!“ Die Menge jubelte wie wild. „Wunderbar! Und umso besser, dass ich Ihnen versichern kann, dass dieser glückliche Tag gerade erst anfängt. Wie Sie wissen, dauert unsere Fiesta, bis die Sonne aufgeht oder alle Gäste vor Müdigkeit umgefallen sind.“ Neuerliches Johlen. „Für den Empfang haben wir heute einen ganz speziellen Gast. Einen Typen, der mich noch vor Monaten fast zu Brei geschlagen hat …“, die Menge buhte und lachte gleichzeitig, „… und der inzwischen zu einem guten Freund geworden ist. Ein Mann, der mit seinem großen Herzen überrascht. Ich bitte um Applaus für Colt. Einfach nur Colt.“

Stirnrunzelnd beobachtete Sarah, wie Colton Young mit seiner Band die Bühne stürmte. Er trug sein langes Haar ordentlich zurückgekämmt und hatte sogar einen Smoking an. Sein schönes Gesicht war frisch rasiert. So perfekt, wie sein schlanker Körper den Anzug ausfüllte, sah er aus wie ein Bräutigammodel aus einer Hochzeitszeitschrift.

Aber dann verpuffte ihre Bewunderung auch schon wieder. *Moment mal. Wieso ist er überhaupt hier?* Ms. Luci wusste doch ganz genau, dass sie ihn nicht sehen wollte!

Colt legte die Gitarre an und stellte den Mikrofonständer ein. „Guten Abend zusammen! Herzlichen Glückwunsch an alle Frischvermählten! Es ist mir eine Freude, heute für Sie spielen zu dürfen und an einem so wunderbaren Ereignis teilhaben zu können." Die Menge applaudierte, und als wieder Ruhe eingekehrt war, fuhr Colt fort: „Einige von euch haben bestimmt schon gehört, dass ich vor Kurzem eine ganz besondere Frau geheiratet habe." Wilder Applaus. Colt hob beruhigend die Hände, um weitersprechen zu können. „Aber ihr wisst gar nicht, *weshalb* sie so etwas Besonderes ist."

Was macht er denn da? Sarah war alles andere als glücklich. Bildete er sich ein, dass sich etwas ändern würde, wenn er die Sache ins Rampenlicht zerrte?

Rockstars!

Als Nächstes erzählte Colt von seinem Unfall und dass er nicht mehr hatte spielen können. Dass sein Bruder ihn betrogen und ihn und sie fast umgebracht hatte. Gespenstische Stille legte sich über die Menge, die förmlich an Colts Lippen hing. Vermutlich waren die Leute total schockiert – genauso wie die ganze Welt, wenn die Geschichte morgen in den Nachrichten landete.

Er fuhr fort: „Das Seltsame ist, dass ich durch all das weniger verloren als gewonnen habe. Ich habe Sarah kennengelernt, und sie hat mein Leben verändert. Sie hat mir klargemacht, dass ich eine Lüge gelebt habe, indem ich eine Rolle spielte, nur um Platten zu verkaufen. Der Mann, den ihr alle kennt – ich bin das nicht. Ich habe nicht jede Woche eine neue Freundin, ich stehe nicht auf Drogen, und ich finde wilde Partys langweilig. Das war schon immer so. Ich werkele gerne in meinem Garten herum und mag Wandern und Kochen."

„Willst du mich heiraten?“, schrie eine Frau aus dem Publikum, was zu allgemeinem Gelächter und einem Lächeln von Colt führte.

Er war noch nicht fertig. „Am meisten hat mich aber Folgendes erstaunt: Als ich Sarah heiratete und sie sagte, dass sie mich liebt, war auf einmal alles wieder da. Jeder Song, den ich vergessen hatte, jede einzelne Note. Dennoch hat Sarah mich mit ihrem Mut und ihrer Leidenschaft verändert. Ich wollte meine alte Musik nicht mehr machen, und ich wollte nicht mehr Colton Young sein. Alles, was ich will, ist Sarah. Und der Mann, der sie will, das bin ich: Colt. Und deshalb spiele ich heute für euch, ohne mich hinter einer Fassade zu verstecken, und was ihr zu hören bekommt, ist Musik, die direkt aus meinem Herzen kommt.“ Er lächelte. „Also, Sarah, das hier ist für dich. Ich hoffe, dass du mir zuhörst. Denn ich liebe dich. Und es tut mir unendlich leid, dass ich dein Leben versaut habe.“

Sarah traten Tränen in die Augen, und ihr Herz schäumte fast über vor Gefühlen.

„Sarah!“ Taylor und Bennett, der Baby Colt auf dem Arm hatte, tauchten auf. „Da bist du ja!“

Sarah konnte den Blick nicht von der Bühne lösen.

„Kann ich verstehen“, sagte Taylor. „Er ist echt total umwerfend.“

Sie nickte. In ihrer Brust stritten eine Million Empfindungen um die Vorherrschaft.

„Alles in Ordnung, Süße?“, fragte Tay.

„Ich habe Angst.“

„Aber wovor denn? Er liebt dich, Sarah. Und jetzt schau dir den Kerl doch mal an. Was für ein heißes Teil.“

„Hey!“, protestierte Bennett.

Taylor verdrehte die Augen. „Ach, tu nicht so. Du weißt genau, dass du der Heißeste von allen bist.“

„Das klingt schon besser." Bennett wippte das Baby auf seinem Arm.

Tay flüsterte Sarah ins Ohr: „Die beiden sind unzertrennlich."

Colt spielte die ersten Akkorde auf seiner Akustikgitarre. Der Song basierte auf einem schnellen Polka-Rhythmus und klang anders als alles, was Sarah jemals von Colton Young zu hören bekommen hatte. Als er zu singen begann, begriff sie, dass es sich um das Lied handelte, das er in der Nacht in der Kneipe hatte spielen wollen.

Manche Leute sagen, die Größe sei egal,
ich dagegen sage, klein ist echt fatal,
je größer, desto besser, je größer, desto mehr,
die Größe ist entscheidend, und dafür liebe ich sie sehr.
Manche Leute sagen, ihre Größe sei egal,
ich dagegen sage, nur groß ist optimal.

Die Menge lachte und johlte. Sarah runzelte die Stirn. *Was zum Teufel?* Sang er gerade ein Lied, das nahelegte, „sie" hätte einen Schniepel?

Colt hob die Hände und begann zu klatschen. Die Menge folgte seinem Beispiel.

Meine Frau hat ein riesengroßes Herz,
meine Frau hat ein riesengroßes Herz,
es hat mich fest im Griff und hält mich warm in der Nacht,
es hat mich einfach gepackt und glücklich gemacht.

Sarah nickte perplex vor sich hin. *Okidoki.* Colt – der wahre Colt – wollte also alberne Spaßmusik machen? *Grundgütiger. Als Nächstes singt er bestimmt den Nackte-Sarah-Song.*

„Na, das ist doch mal was anderes.“ Taylor grinste. „Ich glaube, mir gefällt es. Ich meine – der wilde Lederhosencolt war super, aber das hier hat auch was …“

Sarah warf ihr einen Verarsch-mich-nicht-Blick zu.

„Was denn?“, verteidigte sich Taylor. „Er ist witzig! Und guck dir mal die Leute an, die feiern alle wie verrückt! Ich meine, er klingt ein bisschen nach Weird Al Yankovic, nur ohne die schräge Frisur, dafür jedoch mit dem Körper eines Unterwäschemodels.“

Colt beendete den Song und erntete Jubel und rauschenden Applaus. Sarah hatte keine Ahnung, was sie von alldem halten sollte. Hatte er sie gerade zur Witzfigur gemacht? Verarschte er alle nur? Oder wollte er sie zum Lachen bringen?

Ratlos wandte sie sich zum Gehen.

„Hey, wohin willst du denn?“, fragte Tay.

„Ich … keine Ahnung. Ich muss nachdenken.“ Damit marschierte sie davon in Richtung Auffahrt, von der aus Shuttlebusse die Gäste zum weitläufigen Parkplatz nur eine Minute die Straße hinunter transportierten.

Sie drehte sich noch einmal zu dem großen umwerfenden Mann um, der lächelnd und singend auf der Bühne stand und wahninnigen Spaß dabei zu haben schien. Nach allem, was er durchgemacht hatte, breitete sich Frieden in ihrem Herzen aus, als sie ihn so glücklich sah. Sie wusste aber einfach nicht, ob sie die Vergangenheit hinter sich lassen und neu anfangen konnte. Besonders, weil sein Anblick sie an all das erinnerte, was sie verloren hatte.

Denk doch mal nach, Sarah. Welche Entscheidungen hättest du getroffen, wenn Colt dich nicht nach Vegas verschleppt hätte? Hättest du ihn oder dein Richteramt gewählt? Denn dass sie niemals beides gleichzeitig haben könnte, war ihr von Anfang an klar gewesen.

Sie stieg in den Shuttlebus.

42. Kapitel

„Ms. Luci? Haben Sie Sarah irgendwo gesehen?“, fragte Taylor.

Colts Set war zu Ende, und gleich darauf hatte er sich auf die Suche nach Sarah gemacht, aber niemand wusste, wo sie steckte.

Aus Ms. Lucis braunen Augen sprach tiefe Trauer. „Nein, *mija*, habe ich nicht. Es tut mir leid.“ Sie suchte einige Unterlagen zusammen und winkte das nächste Brautpaar zu sich.

„Scheiße, sie muss gegangen sein.“ Taylor machte auf dem Absatz kehrt. Sie hoffte, Sarah doch noch irgendwo zu finden, wusste tief in ihrem Herzen jedoch, dass das nicht passieren würde. „Das war alles ganz anders geplant, Ms. Luci.“

Ms. Luci seufzte tief und schob dem glücklichen Paar, das gerade an der Reihe war, die Papiere über den kleinen Tisch. „Glaub mir, ich hätte mir auch ein anderes Ende für all das hier ausgemalt.“

„Wieso denn für *all das hier*?“

„Weil ich die Segel streiche, Kindchen. Ich hänge meine Bäckerschürze an den Nagel.“

„Wie bitte? Das können Sie doch nicht machen!“

„Ich bin alt, Taylor. Und ich hätte fast das Leben deiner Freundin ruiniert, weil ich nicht auf der Hut war.“

Taylor wusste zwar nicht, was Ms. Luci damit meinte, aber das spielte keine Rolle. Die alte Dame war … sie war … eine durch und durch gute Kraft in dieser chaotischen Welt! Sie gab den Menschen den Glauben an Magie und die wahre Liebe zurück. Sie war eine Institution, wie der Osterhase oder der Weihnachtsmann. Oder Schokolade.

„Sie können den Laden nicht einfach so dichtmachen, Ms. Luci. Denken Sie doch mal an all die Leute, denen sie geholfen haben. An all die Familien, die es nur Ihretwegen gibt!"

Ms. Luci rieb sich die Stirn und brummte leise. „Die Leute haben sich schon Jahrtausende vor meiner Zeit verliebt und Babys gemacht. Und sie werden auch ohne mich weitermachen. Ich bin müde, meine Liebe. Ich möchte mich ausruhen, einen friedlichen Lebensabend genießen und zusehen, wie meine Enkelkinder größer werden. Leider gibt es niemanden, der meinen Platz einnehmen könnte."

Ehe Taylor wusste, was sie da sagte, rutschten ihr schon die Worte aus dem Mund: „Ich mache es. Bringen Sie mir alles bei, und ich übernehme den Laden!"

Luci hob ihre von Silberfäden durchzogenen Brauen. „Sie?"

Was zur Hölle wird das hier eigentlich? Warum habe ich das gesagt? Aber tief in ihrem Inneren wollte sie es so.

„Warum nicht?" Taylor wünschte sich, dass jeder Mensch auf der Welt die Liebe erfuhr, die sie mit Bennett teilte. Das war etwas Besonderes, sie war lebensverändernd, und es war nicht weniger als ein Wunder, so ganz und gar von einem anderen Menschen geliebt zu werden. Sie hatte bis heute nicht ganz begriffen, wie sie und Bennett zueinanderfinden konnten, aber sie wusste, dass Ms. Luci dabei eine Rolle gespielt hatte.

Die alte Dame stand auf und zog sie beiseite. „Taylor, Kindchen, ich weiß Ihr Angebot ja zu schätzen, doch meine Arbeit ist nicht leicht. Sie erfordert viel Hingabe und Einsatz."

„Das ist mir egal. Die Welt braucht das Happy Pants Café. Sie braucht Ihre Cookies. Sie braucht mehr Liebe. Bitte geben Sie mir eine Chance."

Ms. Luci stemmte die Hände in die Seiten und starrte auf ihre winzigen gelben Ballerinas. „Und was wird Bennett davon halten?"

„Er wird begeistert sein. Er hat sein Unternehmen verkauft, um sich ganz auf sein gemeinnütziges Engagement konzentrieren zu können."

Luci zog die Nase kraus und verzog nachdenklich die Lippen.

„Bitte! Lassen Sie es mich versuchen, Ms. Luci. Geben Sie mir ein Jahr mit der Bäckerei. Ich suche mir ein Sonderprojekt. Und wenn Ihnen meine Arbeit nicht gefällt, dann schließen wir den Laden. Okay?"

Luci seufzte tief und richtete den Finger auf sie. „Sechs Monate. Sechs Monate, um zu beweisen, dass Sie mein Lebenswerk weiterführen können."

Taylor klatschte in die Hände und machte einen kleinen Freudensprung. „Abgemacht! Danke!"

„Und Sie müssen sich jetzt gleich Ihre erste Aufgabe aussuchen. Wir haben keine Zeit zu verlieren."

Taylor brauchte exakt eine Sekunde, um eine Wahl zu treffen. „Ich nehme meinen Bruder Jack." Seine Exfrau hatte ihm das Herz platt gewalzt, und heute, fast zwei Jahre später, sah er noch immer keine anderen Frauen an.

„Sind Sie sicher, dass Sie mit einem so schwierigen Projekt anfangen wollen?"

„Wann können wir loslegen?"

43. Kapitel

Nach seinem Auftritt schossen Colt so viele neue Songideen durch den Kopf, dass sein Gehirn kurz vor dem Kollaps stand. *Ich stehe in Kreativflammen!* Ein riesiges Gewicht war ihm von den Schultern gefallen. Zwar hatte er noch einen langen Weg vor sich, wenn er sein Leben umgestalten und seinem Bruder seine Taten zumindest vergeben wollte, obwohl er sie nie würde vergessen können, doch allmählich sah er ein hell strahlendes Licht am Ende des Tunnels. Und einen Haufen neuer Möglichkeiten.

Bei diesem Auftritt hatte er sein wahres Ich gezeigt und die Menschen damit zum Lachen gebracht. Sie hatten sich amüsiert und gesungen, und genau das war es, was er immer gewollt hatte. Nicht, dass sich die Leute nicht freuten, wenn er seine Rocksongs vortrug, es hatte ihn jedoch nie vollkommen erfüllt. Heute Abend hatte er alles erreicht, was er sich erhofft hatte – bis auf eins, Sarah war gegangen. Und er war sich nicht sicher, ob der ganze Rest ohne sie überhaupt eine Rolle spielte.

Aber was zum Teufel habe ich denn erwartet? Dass Sarah am Bühnenrand auf ihn wartete wie ein verzücktes Groupie, ihm ihre Liebe gestand und ihm alles verzieh?

Natürlich nicht. Sarah brachte man nicht mit einem Song und einer kleinen Ansprache ins Wanken, ganz gleich, wie sehr seine Worte auch von Herzen gekommen sein mochten.

Er würde sich damit abfinden müssen, dass es vorbei war. Er würde sie niemals zurückbekommen. Und wenn er ehrlich war, musste er sich eingestehen, dass er vermutlich genauso wütend gewesen wäre, wenn sie seine Karriere ruiniert hätte.

Colt verabschiedete sich von Ms. Luci, bedankte sich bei seiner Band und bestellte seine Limousine in die Auffahrt.

Es dauerte eine Ewigkeit, bis der Fahrer endlich eintraf.

Gereizt warf Colt einen Blick auf seine Uhr. Der Parkplatz war doch kaum eine Minute weit entfernt!

Der Chauffeur stieg aus und hastete zum Fahrzeugfonds.

„Warum hat das denn so lange gedauert?“, knurrte Colt. „Ich hoffe, du hast dir nicht die Birne zugekifft oder so.“ Er war nicht mit seinem üblichen Fahrer unterwegs, und die jüngeren Chauffeure glaubten oft, eine Nacht im Auto mit einem Musiker würde automatisch drei Dinge bedeuten: Gras, Schnaps und Möpse.

„Nein, Sir“, sagte der Mann. „Da war so eine Irre auf dem Parkplatz, die den Wagen blockiert hat.“

Eine Irre? „Ich hoffe, du hast die Polizei gerufen.“

„Nein, Sir, sie ist drinnen.“

„Drinnen in was?“, fragte Colt.

„Na, in Ihrer Limousine, Sir.“

Colt zückte sein Handy und begann, die 9-1-1 zu tippen, weil er befürchtete, es mit einer neuen Mary zu tun zu haben. Der Fahrer öffnete jedoch die Tür und gab damit die Sicht auf ein Paar wunderbar geformte Beine im Wageninneren frei.

Sarah.

Er warf dem Fahrer einen Blick zu. „Danke.“

„Sehr gerne, Sir“, erwiderte der junge Mann lächelnd.

Colt nahm neben ihr Platz, schaute jedoch starr geradeaus. Sein Puls raste völlig unkontrolliert, und sein Herz fühlte sich an, als würde es in einen tiefen Abgrund trudeln. Er musste es wissen. „Gehst du – oder bleibst du?“

Falls sie hier war, um ihm endgültig Auf Wiedersehen zu sagen, musste er sofort raus aus diesem Auto, weg von ihr. Diesem Schmerz wäre er nicht gewachsen.

„Kommt drauf an.“

„Auf was?“ Noch immer mied er ihren Blick.

„Ob du mir versprichst, mich nie, nie, *niemals* wieder abzufüllen, damit du mich heiraten kannst – und …“

Colt lächelte. *Sie bleibt. Oh Gott, danke, sie bleibt.* Er drehte sich zu ihr und sah in ihre großen blauen Augen, nach denen er sich so gesehnt hatte. „Und was?“

„Und wenn du mir mein Lieblingslied vorspielst.“

„Das da wäre?“ *Bitte sag, der Sarah-Song.* Denn das würde bedeuten, dass sie ihn akzeptierte – so, wie er wirklich war.

„Der Sarah-Song natürlich.“

Ja! Sein Grinsen wurde noch breiter. Oh, er würde ihr den Song bis in alle Ewigkeit vorspielen. Oder wenigstens, bis er ihr zu den Ohren heraushing.

„Heißt das, du verzeihst mir?“, fragte er, ohne sein Grinsen unterdrücken zu können.

„Sagen wir, ich arbeite dran.“ Einer ihrer Mundwinkel verzog sich zu einem hinreißenden schiefen Lächeln. „Und ich dachte, solange ich nach einer Möglichkeit suche, dir zu vergeben, könnten wir uns die Zeit mit etwas wildem Sex vertreiben. Vielleicht bringst du mir ja auch noch ein bisschen mehr darüber bei, wie man sich amüsiert – im Colt-Stil, versteht sich.“

Ja und ja!

Er wandte sich an den Fahrer, der seine Anweisungen erwartete. „Fahr uns zu meinem Hotel, bitte.“ Er hatte sein übliches Zimmer im Fairmont buchen lassen. „Nein, warte, vergiss das. Bring uns nach Hause.“

„Nach L. A., Sir?“

„Eine sechsstündige Fahrt scheint genau das zu sein, was wir jetzt brauchen.“ Colt sah Sarah an. Ihre Wangen waren gerötet und ihr Mund war zu einem Dauergrinsen verzogen. *Genauso geht's mir auch.* „Oder wären dir sieben Stunden lieber? Ich kann ihm sagen, dass er langsamer fahren soll.“

Sarah nickte. „Klingt gut. Je langsamer, desto besser."

Colt fuhr die Trennscheibe hoch und beugte sich über seine Frau, um sie zu küssen.

Sarah hatte nichts von alldem geplant. Jedenfalls nicht richtig. Sie hatte nach Hause fahren wollen, also in das Haus von Hollys Tante, in dem sie derzeit wohnte, um zu überlegen, was sie wirklich wollte.

Nach Colts kleiner Rede auf der Bühne war ihr klar geworden, dass die eigentliche Frage lautete, ob sie ihren Zorn tatsächlich ablegen konnte. Sie wusste, dass Colt kein schlechter Mensch war. Sie wusste, dass er nur aus Liebe gehandelt hatte. Aber wenn sie ihm nicht aus tiefster Seele verzieh, dann musste sie ihn ziehen lassen. Er hatte eine Frau verdient, die ihn aufrichtig und ohne Vorbehalte liebte und ihn nicht als einen Typen mit kaputter Vergangenheit abstempelte, der ihre Zukunft ruiniert hatte.

Und wie sie da auf dem Parkplatz saß, die Autofenster heruntergelassen, um die laue Spätsommerbrise zu genießen, hörte sie den Fahrer der nebenan geparkten Limousine sagen: „Aber natürlich mach ich das, Schatz. Versprochen, heute bringe ich dir ein Autogramm von Colt mit."

Und dann sagte er zu der Frau am anderen Ende der Leitung, wie sehr er sie liebte und dass es nicht leicht sei, ständig auf Achse zu sein, doch dass sie ihm die Kraft gäbe, durchzuhalten.

Sarah hatte an Colt denken müssen. Daran, wie viel er für seine Karriere geopfert hatte. Daran, wie schrecklich es sein würde, so viel Zeit getrennt voneinander zu verbringen, wenn sie ein Paar wären.

Vielleicht war es in Wahrheit das, was ihr solche Angst machte – einen Mann zu lieben, der ständig unterwegs war und den sie mit der ganzen Welt teilen musste. Ihr eigenes

Leben aufgeben zu müssen, weil seins so … kompliziert war. Und stressig.

Aber ich brauche keine Angst davor zu haben. Ich könnte meine eigene Kanzlei eröffnen und Colt begleiten, wenn er auf Tournee geht. Wir könnten es so deichseln, dass wir beide damit glücklich werden.

Der Gedanke erschien ihr zwar noch etwas ungewohnt, doch sie hatte eine Antwort auf ihre Frage bekommen. Wenn Colt die Nummer mit Vegas nicht abgezogen hätte, hätte sie sich trotz aller Vorbehalte für ihn entschieden. Und sie hätte eine Möglichkeit gefunden, gleichzeitig weiter ihren Beruf auszuüben. Sie liebte es, anderen zu helfen. Sie wollte dafür sorgen, dass Familien nicht zerstört wurden, nur weil es da draußen unfähige Anwälte gab oder sich eine Lücke im Rechtssystem auftat. Das war es, was beruflich für sie wirklich zählte, nicht ihr Richteramt.

Und so kam es, dass sie aus ihrem Wagen sprang, als der Chauffeur zu seiner Gesprächspartnerin sagte, er müsse jetzt auflegen und Colt abholen. „Lassen Sie mich rein."

„Wer sind Sie überhaupt?"

„Ich bin seine Frau." *Gott, klingt das merkwürdig.*

Der junge Mann glaubte ihr anfangs nicht und knickte erst ein, als sie ihm ein paar Bilder aus dem Internet zeigte.

Jetzt, wo sie mit Colt in der Limousine saß und seine Küsse heißer waren als ein Steppenbrand, gab es so vieles, was sie ihm sagen wollte. *Danke. Ich liebe dich. Lass mich nie wieder allein.*

Was sie am Ende tatsächlich sagte, war: „Fick mich."

Colts Pupillen weiteten sich vor Lust. „Ich liebe dich, Sarah. Echt, ich liebe dich einfach."

Sie lächelte. Es fühlte sich so gut an, das zu hören, aber noch viel besser fühlte es sich an, seine Worte ohne Vorbehalt zurückgeben zu können. „Ich liebe dich auch."

Sie setzte sich rittlings auf seinen Schoß und verschränkte die Finger unter seinem seidenweichen Zopf, wobei sie sich vorstellte, wie gut sich sein Haar auf ihren bloßen Nippeln anfühlen würde – oder zwischen ihren Schenkeln, während er sie leckte.

„Gehört das zu deinem Verarbeitungsprozess?“, fragte er. „Wenn ja, muss ich vielleicht ständig schlechte Dinge tun, damit du häufiger drüber nachdenken musst, ob du mir verzeihen kannst.“ Er packte sie an der Hüfte.

„Ich wusste doch immer schon, dass du im Herzen ein Badboy bist.“ Sie grinste, tastete nach Colts Hosenknopf, öffnete ihn und zog den Reißverschluss auf. Sein Schwanz war heiß und dick und hart wie Stahl.

Colt stöhnte: „Ich g…glaube, dass *Sie* hier die Böse sind, Euer Ehren.“

„Fällt Ihnen das jetzt erst auf, Mr. Young?“ Sie legte die Finger um seinen Schaft, schob ihn sich zwischen die Beine und streichelte sich selbst damit. Er fühlte sich so warm, so gut an! „Wie Sie gerade feststellen dürften, habe ich bereits zum zweiten Mal mein Höschen verloren.“

„Was für eine Tragödie! Kann ich Ihnen vielleicht irgendwie hel…?“

Sarah nahm seine Schwanzspitze in sich auf, und Colt warf stöhnend den Kopf in den Nacken.

„Gefällt Ihnen das, Sie schlimmer, schlimmer Junge?“

Sie senkte ihre Hüften um ein paar Zentimeter, damit er tiefer in sie eindringen konnte.

Colt nickte eifrig und packte sie fester.

„Das dachte ich mir schon.“ Sie ließ sich auf ihn sinken und genoss das Gefühl, ihn hart in sich zu spüren, wie er in sie glitt, sie dehnte und sie bis zum Limit ausfüllte. Sie stützte die Hände hinter Colt ab, hob ihren Po an und sank erneut mit ihrem ganzen Gewicht auf ihn, bis er tief in ihr war.

„Fuck!" Er stöhnte. „Du fühlst dich so abartig gut an." Er drängte sich ihr entgegen und rieb sich an ihr.

Sarahs Brüste schmerzten, auf ihren Armen breitete sich Gänsehaut aus, und in ihrem Schoß pochte es vor köstlicher Spannung, die sie unaufhaltsam in die Ekstase trieb.

Colt riss das Oberteil ihres Kleids herunter und leckte und saugte an ihren Nippeln, bis jeder einzelne Nerv in ihrem Körper in Flammen zu stehen schien.

„Gott, Colt, *du* fühlst dich gut an." Sie drückte seinen Kopf an sich.

„Und du schmeckst noch besser als in meiner Erinnerung, auch wenn mir die Cookie-Krümel fehlen."

„Heilige Scheiße." Das hatte sie völlig vergessen! Sie erstarrte und sah ihn an. „Ich hab den Cookie gegessen!"

„Hä?"

„Ich hab den Cookie gegessen. Und du auch!"

Colt blinzelte. „Ähm … wärst du so nett, mir nachher zu erklären, was du damit sagen willst? Wir haben nämlich gerade was Wichtiges zu erledigen."

Sie strich ihm durch sein weiches Haar. „Na klar, mein Schatz." Wenn sie genauer darüber nachdachte, war es vielleicht sowieso besser, ihre Erkenntnis für sich zu behalten. *Das war doch alles nur Zufall.* Sie hatte Ms. Lucis Cookie gegessen und war fünf Minuten später Colt über den Weg gelaufen. Und dann hatte er ihr ein paar Krümel vom Dekolleté geleckt. Trotzdem lag es nicht an dem Cookie, dass sie jetzt zusammen hier waren. *Nö, auf keinen Fall!*

Es lag an der Liebe, die sie füreinander empfanden. So einfach war das.

Sie sah Colt in die Augen und verspürte ein solches Glück, dass ihr die Worte fehlten. „Ich liebe dich" war alles, was sie herausbrachte. Dann küsste sie ihn erneut, kostete den Druck seiner vollen Lippen aus und die Berührung seiner ungewöhnlich glatt rasierten Haut. Von alldem hier, von *ihm*, würde sie nie genug bekommen.

Sie hob sich auf die Knie, bis er fast aus ihr glitt, und ließ sich auf ihn sinken, wieder und wieder, ritt ihn hart und genoss dabei jeden samtigen heißen Zentimeter seines Schwanzes. Es war nur eine Frage von Sekunden, bis sie so weit sein würde.

„Ich komme gleich, Sarah." Colt keuchte.

„Ich auch." Sie stöhnte.

„Und ich will in dir kommen."

Sie begriff, was er damit sagen wollte, und nichts hätte sie mehr anmachen können.

„Ja." Sie steigerte ihr Tempo, klammerte sich an seine breiten Schultern, um ihn noch härter zu reiten, und verlor sich in seinem Kuss. Wie war sie nur darauf verfallen, sich einzubilden, es wäre ihr möglich, ohne ihn und das hier zu leben? Zum ersten Mal seit Langem hatte sie das Gefühl, dass alles perfekt war.

Er krallte seine Finger in ihre Hüften, und ihre Empfindungen schienen förmlich zu explodieren. Sarah warf den Kopf zurück und bohrte ihre Fingerspitzen in Colts Schultern. Er stieß fordernd und hart in sie, so tief, wie noch nie ein Mann in ihr gewesen war.

Feuerwerk. Das war es, was sie hinter ihren geschlossenen Lidern sah.

Er bäumte sich unter ihr auf, als er in ihr kam, und ihr Körper zuckte im Rhythmus der Wellen ihres Orgasmus. Sie spürte Colt in sich, spürte sein Herz an ihrem schlagen, spürte ihre Seelen gemeinsam zu einem Höhenflug abheben.

Sie ritt ihn, ließ sich hart vor und zurück schaukeln, sog das letzte Quäntchen Lust aus ihrem Akt.

Als sie sich nicht mehr bewegen konnte, sank sie in sich zusammen und legte ihre Stirn an seine. „Das war der Wahnsinn."

„Freut mich, dass es dir gefallen hat. Wir haben nämlich noch vierhundert Meilen vor uns."

„Tut mir leid, aber da irrst du dich. Vor uns liegt ein ganzes Leben." Sie lächelte und strich ihm mit dem Daumen über die Brauen. Dieser umwerfende Mann gehörte ihr. Ihr allein.

Er sah ihr in die Augen. „Da hast du wie immer recht. Und mein nächster Song wird davon handeln."

„Davon, dass ich immer recht habe?"

„Nein, davon, wie sehr ich an dich glaube."

„Ich liebe dich, Colt."

„Und ich liebe dich, meine nackte Richterin."

– ENDE –

Anmerkung der Autorin

Liebe Leserinnen,

ich hoffe, die Geschichte hat Ihnen Spaß gemacht und Sie zum Lachen gebracht, als Sie es gerade am nötigsten gebraucht haben! Das Schreiben dieses Romans hat mir große Freude bereitet, und ich bin schon richtig auf Colt-Entzug. Der nächste Band *Skinny Pants* (die Geschichte einer übergewichtigen Krankenschwester, die zu extremen Mitteln greift, um die Aufmerksamkeit eines heißen Chirurgen namens Jack zu erregen) soll Anfang 2018 erscheinen. Genaueres verkünde ich noch in meinem Newsletter.

Hier können Sie sich anmelden: http://bit.ly/28QNv3u

Oder schauen Sie doch mal auf meiner *Happy-Pants*-Website http://www.mimi-jean.net/happy-pants-cafe-series.html vorbei, um herauszufinden, ob es Neuigkeiten gibt!

Und wie immer gibt es (solange der Vorrat reicht) signierte Lesezeichen für alle, die gerne ein kleines Andenken an dieses Buch hätten! Schreiben Sie mir einfach eine E-Mail an mimi@mimijean.net mit Ihrer Postadresse. Erwähnen Sie es unbedingt, wenn Sie eine Rezension geschrieben haben, denn dann lege ich Ihnen bestimmt noch eine lustige Kleinigkeit bei.

Eine dicke Umarmung und viel Spaß beim Lesen!

Mimi

PS: Lesen Sie weiter, wenn Sie die Playlist interessiert!

Playlist

„Closer to Love“ von Mat Kearney
„Two Weeks“ von Grizzly Bear
„Stolen Dance“ von Milky Chance
„2 Heads“ von Coleman Hell
„Come a Little Closer“ von Cage the Elephant
„First“ von den Cold War Kids
„Spirits“ von den Strumbellas
„Shovels & Dirt“ von den Strumbellas
„We Don't Know“ von den Strumbellas
„Gold Digger“ von Kanye West
„Start A Riot“ von den Banners
„Gone“ von JR JR
„Light It Up (Remix)“ von Major Lazer
[feat. Nyla & Fuse ODG]
„Frontier“ von Doctor Vox
„Sabotage“ von den Beastie Boys
„My Eyes“ von Blake Shelton (feat. Gwen Sebastian)
„Ain't Misbehavin'“ von Ella Fitzgerald
„You & Me (Flume Remix)“ von Disclosure
feat. Eliza Doolittle

Einige Anmerkungen zu dieser Geschichte

Anders als üblich kann ich diesmal wohl darauf verzichten, die Geschichte groß zu erläutern, da die Themen ziemlich offensichtlich waren: Man sollte die Dinge niemals nur nach dem Äußeren beurteilen, jeder Mensch ist größer als die Summe seiner Teile, manchmal schenkt uns das Leben Zitronen, und wir müssen versuchen, Limonade daraus zu machen. Vor allem aber: Wer sich uns in den Weg stellt, der kann gleich wieder abhauen!

Stattdessen möchte ich Ihnen gerne erzählen, wie ich auf Colt Young gekommen bin. Lustigerweise wurde ich durch eine Diskussion über Vorzeigefrauen mit einer Freundin inspiriert. Sie wissen schon – schöne, junge Dinger mit perfektem Körper und einem reichen Ehemann. Und so fing ich an, über Menschen nachzudenken, die wie Colt hart daran arbeiten, eine Fassade aufrechtzuerhalten. Sie machen der ganzen Welt vor, ihr Leben sei perfekt, obwohl die Wahrheit ganz anders aussieht. Jeder hat seine Probleme. Wirklich jeder. Kein Leben, keine Ehe, keine Familie, keine finanzielle Situation ist perfekt. Irgendwas ist immer. Ich habe ein paar solcher Vorzeigefrauen kennengelernt, und sie leben in der ständigen Angst, nicht mehr gut auszusehen und deswegen ihren Mann zu verlieren. Sie gewöhnen sich an ihren Lebensstandard und können sich nichts Schlimmeres vorstellen, als ihn wieder aufgeben zu müssen. Ich will niemanden dafür verurteilen, sondern nur sagen, dass auch Menschen mit einem „perfekten" Leben nicht immer glücklich sind und genauso wie alle anderen einfach nur versuchen, zurechtzukommen. Und so kam es, dass ich mir Colt ausdachte. Alle Welt glaubte, er hätte alles, was man sich nur wünschen kann: Ruhm, Geld, Talent, gutes Aussehen. Aber unter der Oberfläche ist er nur ein Mann, der seinem Leben einen Sinn geben möchte und um seine Gesundheit kämpft.

Ich hoffe, die Reise mit Colt hat Ihnen Spaß gemacht!

Mimi